Alice

EDIÇÃO COMENTADA E ILUSTRADA

CLÁSSICOS ZAHAR
em EDIÇÃO COMENTADA E ILUSTRADA

Peter Pan*
J.M. Barrie

O Mágico de Oz*
L. Frank Baum

Robinson Crusoé
Daniel Defoe

Sherlock Holmes (9 vols.)*
A terra da bruma
Arthur Conan Doyle

As aventuras de Robin Hood*
O conde de Monte Cristo*
A mulher da gargantilha de veludo e outras histórias de terror
Os três mosqueteiros*
Vinte anos depois
Alexandre Dumas

O corcunda de Notre Dame*
Victor Hugo

Os livros da Selva*
Rudyard Kipling

A ilha do tesouro
Robert Louis Stevenson

Contos de fadas*
Maria Tatar (org.)

Mary Poppins*
P. L. Travers

Aventuras de Huckleberry Finn
As aventuras de Tom Sawyer
Mark Twain

20 mil léguas submarinas*
A ilha misteriosa*
Viagem ao centro da terra*
A volta ao mundo em 80 dias*
Jules Verne

* Títulos disponíveis também em edição bolso de luxo
Veja a lista completa da coleção no site zahar.com.br/classicoszahar

Lewis Carroll

Alice

edição comentada e ilustrada

Aventuras de Alice no País das Maravilhas
&
Através do Espelho

Ilustrações originais:
John Tenniel

Introdução e notas:
Martin Gardner

Tradução:
Maria Luiza X. de A. Borges

9ª reimpressão

ZAHAR

Aos milhares de leitores de meus Annotated Alice e More Annotated Alice que se deram ao trabalho de enviar cartas com comentários e sugerir correções e ideias para novas notas.

Tradução autorizada da edição norte-americana publicada em 2000 por W.W. Norton, de Nova York
Edições anteriores publicadas sob o título de *Annotated Alice* (1960) e *More Annotated Alice* (1990)

Grafia atualizada segundo o Acordo Ortográfico da Língua Portuguesa de 1990, que entrou em vigor no Brasil em 2009.

Título original
The Annotated Alice: The Definitive Edition

Capa
Rafael Nobre

Projeto gráfico
Carolina Falcão

Revisão
Mônica Surrage
Eduardo Farias

CIP-Brasil. Catalogação na publicação
Sindicato Nacional dos Editores de Livros, RJ

C313a 2.ed.

Carroll, Lewis, 1832-1898
Alice: Aventuras de Alice no País das Maravilhas; & Através do Espelho / Lewis Carroll; ilustrações originais John Tenniel; introdução e notas Martin Gardner; tradução Maria Luiza X. de A. Borges. — 2ª ed. com. e il. — Rio de Janeiro: Zahar, 2013.
il. (Clássicos Zahar)

Tradução de: The Annotated Alice: The Definitive Edition.
Inclui bibliografia
Anexos
ISBN 978-85-378-0826-9

1. Carroll, Lewis, 1832-1898. Alice no País das Maravilhas. 2. Carroll, Lewis, 1832-1898. Através do Espelho. 3. Literatura infantojuvenil inglesa. 4. Literatura infantojuvenil inglesa – História e crítica. I. Tenniel, John, 1820-1914. II. Gardner, Martin, 1914-. III. Borges, Maria Luiza X. de A. (Maria Luiza Xavier de Almeida), 1950-. IV. Título. V. Série.

12-0417 CDD: 028.5
CDU: 087.5

EDITORA SCHWARCZ S.A.
Praça Floriano, 19, sala 3001 – Cinelândia
20031-050 – Rio de Janeiro – RJ
Telefone: (21) 3993-7510
www.companhiadasletras.com.br
www.blogdacompanhia.com.br
facebook.com/editorazahar
instagram.com/editorazahar
twitter.com/editorazahar

Sumário

Alice, onde estás?

Curiosa criança, remota Alice, empresta-me teu sonho:
Eu desprezaria os contadores de histórias de hoje,
Seguiria contigo o riso e o fulgor:
Estou fatigado, esta noite, de santos e pecadores.
Somos amigos desde que Lewis e o velho Tenniel
Encerraram tua imortalidade em vermelho e dourado.
Vem! Tua ingenuidade é uma fonte perene.
Deixa-me ser jovem de novo antes de ser velho.

És um espelho de juventude: esta noite escolho
Perder-me profundamente em teus labirintos mágicos,
Em que a Rainha Vermelha vocifera em esplêndidas nuances
E o Coelho Branco segue apressado seu caminho.
Vamos mais uma vez nos aventurar, de mãos dadas:
Faze-me de novo acreditar – no País das Maravilhas!

Vincent Starrett, em *Brillig*, 1949

Introdução à 1ª edição

(THE ANNOTATED ALICE)

CONVÉM DIZER DE SAÍDA que há algo de insensato numa *Alice* comentada. Escrevendo em 1932, no centésimo aniversário do nascimento de Lewis Carroll, Gilbert K. Chesterton expressou seu "medo terrível" de que a história de Alice já tivesse caído sob as mãos pesadas dos acadêmicos e estivesse se tornando "fria e monumental como um túmulo clássico".

"Pobre, pobre Alice!" lamentou G.K. "Não só a apanharam e a fizeram estudar lições; foi forçada a infligir lições a outros. Alice é agora não só uma aluna como uma professora. As férias acabaram e Dodgson é de novo um mestre. Haverá uma imensa quantidade de exames com perguntas como: (1) O que você sabe sobre o seguinte: *mimsy*, *gimble*, olhos de hadoque, poços de melado e bela sopa? (2) Anote todos os movimentos no jogo de xadrez em *Através do Espelho* e faça um diagrama. (3) Resuma o programa prático de ação do Cavaleiro Branco para lidar com o problema social das suíças verdes. (4) Trace a distinção entre Tweedledum e Tweedledee."

Há muito a dizer em favor do apelo de Chesterton para que não se levasse *Alice* a sério demais. Mas nenhuma piada tem graça a menos que se possa entendê-la, e às vezes o sentido tem de ser explicado. No caso de *Alice*, estamos lidando com uma espécie de nonsense muito curioso, complicado, escrito para leitores britânicos de um outro século, e precisamos conhecer um grande número de coisas que não fazem parte do texto se quisermos apreender todo o seu espírito e sabor. É até mais grave que isso, porque algumas das piadas de Carroll só podiam ser compreendidas por quem residia em Oxford, e outras, ainda mais privadas, só estavam ao alcance das encantadoras filhas do deão Liddell.

O fato é que o nonsense de Carroll está longe de ser tão aleatório e despropositado quanto parece a uma criança americana de nossos dias que tenta ler os livros de *Alice*. Digo "tenta" porque foi-se o tempo em que uma criança com menos de 15 anos, inclusive na Inglaterra, podia ler *Alice* com o mesmo encantamento encontrado em, digamos, *The Wind in the Willows* ou *O Mágico de Oz*. As crianças hoje sentem-se aturdidas e às vezes apavoradas pela atmosfera de pesadelo dos sonhos de Alice. É apenas porque adultos – cientistas e matemáticos em particular – continuam a apreciá-los que os livros de *Alice* têm sua imortalidade assegurada. É apenas para esses adultos que as notas deste volume são dirigidas.

Fiz todo o possível para evitar dois tipos de notas, não porque fosse difícil fazê-las ou porque não devessem ser feitas, mas porque são tão extraordinariamente fáceis que qualquer leitor arguto pode fazê-las para si mesmo. Como Homero, a Bíblia e todas as outras grandes obras de fantasia, os livros de *Alice* prestam-se facilmente a qualquer tipo de interpretação simbólica – política, metafísica ou freudiana. Alguns comentários eruditos desse gênero são cômicos. Shane Leslie, por exemplo, escrevendo sobre "Lewis Carroll and the Oxford Movement" (no *London Mercury*, jul 1933), encontra em *Alice* uma história secreta das controvérsias religiosas da Inglaterra vitoriana. O pote de geleia de laranja, por exemplo, é um símbolo do protestantismo (Guilherme de Orange; captou?). A batalha entre os Cavaleiros Branco e Vermelho é o famoso embate de Thomas Huxley e o bispo Samuel Wilberforce. A Lagarta Azul é Benjamin Jowett, a Rainha Branca é o cardeal John Henry Newman, a Rainha Vermelha é o cardeal Henry Manning, o Gato de Cheshire é o cardeal Nicholas Wiseman, e o Pargarávio "só pode ser uma medonha representação da visão britânica do papado..."

Nos últimos anos tendeu-se naturalmente para interpretações psicanalíticas. Alexander Woolcott expressou certa vez seu alívio porque os freudianos haviam deixado os sonhos de Alice inexplorados; mas isso foi vinte anos atrás e agora, pobres de nós, somos todos psicanalistas amadores. Não precisamos que nos digam o que significa despencar numa toca de coelho ou nos enroscar dentro de uma casinha minúscula com um pé enfiado pela chaminé. A dificuldade é que qualquer obra de nonsense apresenta tal profusão de símbolos convidativos que podemos partir de qualquer pressuposto sobre o autor para desenvolver uma teoria clínica. Considere, por exemplo, a cena em que Alice se apodera da ponta do lápis do Rei Branco e passa a escrever por ele. Em cinco minutos é possível criar seis interpretações diferentes para isso. Se alguma delas estava presente no inconsciente de Carroll é uma questão extremamente duvidosa. Mais pertinente é o fato de que Carroll tinha interesse em fenômenos psíquicos e escrita automática, e não convém descartar a hipótese de que tenha sido só por acidente que o lápis nessa cena tinha aquele formato.

Devemos lembrar também que muitos personagens e episódios em *Alice* são resultado direto de trocadilhos e outros jogos linguísticos, e teriam assumido formas completamente diversas se Carroll estivesse escrevendo, digamos, em francês. Não é preciso procurar uma explicação complicada para a Tartaruga Falsa; sua melancólica presença é muito adequadamente explicada pela sopa de tartaruga falsa. Seriam as muitas referências a comida em *Alice* um sinal da "agressividade oral" de Carroll, ou Carroll reconhecia que crianças pequenas são loucas por comida e gostam de ler sobre ela? Um ponto de interrogação similar se aplica aos elementos sádicos em *Alice*, que são bastante brandos comparados aos dos desenhos animados dos últimos vinte anos. Parece insensato supor que todos os diretores de desenho animado são sadomasoquistas; é mais razoável presumir que todos fizeram a mesma descoberta sobre o que as crianças gostam de ver na tela. Carroll era um exímio contador de histórias, e devemos atribuir-lhe a capacidade de fazer uma descoberta semelhante. A questão não é se Carroll era neurótico ou não (todos sabemos que era), mas se livros de nonsense para crianças são ou não fontes tão úteis para a investigação psicanalítica como se poderia supor. São ricos demais em símbolos. Os símbolos têm explicações demais.

Os leitores interessados em explorar as várias interpretações psicanalíticas conflitantes que foram feitas de *Alice* considerarão proveitosas as referências citadas no final deste livro. Phyllis Greenacre, uma psicanalista de Nova York, fez o melhor e o mais detalhado estudo de Carroll desse ponto de vista. Suas propostas são extremamente engenhosas, possivelmente verdadeiras, mas seria desejável que fosse menos segura de si. Há uma carta em que Carroll fala da morte de seu pai como "o maior golpe que sofri em toda a minha vida". Nos livros de *Alice*, os símbolos maternos mais óbvios, a Rainha de Copas e a Rainha Vermelha, são criaturas desalmadas, ao passo que o Rei de Copas e o Rei Branco, ambos candidatos prováveis a símbolos paternos, são sujeitos afáveis. Suponha, contudo, que vejamos tudo isso invertido por um espelho e concluamos que Carroll tinha um complexo de Édipo não resolvido. Talvez identificasse menininhas com sua mãe, de tal modo que a própria Alice seria o verdadeiro símbolo materno. Essa é a concepção da dra. Greenacre. Ela assinala que a diferença de idade entre Carroll e Alice era quase a mesma que o separava de sua mãe, assegurando-nos de que essa "inversão da fixação edipiana é bastante comum". Segundo a dra. Greenacre, o Pargarávio e Snark são lembranças encobridoras do que os analistas ainda insistem em chamar a "cena primária". Pode ser; mas temos nossas dúvidas.

Os motivos íntimos das excentricidades do reverendo Charles Lutwidge Dodgson podem ser obscuros, mas os aspectos exteriores de sua vida são bem conhecidos. Por quase meio século trabalhou e residiu no Christ Church, a faculdade que foi a *alma mater* de Oxford. Durante mais da metade desse período foi professor de matemática. Suas aulas eram insípidas e enfadonhas. Não deu nenhuma contribuição significativa para a matemática, embora dois de seus paradoxos lógicos, publicados na revista *Mind*, toquem em problemas difíceis envolvendo o que hoje é chamado de metalógica. Seus livros sobre lógica e matemática são escritos de maneira curiosa, com muitos problemas divertidos, mas são de nível elementar e raramente lidos hoje.

Carroll tinha uma aparência vistosa e assimétrica – dois fatos que podem ter contribuído para seu interesse por reflexos especulares. Um ombro era mais alto que o outro, seu sorriso era ligeiramente torto e o nível dos seus olhos azuis não era exatamente o mesmo. Era de altura mediana, magro, mantinha sempre um porte rigidamente ereto e tinha uma maneira abrupta e peculiar de andar. Era afligido pela surdez de um ouvido e por uma gagueira que fazia seu lábio superior tremer. Embora ordenado diácono (pelo bispo Wilberforce), raramente pregava em função de sua deficiência de fala e nunca foi ordenado pastor. Não há dúvida sobre a profundidade e a sinceridade de suas ideias anglicanas. Era ortodoxo sob todos os aspectos, salvo por sua incapacidade de acreditar na danação eterna.

Em política era um tory, fascinado por *lords* e *ladies* e propenso ao esnobismo para com os inferiores. Reprovava vigorosamente a linguagem indecorosa e os diálogos picantes no palco, e um de seus muitos projetos inacabados foi o de superar Bowdler preparando uma edição de Shakespeare apropriada para meninas. Planejava fazê-lo retirando certas passagens que até Bowdler julgara inofensivas. Era tão tímido que podia ficar horas numa reunião social sem nada contribuir para a conversa, mas a timidez e a gagueira "desapareciam suave e subitamente" quando se via a sós com uma criança. Era um solteirão cheio de manias, empertigado, rabugento, excêntrico e gentil, que levou uma vida sem sexo, sem grandes acontecimentos, e feliz. "Minha vida é tão estranhamente livre de todo sofrimento e dificuldade", ele escreveu uma vez, "que não posso duvidar de que minha própria felicidade é um dos talentos que me foram confiados para que com eles me 'ocupe', até que o Mestre retorne, fazendo algo para tornar outras vidas felizes."

Até aí, tudo muito sem graça. Começamos a ter um vislumbre de uma personalidade mais vívida quando nos voltamos para os hobbies de Charles Dodgson. Quando era criança brincava com marionetes e prestidigitação, e durante a vida inteira gostou de fazer passes de mágica, especialmente para crianças. Gostava de modelar um camundongo com o lenço e em seguida fazê-lo pular misteriosamente de sua mão. Ensinava crianças a fazer barquinhos de papel e também pistolas de papel que estalavam quando vibradas no ar. Interessou-se por fotografia quando essa arte mal estava começando, especializando-se em retratos de crianças e pessoas famosas e compondo suas imagens com notável habilidade e bom gosto. Gostava de jogos de todo tipo, especialmente xadrez, croqué, gamão e bilhar. Inventou grande número de enigmas de linguagem e matemáticos, jogos, métodos de codificação e um sistema de memorização de números (em seu diário menciona o uso de seu sistema mnemônico para memorizar *pi* até 71 casas decimais). Era um frequentador entusiástico de ópera e teatro numa época em que estes eram vistos com reservas pelas autoridades eclesiásticas. A famosa atriz Ellen Terry foi uma das amizades que manteve por toda a vida.

Ela foi uma exceção. O principal hobby de Carroll – aquele que lhe proporcionou as maiores alegrias – era divertir menininhas. "Gosto de crianças (exceto meninos)", escreveu certa vez. Professava horror aos menininhos, e mais tarde em sua vida passou a evitá-los tanto quanto possível. Adotando o símbolo romano para um dia de sorte, escrevia em seu diário: "Marco este dia com uma pedra branca" sempre que um dia lhe parecia especialmente memorável. Quase infalivelmente, seus dias de pedra branca eram aqueles em que tinha entretido uma amiga criança, ou travado conhecimento com uma nova. Os corpos nus das meninas (em contraste com os dos meninos) lhe pareciam extremamente belos. Quando a oportunidade se apresentava, desenhava-as ou fotografava-as nuas, com a permissão da mãe, é claro. "Se eu tivesse a criança mais linda do mundo para desenhar ou fotografar", escreveu, "e descobrisse nela um ligeiro acanhamento (por mais ligeiro e facilmente superável que fosse) de ser retratada nua, eu sentia ser um dever solene para com Deus abandonar *por completo* a solicitação." Por temor de que essas imagens desnudas criassem embaraços para as meninas mais tarde, pediu que após a sua morte fossem destruídas ou devolvidas às crianças ou a seus pais. Nenhuma parece ter sobrevivido.

Em *Conclusão de Sílvia e Bruno* há uma passagem que expressa de maneira pungente o modo como Carroll fixava em meninas toda a paixão de que era capaz. O narrador da história, um Charles Dodgson tenuemente disfarçado, recorda que somente uma vez na vida vira a perfeição. "Foi numa exposição em Londres, em que, ao abrir caminho por entre uma multidão, deparei, face a face, com uma criança de extraordinária beleza." Carroll nunca deixou de procurar uma criança assim. Tornou-se especialista em encontrar menininhas em vagões de trem e praias públicas. Um saco preto que sempre levava consigo nessas viagens ao litoral continha quebra-cabeças de arame e outros regalos inusitados para estimular o interesse delas. Chegava a carregar um suprimento de alfinetes de segurança para prender as saias de menininhas quando desejavam chapinhar na arrebentação. As manobras iniciais de aproximação podiam ser divertidas. Certa vez, quando estava desenhando perto do mar, um menina que havia caído na água passou por ele com as roupas encharcadas. Carroll rasgou a ponta de um mata-borrão e disse: "Posso lhe oferecer isto para se enxugar?"

Uma longa procissão de menininhas encantadoras (sabemos que eram encantadoras por suas fotografias) passou pela vida de Carroll, mas nenhuma jamais tomou o lugar de seu primeiro amor, Alice Liddell. "Tive um grande número de amigas crianças desde sua época", escreveu-lhe depois que ela se casou, "mas foram algo completamente diferente." Alice era filha de Henry George Liddell, o deão do Christ Church. Pode-se ter uma ideia do quanto Alice deve ter sido cativante através de uma passagem de *Praeterita*, uma autobiografia fragmentária de John Ruskin. Florence Becker Lennon reproduz essa passagem em sua biografia de Carroll, e é a partir de seu livro que a cito.

Ruskin lecionava em Oxford na época e havia dado aulas de desenho a Alice. Numa brumosa noite de inverno, em que o deão e a sra. Liddell estavam jantando fora, Alice convidou Ruskin para tomar uma xícara de chá. "Acho que Alice deve ter me enviado um bilhete", ele escreve, "quando o campo ficara desimpedido." Ruskin estava instalado numa poltrona junto a um fogo crepitante quando a porta se abriu "e houve uma súbita sensação de que estrelas haviam sido apagadas pelo vento". O deão e a sra. Liddell haviam voltado, tendo encontrado as estradas bloqueadas pela neve.

"Quanto deve estar lamentando nos ver, sr. Ruskin!" disse a sra. Liddell.

"Mais, impossível", Ruskin respondeu.

O deão sugeriu que voltassem a seu chá. "E assim fizemos", Ruskin continua, "mas não pudemos manter papai e mamãe fora da sala de estar depois que tinham acabado de jantar, e voltei para Corpus, desconsolado."

E agora a parte mais significativa da história. Ruskin *acha* que as irmãs de Alice, Edith e Rhoda, também estavam presentes, mas não tem certeza. "Tudo se assemelha tanto a um sonho agora", ele escreve. Sim, Alice deve ter sido uma menininha muito atraente.

Discutiu-se muito se Carroll apaixonou-se por Alice Liddell. Se com isso se quer dizer que queria se casar com ela, ou fazer amor com ela, não há o mais ligeiro indício de tal coisa. Por outro lado, sua atitude em relação a ela era a de um homem apaixonado. Sabemos que a sra. Liddell percebeu algo de insólito, tomou medidas para desencorajar a atenção de Carroll e, mais tarde, queimou todas as suas primeiras cartas para Alice. No dia 28 de outubro de

1862, há no diário de Carroll uma referência cifrada ao fato de ter perdido as boas graças da sra. Liddell "desde o caso Lord Newry". Que caso levou Lord Newry ao diário de Carroll continua sendo até hoje um mistério intrigante.

Não há nenhuma indicação de que Carroll tivesse consciência de algo senão a mais pura inocência em suas relações com meninas, sequer um sinal de impropriedade em qualquer das ternas rememorações que dezenas delas escreveram a respeito dele mais tarde. Havia uma tendência na Inglaterra vitoriana, refletida na literatura da época, a idealizar a beleza e a pureza virginal das meninas. Sem dúvida isso tornou mais fácil para Carroll supor que sua inclinação por elas se situava num elevado nível espiritual, embora evidentemente isto esteja longe de ser explicação suficiente para essa predileção. Ultimamente Carroll tem sido comparado a Humbert Humbert, o narrador do romance *Lolita*, de Vladimir Nabokov. É verdade que ambos tinham paixão por meninas, mas suas metas eram diametralmente opostas. As "ninfetas" de Humbert Humbert eram criaturas a serem usadas carnalmente. As menininhas de Carroll o atraíam precisamente porque ele se sentia sexualmente a salvo com elas. O que distingue Carroll de outros escritores que viveram vidas desprovidas de sexo (Thoreau, Henry James...) e de escritores que eram fortemente atraídos por meninas (Poe, Ernest Dowson...) era sua curiosa combinação, quase única na história da literatura, de completa inocência sexual com uma paixão que só pode ser qualificada de inteiramente heterossexual.

Carroll gostava de beijar suas amiguinhas e de encerrar suas cartas mandando-lhes 10.000.000 de beijos, ou 4 ¾, ou dois milionésimos de um beijo. Teria ficado horrorizado ante a sugestão de que poderia haver um elemento sexual envolvido nisso. Há um registro divertido em seu diário de que havia beijado uma menina, só para descobrir depois que ela já tinha 17 anos. Carroll prontamente escreveu um pedido de desculpas brincalhão para a mãe da moça, assegurando-lhe que aquilo jamais voltaria a acontecer, mas a mãe não achou graça.

Certa feita, uma bonita atriz de 15 anos chamada Irene Barnes (mais tarde ela desempenhou os papéis da Rainha Branca e do Valete de Copas na peça musical de *Alice*) passou uma semana com Charles Dodgson num balneário à beira-mar. "Pelo que lembro agora", Irene recorda em sua autobiografia, *To Tell My Story* (a passagem é citada por Roger Green no vol.2, p.454 do *Diary* de Carroll), "ele era muito franzino, não chegando a medir 1,80 metro, com um rosto saudável, jovem, cabelos brancos e um aspecto de extrema limpeza ... Tinha um profundo amor por crianças, embora eu tenda a pensar que não as compreendia assim tão bem ... Seu grande prazer era me ensinar seu Jogo de Lógica. Ousaria eu dizer que isso tornava o serão bastante longo, quando a orquestra estava tocando lá fora na praça e a lua brilhando sobre o mar?" (O jogo em questão era um método para resolver silogismos pondo fichas pretas e vermelhas num diagrama inventado pelo próprio Carroll.)

É fácil dizer que Carroll encontrou um meio de dar vazão a seus recalques nas visões arrebatadoramente, extravagantemente violentas de seus livros de *Alice*. As crianças vitorianas sem dúvida desfrutaram de uma liberação similar. Sentiam-se felizes por finalmente disporem de alguns livros desprovidos de moral piedosa, mas Carroll foi se tornando cada vez mais inquieto com a ideia de que ainda não escrevera um livro para crianças que transmitisse algum tipo de mensagem evangélica cristã. Seu esforço nessa direção foi *Sílvia e Bruno*, um romance longo e fantástico que foi publicado em duas partes separadas. Contém algumas cenas cômicas esplêndidas, e a canção do Jardineiro, que se desenvolve como uma fuga demente ao longo da história, é Carroll em sua melhor expressão. Aqui está a estrofe final, cantada pelo Jardineiro com lágrimas a lhe correr pelas faces:

Pensou ter visto um Argumento
Que provava ser ele o Papa:
Olhou de novo e descobriu que era
Uma barra de Sabão Mosqueado.
"Um fato tão medonho", disse debilmente,
"Liquida toda a esperança!"

Mas as maravilhosas canções nonsense não eram o que Carroll mais admirava na história. Preferia uma canção cantada pelas duas crianças fantasmagóricas, Sílvia e seu irmão Bruno, cujo refrão era:

Pois penso que é Amor,
Pois sinto que é Amor,
Pois tenho certeza de que nada mais é que Amor!

Carroll considerava este o mais belo poema que já escrevera. Mesmo os que concordem com o sentimento que lhe é subjacente, e subjacente a outras partes do romance que são fortemente saturadas de pieguice, têm dificuldade em ler hoje esses trechos sem constranger o autor. Eles parecem ter sido escritos no fundo de poços de melado. Somos lamentavelmente forçados a concluir que, no conjunto, *Sílvia e Bruno* é um fracasso tanto artístico quanto retórico. Com certeza poucas crianças vitorianas, a quem a história se destinava, sentiram-se em algum momento comovidas, divertidas ou elevadas por ela.

Ironicamente, é o nonsense anterior e pagão de Carroll que possui, ao menos para certos leitores contemporâneos, uma mensagem religiosa mais eficaz que *Sílvia e Bruno*. Pois o nonsense, como Chesterton gostava de nos dizer, é uma maneira de encarar a existência aparentada com a humildade e o assombro religiosos. O Unicórnio pensou que Alice fosse um monstro fabuloso. É parte do embotamento filosófico de nossos dias que existam milhões de monstros racionais a andar por aí sobre as patas traseiras, observando o mundo através de pares de pequenas lentes flexíveis e empurrando periodicamente substâncias orgânicas por orifícios em seus rostos para se abastecer de energia, os quais não veem absolutamente nada de fabuloso em si mesmos. Ocasionalmente os narizes dessas criaturas são sacudidos por paroxismos momentâneos. Kierkegaard imaginou certa vez um filósofo espirrando ao registrar uma de suas frases profundas. Como poderia tal homem, perguntou-se Kierkegaard, levar sua metafísica a sério?

O último nível metafórico nos livros de *Alice* é este: que a vida, vista racionalmente e sem ilusão, parece ser uma história disparatada contada por um matemático idiota. No cerne das coisas a ciência só encontra uma louca e infindável quadrilha de Ondas da Tartaruga Falsa e Partículas do Grifo. Por um momento as ondas e as partículas dançam em padrões grotescos, inconcebíveis, capazes de refletir apenas seu próprio absurdo. Todos nós vivemos vidas burlescas sob uma inexplicável sentença de morte, e, quando tentamos descobrir o que as autoridades do Castelo querem que façamos, somos encaminhados de um burocrata para outro. Não temos sequer certeza de que o Conde West-West, o dono do Castelo, realmente existe. Mais de um crítico comentou as semelhanças entre *O processo* de Kafka e o julgamento do Valete de Copas; entre *O castelo* de Kafka e um jogo de xadrez em que peças vivas ignoram o plano do jogo e não têm como saber se estão se movendo por vontade própria ou sendo empurradas por dedos invisíveis.

A visão da monstruosa insensatez do cosmo ("Cortem-lhe a cabeça!") pode ser cruel e perturbadora, como é em Kafka ou no *Livro de Jó*, ou uma comédia alegre, como em *Alice* ou em *O homem que era Quinta-Feira*, de Chesterton. Quando Domingo, o símbolo de Deus no pesadelo metafísico de Chesterton, joga recadinhos para os que o perseguem, eles se revelam mensagens disparatadas. Um deles é até assinado por Snowdrop, o mesmo nome da Gatinha Branca de Alice. É uma visão que pode levar ao desespero e ao suicídio, à risada que encerra *O muro*, de Jean-Paul Sartre, à resolução humanista de avançar corajosamente em face da escuridão definitiva. Curiosamente, pode também sugerir a hipótese desvairada de que pode haver luz por trás da escuridão.

O riso, declara Reinhold Niebuhr, é um dos mais excelentes sermões, uma espécie de terra de ninguém entre a fé e o desespero. Preservamos nossa sanidade rindo dos absurdos superficiais da vida, mas o riso se transforma em amargura e escárnio se dirigido para as irracionalidades mais profundas do mal e da morte. "É por isso", ele conclui, "que há riso no vestíbulo do templo, o eco do riso no próprio templo, mas somente fé e oração, e nenhum riso, no santuário."

Lord Dunsany disse a mesma coisa nesse sentido em *The Gods of Pagana*. Seu porta-voz é Limpang-Tung, o deus da hilaridade e dos melodiosos menestréis.

"Enviarei gracejos ao mundo e um pouco de hilaridade. E quando a Morte te parecer tão distante quanto as encostas púrpuras das montanhas, ou o sofrimento tão distante quanto a chuva nos dias azuis do verão, reza então para Limpang-Tung. Mas quando ficares velho, ou antes de morreres, não reza para Limpang-Tung, pois te tornaste parte de um esquema que ele não compreende."

"Sai para a noite estrelada, e Limpang-Tung bailará contigo. ... Oferece um gracejo a Limpang-Tung; apenas, não reza em tua dor para Limpang-Tung, pois da dor ele diz: 'Deve ser muito engenhosa da parte dos deuses, mas ele não a compreende.'"

Aventuras de Alice no País das Maravilhas e *Através do Espelho* são duas incomparáveis brincadeiras do reverendo C.L. Dodgson, numas férias mentais dos afazeres do Christ Church, oferecidas certa vez a Limpang-Tung.

Introdução à 2ª edição

(More Annotated Alice)

Charles Lutwidge Dodgson, mais conhecido como Lewis Carroll, era um solteirão tímido e excêntrico que lecionava matemática no Christ College, em Oxford. Gostava muito de brincar com matemática, lógica e palavras, de escrever textos nonsense e da companhia de menininhas encantadoras. De certa maneira essas paixões se amalgamaram magicamente para produzir duas histórias imortais, escritas para a mais amada de suas amigas crianças, Alice Liddell, filha do deão do Christ Church. Ninguém suspeitou na época que esses livros se tornariam clássicos da literatura inglesa. E ninguém teria sido capaz de adivinhar que a fama de Carroll acabaria por suplantar a do pai de Alice e a de todos os seus colegas de Oxford.

Entre os livros escritos para crianças, não há um que requeira mais explicação que os livros de *Alice*. Grande parte de sua graça está entretecida com eventos e costumes vitorianos desconhecidos dos leitores americanos de hoje, e até dos leitores da Inglaterra. Muitas piadas nos livros só podiam ser apreciadas por residentes de Oxford, e outras eram piadas íntimas, destinadas exclusivamente a Alice. Foi para lançar o máximo de luz possível sobre essas obscuridades que, quarenta anos atrás, escrevi *The Annotated Alice.*

Havia pouco nesse volume que não pudesse ser encontrado espalhado pelas páginas de livros sobre Carroll. Meu trabalho então não foi fazer pesquisa original mas recolher tudo que pudesse encontrar na literatura existente para tornar os livros de *Alice* mais prazerosos para leitores contemporâneos.

Nos quarenta anos que se seguiram, o público e o interesse erudito por Lewis Carroll cresceram em ritmo notável. A Lewis Carroll Society foi fundada na Inglaterra, e seu animado periódico, *Jabberwocky* (agora *The Carrollian*), tem sido publicado trimestralmente desde seu lançamento em 1969. A Lewis Carroll Society of North America, sob a liderança de Stan Marx, foi criada em 1974. Novas biografias de Carroll – e uma de Alice Liddell! –, bem como livros sobre aspectos específicos da vida e dos escritos de Carroll, foram publicadas. Aquele guia indispensável para colecionadores, *The Lewis Carroll Handbook*, foi revisto e atualizado em 1962 pelo falecido Roger Green, e atualizado novamente em 1979 por Denis Crutch. Artigos sobre Carroll apareceram com crescente frequência em revistas acadêmicas. Surgiram novas coletâneas de ensaios sobre ele e novas biografias. Os dois volumes de *Letters of Lewis Carroll*, organizados por Morton H. Cohen, foram publicados em 1979. *The Tenniel Illustrations to the "Alice" Books*, de Michael Hancher, foi lançado em 1985.

Novas edições de *Alice*, bem como reproduções de *Alice's Adventures Under Ground* (*Aventuras subterrâneas de Alice*, a história original escrita a mão e ilustrada por Carroll como um presente para Alice Liddell) e *The Nursery "Alice"* (a versão da história feita por Carroll para leitores de muito pouca idade), foram lançadas pelo mundo todo. Várias edições de *Alice* apareceram com novas notas – uma do filósofo britânico Peter Heath. Outras edições receberam novas ilustrações de artistas gráficos eminentes. Pode-se fazer alguma ideia da vastidão dessa literatura folheando as 253 páginas da obra de Edward Guiliano, *Lewis Carroll: An Annotated International Bibliography, 1960-77*, já com mais de duas décadas de atraso.

Desde 1960 Alice foi a estrela de um sem-número de produções de cinema, televisão e rádio no mundo todo. Os poemas e canções dos livros de *Alice* ganharam novas melodias de compositores contemporâneos – um deles Steve Allen, para um musical da CBS em 1985. David Del Tredici tem composto suas brilhantes obras sinfônicas baseadas em temas de *Alice*. O balé *Alice* de Glen Tetley, em que se destaca a música de Del Tredici, foi produzido em Manhattan em 1986. Morton Cohen, que sabe mais sobre Dodgson que qualquer outra pessoa viva, publicou em 1995 sua biografia, *Lewis Carroll*, com muitas revelações sensacionais.

Enquanto tudo isso ocorria, centenas de leitores de *The Annotated Alice* enviaram-me cartas que chamavam atenção para aspectos do texto de Carroll que eu deixara de considerar, além de indicarem onde notas antigas poderiam ser melhoradas e novas notas acrescentadas. Quando essas cartas atingiram o topo de uma grande caixa de papelão, disse a mim mesmo que chegara a hora de publicar aquele novo material. Deveria tentar rever e atualizar o livro original? Ou deveria escrever uma continuação chamada *More Annotated Alice*? Finalmente concluí que uma continuação seria melhor. Leitores que tivessem o original não o considerariam obsoleto. Não haveria necessidade de comparar suas páginas com as de uma edição revista para ver onde notas novas haviam sido acrescentadas. E teria sido um trabalho horrendo comprimir todas as notas novas nas margens do livro original.

Uma continuação oferecia também uma oportunidade de introduzir os leitores a outras ilustrações. É verdade que os desenhos de Tenniel são parte integrante e eterna do "cânon" de *Alice*, mas eles são facilmente acessíveis em *The Annotated Alice*, bem como num grande número de outras edições atualmente à venda. Peter Newell não foi o primeiro artista gráfico a ilustrar *Alice* após Tenniel, mas foi o primeiro a fazê-lo de maneira memorável. Uma edição do primeiro livro de *Alice* com quarenta pranchas de Newell foi publicada pela Harper and Brothers em 1901, seguida pelo segundo livro de *Alice*, novamente com quarenta pranchas, em 1902. Hoje ambos os volumes são itens caros de colecionador. Independentemente do que possam pensar da arte de Newell, acredito que os leitores vão considerar interessante ver Alice e seus amigos através da imaginação de um outro artista.

O fascinante artigo de Newell sobre sua abordagem a *Alice* é reproduzido aqui, seguido pelo último e melhor de vários ensaios sobre Newell e seu trabalho. Eu havia planejado discutir Newell nesta introdução até que descobri que meu amigo Michael Hearn, autor de *The Annotated Wizard of Oz* e outros livros, havia dito num ensaio tudo o que eu poderia dizer e muito mais.

O famoso episódio perdido sobre um marimbondo de peruca – Carroll o eliminou do segundo livro de *Alice* depois que Tenniel se queixou de que não conseguia desenhar um marimbondo e sugeriu que o livro ficaria melhor sem o episódio – está incluído aqui no final do livro, e não no capítulo sobre o Cavaleiro Branco onde Carroll pretendera que figurasse. O episódio foi publicado pela primeira vez em 1977 em um pequeno livro pela Lewis

Carroll Society of North America, com introdução e notas minhas. Esse livro está hoje esgotado e sinto-me feliz por ter obtido permissão para incluir o volume inteiro aqui.

Alguns erros da introdução a *The Annotated Alice* requerem correção. Falei do ensaio de Shane Leslie, "Lewis Carroll and the Oxford Movement" como se fosse de crítica séria. Leitores apressaram-se a me informar que não se trata disso. O objetivo do texto era zombar da compulsão de alguns estudiosos de procurar um simbolismo improvável em *Alice*. Eu disse que nenhuma das fotografias de meninas nuas feitas por Carroll parecia ter sobrevivido. Quatro dessas fotos, coloridas a mão, apareceram depois na coleção Carroll da Rosenbach Foundation, na Filadélfia. Foram reproduzidas em *Lewis Carroll Photographs of Nude Children*, uma bela monografia publicada pela fundação em 1979, com uma introdução do professor Cohen.

Um tema de considerável especulação entre os carrollianos tem sido: estava Carroll "apaixonado" pela Alice real? Sabemos que a sra. Liddell percebeu algo de insólito nas atitudes dele em relação à filha, tomou medidas para desencorajar-lhe as atenções e finalmente queimou todas as suas primeiras cartas para Alice. Minha introdução mencionava uma referência cifrada no diário de Carroll (28 out 1862) ao fato de não estar nas boas graças da sra. Liddell "desde o caso Lord Newry". Quando o visconde Newry, aos 18 anos, cursava a graduação no Christ Church, a sra. Liddell alimentara a esperança de vê-lo casado com uma de suas filhas. Em 1862, Lord Newry quis dar um baile, o que contrariava as regras da faculdade. Solicitou a permissão do corpo docente, com o apoio da sra. Liddell, mas ela lhe foi recusada. Carroll havia votado contra ele. Poderia isso explicar inteiramente a posição da sra. Liddell? Ou fora sua irritação reforçada por uma impressão de que o próprio Carroll desejava se casar com Alice algum dia? Para a sra. Liddell, isso estava fora de cogitação não só por causa da grande diferença de idade, mas também porque Carroll lhe parecia ocupar posição inferior na hierarquia social.

A página do diário de Carroll correspondente à data de sua ruptura com a sra. Liddell foi arrancada do volume por um membro desconhecido da família Carroll, e presumivelmente destruída. Consta que o filho de Alice,

Caryl Hargreaves, teria dito que pensava que Carroll estava romanticamente apaixonado por sua mãe, e há outras indicações, ainda não publicadas, de que Carroll pode ter expressado intenções maritais para os pais de Alice. Anne Clark, em suas biografias de Carroll e de Alice, está convencida de que algum tipo de proposta de casamento foi feita.

A questão foi explorada a fundo na biografia de Carroll escrita por Morton Cohen. Originalmente, o professor Cohen achava que Carroll jamais pensou em se casar com ninguém, porém mais tarde mudou de opinião. Aqui está a explicação que deu para isso numa entrevista publicada in *Soaring with the Dodo* (Lewis Carroll Society of North America, 1982), uma coletânea de ensaios organizada por Edward Guiliano e James Kincaid:

> Na realidade, não mudei de ideia recentemente; isso aconteceu em 1969, quando recebi uma fotocópia dos diários da família. Quando me sentei e li todos os diários – os diários completos, não só os trechos publicados – algo entre 25 e 40% era inédito, e naturalmente aqueles fragmentos e trechos não publicados tinham enorme significação. Aqueles eram os trechos que a família decidira que não deviam ser publicados. Roger Lancelyn Green, que organizou os diários, na realidade sequer chegou a ver os diários inéditos completos, porque trabalhou a partir de um texto datilografado editado. Quando li pela primeira vez todos os trechos não publicados dos diários, contudo, dei-me conta da existência de uma outra dimensão do "romantismo" de Lewis Carroll. É claro que é bastante difícil conciliar o rígido clérigo vitoriano com o homem que tinha tal predileção por menininhas que teria chegado a propor casamento a uma ou mais delas. Acredito agora que ele fez algum tipo de proposta de casamento para os Liddell, não dizendo "posso me casar com sua filha de 11 anos?", ou algo no gênero, mas talvez sugerindo sutilmente: após seis ou oito anos, se continuarmos sentindo o mesmo que sentimos agora, poderia algum tipo de aliança ser possível? Acredito também que ele continuou mais tarde a pensar na possibilidade de se casar com outras meninas, e penso que deveria tê-lo feito. Era um homem para o casamento. Acredito firmemente que teria sido mais feliz casado do que como solteiro, e considero que uma das tragédias da sua vida foi nunca ter conseguido se casar.

Alguns críticos compararam Carroll com Humbert Humbert, o narrador do romance *Lolita*, de Vladimir Nabokov. Realmente, ambos se sentiam atraídos pelo que Nabokov chamou de ninfetas, mas seus motivos eram completamente diversos. As menininhas de Lewis Carroll talvez o atraíssem precisamente porque com elas se sentia sexualmente seguro. Havia na Inglaterra vitoriana uma tendência, que se reflete em grande parte de sua literatura e arte, a idealizar a beleza e a pureza virginal das meninas. Isso sem dúvida tornou mais fácil para Carroll dar por certo que seu gosto por elas se situava num elevado plano espiritual. Carroll era um anglicano devoto, e nenhum estudioso sugeriu que tivesse consciência de algo além das mais nobres intenções, e não há tampouco qualquer indício de impropriedade nas rememorações de suas muitas amigas crianças.

Embora *Lolita* tenha muitas alusões a Edgar Allan Poe, que partilhava as preferências sexuais de Humbert, não tem nenhuma referência a Carroll. Numa entrevista sobre Carroll, Nabokov falou sobre a "patética afinidade" de Carroll com Humbert, acrescentando que "algum escrúpulo estranho me impediu de fazer alusão em *Lolita* à sua deplorável perversão e àquelas fotografias ambíguas que fazia em quartos sombrios".

Nabokov era um grande admirador dos livros de *Alice*. Na juventude, traduziu *Aventuras de Alice no País das Maravilhas* para o russo – "não a primeira tradução", ele observou certa vez, "mas a melhor". Escreveu um romance sobre um jogador de xadrez (*A defesa*) e outro com um baralho de cartas como tema (*King, Queen, Knave*). Críticos notaram também a similaridade entre os desfechos de *Aventuras de Alice no País das Maravilhas* e *Invitation to a Beheading*, de Nabokov.*

Vários comentadores de *The Annotated Alice* queixaram-se de que suas notas divagam, afastando-se muito do texto, com comentários dispersivos mais adequados a um ensaio. Sim, muitas vezes divago, mas espero que pelo menos alguns leitores apreciem esses meandros. Não vejo razão por que comentadores não deveriam usar suas notas para dizer o que quer que lhes

---

* Para as muitas alusões a *Alice* na ficção de Nabokov, ver a nota 133 (p.377-8, cap.29) de *The Annotated Lolita*, organizado por Alfred Appel Jr. (McGraw-Hill, 1970).

agrade, se consideram que isso será de interesse, ou pelo menos divertido. Muitas de minhas longas notas em *The Annotated Alice* – a que trata do xadrez como metáfora da vida, por exemplo – pretenderam ser pequeninos ensaios.

Os nomes dos leitores que forneceram material para este livro constam nas notas, mas quero consignar aqui uma dívida especial para com o dr. Selwyn H. Goodacre, atual editor do *Jabberwocky* e renomado especialista em Carroll. Não só ele forneceu numerosos achados como dedicou generosamente seu tempo à leitura de um primeiro rascunho das minhas notas, oferecendo valiosas correções e sugestões.

Sobre esta edição

(ALICE: EDIÇÃO COMENTADA)

O LIVRO *The Annotated Alice* foi publicado pela primeira vez em 1960 pela editora Clarkson Potter. Passou por várias reedições nos Estados Unidos e na Inglaterra, em capa dura e brochura, e foi traduzido para o italiano, japonês, russo e hebraico. Não fui capaz de convencer a editora Crown, que assumiu a direção da Potter antes de passar por sua vez para o controle da Random House, a me deixar fazer uma revisão de vulto do livro, acrescentando grande quantidade de novas notas que haviam se acumulado em meus arquivos. Acabei decidindo inseri-las numa continuação intitulada *More Annotated Alice*. A Random House a publicou em 1990, trinta anos após o livro anterior.

Para distinguir a continuação do *The Annotated Alice* original, usei as oitenta ilustrações de página inteira de Peter Newell em lugar da arte de Tenniel. Michael Patrick Hearn contribuiu com um excelente ensaio sobre Newell. Pude também acrescentar a *More Annotated Alice* o episódio perdido havia tanto tempo, "O Marimbondo de peruca" ["The Wasp in a Wig"], que Carroll excluíra de seu segundo livro de *Alice* por grande insistência de Tenniel. Mas ainda assim, continuava sendo necessário abrir dois diferentes livros de *Alice* ao mesmo tempo, o que parecia bem pouco prático.

Em 1998 fiquei surpreso e encantado quando meu editor na Norton, Robert Weil, sugeriu que as notas dos dois livros de *Alice* fossem combinadas em uma única edição "definitiva". Aqui estão elas, algumas ampliadas, além de muitas outras notas novas. As ilustrações de Tenniel em *The Annotated Alice* haviam sido insatisfatoriamente reproduzidas, estando cheias de tipos quebrados e linhas imprecisas. Para este volume, foram fielmente estampadas em sua nitidez original.

O episódio "O Marimbondo de peruca" está incluído no livro, juntamente com a introdução e as notas que escrevi para sua primeira publicação pela Lewis Carroll Society of North America, numa edição limitada de 1977. Tive o grande prazer de ir à procura do colecionador de Nova York que havia arrematado as provas num leilão em Londres e persuadi-lo a me permitir reproduzi-las num pequeno livro.

Além de agradecer a Weil por ter tornado esta edição possível, agradeço também a Justin Schiller, o maior vendedor e colecionador de livros raros para crianças dos Estados Unidos, pela permissão para incluir reproduções dos esboços preliminares de Tenniel da edição privada de *Aventuras de Alice no País das Maravilhas* feita pelo próprio Schiller em 1990. Agradeço também a David Schaefer por ter fornecido um catálogo das produções cinematográficas de *Alice*, com base em sua grande coleção desses filmes.

Alice

EDIÇÃO COMENTADA E ILUSTRADA

Aventuras de Alice no País das Maravilhas

Sumário

JUNTOS NAQUELA TARDE DOURADA[1]
Deslizávamos em doce vagar,
Pois eram braços pequenos, ineptos,
Que iam os remos a manobrar,
Enquanto mãozinhas fingiam apenas
O percurso do barco determinar.

Ah, cruéis Três! Naquele preguiçar,
Sob um tempo ameno, estival,
Implorar uma história, e de tão leve alento
Que sequer uma pluma pudesse soprar!
Mas que pode uma pobre voz
Contra três línguas a trabalhar?

Imperiosa, Prima estabelece:
"Começar já"; enquanto Secunda,
Mais brandamente, encarece:
"Que não tenha pé nem cabeça!"
E Tertia um ror de palpites oferece,
Mas *só* um a cada minuto.

Depois, por súbito silêncio tomadas,
Vão em fantasia perseguindo
A criança-sonho em sua jornada
Por uma terra nova e encantada,
A tagarelar com bichos pela estrada
– Ouvem crédulas, extasiadas.

E sempre que a história esgotava
Os poços da fantasia,
E debilmente eu ousava insinuar,
Na busca de o encanto quebrar:
"O resto, para depois..." "Mas já *é* depois!"
Ouvia as três vozes alegres a gritar.

Foi assim que, bem devagar,
  O País das Maravilhas foi urdido,
Um episódio vindo a outro se ligar –
  E agora a história está pronta,
Desvie o barco, comandante! Para casa!
  O sol declina, já vai se retirar.

Alice! Recebe este conto de fadas
  E guarda-o, com mão delicada,
Como a um sonho de primavera
  Que à teia da memória se entretece,
Como a guirlanda de flores murchas que
  A cabeça dos peregrinos guarnece.[2]

CAPÍTULO 1

Pela toca do Coelho

ALICE[1] ESTAVA COMEÇANDO a ficar muito cansada de estar sentada ao lado da irmã na ribanceira, e de não ter nada que fazer; espiara uma ou duas vezes o livro que estava lendo, mas não tinha figuras nem diálogos, "e de que serve um livro", pensou Alice, "sem figuras nem diálogos?".

Assim, refletia com seus botões (tanto quanto podia, porque o calor a fazia se sentir sonolenta e burra) se o prazer de fazer uma guirlanda de margaridas valeria o esforço de se levantar e colher as flores, quando de repente um Coelho Branco de olhos cor-de-rosa passou correndo por ela.

Não havia nada de *tão* extraordinário nisso; nem Alice achou assim *tão* esquisito ouvir o Coelho dizer consigo mesmo: "Ai, ai! Ai, ai! Vou chegar atrasado demais!" (quando pensou sobre isso mais tarde, ocorreu-lhe que deveria ter ficado espantada, mas na hora tudo pareceu muito natural); mas quando viu o Coelho *tirar um relógio do bolso do colete* e olhar as horas, e depois sair em disparada, Alice se levantou num pulo, porque constatou subitamente que nunca tinha visto antes um coelho com bolso de colete, nem com relógio para tirar de lá, e, ardendo de curiosidade, correu pela campina atrás dele, ainda a tempo de vê-lo se meter a toda pressa numa grande toca de coelho debaixo da cerca.

No instante seguinte, lá estava Alice se enfiando na toca atrás dele, sem nem pensar de que jeito conseguiria sair depois.

Por um trecho, a toca de coelho seguia na horizontal, como um túnel, depois se afundava de repente, tão de repente que Alice não teve um segundo para pensar em parar antes de se ver despencando num poço muito fundo.

Ou o poço era muito fundo, ou ela caía muito devagar, porque enquanto caía teve tempo de sobra para olhar à sua volta e imaginar o que iria acon-

tecer em seguida. Primeiro, tentou olhar para baixo e ter uma ideia do que a esperava, mas estava escuro demais para se ver alguma coisa; depois olhou para as paredes do poço, e reparou que estavam forradas de guarda-louças e estantes de livros; aqui e ali, viu mapas e figuras pendurados em pregos. Ao passar, tirou um pote de uma das prateleiras; o rótulo dizia "GELEIA DE LARANJA", mas para seu grande desapontamento estava vazio: como não queria soltar o pote por medo de matar alguém, deu um jeito de metê-lo num dos guarda-louças por que passou na queda.[2]

"Bem!" pensou Alice, "depois de uma queda desta, não vou me importar nada de levar um trambolhão na escada! Como vão me achar corajosa lá em casa! Ora, eu não diria nadinha, mesmo que caísse do topo da casa!" (O que muito provavelmente era verdade.)[3]

Caindo, caindo, caindo. A queda não terminaria *nunca*? "Quantos quilômetros será que já caí até agora?" disse em voz alta. "Devo estar chegando perto do centro da Terra. Deixe-me ver: isso seria a uns seis mil e quinhentos quilômetros de profundidade, acho..." (pois, como você vê, Alice aprendera várias coisas desse tipo na escola e, embora essa não fosse uma oportunidade *muito* boa de exibir seu conhecimento, já que não havia ninguém para escutá-la, era sempre bom repassar) "...sim, a distância certa é mais ou menos essa... mas, além disso, para que Latitude ou Longitude será que estou indo?" (Alice não tinha a menor ideia do que fosse Latitude, nem do que fosse Longitude, mas lhe pareciam palavras imponentes para se dizer.)

Logo recomeçou. "Gostaria de saber se vou cair direto *através* da Terra![4] Como vai ser engraçado sair no meio daquela gente que anda de cabeça para baixo! Os antipatias, acho..." (desta vez estava muito satisfeita por não *haver* ninguém escutando, pois aquela não parecia mesmo ser a palavra certa) "...mas vou ter de perguntar a eles o nome do país. Por favor, senhora, aqui é a Nova Zelândia? Ou a Austrália?" (e tentou fazer uma mesura enquanto falava... imagine *fazer mesura* quando se está despencando no ar! Você acha que conseguiria?) "E que menininha ignorante ela vai achar que sou! Não, não convém perguntar nada: talvez eu veja o nome escrito em algum lugar."

Caindo, caindo, caindo. Como não havia mais nada a fazer, Alice logo começou a falar de novo. "Tenho a impressão de que Dinah vai sentir muita falta de mim esta noite!" (Dinah era a gata.)[5] "Espero que se lembrem de seu pires de leite na hora do chá. Dinah, minha querida! Queria que você estivesse aqui embaixo comigo! Pena que não haja nenhum camundongo no ar, mas você poderia apanhar um morcego, é muito parecido com camundongo. Mas será que gatos comem morcegos?" E aqui Alice começou a ficar com muito sono, e continuou a dizer para si mesma, como num sonho: "Gatos comem morcegos? Gatos comem morcegos?" e às vezes "Morcegos comem gatos?" pois, como não sabia responder a nenhuma das perguntas, o jeito como as fazia não tinha muita importância. Sentiu que estava cochilando e tinha começado a sonhar que estava andando de mãos dadas com Dinah, dizendo a ela, muito séria: "Vamos, Dinah, conte-me a verdade: algum dia você já comeu um morcego?" quando subitamente, bum! bum! caiu sobre um monte de gravetos e folhas secas: a queda terminara.

Alice não ficou nem um pouco machucada, e num piscar de olhos estava de pé. Olhou para cima, mas lá estava tudo escuro; diante dela havia um outro corredor comprido e o Coelho Branco ainda estava à vista, andando ligeiro por ele. Não havia um segundo a perder; lá se foi Alice como um raio, tendo tempo apenas de ouvi-lo dizer, ao dobrar uma esquina: "Por minhas orelhas e bigodes, como está ficando tarde!" Ela estava bem rente a ele, mas quando dobrou a esquina não havia mais sinal do Coelho Branco: viu-se num salão comprido e baixo, iluminado por uma fileira de lâmpadas penduradas do teto.

Havia portas ao redor do salão inteiro, mas estavam todas trancadas; depois de percorrer todo um lado e voltar pelo outro, experimentando cada porta, caminhou desolada até o meio, pensando como haveria de sair dali.

De repente topou com uma mesinha de três pernas, feita de vidro maciço; sobre ela não havia nada, a não ser uma minúscula chave de ouro, e a primeira ideia de Alice foi que devia pertencer a uma das portas do salão; mas, que pena! ou as fechaduras eram grandes demais, ou a chave era pequena demais, de qualquer maneira não abria nenhuma delas. No entanto, na segunda rodada, deu com uma cortina baixa que não havia notado antes; atrás dela havia uma portinha de uns quarenta centímetros de altura: experimentou a chavezinha de ouro, que, para sua grande alegria, serviu![6]

Abriu a porta e descobriu que dava para uma pequena passagem, não muito maior que um buraco de rato: ajoelhou-se e avistou, do outro lado do buraco, o jardim mais encantador que já se viu.[7] Como desejava sair daquele salão escuro e passear entre aqueles canteiros de flores radiantes e aquelas fontes de água fresca! Mas não era capaz nem de enfiar a cabeça pelo vão da porta, "e mesmo que conseguisse enfiar a cabeça", pensou a pobre Alice, "isso de pouco adiantaria sem meus ombros. Ah, como gostaria de poder me fechar como um telescópio! Acho que conseguiria, se soubesse pelo menos começar." Pois, vejam bem, havia acontecido tanta coisa esquisita ultimamente que Alice tinha começado a pensar que raríssimas coisas eram realmente impossíveis.

Como ficar esperando junto da portinha parecia não adiantar muito, voltou até a mesa com uma ponta de esperança de conseguir achar outra chave sobre ela, ou pelo menos um manual com regras para encolher pessoas como telescópios; dessa vez achou lá uma garrafinha ("que com certeza não estava aqui antes", pensou Alice), em cujo gargalo estava enrolado um rótulo de papel com as palavras "BEBA-ME" graciosamente impressas em letras graúdas.[8]

Era muito fácil dizer "Beba-me", mas a ajuizada pequena Alice não iria fazer isso *assim* às pressas. "Não, primeiro vou olhar", disse, "e ver se está escrito '*veneno*' ou não"; pois lera muitas historinhas divertidas[9] sobre crianças que tinham ficado queimadas e sido comidas por animais selvagens e outras coisas desagradáveis, tudo porque *não* se lembravam das regrinhas simples que seus amigos lhes haviam ensinado: que um atiçador em brasa acaba queimando sua mão se você insistir em segurá-lo por muito tempo; quando você corta o dedo *muito* fundo com uma faca, geralmente sai sangue; e ela nunca esquecera que, se você bebe muito de uma garrafa em que está escrito "veneno", é quase certo que vai se sentir mal, mais cedo ou mais tarde.

Como porém nessa garrafa não estava escrito "veneno", Alice se arriscou a provar e, achando o gosto muito bom (na verdade, era uma espécie de sabor misto de torta de cereja, creme, abacaxi, peru assado, puxa-puxa e torrada quente com manteiga), deu cabo dela num instante.

"Que sensação estranha!" disse Alice; "devo estar encolhendo como um telescópio!"[10]

E estava mesmo: agora só tinha vinte e cinco centímetros de altura e seu rosto se iluminou à ideia de que chegara ao tamanho certo para passar pela portinha e chegar àquele jardim encantador. Primeiro, no entanto, esperou alguns minutos para ver se ia encolher ainda mais: a ideia a deixou um pouco nervosa; "pois isso poderia acabar", disse Alice consigo mesma, "me fazendo sumir completamente, como uma vela.[11] Nesse caso, como eu seria?" E tentou imaginar como é a chama de uma vela depois que a vela se apaga, pois não conseguia se lembrar de jamais ter visto tal coisa.

Um pouco depois, descobrindo que nada mais acontecera, decidiu ir imediatamente para o jardim; mas, ai da pobre Alice![12] quando chegou à porta, viu que tinha esquecido a chavezinha de ouro e, quando voltou à mesa para pegá-la, constatou que não conseguia alcançá-la: podia vê-la muito bem através do vidro, e fez o que pôde para tentar subir por uma das pernas da mesa, mas era escorregadia demais; tendo se cansado de tentar, a pobre criaturinha sentou no chão e chorou.

"Vamos, não adianta nada chorar assim!" disse Alice para si mesma, num tom um tanto áspero. "Eu a aconselho a parar já!" Em geral dava conselhos muito bons para si mesma (embora raramente os seguisse), repreendendo-se de vez em quando tão severamente que ficava com lágrimas nos olhos; certa vez teve a ideia de esbofetear as próprias orelhas por ter trapaceado num jogo de croqué que estava jogando contra si mesma, pois essa curiosa criança gostava muito de fingir ser duas pessoas. "Mas agora", pensou a pobre Alice, "não adianta nada fingir ser duas pessoas![13] Ora, mal sobra alguma coisa de mim para fazer *uma* pessoa apresentável!"

Pouco depois deu com os olhos numa caixinha de vidro debaixo da mesa: abriu-a, e encontrou dentro um bolo muito pequeno, com as palavras "COMA-ME" lindamente escritas com passas sobre ele. "Bem, vou comê-lo", disse Alice; "se me fizer crescer, posso alcançar a chave; se me fizer diminuir, posso me esgueirar por baixo da porta; assim, de uma maneira ou de outra vou conseguir chegar ao jardim; para mim tanto faz!"

Comeu um pedacinho, e disse para si mesma, aflita, "Para cima ou para baixo? Para cima ou para baixo?", com a mão sobre a cabeça para sentir em que direção estava indo, ficando muito surpresa ao verificar que continuava do mesmo tamanho: não há dúvida de que isso geralmente acontece quando se come bolo, mas Alice tinha se acostumado tanto a esperar só coisas esquisitas acontecerem que lhe parecia muito sem graça e maçante que a vida seguisse da maneira habitual.

Assim, pôs mãos à obra e, num segundo, deu cabo do bolo.

♥

CAPÍTULO 2

A lagoa de lágrimas

"CADA VEZ MAIS ESTRANHÍSSIMO!" exclamou Alice (a surpresa fora tanta que por um instante realmente esqueceu como se fala direito). "Agora estou espichando como o maior telescópio que já existiu! Adeus, pés!" (pois, quando olhou para eles, pareciam quase fora do alcance de sua vista, de tão distantes). "Oh, meus pobres pezinhos, quem será que vai calçar meias e sapatos em vocês agora, queridos? Com certeza, *eu* é que não vou conseguir! Vou estar longe demais para me incomodar com vocês: arranjem-se como puderem... Mas preciso ser gentil com eles", pensou Alice, "ou quem sabe não vão andar no rumo que quero! Deixe-me ver. Vou dar um par de botinas novas para eles todo Natal."

E continuou planejando com seus botões como faria isso. "Vão ter de ir pelo correio", pensou; "e que engraçado vai ser, mandar presentes para os próprios pés! E como o endereço vai parecer estranho!

Exmo Sr. Pé Direito da Alice,
Tapete junto à lareira
Perto do guarda-fogo,[1]
(Com o amor da Alice).

Ai, ai, quanto disparate estou dizendo!"

Exatamente nesse momento sua cabeça bateu no teto do salão: de fato, agora estava com quase três metros; agarrou imediatamente a chavezinha de ouro e foi ligeiro para a porta do jardim.

Pobre Alice! O máximo que conseguiu, deitada de lado, foi olhar para o jardim com um olho só; chegar lá estava mais impossível que nunca: sentou-se e começou a chorar de novo.

"Devia ter vergonha", disse Alice, "uma menina grande como você" (bem que podia dizer isso), "chorando dessa maneira! Pare já, já, estou mandando!" Mesmo assim continuou, derramando galões de lágrimas, até que à sua volta se formou uma grande lagoa, com cerca de meio palmo de profundidade e se estendendo até a metade do salão.

Passado algum tempo, ouviu uns passinhos à distância e enxugou as lágrimas mais que depressa para ver o que estava chegando. Era o Coelho Branco de volta, esplendidamente vestido, com um par de luvas brancas de pelica em uma das mãos e um grande leque na outra: vinha a toda pressa, muito afobado, murmurando consigo: "Oh, a Duquesa, a Duquesa! Oh! Como vai ficar furiosa se eu a tiver feito esperar!" Alice estava tão desesperada que se sentia disposta a pedir ajuda a qualquer um; assim, quando o Coelho Branco se aproximou, começou, com uma vozinha baixa, tímida: "Por gentileza, Sir..." O Coelho teve um forte sobressalto, deixou cair as luvas brancas de pelica e o leque, e escapuliu para a escuridão o mais depressa que pôde.[2]

Alice apanhou o leque e as luvas, e, como fazia muito calor no salão, ficou se abanando sem parar enquanto falava: "Ai, ai! Como tudo está esquisito hoje! E ontem as coisas aconteciam exatamente como de costume. Será que fui trocada durante a noite? Deixe-me pensar: eu *era* a mesma quando me levantei esta manhã? Tenho uma ligeira lembrança de que me senti um bocadinho diferente. Mas, se não sou a mesma, a próxima pergunta é: 'Afinal de contas quem sou eu?' Ah, *este* é o grande enigma!" E começou a pensar em todas as crianças da sua idade que conhecia, para ver se poderia ter sido trocada por alguma delas.

"Ada, com certeza não sou", disse, "porque o cabelo dela tem cachos bem longos, e o meu não tem cacho nenhum; é claro que não posso ser Mabel,[3] pois sei todo tipo de coisas e ela, oh! sabe tão pouquinho! Além disso, *ela* é ela, e *eu* sou eu, e… ai, ai, que confusão é isto tudo! Vou experimentar para ver se sei tudo que sabia antes. Deixe-me ver: quatro vezes cinco é doze, e quatro vezes seis é treze, e quatro vezes sete é… ai, ai! deste jeito nunca vou chegar a vinte![4] Mas a Tabuada de Multiplicar não conta; vamos tentar Geografia. Londres é a capital de Paris, e Paris é a capital de Roma, e Roma… não, está *tudo* errado, eu sei! Devo ter sido trocada pela Mabel! Vou tentar recitar 'Como pode…'", e de mãos cruzadas no colo, como se estivesse dando lição, começou a recitar, mas sua voz soava rouca e estranha e as palavras não vieram como costumavam:[5]

Como pode o crocodilo
Fazer sua cauda luzir,
Borrifando a água do Nilo
Que dourada vem cair?

Sorriso largo, vai nadando,
E de manso, enquanto nada,
Os peixinhos vai papando
Co'a bocarra escancarada!

"Tenho certeza de que estas não são as palavras certas", disse a pobre Alice, e seus olhos se encheram de lágrimas de novo enquanto continuava. "Afinal de contas, devo ser Mabel, e vou ter de ir morar naquela casinha apertada, e não ter quase nenhum brinquedo com que brincar, e oh! muitíssimas lições para aprender! Não, minha decisão está tomada; se sou Mabel, vou ficar aqui! Não vai adiantar nada eles encostarem suas cabeças no chão e pedirem 'Volte para cá, querida!' Vou simplesmente olhar para cima e dizer 'Então quem sou eu? Primeiro me digam; aí, se eu gostar de ser essa pessoa, eu subo; senão, fico aqui embaixo até ser alguma outra pessoa'... Mas, ai, ai!" exclamou Alice numa súbita explosão de lágrimas, "queria muito que *encostassem* a cabeça no chão! Estou *tão* cansada de ficar assim sozinha aqui!"

Ao dizer isto, olhou para as suas mãos e teve a surpresa de ver que calçara uma das luvinhas brancas de pelica do Coelho enquanto falava. "Como *posso* ter feito isso?" pensou. "Devo estar ficando pequena de novo." Levantou-se, foi até a mesa para se medir por ela e descobriu que, tanto quanto podia calcular, estava agora com uns sessenta centímetros, continuando a encolher rapidamente: logo descobriu que a causa era o leque que estava segurando e jogou-o bruscamente no chão, escapando por pouco de encolher até sumir de vez.

"Foi por um *triz!*" disse Alice, bastante apavorada com a mudança repentina, mas muito satisfeita por ainda estar existindo.[6] "E agora, para o jardim!" e correu a toda de volta à portinha – mas, que pena! a portinha se fechara de novo e a chavezinha de ouro continuava sobre a mesa como antes; "as coisas

estão piores que nunca", pensou a pobre criança, "pois nunca fui tão pequena assim antes, nunca! Eu garanto, isto é muito ruim, de verdade!"

Quando dizia essas palavras, pisou em falso e, num instante, tchibum! estava com água salgada até o queixo. A primeira ideia que lhe ocorreu foi que, de alguma maneira, caíra no mar, "e nesse caso posso voltar de trem", disse de si para si. (Alice tinha estado à beira-mar uma vez na vida, e chegara à conclusão geral de que, onde quer que se vá no litoral da Inglaterra, encontram-se uma porção de máquinas de banho no mar,[7] algumas crianças escavando a areia com pás de madeira, uma fileira de hospedarias e, atrás delas, uma estação ferroviária.) Contudo, logo se deu conta de que estava na lagoa de lágrimas que chorara quando tinha quase três metros.

"Gostaria de não ter chorado tanto!" disse Alice, enquanto nadava de um lado para outro, tentando encontrar uma saída. "Parece que vou ser castigada por isso agora, afogando-me nas minhas próprias lágrimas! *Vai* ser uma coisa esquisita, lá isso vai! Mas está tudo esquisito hoje."

Nesse instante, ouviu alguma coisa espadanando água na lagoa um pouco adiante e se aproximou a nado para ver o que era: de início pensou que devia ser uma morsa ou um hipopótamo, mas então se lembrou do quão pequena estava agora e logo se deu conta de que era só um camundongo que também escorregara na água.

"Será que adiantaria alguma coisa, agora," pensou Alice, "falar com este camundongo? É tudo tão estranho aqui embaixo que é bem capaz de ele saber falar; de qualquer modo, não custa tentar." Assim, começou: "Ó Camundongo, sabe como se faz para sair desta lagoa? Estou muito cansada de ficar nadando para todo lado, ó Camundongo!" (Alice achava que essa devia ser a maneira correta de se dirigir a um camundongo; nunca fizera isso antes, mas se lembrava de ter visto na Gramática Latina do irmão:[8] "Um camundongo... de um camundongo... para um camundongo... um camundongo... ó camundongo!") O Camundongo lançou-lhe um olhar um tanto inquisitivo, pareceu piscar um olho, mas não disse nada.

"Talvez não entenda inglês", pensou Alice. "Aposto que é um camundongo francês, que veio com Guilherme, o Conquistador." (Pois, com todo o seu conhecimento de história, Alice não tinha uma ideia lá muito clara de há quanto tempo qualquer coisa tinha acontecido.) Assim, recomeçou: "*Où est ma chatte?*" que era a primeira frase do seu livro de francês.[9] O Camundongo pulou fora d'água e pareceu estremecer todo de medo. "Oh, desculpe-me!" Alice se apressou em exclamar, temendo ter magoado os sentimentos do pobre animal. "Esqueci completamente que você não gostava de gatos."

"Não gostar de gatos!" gritou o Camundongo com uma voz estridente, exaltada. "*Você* gostaria, se fosse eu?"

"Bem, talvez não", respondeu Alice num tom apaziguador. "Não se zangue com isso. Mesmo assim, gostaria de poder lhe mostrar nossa gata Dinah:

acho que começaria a ter uma quedinha por gatos se ao menos pudesse vê-la. É uma coisinha tranquila, tão querida", Alice continuou, falando mais para si mesma, enquanto nadava lentamente pela lagoa, "se senta ronronando tão bonitinho junto da lareira, lambendo as patas e limpando o rosto... é um bichinho tão macio para se ninar... e é tão formidável para pegar camundongos... oh, desculpe-me!" exclamou de novo, porque desta vez o Camundongo estava ficando todo arrepiado, o que lhe deu a certeza de que devia estar realmente ofendido. "Nós não falaremos mais sobre ela, se você prefere."

"Nós, é claro!" gritou o Camundongo, que agora tremia até a ponta do rabo. "Como se eu fosse falar de um assunto desse! Nossa família sempre *detestou* gatos: criaturas nojentas, baixas, vulgares! Não me faça ouvir esse nome de novo!"

"Pode estar certo que não!" disse Alice, aflita por mudar o rumo da conversa. "Por acaso você... gosta... de... de cachorros?" Como o Camundongo não respondeu, Alice continuou, animada: "Há um cachorrinho tão lindo perto da nossa casa, gostaria de lhe mostrar! Um terrier pequenino, de olhos espertos, sabe, com oh! um pelo marrom tão encaracolado! E ele apanha as coisas quando a gente joga, e se senta e pede o seu jantar, essas coisas todas... Não consigo me lembrar de metade delas... e o dono dele, um fazendeiro, sabe, diz que ele é tão útil que vale uma centena de libras! Diz que mata todos os ratos... ai, ai!" exclamou Alice, condoída. "Acho que o ofendi de novo!" Pois o Camundongo estava se afastando dela a nado o mais rápido que podia, causando um verdadeiro rebuliço na lagoa.

Então ela o chamou bem de mansinho: "Querido Camundongo! Volte aqui, e não falaremos mais de gatos e nem tampouco de cachorros, se não gosta deles!" Ao ouvir isso, o Camundongo deu meia-volta e veio nadando devagar em direção a ela: tinha o rosto pálido (de emoção, pensou Alice), e disse com voz baixa e trêmula: "Vamos para a margem. Lá eu lhe contarei minha história e você vai compreender por que odeio gatos e cachorros."

Era mais do que hora de ir, pois a lagoa estava ficando apinhada de aves e animais que tinham caído nela: havia um Pato e um Dodô, um Papagaio e uma Aguieta, além de várias outras criaturas curiosas.[10] Alice tomou a dianteira e o grupo todo nadou para a margem.

♥

CAPÍTULO 3

Uma corrida em comitê e uma história comprida

PARECIA MESMO UM GRUPO ESTRAMBÓTICO o que se reuniu na margem: as aves com as penas enxovalhadas, os animais com o pelo grudado no corpo, e todos ensopados, mal-humorados e indispostos.

A primeira questão, claro, era como se enxugar: confabularam sobre isso e, após alguns minutos, pareceu muito natural a Alice ver-se conversando intimamente com eles, como se os tivesse conhecido a vida toda. Na verdade, teve uma discussão bastante longa com o Papagaio, que acabou se zangando e só dizia: "Sou mais velho que você e devo saber mais"; isso Alice se recusava a admitir, sem saber quantos anos ele tinha, e, como o Papagaio se negou categoricamente a revelar sua idade, não havia mais nada a dizer.

Finalmente o Camundongo, que parecia ser uma autoridade entre eles, bradou: "Sentem-se, vocês todos, e ouçam-me! *Vou* deixá-los bem secos logo, logo!" Todos se sentaram imediatamente num grande círculo, com o Camundongo no meio. Alice ficou de olhos pregados nele, ansiosa, pois tinha certeza de que pegaria uma gripe feia se não secasse rápido.

"Ham!" fez o Camundongo com ar importante. "Estão todos prontos? Esta é a coisa mais seca que eu conheço. Silêncio do princípio ao fim, por favor! 'Guilherme, o Conquistador, cuja causa era apoiada pelo papa, logo se rendeu aos ingleses, que queriam líderes, e andavam ultimamente muito acostumados com usurpação e conquista. Edwin e Morcar, condes da Mércia e da Nortúmbria...'"[1]

"Arre!" soltou o Papagaio, com um arrepio.

"Perdão!" falou o Camundongo, fechando a cara, mas muito polido: "Disse alguma coisa?"

"Eu não!" o Papagaio se apressou em responder.

"Pensei que tinha", disse o Camundongo. "Continuando: 'Edwin e Morcar, condes da Mércia e da Nortúmbria, proclamaram seu apoio a ele e até Stigand, o patriótico arcebispo de Canterbury, achando isso oportuno...'"

"Achando o quê?" indagou o Pato.

"Achando *isso*", respondeu o Camundongo, bastante irritado. "Suponho que saiba o que 'isso' significa."

"Sei muito bem o que 'isso' significa quando *eu* acho uma coisa", disse o Pato. "Em geral é uma rã ou uma minhoca. A questão é: o que foi que o arcebispo achou?"

Sem tomar conhecimento da pergunta, o Camundongo se apressou em continuar: "'...achando isso oportuno, foi com Edgar Atheling ao encontro de Guilherme e lhe ofereceu a coroa. De início a conduta de Guilherme foi moderada. Mas a insolência de seus normandos...'. Como está se sentindo agora, meu bem?" continuou, olhando para Alice enquanto falava.

"Mais molhada do que nunca", respondeu Alice, desgostosa. "Isso não parece me secar nadinha."

"Nesse caso", disse o Dodô solenemente, ficando de pé, "proponho que a assembleia seja adiada para a adoção imediata de remédios mais drásticos..."

"Fale inglês!" exclamou a Aguieta. "Não sei o sentido de metade dessas palavras compridas e, o que é pior, nem acredito que você saiba!" E baixou a cabeça para dissimular um sorriso; algumas das outras aves soltaram risadinhas audíveis.

"O que eu ia dizer", disse o Dodô num tom ofendido, "é que a melhor coisa para nos secar seria uma corrida em comitê."[2]

"O que *é* uma corrida em comitê?" perguntou Alice; não que quisesse muito saber, mas o Dodô tinha feito uma pausa como se achasse que *alguém* devia falar, e mais ninguém parecia inclinado a dizer coisa alguma.

"Ora", disse o Dodô , "a melhor maneira de explicar é fazer." (E, como você pode querer experimentar a coisa por conta própria, num dia de inverno, vou lhe contar como o Dodô a organizou.)

Primeiro traçou uma pista de corrida, uma espécie de círculo ("a forma exata não tem importância", ele disse) e depois todo o grupo foi espalhado pela pista, aqui e ali. Não houve "Um, dois, três e já": começaram a correr quando bem entenderam e pararam também quando bem entenderam, de modo que não foi fácil saber quando a corrida havia terminado. Contudo, quando estavam correndo já havia uma meia hora, e completamente secos de novo, o Dodô de repente anunciou: "A corrida terminou!" e todos se juntaram em torno dele, perguntando esbaforidos: "Mas quem ganhou?"

O Dodô não pôde responder a essa pergunta sem antes pensar muito, e ficou sentado um longo tempo com um dedo espetado na testa (a posição em que você geralmente vê Shakespeare, nas imagens dele), enquanto o resto esperava em silêncio. Finalmente o Dodô declarou: "*Todo mundo* ganhou, e todos devem ganhar prêmios."

"Mas quem vai dar os prêmios?" um verdadeiro coro de vozes perguntou.

"Ora, *ela*, é claro", disse o Dodô, apontando o dedo para Alice; e o grupo todo se amontoou em torno dela, numa gritaria confusa: "Prêmios! Prêmios!"

Alice não tinha a menor ideia do que fazer e, no seu desespero, enfiou a mão no bolso, tirou uma caixinha de confeitos[3] (felizmente não entrara água salgada nela) e distribuiu-os como prêmios. Havia exatamente um para cada um.

"Mas ela também deve ganhar um prêmio!" exclamou o Camundongo.

"Claro", respondeu o Dodô, muito gravemente. "Que mais você tem no bolso?" continuou, voltando-se para Alice.

"Só um dedal", disse Alice, tristonha.

"Pois dê cá esse dedal", disse o Dodô.

Em seguida todos se juntaram em torno dela de novo, enquanto o Dodô a presenteava solenemente com o dedal, dizendo: "Humildemente lhe pedimos que aceite este elegante dedal"; e, quando encerrou esse breve discurso, todos aplaudiram.

Alice achou aquilo tudo muito absurdo, mas todos pareciam tão sérios que não ousou rir; como não lhe ocorreu nada para dizer, simplesmente fez uma reverência e pegou o dedal, com o ar mais solene que arranjou.

Depois veio a hora de comer os confeitos; isso provocou algum barulho e confusão, com as aves grandes se queixando de que não conseguiam sentir o gosto dos seus, e as menores engasgando e tendo de levar palmadas nas costas. Mas finalmente tudo terminou e eles se sentaram de novo num círculo e pediram ao Camundongo que lhes contasse mais alguma coisa.

"Prometeu me contar a sua história, lembra?" perguntou-lhe Alice. "E por que detesta... G e C", acrescentou num sussurro, com medo de que se ofendesse de novo.

"Todo o rosário, de cabo a rabo? Ele é comprido e triste", disse o Camundongo, virando-se para Alice e suspirando.

"Comprido ele *é*, sem dúvida", disse Alice, olhando assombrada o rabo do Camundongo, "mas por que diz que é triste?" E ficou ruminando a questão enquanto o Camundongo falava, de modo que a ideia que fez da história foi mais ou menos assim:[4]

"Camundongo!" disse Fúria,
"Não me venha com lamúria:
Vamos já ao tribunal!
Você vai a julgamento
agora, sem mais
nenhuma demora.
Também não
aceito recusa,
pois sou *eu*
quem o acusa."
"Nada tenho
a temer!
Mas o que
você me diz
dessa corte
infeliz,
que não
tem júri
ou juiz?"
"Serei eu
juiz e júri",
disse Fúria,
o matreiro:
"Vou julgar
o caso inteiro
e traçar,
tintim
por
tintim,
o seu
triste
fim."[5]

"Você não está prestando atenção!" disse o Camundongo severamente a Alice. "Em que está pensando?"

"Peço desculpa", disse Alice, muito humilde. "Nós tínhamos chegado à quinta volta, não é?"

"*Nós*, não!" gritou o Camundongo, muito brusco e zangado.

"Nós!" exclamou Alice, sempre prestativa, olhando ansiosa ao seu redor. "Oh, deixe-me ajudar a desatá-los!"[6]

"Não vou fazer nada disso", disse o Camundongo pondo-se de pé e se afastando. "Você me insulta falando tanto disparate!"

"Foi sem querer!" protestou a pobre Alice. "Mas como você se ofende à toa!"

A resposta do Camundongo foi só um resmungo.

"Por favor, volte e termine a sua história!" Alice chamou-o; e todos os outros fizeram coro com ela. "Sim, por favor, volte!" mas o Camundongo apenas sacudiu a cabeça, impaciente, e apertou o passo um pouquinho.

"Que pena ele não ficar!" suspirou o Papagaio, assim que o Camundongo sumiu de vista; e uma velha Carangueja aproveitou a oportunidade para dizer à filha: "Ah, minha querida! Que isto lhe sirva de lição: nunca perca a *sua* calma!" Ao que a jovem Carangueja respondeu, um tantinho insolente: "Bico calado, mamãe! Com você até uma ostra perde a paciência!"

"Quem me dera que a nossa Dinah estivesse aqui, quem me dera!" Alice disse alto, sem se dirigir a ninguém em particular. "Num instante *ela* o traria de volta!"

"E quem é Dinah, se é que posso me atrever a perguntar?" disse o Papagaio.

Alice respondeu com entusiasmo, pois estava sempre disposta a falar sobre sua bichana: "Dinah é a nossa gata. Vocês não imaginam como é formidável para apanhar camundongos! E, oh! gostaria que pudessem vê-la atrás das aves! Ah! Mal vê um passarinho, e ele já está no papo."

Essa fala causou especial comoção entre o grupo. Algumas das aves saíram correndo imediatamente; uma velha Gralha começou a se agasalhar com muito cuidado, comentando: "Realmente preciso ir para casa; o sereno não convém à minha garganta!" E um Canário chamou os filhos numa voz trêmula: "Vamos embora, meus queridos! Já está mais do que na hora de estarem todos na cama!" Sob pretextos variados, todos se afastaram e Alice logo se viu só.

"Não devia ter mencionado a Dinah!" disse tristemente com seus botões. "Parece que ninguém gosta dela aqui embaixo, e tenho certeza de que é a melhor gata do mundo! Oh, minha Dinahzinha, será que vou vê-la outra vez?" E aqui a pobre Alice começou a chorar de novo, sentindo-se muito sozinha e acabrunhada. Dali a pouco, no entanto, voltou a ouvir um barulhinho de passos à distância e levantou os olhos ansiosa, com uma ponta de esperança de que o Camundongo tivesse mudado de ideia e resolvido voltar para terminar a sua história.

♥

CAPÍTULO 4

Bill paga o pato

Era o Coelho Branco caminhando de volta, devagar, olhando ansioso para todos os lados como se tivesse perdido alguma coisa; e ela o ouviu murmurar consigo mesmo: "A Duquesa! A Duquesa! Oh, minhas patas queridas! Oh, meu pelo e meus bigodes! Vai mandar me executar, tão certo quanto doninhas são doninhas![1] Onde *posso* tê-los deixado cair? me pergunto!" Alice adivinhou no mesmo instante que estava procurando o leque e o par de luvas brancas de pelica e, muito amavelmente, começou também a buscá-los aqui e ali, mas não conseguiu avistá-los em lugar algum... Tudo parecia ter mudado desde seu nado na lagoa, e o grande salão, com a mesa de vidro e a portinha, desaparecera por completo.

Logo, logo o Coelho se deu conta da presença de Alice, enquanto ela procurava por todos os lados, e chamou-a com voz irritada: "Ora essa, Mary Ann,[2] que *está* fazendo aqui? Corra já até em casa e me traga um par de luvas e um leque! Rápido, vá!"[3] Alice ficou tão amedrontada que correu imediatamente na direção que ele apontou, sem nem tentar lhe explicar o engano.

"Ele me confundiu com a sua criada", disse consigo enquanto corria. "Como vai ficar surpreso quando descobrir quem eu sou! Mas é melhor lhe trazer o leque e as luvas... isto é, se eu conseguir achá-los." Ao dizer isso, topou com uma casa pequenina e jeitosa; na porta, uma placa de bronze trazia o nome "COELHO B." gravado. Entrou sem bater e correu escada acima, com muito medo de dar de cara com a verdadeira Mary Ann e ser expulsa da casa antes de achar o leque e as luvas.

"Como parece esquisito", disse Alice consigo mesma, "receber incumbências de um coelho! Logo, logo a Dinah vai estar me dando ordens!" E começou a imaginar que tipo de coisa iria acontecer: "Senhorita Alice! Venha imediatamente e apronte-se para sua caminhada!" "Estou indo num segundo, ama! Mas tenho de ficar tomando conta para o camundongo não sair." "Só que não acho", Alice continuou, "que eles deixariam a Dinah ficar lá em casa se ela começasse a dar ordens às pessoas desse jeito!"

A essa altura havia entrado num quartinho bem-arrumado, com uma mesa à janela e, sobre ela (como esperara), um leque e dois ou três pares de minúsculas luvas brancas de pelica. Pegou o leque e um par de luvas e estava prestes a sair do quarto quando bateu o olho numa garrafinha pousada junto do espelho. Desta vez não havia nenhum rótulo com as palavras "BEBA-ME", mas mesmo assim ela a desarrolhou e levou aos lábios. "Sei que *alguma coisa* interessante sempre acontece", pensou, "cada vez que como ou tomo qualquer coisa; então vou só ver o que é que esta garrafa faz. Espero que me faça crescer de novo, porque estou realmente cansada de ser esta coisinha tão pequenininha."

Foi o que aconteceu, e bem mais depressa do que Alice esperara: antes de tomar a metade da garrafa, sentiu a cabeça forçando o teto e teve de se abaixar para não quebrar o pescoço. Pousou a garrafa rápido, dizendo para si: "É mais do que o bastante... Espero não crescer ainda mais... Do jeito que está, já não passo pela porta... Não devia ter bebido tanto!"

Que pena! Era tarde para se lamentar! Continuou crescendo, crescendo, e dali a pouco teve de se ajoelhar no chão; mais um instante e não havia mais espaço para tal; tentou então o artifício de se deitar com um cotovelo contra a porta e o outro braço enrolado em volta da cabeça. Mas ainda continuou crescendo, e, como último recurso, enfiou um braço pela janela afora e um pé pela chaminé acima, murmurando: "Agora não posso fazer mais nada, aconteça o que acontecer. O que *vai* ser de mim?"

Para sorte de Alice, a garrafinha mágica já tivera seu pleno efeito e ela não ficou maior. Mesmo assim, aquilo estava muito desconfortável, e, como parecia não ter a menor possibilidade de sair do quarto, não admira que se sentisse infeliz.

"Era muito mais agradável lá em casa", pensou a pobre Alice, "lá não se ficava sempre crescendo e diminuindo, e recebendo ordens aqui e acolá de camundongos e coelhos. Chego quase a desejar não ter descido por aquela toca de coelho... no entanto... no entanto... é bastante interessante este tipo de vida! Realmente me pergunto o que *pode* ter acontecido comigo! Quando lia contos de fadas, eu imaginava que aquelas coisas nunca aconteciam, e agora cá estou no meio de uma! Deveria haver um livro escrito sobre mim, ah isso deveria! E quando eu for grande, vou escrever um... mas sou grande agora", acrescentou num tom pesaroso. "Pelo menos *aqui* não há mais espaço para crescer mais."

"Mas nesse caso", pensou Alice, "será que nunca vou ficar mais velha do que sou agora? Não deixa de ser um consolo... nunca ficar uma velha... mas por outro lado... sempre ter lições para estudar! Oh! Eu não iria gostar *disso*!"[4]

"Oh, Alice, sua tola!", respondeu a si mesma. "Como vai poder estudar as lições aqui? Ora, mal há lugar para *você*, que dirá para os livros!"

E assim continuou, tomando primeiro um lado e depois o outro, e transformando aquilo numa conversa completa. Passados alguns momentos, porém, ouviu uma voz lá fora e parou para escutar.

"Mary Ann! Mary Ann!" disse a voz. "Pegue minhas luvas já!"[5] Depois ouviu o som de passinhos na escada. Alice sabia que era o Coelho à sua procura, e tremeu até fazer a casa sacudir, completamente esquecida de que agora era umas mil vezes maior do que o Coelho e não tinha razão alguma para temê-lo.

Logo o Coelho chegou à porta e tentou abri-la, mas, como abria para dentro e o cotovelo de Alice estava comprimido contra ela, a tentativa revelou-se um fracasso. Alice ouviu-o murmurar: "Neste caso, vou dar a volta e entrar pela janela."

"Isso é que não", pensou Alice, e, após esperar até ter a impressão de ouvir o Coelho ao pé da janela, abriu de repente a mão e fez um gesto de agarrar algo no ar. Não agarrou coisa alguma, mas ouviu um pequeno guincho, uma queda e um ruído de vidro quebrado, do que concluiu que possivelmente ele caíra numa estufa de pepinos,[6] ou algo do gênero.

Em seguida veio uma voz furiosa – a do Coelho: "Pat! Pat! Onde está você?" E depois uma voz que ela nunca ouvira antes. "Com certeza estou aqui! Escavando maçãs, voss' excelença."[7]

"Escavando maçãs, pois sim!" disse o Coelho, irritado. "Aqui! Venha me ajudar a sair *disto*!" (Mais sons de vidro quebrado.)

"Agora me diga, Pat. Que é aquilo na janela?"

"Com certeza é um braço, voss' excelença!" (Pronunciava brass.)

"Que braço, seu pateta! Quem já viu braço daquele tamanho? Como! Ocupa a janela inteira!"

"Com certeza enche, voss' excelença; mas não deixa de ser um braço."

"Bem, seja como for, ele não tem nada que fazer ali. Vá e suma com ele!"

Em seguida fez-se um longo silêncio, e Alice pôde ouvir apenas uns cochichos vez por outra, como: "Com certeza não gosto disso, voss' excelença, nada, nada!" "Faça o que estou mandando, seu covarde", e por fim ela abriu a mão de novo, fazendo outro gesto de agarrar algo no ar. Desta vez houve *dois* guinchos, e mais sons de vidro quebrado. "Quantas estufas de pepino!" pensou Alice. "O que será que vão fazer agora? Quanto a me puxar pela janela, eu bem queria que *pudessem*! Tenho certeza de que não quero ficar aqui nem mais um minuto."

Esperou algum tempo sem ouvir mais nada; finalmente escutou um rangido de rodinhas de carroça e o som de uma porção de vozes, todas falando ao mesmo tempo. Conseguiu entender as palavras: "Onde está a outra escada?" "Ora, eu só tinha de trazer uma; o Bill pegou a outra." "Bill! Traga isso aqui rapaz!" "Ponha as duas de pé neste canto." "Não, primeiro amarre uma na outra... mesmo assim não vão chegar nem à metade da altura." "Oh! Vão

dar muito bem, não seja tão meticuloso." "Aqui, Bill! Segure esta corda." "Será que o teto aguenta?" "Cuidado com aquela telha solta." "Opa! Lá vem ela! Abaixem a cabeça!" (ruído de coisa se espatifando). "Ora essa, quem fez isso?" "Foi o Bill, eu acho." "Quem vai descer pela chaminé?" "Eu é que não! *Você* desce!" "Então também não desço!" "O Bill é que tem de descer." "Ei, Bill! O patrão está dizendo que é para você descer pela chaminé!"

"Ah! Então é o Bill que tem de descer pela chaminé, não é?", disse Alice consigo mesma. "Que vergonha, parece que jogam tudo em cima do Bill! Não queria estar no lugar do Bill por nada. Esta lareira é estreita, é verdade; mas *acho* que consigo dar uns bons pontapés!"

Afundou o pé o mais que pôde na chaminé, e esperou até ouvir um bichinho (não conseguiu adivinhar de que tipo era) arranhando e trepando na base da chaminé acima dela. Então, dizendo consigo "É o Bill", deu um forte pontapé e esperou para ver o que iria acontecer.

A primeira coisa que ouviu foi um coro geral, "Lá vai o Bill!", depois a voz do Coelho sobressaiu: "Levantem-no, vocês aí perto da cerca!"; depois silêncio e então outra confusão de vozes: "Ergam a cabeça dele." "Um gole de conhaque." "Não o façam engasgar." "Como foi isso, companheiro? Que foi que lhe aconteceu? Conte-nos tudo."

Por fim veio uma vozinha fraca, esganiçada ("É o Bill", pensou Alice): "Bem, eu mesmo não sei... Chega, obrigado; estou melhor agora... mas estou um pouco atarantado demais para lhes contar... O que eu sei é que uma coisa bateu em mim, como um boneco saltando de uma caixa de surpresa, e voei como um foguete!"

"Voou mesmo, companheiro!" disseram os outros.

"Temos de botar fogo na casa!" ouviu-se a voz do Coelho; e Alice berrou o mais alto que pôde: "Se fizerem isso, solto a Dinah em cima de vocês!"

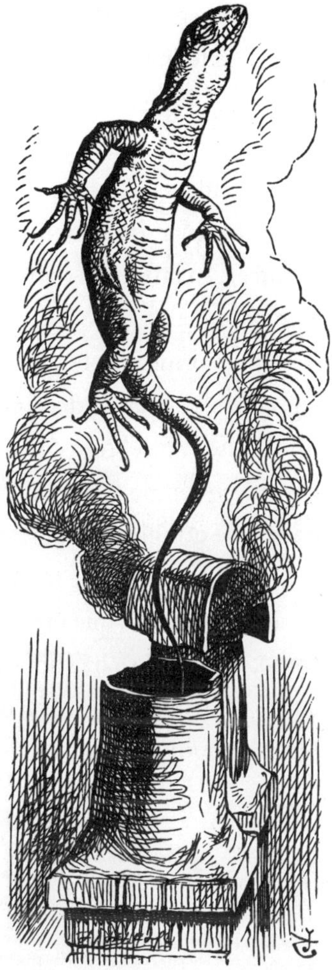

Um silêncio profundo baixou no mesmo instante, e Alice matutou: "Gostaria de saber o que *vão* fazer agora! Se raciocinassem um pouquinho, arrancariam o telhado fora." Depois de um ou dois minutos, eles começaram a se agitar de novo, e Alice ouviu o Coelho dizer: "Um carrinho de mão cheio está bom, para começar."

"Um carrinho de mão cheio de *quê*?" pensou Alice; mas não teve muito tempo para conjeturar, porque no segundo seguinte uma chuva de pedrinhas começou a pipocar na janela e algumas a atingiram no rosto. "Vou acabar com isto", disse consigo mesma, e gritou: "Melhor não repetirem isso!" o que produziu outro silêncio profundo.

Alice notou, com alguma surpresa, que as pedrinhas espalhadas no chão estavam todas virando bolinhos, e uma ideia luminosa lhe veio à cabeça. "Se eu comer um destes bolinhos", pensou, "ele com certeza vai produzir *alguma* mudança no meu tamanho; e, como não é possível ele me aumentar, só pode me diminuir, suponho."

Assim, devorou um dos bolos e ficou satisfeitíssima ao ver que começou a diminuir imediatamente. Assim que ficou pequena o bastante para passar pela porta, correu para fora da casa e encontrou um bando de animaizinhos e aves esperando. O pobre lagarto, Bill, estava no meio, sustentado por dois porquinhos-da-índia que lhe davam alguma coisa de uma garrafa. Todos avançaram para Alice no instante em que ela apareceu; mas ela correu o mais rápido que pôde e logo se viu a salvo num denso bosque.

"A primeira coisa que tenho de fazer", disse Alice para si mesma enquanto vagava pelo bosque, "é voltar para o meu tamanho de novo; e a segunda é chegar àquele jardim encantador. Acho que este é o melhor plano."

Parecia um plano excelente, sem dúvida, e arranjado com muita ordem e simplicidade; o único problema era que ela não tinha a menor ideia de por onde começar; e enquanto, muito aflita, espreitava atentamente entre as árvores, um latidinho agudo logo acima da sua cabeça a fez erguer os olhos num átimo.

Um enorme filhote de cachorro olhava para ela com seus olhos redondos e graúdos, esticando debilmente uma pata, tentando tocá-la.[8] "Pobre bichinho!" disse Alice, com carinho, e fez um grande esforço para assobiar para ele; mas o tempo todo estava se sentindo terrivelmente amedrontada com a ideia de que ele podia estar com fome, caso em que muito provavelmente iria comê-la, apesar de todos os seus afagos.

Mal sabendo o que fazia, apanhou um graveto e o estendeu para o cachorrinho; diante disso o filhote saltou no ar, todas as patas de uma vez, com um latido de deleite, e avançou contra o graveto, fingindo ter medo dele; depois Alice se esquivou atrás de um grande cardo para não ser atropelada; assim

que apareceu do outro lado, o cachorrinho fez outra investida contra o graveto e deu uma cambalhota na afobação de agarrá-lo; então Alice, achando que aquilo era muito parecido com brincar com um cavalinho, e esperando ser pisoteada por ele a qualquer momento, correu de novo para trás do cardo; em seguida o filhote iniciou uma série de breves investidas para o graveto, correndo cada vez bem pouquinho para frente e muito para trás, arquejando, a língua pendendo da boca, os olhos enormes semicerrados.

Aquela pareceu a Alice uma boa oportunidade para fugir; assim, partiu imediatamente, correndo até ficar realmente cansada e sem fôlego, até o latido do cachorrinho soar muito fraco à distância.

"Ainda assim, que cachorro engraçadinho!" disse Alice, encostando-se num botão-de-ouro para descansar e se abanando com uma das folhas: "Teria gostado muito de ensinar alguns truques a ele... se pelo menos estivesse do tamanho certo para isso! Ai, ai! Tinha quase me esquecido de que preciso crescer de novo! Deixe-me ver... como posso conseguir *isso*? Suponho que teria de comer ou beber uma coisa ou outra; mas a grande questão é: o quê?"

A grande questão era, certamente, "o quê?". Alice olhou para as flores e a relva que a cercavam por todos os lados, mas não viu nada que parecesse a coisa certa para se comer ou beber naquelas circunstâncias. Havia perto dela um cogumelo grande, quase da sua altura; depois de olhar embaixo dele, e dos dois lados, e atrás, ocorreu-lhe que não seria má ideia espiar o que havia em cima dele.

Esticou-se na ponta dos pés e espiou sobre a borda do cogumelo e seu olhar encontrou imediatamente o de uma grande lagarta azul, sentada no topo, de braços cruzados, fumando tranquilamente um comprido narguilé, sem dar a mínima atenção a ela ou a qualquer outra coisa.

♥

CAPÍTULO 5

Conselho de uma Lagarta

A LAGARTA[1] E ALICE ficaram olhando uma para outra algum tempo em silêncio. Finalmente a Lagarta tirou o narguilé da boca e se dirigiu a ela numa voz lânguida, sonolenta.

"Quem é *você*?" perguntou a Lagarta.

Não era um começo de conversa muito animador. Alice respondeu, meio encabulada: "Eu... eu mal sei, Sir, neste exato momento... pelo menos sei quem eu *era* quando me levantei esta manhã, mas acho que já passei por várias mudanças desde então."

"Que quer dizer com isso?" esbravejou a Lagarta. "Explique-se!"

"Receio não poder *me* explicar", respondeu Alice, "porque não sou eu mesma, entende?"

"Não entendo", disse a Lagarta.

"Receio não poder ser mais clara", Alice respondeu com muita polidez, "pois eu mesma não consigo entender, para começar; e ser de tantos tamanhos diferentes num dia é muito perturbador."

"Não é", disse a Lagarta.

"Bem, talvez ainda não tenha descoberto isso", disse Alice; "mas quando tiver de virar uma crisálida... vai acontecer um dia, sabe... e mais tarde uma borboleta, diria que vai achar isso um pouco esquisito, não vai?"

"Nem um pouquinho", disse a Lagarta.

"Bem, talvez seus sentimentos sejam diferentes", concordou Alice; "tudo que sei é que para *mim* isso pareceria muito esquisito."

"Você!" desdenhou a Lagarta. "Quem é *você*?"[2]

O que as levou de novo para o início da conversa. Alice, um pouco irritada com os comentários *tão* breves da Lagarta, empertigou-se e disse, muito gravemente: "Acho que primeiro *você* deveria me dizer quem é."

"Por quê?" indagou a Lagarta.

Aqui estava outra pergunta desconcertante; e como não pudesse atinar com nenhuma boa razão, e a Lagarta parecesse estar numa disposição de ânimo *muito* desagradável, Alice deu meia-volta.

"Volte!" chamou a Lagarta. "Tenho uma coisa importante para dizer!"

Isso parecia promissor, sem dúvida; Alice se virou e voltou.

"Controle-se", disse a Lagarta.

"Isso é tudo?" quis saber Alice, engolindo a raiva o melhor que podia.

"Não", respondeu a Lagarta.

Alice pensou que podia muito bem esperar, já que não tinha mais nada a fazer e talvez, afinal, ela dissesse alguma coisa que valesse a pena ouvir. Por alguns minutos a Lagarta soltou baforadas sem falar, mas por fim descruzou os braços, tirou o narguilé da boca de novo e disse: "Então acha que está mudada, não é?"

"Receio que sim, Sir", disse Alice. "Não consigo me lembrar das coisas como antes... e não fico do mesmo tamanho por dez minutos seguidos!"

"Não consegue se lembrar de *que* coisas?" perguntou a Lagarta.

"Bem, tentei recitar '*Como pode a abelhinha atarefada*', mas saiu tudo diferente!" Alice respondeu com voz tristonha.

"Recite '*Está velho, Pai William*'", disse a Lagarta.

Alice juntou as mãos[3] e começou:

"Está velho, Pai William",
Disse o moço admirado.
"Como é que ainda faz
Cabriola em seu estado?"

"Fosse eu moço, meu rapaz,
Podia os miolos afrouxar;
Mas agora já estão moles,
Para que me preocupar?"

"Está velho", disse o moço,
"E gordo como uma pipa;
Mas o vi numa cambalhota...
Não teme dar nó na tripa?"

"Quando moço", disse o sábio,
"Fui sempre muito ágil; usava esta pomada:
É só um xelim a caixa,[4] *não*
Não quer dar uma experimentada?"

"Está velho", disse o moço,
"Seus dois dentes já estão bambos,
Mas gosta de chupar cana,
Como então não caem ambos?"

"Quando moço", disse o pai,
"Sempre evitei mastigar.
Foi assim que estes dois dentes
Consegui economizar."

"Está velho", disse o moço,
"Já não enxerga de dia,
Como então inda equilibra
No seu nariz uma enguia?"[5]

"Já respondi a três perguntas,
Parece mais que o bastante,
Suma já ou eu lhe mostro
Quem aqui é o importante."

"Isso não está correto", falou a Lagarta.

"Não *completamente*, acho", disse Alice; "algumas palavras foram alteradas."

"Está errado do princípio ao fim", declarou a Lagarta, peremptória. E seguiram-se alguns minutos de silêncio.

A Lagarta foi a primeira a falar.

"De que tamanho você quer ser?" perguntou.

"Oh, não faço questão de um tamanho certo", Alice se apressou a responder; "só que ninguém gosta de ficar mudando toda hora, sabe?"

"Eu *não* sei", disse a Lagarta.

Alice não disse nada: nunca fora tão contestada em sua vida e sentiu que estava perdendo a paciência.

"Está satisfeita agora?" perguntou a Lagarta.

"Bem, gostaria de ser um *pouco* maior, Sir, se não se importasse", disse Alice. "Oito centímetros é uma altura tão insignificante para se ter."

"Pois é uma altura muito boa!" disse a Lagarta encolerizada, empinando-se enquanto falava (tinha exatamente oito centímetros de altura).

"Mas não estou acostumada a isso!" defendeu-se a pobre Alice num tom que inspirava pena. E pensou: "Como gostaria que as criaturas não se ofendessem tão facilmente!"

"Com o tempo você se acostuma", disse a Lagarta; pôs o narguilé na boca e começou a fumar de novo.

Desta vez Alice esperou pacientemente até que ela resolvesse falar de novo. Depois de um ou dois minutos, a Lagarta tirou o narguilé da boca, bocejou uma ou duas vezes e se sacudiu. Em seguida desceu do cogumelo e foi rastejando pela relva, observando simplesmente, de passagem: "Um lado a fará crescer, e o outro a fará diminuir."[6]

"Um lado do *quê*? O outro lado do *quê*?" Alice se perguntou.

"Do cogumelo", foi a resposta da Lagarta, exatamente como se ela tivesse perguntado em voz alta;[7] mais um instante, e a Lagarta tinha sumido de vista.

Alice ficou olhando para o cogumelo por um minuto, pensativa, tentando identificar quais eram seus dois lados; como era perfeitamente redondo, aquela lhe pareceu uma questão muito difícil. No entanto, por fim esticou o máximo que podia os braços em volta dele e quebrou um pedacinho da borda com cada mão.

"E agora, qual é qual?" perguntou-se, e mordiscou uma ponta do pedaço da mão direita para experimentar o efeito: num instante sentiu uma pancada violenta sob o queixo: ele batera no seu pé!

Ficou bastante assustada com essa mudança súbita, mas lhe parecia que não havia tempo a perder, pois estava encolhendo rapidamente; assim, tratou logo de comer um pouco do outro pedaço. Seu queixo estava tão comprimido contra seu pé que mal tinha como abrir a boca; mas finalmente a abriu, conseguindo engolir um tico do pedaço da mão esquerda.

"Viva! Até que enfim minha cabeça está livre", disse Alice com um prazer que num instante se transformou em susto, quando descobriu que não achava seus ombros em lugar algum: tudo o que conseguia ver, quando olhava para baixo, era uma imensa extensão de pescoço, que parecia se erguer como um talo de um mar de folhas verdes que se estendia lá longe, debaixo dela.

"O que *pode* ser toda aquela coisa verde?" disse Alice. "E onde foram parar meus ombros? Oh! Minhas mãozinhas, por que será que não consigo mais vê-las?" Estava mexendo as mãos enquanto falava, mas isso não parecia produzir nenhum efeito, exceto uma sacudidela das distantes folhas verdes.

Como parecia não haver nenhuma possibilidade de erguer as mãos até a cabeça, tentou abaixar a cabeça até elas, ficando maravilhada ao descobrir que seu pescoço podia se curvar facilmente em qualquer direção, como uma cobra. Acabara de conseguir curvá-lo num gracioso ziguezague, e ia mergulhar entre as folhas – que descobriu serem apenas as copas das árvores sob as quais estivera perambulando – quando um assobio agudo a fez recuar depressa: uma grande pomba tinha voado até o seu rosto e estava batendo nela violentamente com suas asas.

"Cobra!" arrulhou a Pomba.

"*Não* sou uma cobra!" disse Alice, indignada. "Deixe-me em paz!"

"Cobra, eu insisto!" repetiu a Pomba, mas num tom mais comedido, e acrescentou com uma espécie de soluço: "Já tentei de todas as maneiras, e nada parece contentá-las!"

"Não faço ideia do que está falando", disse Alice.

"Tentei as raízes das árvores, tentei as ribanceiras e tentei cercas-vivas", continuou a Pomba, sem lhe prestar atenção; "mas essas cobras! Não há como agradá-las!"

Alice estava cada vez mais perplexa, mas achou que não adiantava dizer nada até que a Pomba terminasse.

"Como se não fosse bastante ter de chocar os ovos", disse a Pomba, "tenho de ficar de sentinela, vigiando as cobras noite e dia! Ora, faz três semanas que não prego o olho!"

"Sinto muito que tenha se aborrecido", disse Alice, que estava começando a entender o que ela queria dizer.

"E justamente quando escolhi a árvore mais alta do bosque", continuou a Pomba, elevando a voz a um guincho, "justamente quando estava pensando que finalmente me veria livre delas, elas têm de descer do céu se retorcendo! Arre, Cobra!"

"Mas *não* sou uma cobra, estou lhe dizendo!" insistiu Alice. "Sou uma... uma..."

"Ora essa! Você é o *quê*?" perguntou a Pomba. "Aposto que está tentando inventar alguma coisa!"

"Eu... eu sou uma menininha", respondeu Alice, bastante insegura, lembrando-se do número de mudanças que sofrera aquele dia.

"Realmente uma história muito plausível!" disse a Pomba num tom do mais profundo desprezo. "Vi muitas menininhas no meu tempo, mas nunca *uma* com um pescoço desse! Não, não! Você é uma cobra; e não adianta negar. Suponho que agora vai me dizer que nunca provou um ovo!"

"*Provei* ovos, sem dúvida", disse Alice, que era uma criança muito sincera; "mas meninas comem quase tantos ovos quanto as cobras, sabe."

"Não acredito nisso", declarou a Pomba; "mas, se comem, então são uma espécie de cobra, é só o que posso dizer."

Era uma ideia tão nova para ela que Alice ficou em silêncio absoluto por um ou dois minutos, o que deu à Pomba oportunidade para acrescentar: "Você está procurando ovos, *isso* eu sei muito bem; o que me importa se é uma menininha ou uma cobra?"

"Pois a *mim*, me importa muito", Alice retrucou rápido; "mas não estou procurando ovos; e, se estivesse, não iria querer os *seus*: não gosto de ovo cru."

"Bem, então dê o fora!" disse a Pomba num tom amuado, enquanto se acomodava de novo em seu ninho. Alice se agachou entre as árvores como pôde, pois seu pescoço ficava se enganchando entre os galhos e, vez por outra, tinha de parar e desembaraçá-lo. Passado algum tempo, lembrou-se de que ainda tinha pedaços do cogumelo nas mãos, e pôs-se ao trabalho com muita aplicação, mordiscando primeiro um e depois o outro, ficando às vezes mais alta e às vezes mais baixa, até conseguir se ajustar à sua altura normal.

Fazia tanto tempo que nem se aproximava do tamanho certo que, no começo, aquilo pareceu bastante estranho; mas se acostumou e, alguns minutos depois, começou a conversar consigo mesma como de hábito. "Pronto, metade do meu plano está cumprida! Como todas essas mudanças desorientam! Nunca sei ao certo o que vou ser de um minuto para outro! Seja como for, voltei para o meu tamanho; o próximo passo é ir àquele bonito jardim... como será que vou conseguir *isso*?" Ao dizer essas palavras, chegou de repente a um lugar aberto, com uma casinha de cerca de um metro e vinte centímetros de altura. "Seja lá quem more aqui", pensou Alice, "não convém me aproximar deles com *este* tamanho; que susto iriam levar!" Assim, começou a mordiscar do pedacinho da mão direita de novo e não se aventurou a chegar perto da casa antes de conseguir se reduzir a 22 centímetros de altura.

♥

CAPÍTULO 6

Porco e pimenta

POR UM OU DOIS MINUTOS, ela ficou olhando para a casa e pensando o que fazer em seguida, quando, de repente, um lacaio de libré saiu correndo do bosque (supôs que era um lacaio porque estava de libré; não fosse por isso, a julgar apenas pelo rosto, teria dito que era um peixe) e bateu à porta ruidosamente com os nós dos dedos. A porta foi aberta por um outro lacaio de libré, de rosto redondo e olhos grandes como um sapo; e os dois lacaios, Alice notou, tinham cabeleiras encaracoladas e empoadas à volta de toda a cabeça. Sentiu muita curiosidade de saber o que era aquilo e, furtivamente, saiu um pouquinho do bosque para ouvir.

O Lacaio-Peixe começou por tirar de debaixo do braço uma grande carta, quase do tamanho dele, que entregou para o outro, dizendo com solenidade: "Para a Duquesa. Um convite da Rainha para jogar croqué." O Lacaio-Sapo repetiu, com igual solenidade, só trocando um pouquinho a ordem das palavras: "Da Rainha. Um convite à Duquesa para jogar croqué."

Depois ambos fizeram uma profunda mesura, e os cachos dos dois se embaraçaram.

Alice riu tanto disso que teve de correr de volta para o bosque, de medo que a ouvissem, e, na primeira espiada que deu, o Lacaio-Peixe tinha desaparecido e o outro estava sentado no chão perto da porta, olhando aparvalhado para o céu.

Alice foi timidamente até a porta e bateu.

"Não adianta nada bater", disse o Lacaio, "e isto por duas razões. Primeiro, porque estou do mesmo lado da porta que você; segundo, porque estão fazendo tanto barulho lá dentro que ninguém pode ouvi-la." E realmente

estava-se fazendo uma barulheira descomunal lá dentro: berros e espirros constantes e volta e meia um grande estrépito, como se uma travessa ou uma chaleira tivesse sido estilhaçada.

"Nesse caso, por favor", disse Alice, "como faço para entrar?"

"Poderia haver algum sentido em você bater", continuou o Lacaio sem lhe dar atenção, "se tivéssemos a porta entre nós. Por exemplo, se você estivesse dentro, poderia bater e eu poderia lhe deixar sair, claro." Enquanto falava, ele olhava o tempo todo para o céu, o que pareceu a Alice francamente descortês. "Mas talvez ele não possa evitar", disse consigo mesma; "tem os olhos tão perto do cocuruto. Mesmo assim, podia responder a perguntas. "Como faço para entrar?" repetiu, alto.

"Vou ficar sentado aqui", observou o Lacaio, "até amanhã..."

Nesse instante a porta da casa se abriu e um pratarraz saiu zunindo, bem na direção da cabeça do Lacaio: pegou-lhe o nariz de raspão e foi se espatifar numa das árvores que havia atrás.

"...ou depois de amanhã, quem sabe", continuou o Lacaio no mesmo tom, como se absolutamente nada tivesse acontecido.

"Como faço para entrar?" Alice perguntou de novo, mais alto.

"Mas, afinal, você deve entrar?" disse o Lacaio. "Esta é a primeira pergunta."

Era, sem dúvida: só que Alice não gostou que lhe dissessem isso. "É realmente espantoso", murmurou consigo, "como todas as criaturas brigam. É de levar a gente à loucura!"

O Lacaio pareceu ver nisso uma boa oportunidade para repetir seu comentário, com variações. "Vou ficar sentado aqui", disse, "ora sim, ora não, por dias e dias."

"Mas o que devo fazer?" perguntou Alice.

"O que quiser", respondeu o Lacaio, e começou a assobiar.

"Oh! Não adianta falar com ele", disse Alice, desesperada, "é completamente idiota!" E abriu a porta e entrou.

A porta dava diretamente para uma cozinha ampla, enfumaçada de ponta a ponta: a Duquesa[1] estava sentada no meio, num tamborete de três pés, ninando um bebê; a cozinheira estava debruçada sobre o fogo, mexendo um caldeirão enorme que parecia cheio de sopa.

"Com certeza há pimenta demais naquela sopa!"[2] Alice disse consigo, tanto quanto podia julgar por seus espirros.

No *ar*, sem dúvida havia muita. Até a Duquesa espirrava de vez em quando; quanto ao bebê, espirrava e berrava sem um minuto de trégua. As duas únicas criaturas que não espirravam na cozinha eram a cozinheira e um gato grande que estava deitado junto ao forno, sorrindo de orelha a orelha.

"Por favor, poderia me dizer", perguntou Alice um pouco tímida, pois não sabia se era de bom tom falar em primeiro lugar, "por que seu gato tanto sorri?"

"É um gato de Cheshire",[3] disse a Duquesa, "é por isso. Porco!"

Disse a última palavra com tão súbita violência que Alice deu um pulo; mas num instante viu que era dirigida ao bebê, não a si. Diante disso, tomou coragem e continuou:

"Não sabia que os gatos de Cheshire sempre sorriem; na verdade, não sabia que gatos *podiam* sorrir."

"Todos podem", disse a Duquesa, "e a maioria o faz."

"Não conheço nenhum que sorria", declarou Alice, com muita polidez, sentindo-se muito contente por ter entabulado uma conversa.

"Você não sabe grande coisa", observou a Duquesa; "e isto é um fato."

Alice não gostou nada do tom dessa observação e pensou que seria melhor introduzir algum outro assunto. Enquanto tentava escolher um, a cozinheira tirou o caldeirão de sopa do fogo e se pôs imediatamente a atirar tudo que estava a seu alcance na Duquesa e no bebê: primeiro foram os atiçadores; depois uma chuva de caçarolas, travessas e pratos. A Duquesa não tomava conhecimento deles, nem quando a atingiam; o bebê já estava berrando tanto que era quase impossível dizer se os golpes o machucavam ou não.

"Oh! *Por favor*, veja o que está fazendo!" gritou Alice, levantando-se de um salto, aterrorizada. "Oh! Lá se vai o mimoso narizinho dele"; pois uma enorme caçarola passou rente e quase o arrancou fora.

"Se cada um cuidasse da própria vida", disse a Duquesa num resmungo rouco, "o mundo giraria bem mais depressa."

"O que *não* seria uma vantagem", emendou Alice, muito satisfeita por ter uma oportunidade de exibir um pouco da sua sabedoria. "Pense só no que seria feito do dia e da noite! Veja, a Terra leva 24 horas para completar sua revolução..."

"Por falar em revolução", disse a Duquesa, "cortem-lhe a cabeça!"

Bastante aflita, Alice deu uma olhada de soslaio para a cozinheira para ver se ela ia aproveitar a deixa; mas estava ocupada mexendo a sopa e parecia não ter ouvido. Assim, recomeçou: "24 horas, eu acho; ou serão doze? Eu..."

"Ora, não *me* aborreça", disse a Duquesa; "nunca pude suportar números!" E com isso começou a acalentar o filho de novo, enquanto cantava uma espécie de cantiga de ninar, dando-lhe fortes sacudidas ao fim de cada verso:[4]

Fale grosso com seu bebezinho,
E espanque-o quando espirrar:
Porque ele é bem malandrinho,
Só o faz para azucrinar.

REFRÃO
(Com a participação da cozinheira e do bebê):
Oba! Oba! Oba!

Enquanto cantava a segunda estrofe da canção, a Duquesa jogava o bebê bruscamente para cima e para baixo, e a pobre criaturinha berrava tanto que Alice mal conseguiu ouvir as palavras:

Falo bravo com meu garoto,
Bato nele quando espirra
Pois só assim toma gosto
Por pimenta e não faz birra.

REFRÃO
Oba! Oba! Oba!

"Tome! Pode niná-lo um pouquinho, se quiser!" disse a Duquesa a Alice, jogando-lhe o bebê. "Preciso me aprontar para jogar croqué com a Rainha", e se retirou apressada. Quando saía, a cozinheira lhe atirou uma frigideira, mas errou a pontaria.

Alice agarrou o bebê com certa dificuldade, pois a criaturinha tinha uma forma estranha, com braços e pernas esticados em todas as direções, "igualzinho a uma estrela-do-mar", pensou Alice. O pobrezinho bufava como uma locomotiva quando ela o pegou, dobrando-se e se esticando sem parar, de tal modo que, por um ou dois minutos, tudo que ela conseguiu fazer foi segurá-lo.

Assim que descobriu a maneira adequada de acalentá-lo (que era torcê-lo numa espécie de nó, depois agarrar firme sua orelha direita e o pé esquerdo, evitando assim que se desatasse), ela o levou para o ar livre. "Se eu não levar esta criança comigo", pensou Alice, "com certeza vão matá-la qualquer dia

desses: não seria um assassinato deixá-la para trás?" Disse estas últimas palavras em voz alta, e a criaturinha grunhiu em resposta (a essa altura parara de espirrar). "Pare de grunhir", disse Alice; "não é em absoluto uma maneira apropriada de se expressar."

O bebê grunhiu de novo, e Alice, muito inquieta, examinou seu rosto para ver o que havia de errado com ele. Não havia a menor dúvida de que tinha um nariz muito arrebitado; além disso, os olhos eram um tanto miúdos para um bebê: no todo, Alice não gostou da aparência da criatura. "Mas talvez ele estivesse só soluçando", pensou, e olhou de novo os olhos dele para ver se havia lágrimas.

Não, não havia lágrimas. "Se você vai virar um porco, meu querido", disse Alice seriamente, "não vou mais querer saber de você. Preste atenção!" O coitadinho soluçou de novo (ou grunhiu, era impossível distinguir), e os dois ficaram em silêncio por algum tempo.

Alice estava começando a pensar "E agora? Que vou fazer com esta criatura quando for para casa?" quando ele grunhiu de novo com tanta fúria que ela olhou para o seu rosto um tanto alarmada. Desta vez *não* havia engano possível: era nem mais nem menos que um porco, e lhe pareceu que seria totalmente absurdo continuar carregando-o.[5]

Assim, colocou a criaturinha no chão e se sentiu muito aliviada ao vê-la caminhar calmamente para o bosque. "Se tivesse crescido", disse ela para si mesma, "teria sido uma criança horrorosa; mas como porco é bem jeitozinho, eu acho." E começou a pensar sobre outras crianças que conhecia que ficariam muito bem como porcos, e bem na hora em que estava pensando "se ao menos alguém soubesse a maneira correta de transformá-las" teve um ligeiro sobressalto ao ver o Gato de Cheshire sentado no galho de uma árvore a alguns metros de distância.[6]

Ao ver Alice, o Gato só sorriu. Parecia amigável, ela pensou; ainda assim, tinha garras muito longas e um número enorme de dentes, de modo que achou que devia tratá-lo com respeito.

"Bichano de Cheshire", começou, muito tímida, pois não estava nada certa de que esse nome iria agradá-lo; mas ele só abriu um pouco mais o sorriso. "Bom, até agora ele está satisfeito", pensou e continuou: "Poderia me dizer, por favor, que caminho devo tomar para ir embora daqui?"

"Depende bastante de para onde quer ir", respondeu o Gato.

"Não me importa muito para onde", disse Alice.

"Então não importa que caminho tome", disse o Gato.[7]

"Contanto que eu chegue a *algum lugar*", Alice acrescentou à guisa de explicação.

"Oh, isso você certamente vai conseguir", afirmou o Gato, "desde que ande o bastante."

Como isso lhe pareceu irrefutável, Alice tentou uma outra pergunta. "Que espécie de gente vive por aqui?"

"*Naquela* direção", explicou o Gato, acenando com a pata direita, "vive um Chapeleiro; e *naquela* direção", acenando com a outra pata, "vive uma Lebre de Março. Visite qual deles quiser: os dois são loucos."[8]

"Mas não quero me meter com gente louca", Alice observou.

"Oh! É inevitável", disse o Gato; "somos todos loucos aqui. Eu sou louco. Você é louca."[9]

"Como sabe que sou louca?" perguntou Alice.

"Só pode ser", respondeu o Gato, "ou não teria vindo parar aqui."

Alice não achava que isso provasse coisa alguma; apesar disso, continuou: "E como sabe que você é louco?"

"Para começar", disse o Gato, "um cachorro não é louco. Admite isso?"

"Suponho que sim", disse Alice.

"Pois bem", continuou o Gato, "você sabe, um cachorro rosna quando está zangado e abana a cauda quando está contente. Ora, eu rosno quando estou contente e abano a cauda quando estou zangado. Portanto sou louco."

"Chamo isso ronronar, não rosnar", disse Alice.

"Chame como quiser", disse o Gato. "Vai jogar croqué com a Rainha hoje?"

"Gostaria muito", admitiu Alice, "mas ainda não fui convidada."

"Encontre-me lá", disse o Gato, e desapareceu.

Alice não ficou muito surpresa com isso, tão acostumada estava ficando a ver coisas esquisitas acontecerem.

Ainda estava olhando para o lugar onde o vira quando ele apareceu de novo de repente.

"A propósito, o que foi feito do bebê?" quis saber o Gato. "Ia me esquecendo de perguntar."

"Virou um porco", Alice respondeu tranquilamente, como se o Gato tivesse voltado de uma maneira natural.

"Eu achava que iria virar", disse o Gato, e desapareceu de novo.

Alice esperou um pouco, com certa esperança de vê-lo de novo, mas ele não apareceu e, depois de um ou dois minutos, ela caminhou na direção em que, pelo que lhe fora dito, morava a Lebre de Março. "Vi lebres antes", pensou; "a Lebre de Março vai ser interessantíssima, e talvez, como estamos em maio, não esteja freneticamente louca... pelo menos não tão louca quanto em março." Enquanto assim pensava, ergueu os olhos e lá estava o Gato de novo, sentado no galho de uma árvore.[10]

"Você disse porco ou corpo?" o Gato perguntou.

"Disse porco", respondeu Alice; "e gostaria que não ficasse aparecendo e sumindo tão de repente: deixa a gente com vertigem."

"Está bem", disse o Gato; e dessa vez desapareceu bem devagar, começando pela ponta da cauda e terminando com o sorriso, que persistiu algum tempo depois que o resto de si fora embora.

"Bem! Já vi muitas vezes um gato sem sorriso", pensou Alice; "mas um sorriso sem gato![11] É a coisa mais curiosa que já vi na minha vida!"

Não tinha ido muito longe quando avistou a casa da Lebre de Março: pensou que a casa era aquela porque as chaminés tinham forma de orelhas e o telhado era de pelo. Era uma casa tão grande que não quis chegar mais perto antes de lambiscar mais um pouquinho do pedaço de cogumelo da mão esquerda c crescer até uns sessenta centímetros de altura. Mesmo assim avançou bastante timidamente, dizendo para si mesma: "E se no fim das contas ela estiver freneticamente louca? Chego quase a desejar ter ido visitar o Chapeleiro!"

♥

CAPÍTULO 7

Um chá maluco

EM FRENTE À CASA HAVIA UMA MESA posta sob uma árvore, e a Lebre de Março e o Chapeleiro[1] estavam tomando chá; entre eles estava sentado um Caxinguelê,[2] que dormia a sono solto, e os dois o usavam como almofada, descansando os cotovelos sobre ele e conversando por sobre sua cabeça. "Muito desconfortável para o Caxinguelê", pensou Alice; "só que, como está dormindo, suponho que não se importa."

Era uma mesa grande, mas os três estavam espremidos numa ponta: "Não há lugar! Não há lugar!" gritaram ao ver Alice se aproximando. "Há lugar *de sobra*!" disse Alice, indignada, e sentou-se numa grande poltrona à cabeceira.

"Tome um pouco de vinho", disse a Lebre de Março num tom animador.

Alice correu os olhos pela mesa toda, mas ali não havia nada além de chá.[3] "Não vejo nenhum vinho", observou.

"Não há nenhum", confirmou a Lebre de Março.

"Então não foi muito polido da sua parte oferecer", irritou-se Alice.

"Não foi muito polido da sua parte sentar-se sem ser convidada", retrucou a Lebre de Março.

"Não sabia que a mesa era *sua*", declarou Alice; "está posta para muito mais do que três pessoas."

"Seu cabelo está precisando de um corte",[4] disse o Chapeleiro. Fazia algum tempo que olhava para Alice com muita curiosidade, e essas foram suas primeiras palavras.

"Devia aprender a não fazer comentários pessoais", disse Alice com alguma severidade; "é muito indelicado."

O Chapeleiro arregalou os olhos ao ouvir isso; mas disse apenas: "Por que um corvo se parece com uma escrivaninha?"[5]

"Oba, vou me divertir um pouco agora!" pensou Alice. "Que bom que tenham começado a propor adivinhações." E acrescentou em voz alta: "Acho que posso matar esta."

"Está sugerindo que pode achar a resposta?" perguntou a Lebre de Março.

"Exatamente isso", declarou Alice.

"Então deveria dizer o que pensa", a Lebre de Março continuou.

"Eu digo", Alice respondeu apressadamente; "pelo menos... pelo menos eu penso o que digo... é a mesma coisa, não?"

"Nem de longe a mesma coisa!" disse o Chapeleiro. "Seria como dizer que 'vejo o que como' é a mesma coisa que 'como o que vejo'!"

"Ou o mesmo que dizer", acrescentou a Lebre de Março, "que 'aprecio o que tenho' é a mesma coisa que 'tenho o que aprecio'!"

"Ou o mesmo que dizer", acrescentou o Caxinguelê, que parecia estar falando dormindo, "que 'respiro quando durmo' é a mesma coisa que 'durmo quando respiro'!"

"*É* a mesma coisa no seu caso", disse o Chapeleiro, e neste ponto a conversa arrefeceu, e o grupo ficou sentado em silêncio por um minuto, enquanto Alice

refletia sobre tudo de que conseguia se lembrar sobre corvos e escrivaninhas, o que não era muito.

O Chapeleiro foi o primeiro a quebrar o silêncio. "Que dia do mês é hoje?" disse, voltando-se para Alice. Tinha tirado seu relógio da algibeira e estava olhando para ele com apreensão, dando-lhe umas sacudidelas vez por outra e levando-o ao ouvido.

Alice pensou um pouco e disse: "Dia quatro."[6]

"Dois dias de atraso!" suspirou o Chapeleiro. "Eu lhe disse que manteiga não ia fazer bem para o maquinismo!" acrescentou, olhando furioso para a Lebre de Março.

"Era manteiga da *melhor* qualidade", respondeu humildemente a Lebre de Março.

"Sim, mas deve ter entrado um pouco de farelo", o Chapeleiro rosnou. "Você não devia ter usado a faca de pão."

A Lebre de Março pegou o relógio e contemplou-o melancolicamente. Depois mergulhou-o na sua xícara de chá e fitou-o de novo. Mas não conseguiu encontrar nada melhor para dizer que seu primeiro comentário: "Era manteiga da *melhor* qualidade."

Alice estivera olhando por cima do ombro dela com certa curiosidade. "Que relógio engraçado!"[7] observou. "Marca o dia do mês, e não marca hora!"

"Por que deveria?" resmungou o Chapeleiro. "Por acaso o *seu* relógio marca o ano?"

"Claro que não", Alice respondeu mais que depressa, "mas é porque continua sendo o mesmo ano por muito tempo seguido."

"O que é exatamente o caso do *meu*", disse o Chapeleiro.

Alice ficou terrivelmente espantada. A observação do Chapeleiro lhe parecia não fazer nenhum tipo de sentido, embora, sem dúvida, os dois estivessem falando a mesma língua. "Não o entendo bem", disse, o mais polidamente que pôde.

"O Caxinguelê está dormindo de novo", disse o Chapeleiro, e derramou um pouco de chá quente sobre o nariz dele.

O Caxinguelê jogou a cabeça para trás com impaciência e disse, sem abrir os olhos: "É claro, é claro; é precisamente isso que eu ia observar."

"Já decifrou o enigma?", indagou o Chapeleiro, voltando-se de novo para Alice.

"Não, desisto", Alice respondeu. "Qual é a resposta?"

"Não tenho a menor ideia", disse o Chapeleiro.

"Nem eu", disse a Lebre de Março.

Alice suspirou, entediada. "Acho que vocês poderiam fazer alguma coisa melhor com o tempo", disse, "do que gastá-lo com adivinhações que não têm resposta."

"Se você conhecesse o Tempo tão bem quanto eu", disse o Chapeleiro, "falaria *dele* com mais respeito."

"Não sei o que quer dizer", disse Alice.

"Claro que não!" desdenhou o Chapeleiro, jogando a cabeça para trás. "Atrevo-me a dizer que você nunca chegou a falar com o Tempo!"

"Talvez não", respondeu Alice, cautelosa, "mas sei que tenho de bater o tempo quando estudo música."

"Ah! Isso explica tudo" disse o Chapeleiro. "Ele não suporta apanhar. Mas, se você e ele vivessem em boa paz, ele faria praticamente tudo o que você quisesse com o relógio. Por exemplo, suponha que fossem nove horas da manhã, hora de estudar as lições; bastaria um cochicho para o Tempo, e o relógio giraria num piscar de olhos! Uma e meia, hora do almoço!"

("Só queria que fosse mesmo", a Lebre de Março sussurrou para si mesma.)

"Seria formidável, sem dúvida", disse Alice, pensativa. "Mas nesse caso eu não estaria com fome, não é?"

"Não a princípio, talvez", disse o Chapeleiro; "mas você poderia mantê-lo em uma e meia até quando quisesse."

"É assim que você faz?" perguntou Alice.

O Chapeleiro sacudiu a cabeça, pesaroso. "Eu não!" respondeu. "Brigamos em março passado... pouco antes de *ela* enlouquecer, sabe... (apontando a Lebre de Março com sua colher de chá); foi no grande concerto dado pela Rainha de Copas, e eu tinha de cantar[8]

Pisca, pisca, ó morcego!
Que eu aqui quero sossego!

Você conhece a canção, talvez?"

"Já ouvi alguma coisa parecida", disse Alice.

"Ela continua, sabe", prosseguiu a Lebre, "assim:

Por sobre o mundo você adeja
Qual chá numa grande bandeja
Pisca, pisca..."

Nessa altura o Caxinguelê se sacudiu e começou a cantar dormindo "Pisca, pisca, pisca, pisca...", e continuou por tanto tempo que tiveram de lhe dar um beliscão para fazê-lo parar.

"Bem, eu mal acabara a primeira estrofe", disse o Chapeleiro, "quando a Rainha deu um pulo e berrou: 'Ele está assassinando o tempo![9] Cortem-lhe a cabeça!'"

"Terrivelmente cruel!" exclamou Alice.

"E desde aquele momento", continuou o Chapeleiro, desolado, "ele não faz o que peço! Agora, são sempre seis horas."

Alice teve uma ideia luminosa. "É por isso que há tanta louça de chá na mesa?" perguntou.

"É, é por isso", suspirou o Chapeleiro; "é sempre hora do chá,[10] e não temos tempo de lavar a louça nos intervalos."

"Então ficam mudando de um lugar para outro em círculos, não é?" disse Alice.

"Exatamente", concordou o Chapeleiro, "à medida que a louça se suja."

"Mas o que acontece quando chegam de novo ao começo?" Alice se aventurou a perguntar.

"Que tal mudar de assunto?" interrompeu a Lebre de Março, bocejando. "Estou ficando cansada disto. Proponho que esta senhorita nos conte uma história."

"Temo não saber nenhuma", disse Alice, bastante alarmada.

"Sendo assim, o Caxinguelê vai contar!" gritaram os dois. "Acorde, Caxinguelê!" e o beliscaram dos dois lados ao mesmo tempo.

O Caxinguelê abriu os olhos lentamente. "Não estava dormindo", disse com voz rouca e débil. "Ouvi cada palavra que estavam dizendo."

"Conte-nos uma história!" disse a Lebre de Março.

"Conte, por favor!" implorou Alice.

"E trate de ser rápido", acrescentou o Chapeleiro, "ou vai dormir de novo antes de terminá-la."

"Era uma vez três irmãzinhas", começou o Caxinguelê, muito afobado; "e elas se chamavam Elsie, Lacie e Tillie;[11] e moravam no fundo de um poço..."

"O que elas comiam?" perguntou Alice, sempre muito interessada no que dizia respeito a comer e beber.

"Comiam melado",[12] respondeu o Caxinguelê, depois de pensar um ou dois minutos.

"Não pode ser", Alice observou gentilmente; "teriam ficado doentes."

"E ficaram", disse o Caxinguelê; "*muito* doentes."

Alice tentou imaginar como seria viver dessa maneira tão extraordinária, mas isso a deixou confusa demais, e ela foi adiante: "Mas por que moravam no fundo de um poço?"

"Tome mais um pouco de chá", a Lebre de Março disse a Alice, de maneira muito sincera.

"Como ainda não tomei nenhum", Alice respondeu num tom ofendido, "não posso tomar mais."

"Você quer dizer que não pode tomar *menos*", falou o Chapeleiro; "é muito fácil tomar *mais* do que nada."

"Ninguém pediu a *sua* opinião", disse Alice.

"Quem está fazendo comentários pessoais agora?" perguntou o Chapeleiro, triunfante.

Como não soube muito bem o que responder a isso, Alice se serviu de um pouco de chá e pão com manteiga, em seguida virou-se para o Caxinguelê e repetiu sua pergunta: "Por que moravam no fundo de um poço?"

Mais uma vez o Caxinguelê levou um ou dois minutos pensando e depois disse: "Era um poço de melado."

"Isso não existe!" Alice estava começando a dizer, muito irritada, mas o Chapeleiro e a Lebre de Março fizeram "psss! psss!" e o Caxinguelê observou amuado: "Se não pode ser educada, é melhor você mesma terminar a história."

"Não, por favor continue!" Alice disse muito humildemente. "Não vou interromper de novo. Vou fazer de conta que existe *um*."

"Um, francamente!" disse o Caxinguelê, indignado. Mesmo assim, consentiu em continuar. "Então essas três irmãzinhas... elas estavam aprendendo a tirar, entendem..."

"Atirar no quê?", perguntou Alice, completamente esquecida de sua promessa.

"A tirar melado", disse o Caxinguelê, desta vez sem pestanejar.

"Quero uma xícara limpa", interrompeu o Chapeleiro; "vamos avançar um lugar."

Enquanto falava, passou para a cadeira seguinte e o Caxinguelê o acompanhou; a Lebre de Março passou para o lugar do Caxinguelê, e Alice, muito a contragosto, tomou o lugar da Lebre de Março. O Chapeleiro foi o único que tirou algum proveito da mudança e Alice ficou bem pior que antes, pois a Lebre de Março tinha acabado de virar a leiteira no seu prato.

Como não queria ofender o Caxinguelê de novo, Alice começou com muita cautela: "Não consigo entender. De onde tiravam melado?"

"Pode-se tirar água de um poço d'água", disse o Chapeleiro; "portanto você deveria admitir que se pode tirar melado de um poço de melado... não, sua burra?"

"Mas elas estavam *dentro* do poço", disse Alice ao Caxinguelê, preferindo desconsiderar essa última observação.

"Claro que estavam", disse o Caxinguelê, "bem no fundo."

Esta resposta confundiu tanto a pobre Alice que ela deixou o Caxinguelê continuar por algum tempo sem o interromper.

“Elas estavam aprendendo a tirar”, prosseguiu o Caxinguelê, bocejando e esfregando os olhos, pois estava ficando com muito sono; “e tiravam todo tipo de coisa... todo tipo de coisa que começa com M...”

“Por que com M?” perguntou Alice.

“Por que não?” quis saber a Lebre de Março.[13]

Alice se calou.

A essa altura o Caxinguelê fechara os olhos e estava começando a cochilar; mas, a um beliscão do Chapeleiro, despertou com um guinchinho e continuou: “...que começa com M, como maçaricos, e maçanetas, e memória e mesmice... como quando se diz ‘anda tudo uma mesmice’... já viu coisa parecida com tirar uma mesmice?”

“Ora, agora você me pergunta”, disse Alice, confusíssima. “Não penso...”

“Nesse caso não deveria falar”, disse o Chapeleiro.

Essa grosseria foi mais do que Alice podia suportar: levantou-se revoltadíssima e foi embora; o Caxinguelê adormeceu no mesmo instante, e nenhum dos outros tomou o menor conhecimento da sua saída, embora ela tenha olhado para trás uma ou duas vezes, com uma ponta de esperança de que a chamassem de volta; a última vez que os viu, estavam tentando enfiar o Caxinguelê no bule de chá.[14]

"Seja como for, lá é que não volto nunca mais!" exclamou Alice enquanto avançava com cuidado pelo bosque. "Foi o chá mais idiota de que participei em toda a minha vida!"[15]

Exatamente quando dizia isso, percebeu que uma das árvores tinha uma porta, dando para seu interior. "Isto é muito curioso!" pensou. "Mas hoje tudo é curioso. Por que não dar uma entradinha?" E foi o que fez.

Viu-se novamente no salão comprido, perto da mesinha de vidro. "Desta vez vou me sair melhor", disse para si mesma, e começou por pegar a chavezinha de ouro e destrancar a porta que dava para o jardim. Em seguida tratou de mordiscar o cogumelo (tinha guardado um pedaço no bolso) até ficar com uns trinta centímetros; depois seguiu pela pequena passagem; e *então*... encontrou-se finalmente no jardim encantador, entre as fontes de água fresca.

♥

CAPÍTULO 8

O campo de croqué da Rainha

UMA GRANDE ROSEIRA CRESCIA junto à entrada do jardim; suas flores eram brancas, mas três jardineiros estavam à sua volta, pintando-as de vermelho. Alice achou aquilo curiosíssimo e se aproximou para observá-los; quando ia chegando, ouviu um deles dizer: "Veja lá, Cinco! Pare de me salpicar todo de tinta desse jeito!"

"Não pude evitar", disse o Cinco, mal-humorado; "o Sete deu um safanão no meu cotovelo."

Ao que o Sete ergueu os olhos e ironizou: "Isso mesmo, Cinco! Jogue sempre a culpa nos outros!"

"Era melhor *você* ficar calado!" devolveu o Cinco. "Ainda ontem ouvi a Rainha falar que você merecia ser decapitado!"

"Por quê?" quis saber o que falara primeiro.

"Não é da *sua* conta, Dois!" foi a resposta do Sete.

"É sim, *é* da conta dele", disse o Cinco, "e vou contar para ele... é porque levou bulbos de tulipa para a cozinheira em vez de cebolas."[1]

O Sete jogou seu pincel no chão e ia começando a dizer "Bem, de todas as injustiças..." quando bateu por acaso o olho em Alice, parada ali observando-os, e se calou de repente. Os outros também olharam em volta, e todos fizeram reverências profundas.

"Poderiam me dizer", perguntou Alice, um pouco tímida, "por que estão pintando essas rosas?"

O Cinco e o Sete nada responderam, mas olharam para o Dois. Este começou, falando baixo: "Ora, o fato, Senhorita, é que aqui devia ter sido plantada uma roseira de rosas *vermelhas*, e plantamos uma de rosas bran-

cas por engano; se a Rainha descobrir, todos nós teremos nossas cabeças cortadas. Assim, Senhorita, estamos nos virando como podemos, antes que ela chegue, para..." Nesse momento, o Cinco, que estivera olhando aflito pelo jardim, exclamou: "A Rainha! A Rainha!" e imediatamente os três jardineiros se jogaram de bruços no chão. Ouviu-se o som de muitos passos, e Alice olhou em volta, ansiosa por ver a Rainha.

Primeiro vieram dez soldados carregando paus; tinham todos o mesmo formato dos três jardineiros, eram alongados e chatos, com as mãos e os pés nos cantos. Em seguida, os dez cortesãos; estes estavam enfeitados com losangos vermelhos da cabeça aos pés e caminhavam dois a dois, tal como os soldados. Atrás vieram os infantes reais; eram dez, e os queridinhos vinham saltitando alegremente de mãos dadas, aos pares: estavam todos enfeitados com corações.[2] Depois vinham os convidados, na maioria Reis e Rainhas, e entre eles Alice reconheceu o Coelho Branco: falava depressa, nervosamente, sorria de tudo que era dito e passou sem a notar. Seguia-os o Valete de Copas, transportando a coroa do Rei numa almofada de veludo vermelho; e por fim, fechando esse grande cortejo, VIERAM O REI E A RAINHA DE COPAS.[3]

Alice teve muita dúvida quanto à conveniência de se deitar de bruços como os três jardineiros, mas não conseguiu se lembrar de jamais ter ouvido falar de uma regra dessas em cortejos; "aliás, de que serviria um cortejo", pensou, "se todos tivessem de ficar de bruços, sem poder vê-lo?" Assim, continuou onde estava, e esperou.

Quando o cortejo passou diante de Alice, todos pararam e a fitaram, e a Rainha disse num tom severo: "Quem é essa?" A pergunta foi dirigida ao Valete de Copas, que, em resposta, apenas se curvou e sorriu.

"Idiota!" disse a Rainha, jogando a cabeça para trás com impaciência; e voltando-se para Alice, continuou: "Qual é o seu nome, criança?"

"Meu nome é Alice, para servir à Vossa Majestade", disse Alice, muito polidamente; mas acrescentou com seus botões: "Ora! Não passam de um baralho. Não preciso ter medo deles!"

"E quem são *esses*?" quis saber a Rainha apontando os três jardineiros deitados em volta da roseira; pois, como estavam de bruços e tinham nas costas o mesmo padrão que o resto do baralho, ela não tinha como saber se eram jardineiros, soldados, cortesãos ou três dos seus próprios filhos.

"Como eu poderia saber?" disse Alice, surpresa com a própria coragem. "Isso não é da minha conta."

A Rainha ficou rubra de fúria,[4] e depois de fuzilá-la com os olhos por um momento como uma fera selvagem gritou: "Cortem-lhe a cabeça! Cortem..."

"Disparate!" disse Alice decidida, em alto e bom som, e a Rainha se calou.

O Rei pôs a mão em seu ombro e disse timidamente: "Pense bem, minha cara; é apenas uma criança!"

A Rainha se esquivou, enraivecida, e disse ao Valete: "Vire-os para cima!"

O Valete assim fez, muito cuidadosamente, com um pé.

"Levantem-se!" disse a Rainha em voz alta e esganiçada, e instantaneamente os três jardineiros pularam de pé e começaram a fazer mesuras para o Rei, a Rainha, os infantes reais e todos os demais.

"Parem com isso!" berrou a Rainha. "Estão me deixando tonta"; e, voltando-se para a roseira: "O que *andaram* fazendo aqui?"

"Que seja do agrado de Vossa Majestade", disse o Dois num tom muito humilde, pondo um joelho no chão enquanto falava; "estávamos tentando..."

"Entendo!" disse a Rainha, que nesse meio tempo estivera examinando as rosas. "Cortem-lhes as cabeças!" e o cortejo foi adiante, três dos soldados ficando para trás para executar os desventurados jardineiros, que correram para Alice em busca de proteção.

"Vocês não serão decapitados!" disse Alice, e os enfiou num grande vaso de flores que estava ali perto. Os três soldados andaram ao léu por um ou dois minutos, à procura deles, e em seguida saíram tranquilamente atrás dos outros.

"Cortaram-lhes as cabeças?" gritou a Rainha.

"As cabeças rolaram, para o deleite de Vossa Majestade!" os soldados gritaram em resposta.

"Muito bem!" gritou a Rainha. "Sabe jogar croqué?"

Os soldados ficaram em silêncio e olharam para Alice, pois evidentemente a pergunta era para ela.

"Sei!" gritou Alice.

"Então venha!" urrou a Rainha, e Alice se juntou ao cortejo, muito curiosa do que iria acontecer em seguida.

"É... é um lindo dia!" disse uma voz tímida ao seu lado. Ela estava caminhando junto do Coelho Branco, que espiava seu rosto com ansiedade.

"Lindo", concordou Alice. "Onde está a Duquesa?"

"Psss! Psss!" disse o Coelho falando depressa e baixinho. Olhou aflito por sobre o ombro enquanto falava; depois, na ponta dos pés, a boca junto à orelha de Alice, cochichou: "Foi condenada à morte."

"Por quê?" disse Alice.

"Você disse 'Que pena?'", o Coelho perguntou.

"Não, não disse", respondeu Alice. "Não acho que isso seja uma pena. Disse 'Por quê?'"

"Deu um sopapo nas orelhas da Rainha...", o Coelho começou. Alice soltou um gritinho de riso. "Oh, psss!" sussurrou o Coelho, amedrontado. "A Rainha vai ouvir! Sabe, ela chegou muito atrasada, e a Rainha disse..."

"Todos para os seus lugares!" esbravejou a Rainha, e foi um corre-corre de gente para todo lado, uns tropeçando nos outros; em um ou dois minutos, porém, estavam a postos, e o jogo começou. Alice pensou que nunca vira um campo de croqué tão curioso na sua vida; era cheio de saliências e buracos; as bolas eram ouriços vivos, os malhos, flamingos vivos,[5] e os soldados tinham de se dobrar e se equilibrar sobre as mãos e os pés para formar os arcos.

A maior dificuldade, Alice achou a princípio, era manobrar seu flamingo; conseguiu aninhar o corpo dele bastante confortavelmente debaixo do braço, com as pernas penduradas para fora, mas, a maioria das vezes, justamente quando tinha conseguido fazê-lo retesar bem o pescoço e ia dar uma tacada no ouriço com a cabeça dele, ele se *revirava* todo e a fitava com uma expressão tão perplexa que ela não conseguia deixar de cair na gargalhada; e, quando tinha conseguido fazê-lo baixar a cabeça e ia tentar de novo, era exasperante constatar que o ouriço se desenroscara e estava se arrastando para longe. Afora tudo isso, geralmente havia uma saliência ou um buraco na direção em que queria lançar o ouriço, e, como os soldados dobrados estavam a todo instante se levantando e caminhando para outras partes do campo, Alice logo chegou à conclusão de que aquele era realmente um jogo muito difícil.

Os jogadores jogavam todos ao mesmo tempo, sem esperar pela sua vez, discutindo sem parar e disputando os ouriços; a Rainha logo ficou enfurecida, indo de um lado para outro batendo o pé e gritando "Cortem a cabeça dele!" ou "Cortem a cabeça dela!" a intervalos de cerca de um minuto.

Alice começou a se sentir muito apreensiva. Era verdade que até agora não tivera nenhum conflito com a Rainha, mas sabia que isso podia acontecer a qualquer instante; "e nesse caso", pensou, "que seria de mim? Eles são horrivelmente chegados a decapitar as pessoas aqui; o que me admira é que ainda sobre alguém vivo!"

Estava olhando em volta, procurando um meio de fugir e pensando se conseguiria escapar sem ser vista, quando notou uma curiosa aparição no ar: de início ficou muito intrigada, mas, depois de observar por um ou dois minutos, concluiu que era um sorriso, e disse para si mesma: "É o Gato de Cheshire; agora vou ter com quem conversar."

"Como vai passando?" disse o Gato, assim que teve boca suficiente para falar.

Depois de esperar até os olhos aparecerem, Alice fez um aceno de cabeça ("Não adianta falar com ele", pensou, "antes que as orelhas apareçam, pelo menos uma delas.") Mais um minuto, e a cabeça toda surgiu. Alice pôs seu flamingo no chão e começou a descrever o jogo, muito contente por ter alguém para ouvi-la. O Gato, ao que parecia, achou que já havia o bastante de si à vista e mais nada apareceu.

"Não acho que joguem nada limpo", Alice começou, num tom bastante queixoso, "e todos brigam tão horrivelmente que não se consegue ouvir a própria voz... e parecem não ter nenhuma regra em particular; pelo menos, se têm, ninguém as segue... e depois todas as coisas são vivas, e você não faz ideia da confusão que isso dá; por exemplo, o arco que eu tinha de transpor em seguida estava lá do outro lado do campo... e bem na hora que joguei meu ouriço contra o da Rainha, o ouriço dela saiu correndo ao ver o meu chegando!"

"O que acha da Rainha?" perguntou o Gato em voz baixa.

"Não acho nada", disse Alice. "É tão extremamente..." – Nesse instante percebeu que a Rainha estava logo atrás dela, ouvindo; então continuou: "...provável que ela vença, que mal vale a pena terminar o jogo."

A Rainha sorriu e se afastou.

"Com quem *está* falando?" indagou o Rei, aproximando-se de Alice e olhando para a cabeça do Gato com muita curiosidade.

"É um amigo meu... um Gato de Cheshire", disse Alice. "Permita-me que lhe apresente."

"Não gosto nada da cara dele", falou o Rei; "contudo, ele pode me beijar a mão se quiser."

"Prefiro não", observou o Gato.

"Não seja impertinente", disse o Rei, "e não me olhe desse jeito!" Pôs-se atrás de Alice enquanto falava.

"Um gato pode olhar para um rei", disse Alice. "Li isso em algum livro, mas não me lembro qual."[6]

"Bem, ele deve ser banido", decidiu o Rei com muita firmeza, e chamou a Rainha, que estava passando nesse momento: "Minha Cara! Quero que mande banir este gato!"

A Rainha só tinha uma maneira de resolver todas as dificuldades, grandes ou pequenas. "Cortem-lhe a cabeça!" ordenou, sem pestanejar.

"Eu mesmo vou buscar o carrasco", propôs o Rei, impaciente, e saiu correndo.

Alice achou que não era má ideia voltar e ver como ia o jogo, quando ouviu a voz da Rainha à distância, gritando com furor. Já a ouvira sentenciar três jogadores à execução por terem perdido a vez, e não gostou nada da aparência das coisas, pois o jogo estava numa tal balbúrdia que nunca sabia se era ou não a sua vez. Resolveu ir procurar o seu ouriço.

O ouriço estava envolvido numa luta com outro ouriço, o que pareceu a Alice uma excelente oportunidade para lançar um contra o outro com seu malho. A única dificuldade era que seu flamingo tinha ido para o outro lado do jardim, onde podia vê-lo fazendo tentativas bastante desajeitadas de voar para uma árvore.

Quando agarrou o flamingo e o levou de volta, a luta acabara e os dois ouriços tinham sumido de vista; "mas não tem muita importância", pensou Alice, "já que todos os arcos saíram deste lado do campo." Meteu seu flamingo debaixo do braço para que não escapasse de novo e voltou para mais dois dedos de prosa com seu amigo.

Ao se aproximar do Gato de Cheshire, teve a surpresa de encontrar uma multidão em torno dele: o carrasco, o Rei e Rainha estavam discutindo, todos falando ao mesmo tempo, enquanto os demais guardavam absoluto silêncio e pareciam muito apreensivos.[7]

Assim que Alice apareceu, todos os três recorreram a ela para resolver a questão, e repetiram-lhe seus pontos de vista, embora, como falavam todos ao mesmo tempo, lhe tenha parecido realmente muito difícil entender ao certo o que estavam dizendo.

O ponto de vista do carrasco era que não se podia cortar uma cabeça fora a menos que houvesse um corpo do qual cortá-la; que nunca tinha feito coisa parecida antes e não ia começar naquela altura da *sua* vida.

O ponto de vista do Rei era que tudo que tinha cabeça podia ser decapitado, e que o resto era despautério.

O ponto de vista da Rainha era que, se não se tomasse uma medida a respeito imediatamente, mandaria executar todo mundo, sem exceção. (Foi esta última observação que deixou todo o grupo tão sério e preocupado.)

A única coisa que ocorreu a Alice foi dizer: "Ele pertence à Duquesa; deveriam perguntar a *ela*."

"Ela está na prisão", disse a Rainha ao carrasco; "traga-a aqui." E o carrasco partiu como uma flecha.

A cabeça do Gato começou a sumir assim que o carrasco se foi e, quando ele chegou de volta com a Duquesa, já sumira por completo; diante disso o Rei e o carrasco puseram-se a correr freneticamente para cima e para baixo à procura dela, enquanto o resto do grupo voltava ao jogo.

♥

CAPÍTULO 9

A história da Tartaruga Falsa

"Não imagina que prazer é vê-la de novo, meu benzinho!" disse a Duquesa, enquanto enfiava o braço afetuosamente sob o de Alice e saíam caminhando juntas.

Alice ficou muito satisfeita por encontrá-la em disposição tão afável e pensou que talvez tivesse sido só a pimenta que a tornara tão furibunda naquele encontro na cozinha.

"Quando eu *for* uma duquesa", disse para si mesma (é verdade que num tom não muito esperançoso), "não vou ter *nenhuma* pimenta na minha cozinha. Uma sopa pode muito bem ficar boa sem pimenta... Talvez seja sempre a pimenta que torna as pessoas esquentadas", continuou, muito contente de ter encontrado um novo tipo de regra, "e o vinagre que as torna azedas... e a camomila[1] que as torna amargas... e... o caramelo[2] e essas coisas que tornam as crianças suaves. Só queria que as pessoas soubessem disto: não seriam tão sovinas com bombons..."

A essa altura, esquecera por completo a Duquesa, e teve um ligeiro sobressalto ao ouvir-lhe a voz junto ao ouvido. "Você está pensando em alguma coisa, minha cara, e isso a faz esquecer de falar. Neste instante não posso lhe dizer qual é a moral disso, mas vou me lembrar daqui a pouquinho."

"Talvez não tenha nenhuma", Alice atreveu-se a observar.

"Ora, vamos, criança!" disse a Duquesa. "Tudo tem uma moral, é questão de saber encontrá-la."[3] E enquanto falava se achegou mais a Alice.

Alice não gostou muito de ficar tão perto dela: primeiro, porque a Duquesa era *muito* feia; e segundo porque tinha a altura certa para apoiar o queixo sobre o seu ombro e era um queixo desconfortavelmente pontudo.

No entanto, como não queria ser indelicada, suportou aquilo o melhor que pôde.

"O jogo está bem melhor agora", disse, para alimentar um pouco a conversa.

"É mesmo", concordou a Duquesa, "e a moral disso é… 'Oh, é o amor, é o amor que faz o mundo girar'."[4]

"Alguém disse",[5] Alice murmurou, "que ele gira quando cada um trata do que é da sua conta."

"Ah, bem! O significado é quase o mesmo", disse a Duquesa, fincando o queixinho pontudo no ombro de Alice enquanto acrescentava: "e a moral *disto* é… 'Cuide do sentido, que os sons cuidarão de si'."[6]

"Como gosta de achar moral nas coisas!" Alice pensou consigo mesma.

"Aposto que está pensando por que não passo o braço pela sua cintura", disse a Duquesa após uma pausa; "a razão é que estou incerta quanto ao temperamento do seu flamingo. Devo fazer uma experiência?"

"Ele *pode* bicar", Alice respondeu com cautela, não se sentindo nem um pouco ansiosa por ver a experiência feita.

"É a pura verdade", disse a Duquesa, "flamingos e mostarda picam. E a moral disso é... 'Aves da mesma plumagem voam juntas'."

"Só que mostarda não é ave", Alice observou.

"Certo, como sempre", disse a Duquesa; "que maneira clara você tem de expressar as coisas!"

"É um mineral, eu *acho*", disse Alice.

"Mas é claro", disse a Duquesa, que parecia pronta a concordar com tudo que Alice dizia; "há uma grande mina de mostarda aqui perto. E a moral disso é... 'Quanto mais eu ganho, mais você perde'."[7]

"Oh, eu sei!" exclamou Alice, que não prestara atenção a este último comentário. "É um vegetal.[8] Não parece, mas é."

"Concordo plenamente com você", disse a Duquesa; "e a moral disso é 'Seja o que você parece ser'... ou, trocando em miúdos, 'Nunca imagine que você mesma não é outra coisa senão o que poderia parecer a outros do que o que você fosse ou poderia ter sido não fosse senão o que você tivesse sido teria parecido a eles ser de outra maneira'."

"Acho que entenderia isso melhor", disse Alice, muito polidamente, "se o visse por escrito; assim ouvindo, não consigo acompanhar muito bem."

"Isso não é nada perto do que eu poderia dizer, se quisesse", respondeu a Duquesa, encantada.

"Por favor, não se dê ao trabalho de dizer nada mais longo", disse Alice.

"Ora, trabalho algum!" disse a Duquesa. "Dou-lhe de presente tudo que disse até agora."

"Que presente barato!" pensou Alice. "Ainda bem que não se dão presentes de aniversário desse tipo!" Mas não se arriscou a dizer isso.

"Pensando de novo?" perguntou a Duquesa, com nova fincada do seu queixinho pontudo.

"Tenho o direito de pensar", Alice respondeu bruscamente, pois estava começando a ficar um pouco preocupada.

"Tanto direito", disse a Duquesa, "quanto os porcos têm de voar;[9] e a mo..."

Mas nesse ponto, para grande surpresa de Alice, a voz da Duquesa sumiu bem no meio de sua palavra favorita, "moral", e o braço que estava ligado ao dela começou a tremer. Alice levantou os olhos, e lá estava a Rainha diante delas, de braços cruzados, com uma carranca de arrepiar.

"Que belo dia, Majestade!" começou a Duquesa, a voz baixa e fraca.

"Ouça, estou lhe avisando", gritou a Rainha, batendo o pé no chão enquanto falava; "ou você ou a sua cabeça devem desaparecer, e já! Faça sua escolha!"

A Duquesa fez a sua escolha, desaparecendo num instante.

"Vamos continuar com o jogo", disse a Rainha; Alice, apavorada demais para abrir a boca, acompanhou-a lentamente de volta ao campo de croqué.

Os outros convidados tinham aproveitado a ausência da Rainha para descansar na sombra; assim que a viram, porém, correram de volta para o jogo, tendo a Rainha simplesmente observado que um segundo de atraso lhes custaria a vida.

Durante todo o tempo em que jogaram, a Rainha não parou de brigar com os outros jogadores e de gritar: "Cortem a cabeça dele!" ou "Cortem a cabeça dela!" Os sentenciados ficavam sob a guarda de soldados, que, é claro, para isso tinham de deixar de ser arcos, de modo que, ao fim de uma meia hora, não sobrava nenhum arco, e todos os jogadores, exceto o Rei, a Rainha e Alice, estavam detidos e condenados à execução.

Então a Rainha parou de jogar, completamente esbaforida, e perguntou a Alice: "Já esteve com a Tartaruga Falsa?"

"Não", respondeu Alice. "Nem sei o que é uma Tartaruga Falsa."

"É aquilo de que se faz a Sopa de Tartaruga Falsa",[10] explicou a Rainha.

"Nunca vi, nem ouvi falar disso", disse Alice.

"Então venha", chamou a Rainha, "e lhe contarei a história dela."

Enquanto se afastavam juntas, Alice ouviu o Rei dizer baixinho ao grupo todo: "Estão todos perdoados." "Opa! *Isso* é muito bom!", disse consigo mesma, pois se sentira muito infeliz com o número de execuções que a Rainha ordenara.

Logo toparam com um Grifo,[11] dormindo a sono solto ao sol. (*Se* você não souber o que é um Grifo, olhe a ilustração). "De pé, preguiçoso!" disse a

Rainha. "E leve esta senhorita para ver a Tartaruga Falsa e ouvir a história dela. Tenho de voltar para cuidar de algumas execuções que ordenei"; e partiu, deixando Alice sozinha com o Grifo. Alice não gostou muito da aparência da criatura, mas, tendo concluído que era tão seguro ficar com ela quanto acompanhar aquela Rainha cruel, esperou.

O Grifo se sentou e esfregou os olhos; depois fitou a Rainha até que ela sumiu de vista; em seguida disse com um risinho satisfeito, meio para si mesmo, meio para Alice: "Que engraçado!"

"Onde está a graça?" perguntou Alice.

"Ora, *nela*", disse o Grifo. "É tudo fantasia dela: nunca executam ninguém.[12] Vamos!"

"Todo mundo aqui diz 'vamos!'", pensou Alice enquanto o seguia devagar. "Nunca recebi tanta ordem em toda a minha vida, nunca!"

Não tinham ido muito longe quando avistaram a Tartaruga Falsa à distância, sentada triste e solitária na saliência de uma pedra, e, ao se aproximarem, Alice pôde ouvi-la suspirar, como se tivesse o coração partido. Sentiu muita pena. "Qual é o problema dela?" perguntou. O Grifo respondeu, quase com as mesmas palavras de antes: "É tudo fantasia dela: não tem problema nenhum. Vamos!"

Aproximaram-se então da Tartaruga Falsa, que os fitou com grandes olhos marejados de lágrimas, mas não disse nada.

"Esta senhorita aqui", disse o Grifo, "precisa conhecer sua história, precisa mesmo."

"Eu lhe contarei", disse a Tartaruga Falsa numa voz profunda, cavernosa, "sentem-se os dois, e não digam uma palavra até eu terminar."

Sentaram-se então, e ninguém falou por alguns minutos. Alice pensou consigo: "Não vejo como ela pode terminar, se nem *sequer* começa." Mas esperou pacientemente.

"Antigamente", disse a Tartaruga Falsa com um suspiro profundo, "eu era uma Tartaruga de verdade."

Essas palavras foram seguidas por um silêncio muito longo, quebrado apenas por uma exclamação ocasional – "Hjcrrh!" – do Grifo e o soluçar constante e fundo da Tartaruga Falsa. Alice estava a ponto de se levantar e dizer "Muito obrigada, Sir, por sua interessante história", mas, como não

conseguia deixar de acreditar que *tinha* de vir mais alguma coisa, ficou quieta e não disse nada.

"Quando éramos pequenos", a Tartaruga Falsa finalmente recomeçou, mais calma, embora ainda soluçando um pouquinho vez por outra, "íamos à escola no mar. O mestre era um Cágado velho... nós o chamávamos de Tartarruga."

"Por que o chamavam de Tartarruga, se ele não era uma?" Alice perguntou.

"Nós o chamávamos de Tartarruga porque tinha... tanta ruga!" respondeu a Tartaruga, irritada; "realmente você é muito bronca!"

"Devia ter vergonha de fazer uma pergunta tão simples", acrescentou o Grifo; e em seguida os dois ficaram em silêncio, olhando para a pobre Alice, que teve vontade de se enfiar embaixo da terra. Por fim o Grifo disse à Tartaruga Falsa: "Adiante, companheira. Não vamos passar o dia inteiro nisso!" e ela prosseguiu com estas palavras:

"Sim, íamos à escola no mar, embora você talvez não acredite..."

"Nunca disse isso!" interrompeu Alice.

"Disse", a Tartaruga Falsa respondeu.[13]

"Cale a boca!" acrescentou o Grifo antes que Alice pudesse abri-la de novo. A Tartaruga Falsa continuou.

"Tínhamos a melhor educação... de fato, íamos à escola todo dia..."

"Eu também *ia* à escola", disse Alice; "não precisa ficar tão orgulhosa por isso."

"Com extras?" perguntou a Tartaruga Falsa, um pouquinho ansiosa.

"É", disse Alice, "tínhamos aulas de francês e música."

"E de lavanderia?" insistiu a Tartaruga Falsa.

"Claro que não!" indignou-se Alice.

"Ah! Então a sua escola não era realmente boa", disse a Tartaruga Falsa num tom de grande alívio. "Pois na *nossa* vinha ao pé da conta 'Francês, música *e lavanderia* – extras'."[14]

"Com certeza não precisava muito disso", Alice observou, "vivendo no fundo do mar."

"Não pude me dar ao luxo de estudar essa matéria", disse a Tartaruga Falsa com um suspiro. "Só fiz o curso regular."

"E como era?" quis saber Alice.

"Lentura e Estrita, é claro, para começar",[15] respondeu a Tartaruga Falsa; "e depois os diferentes ramos da Aritmética: Ambição, Subversão, Desembelezação e Distração."

"Nunca ouvi falar de 'Desembelezação'", Alice se atreveu a dizer. "O que é?"

O Grifo levantou as duas patas de surpresa. "Como? Nunca ouviu falar de desembelezação?" exclamou. "Sabe o que é embelezar, suponho?"

"Sei", disse Alice sem muita convicção; "significa... tornar... alguma coisa... mais bela."

"Nesse caso", continuou o Grifo, "se não sabe o que é desembelezar, você *é* uma bobalhona."

Não se sentindo estimulada a fazer mais nenhuma pergunta sobre aquilo, Alice se virou para a Tartaruga Falsa e disse: "Que mais tinha de estudar?"

"Bem, tínhamos Histeria", respondeu a Tartaruga Falsa, contando as matérias nas patas, "Histeria antiga e moderna, com Marografia; depois Desdém... o professor de Desdém era um congro velho, que ia lá uma vez por semana: *ele* nos ensinava a Desdenhar, Embolsar e Pingar a Alho."[16]

"Como era *isso*?" perguntou Alice.

"Bem, não posso lhe mostrar pessoalmente", disse a Tartaruga Falsa; "estou muito enferrujada. E o Grifo nunca aprendeu."

"Não tive tempo", disse o Grifo, "Mas fiz o curso clássico. O professor era um bagrinho, ah, *se* era."

"Nunca estudei com ele...", comentou a Tartaruga Falsa com um suspiro; "ensinava Latido e Emprego, pelo que diziam."

"É verdade, é verdade", foi a vez do Grifo suspirar; e as duas criaturas esconderam a cara nas patas.

"E quantas horas de aula você tinha por dia?" indagou Alice, aflita para mudar de assunto.

"Dez horas no primeiro dia", disse a Tartaruga Falsa, "nove no seguinte, e assim por diante."

"Que programa curioso!" exclamou Alice.

"Só assim você se prepara para uma carreira: aulas mais rápidas a cada dia", observou o Grifo.

A ideia era inteiramente nova para Alice e ela refletiu um pouco a respeito antes de fazer mais uma observação: "Nesse caso, no décimo primeiro dia era feriado?"

"Claro que era", disse a Tartaruga Falsa.

"E como se arranjavam no décimo segundo?" Alice insistiu, sôfrega.[17]

"Chega de falar sobre aulas", o Grifo interrompeu num tom decidido. "Agora conte a ela alguma coisa sobre jogos."

♥

CAPÍTULO 10

A Quadrilha da Lagosta

A Tartaruga Falsa deu um suspiro profundo e passou o dorso de uma pata pelos olhos. Olhou para Alice e tentou falar mas, por um minuto ou dois, soluços lhe embargaram a voz. "Parece até que tem uma espinha na garganta", disse o Grifo, e pôs-se a sacudi-la e a esmurrá-la nas costas. Por fim a Tartaruga Falsa recobrou a voz, e, com lágrimas lhe correndo pelas faces, recomeçou:

"Talvez você não tenha vivido muito tempo no mar..." ("Nunca", disse Alice), "...e talvez nunca tenha sido apresentada a uma lagosta..." (Alice ia começando a dizer "Provei uma vez...", mas engoliu a língua mais que depressa e disse: "Não, nunca") "...então não pode imaginar que coisa deliciosa é uma Quadrilha da Lagosta!"[1]

"Realmente não", disse Alice. "Que espécie de dança é essa?"

"Ora", disse o Grifo, "primeiro se forma uma fila ao longo da praia..."

"Duas filas!" exclamou a Tartaruga Falsa. "Focas, tartarugas, salmões e assim por diante; depois, quando você tiver acabado de remover toda a água-viva..."

"*O que* geralmente leva tempo", interrompeu o Grifo.

"...dá dois passos à frente..."

"Cada um de par com uma lagosta!" exclamou o Grifo.

"É claro", disse a Tartaruga Falsa. "Dois passos à frente, balancê..."

"...troque de lagosta e se afaste na mesma ordem", continuou o Grifo.

"Depois, sabe", continuou a Tartaruga Falsa, "você joga..."

"As lagostas!" gritou o Grifo, dando uma pirueta no ar.

"...no mar, o mais longe que puder..."

"Nada atrás delas!" berrou o Grifo.

"Dá um salto mortal no mar!" exclamou a Tartaruga Falsa, cabriolando freneticamente.

"Troca de lagosta de novo!" esgoelou-se o Grifo.

"Volta à terra de novo, e a primeira figura está terminada", disse a Tartaruga Falsa, baixando a voz de repente; as duas criaturas, que tinham estado ali pulando como loucas aquele tempo todo, se sentaram de novo, tristonhas e cabisbaixas, e olharam para Alice.

"Deve ser uma dança muito bonita", disse Alice timidamente.

"Gostaria de ver um pouquinho dela?", perguntou a Tartaruga Falsa.

"Sim, gostaria muito", disse Alice.

"Venha, vamos tentar a primeira figura!" disse a Tartaruga Falsa ao Grifo. "Podemos dispensar as lagostas. Quem vai cantar?"

"Oh, *você* canta", disse o Grifo. "Esqueci a letra."

Então começaram a dançar solenemente, dando voltas e voltas em torno de Alice, vez por outra lhe pisando os pés quando passavam perto demais, e acenando com as patas dianteiras para marcar o compasso, enquanto a Tartaruga Falsa cantava, muito lenta e tristemente:[2]

"Quer andar mais ligeirinho?" disse a merluza[3] *ao caracol.*
"Atrás de mim há um delfim, afobado p'ra festança.
Lampreias, linguados e lulas bailam alegres sob o sol.
Na praia já nos esperam! Quer me dar esta contradança?
Você quer, ou não quer, quer ou não quer hoje comigo dançar?
Você quer, ou não quer, quer ou não quer hoje comigo dançar?

Ah, meu bem, você nem sonha que maravilha será,
Quando, com as lagostas, nos lançarem lá longe no mar!"
Respondeu o caracol, não sem certo mal-estar:
"Jogado assim tão distante, receio que vá me afogar",
Agradecia à merluza, mas iria declinar seu convite p'ra dançar.
Não iria, não podia, não iria, não podia hoje com ela dançar.
Não iria, não podia, não iria, não podia hoje com ela dançar.

"E daí que seja longe?" sua escamosa amiga respondeu.
"Existe outra praia, você não sabia?... Logo do lado de lá.
Se a Inglaterra some de vista... é que a França apareceu!
Sacuda esse medo, meu caracolzinho, e venha comigo dançar.
Você quer, ou não quer, quer ou não quer hoje comigo dançar?
Você quer, ou não quer, quer ou não quer hoje comigo dançar?"

"Obrigada, é uma dança muito interessante de se ver", disse Alice, feliz por ver aquilo finalmente terminado; "e como gostei dessa curiosa canção sobre a merluza!"

"Oh, quanto a merluzas", disse a Tartaruga Falsa, "elas... naturalmente já as viu, não?"

"Já", disse Alice. "Vi merluzas várias vezes no jant..." engoliu a língua rápido.

"Não sei onde Jant pode ser", disse a Tartaruga Falsa, "mas se já as viu tantas vezes, claro que sabe como são."

"Acredito que sim", Alice respondeu ponderadamente. "Têm a cauda na boca...[4] e são todas recobertas de farinha de rosca."

"Está enganada quanto à farinha de rosca", disse a Tartaruga Falsa. "A farinha sairia toda no mar. Mas elas *têm* a cauda na boca; e a razão é..." Aqui a Tartaruga Falsa bocejou e fechou os olhos. "Conte a ela sobre a razão e tudo mais", disse ao Grifo.

"A razão é", disse o Grifo, "que elas *queriam* ir com as lagostas para a dança. Então foram jogadas no mar. Então sofreram uma queda muito longa. Então prenderam a cauda firme na boca. Então não conseguiram mais tirá-las de lá. É isto."

"Muito obrigada", Alice agradeceu, "é muito interessante. Nunca aprendi tanto sobre merluzas antes."

"Posso lhe contar mais ainda, se quiser", sugeriu o Grifo. "Sabe por que se chamam merluzas?"

"Nunca pensei sobre isso", admitiu Alice. "Por quê?"

"*Porque servem para merlustrar botas e sapatos*", o Grifo respondeu muito solenemente.

Alice ficou inteiramente pasma. "Merlustrar botas e sapatos", repetiu num tom de perplexidade.

"Ora, o que você faz com seus sapatos?", quis saber o Grifo. "Quero dizer, para deixá-los tão lustrosos?"

Alice baixou os olhos para eles e pensou um pouco antes de responder. "São lustrados, eu creio."

"Pois no fundo do mar", continuou o Grifo com voz grave, "eles são merlustrados para ficar *merluzentes*. Agora você sabe."

"E de que eles são feitos?" Alice perguntou, muito curiosa.

"De linguado, e amarrados com enguias, é claro", o Grifo respondeu bastante impaciente; "como até um tatuí teria podido lhe informar."

"Se eu fosse a merluza", disse Alice, cujos pensamentos continuavam presos à canção, "teria dito ao delfim: 'Fique longe, por favor: não *o* queremos conosco!'"

"Tinham de aceitar a companhia dele", disse a Tartaruga Falsa; "nenhum peixe de juízo vai a qualquer lugar sem um delfim."

"É mesmo?" espantou-se Alice.

"Claro que não", disse a Tartaruga Falsa. "Ora, se um peixe viesse *me* contar que estava saindo de viagem, eu diria: 'Com que delfim?'"

"Não quer dizer 'com que fim'?" perguntou Alice.

"Quero dizer o que digo", respondeu a Tartaruga Falsa num tom melindrado. E o Grifo acrescentou: "Vamos, agora conte-nos algumas das *suas* aventuras."

"Eu poderia lhes contar minhas aventuras... começando por esta manhã", disse Alice um pouco tímida; "mas não adianta voltar a ontem, porque eu era uma pessoa diferente."

"Explique isso tudo", disse a Tartaruga Falsa.

"Não, não! Primeiro as aventuras!" impacientou-se o Grifo. "Explicações tomam um tempo medonho."

Assim, Alice começou a lhes contar suas aventuras desde o momento em que viu o Coelho Branco pela primeira vez. No começo aquilo a deixou um pouco nervosa – as duas criaturas estavam tão perto dela, uma de cada lado, e abriam *tanto* os olhos e as bocas –, mas à medida que contava ganhou coragem. Seus ouvintes ficaram imóveis até ela chegar à parte em que recitara "Está velho, Pai William" para a Lagarta e as palavras tinham saído todas diferentes; nesse ponto a Tartaruga Falsa respirou fundo e declarou: "Isso é muito curioso."

"Eu diria que mais curioso não poderia ser", disse o Grifo.

"Saiu tudo diferente", a Tartaruga Falsa repetiu, pensativa. "Gostaria de ouvi-la recitando alguma coisa agora. Mande-a começar." Olhou para o Grifo, como se achasse que ele tinha algum tipo de autoridade sobre Alice.

"Levante-se e recite '*Esta é a voz do preguiçoso*'", ordenou o Grifo.

"Como as criaturas dão ordens à gente e nos fazem decorar lições!" pensou Alice. "É como se eu estivesse na escola neste momento." Contudo, levantou-se e começou a recitar, mas tinha a cabeça tão cheia da Quadrilha da

Lagosta que mal sabia o que estava dizendo, e as palavras saíram realmente muito esquisitas:[5]

Esta é a voz da Lagosta; eu a ouvi declarar:
"Você me torrou no forno e me deixou sapecar."
Graciosa, elegante, com a fuça, e de través,
Dá laços, se abotoa e separa as pontas dos pés.
Quando a areia está seca, ela exulta como ninguém,
E fala de todo tipo de peixe com muito desdém.
Mas quando é maré cheia, e o tubarão se aproxima,
Ela perde a tramontana, e já não acha mais rima.

"Isso é diferente do que eu costumava recitar quando criança", comentou o Grifo.

"Bem, eu nunca ouvi isso antes", disse a Tartaruga Falsa; "mas parece um disparate descomunal."

Alice não disse nada; sentara-se com a cabeça nas mãos, perguntando a si mesma se *algum dia* alguma coisa voltaria a acontecer de maneira natural.

"Gostaria que me explicasse isso", pediu a Tartaruga Falsa.

"Ela não tem como explicar", impacientou-se o Grifo. "Continue com o verso seguinte."

"Mas e aquilo sobre as pontas dos pés? Entende? *Como* ela podia separar as pontas dos pés com a fuça?"

"É a primeira posição no balé",[6] ensinou Alice; mas estava terrivelmente desorientada com aquilo tudo e só queria mudar de assunto.

"Continue com o próximo verso", repetiu o Grifo, impaciente; "começa com '*passei pelo seu jardim*'."

Alice não ousou desobedecer e, embora tivesse certeza de que ia sair tudo errado, continuou, com uma voz trêmula:

Passei pelo seu jardim e notei que atrás da porta
A Coruja e a Pantera dividiam uma torta.
A Pantera, bem gulosa, comia massa e recheio,

Enquanto para a Coruja sobravam os caroços do meio.
Quando a torta acabou, a Coruja não pôde sequer
Ter por recompensa uma lambida na colher.
Enquanto isso a Pantera com a faca e o garfo ficou,
E arrematou o banquete...[7]

"De que *adianta* recitar toda essa lenga-lenga", interrompeu a Tartaruga Falsa, "se você não vai explicando a cada passo? É de longe a coisa mais atrapalhada que já ouvi!"

"É, acho melhor você parar", disse o Grifo – o que Alice fez com muito prazer.

"Vamos tentar mais uma figura da Quadrilha da Lagosta?" propôs o Grifo. "Ou você preferiria que a Tartaruga Falsa cantasse uma canção?"

"Oh, uma canção, por favor, se a Tartaruga Falsa quiser nos fazer essa gentileza", Alice respondeu, tão sôfrega que o Grifo comentou, num tom bastante ofendido: "Hum! Gosto não se discute! Cante a '*Sopa de Tartaruga*' para ela, certo, companheira?"

A Tartaruga Falsa suspirou profundamente, e começou a cantar, numa voz entremeada por soluços:[8]

Que bela Sopa, suculenta e trigueira,
Espera por nós na quente sopeira!
Quem por ela não suspira, não diz opa?
Sopa da noite, que bela Sopa!
Sopa da noite, que bela Sopa!
Oooó... Bela Sooo... paa!
Oooó... Bela Sooo... paa!
Sooo...paa da nooo... iii... teee,
Bela, bela Sopa!

Que bela Sopa! Quem quer saber de pastel,
Assado ou outro pitéu?
Uma sopinha fumegando no prato,

Não é de se tirar o chapéu?
Ooooó... Bela Sooo... paa!
Ooooó... Bela Sooo... paa!
Sooo... paa da nooo... iii... teee,
Ooooó BEEELA SOOPA!

"O refrão de novo!" gritou o Grifo, e a Tartaruga Falsa estava começando a repeti-lo quando se ouviu um brado à distância: "O julgamento está começando!"

"Vamos!", gritou o Grifo, e, tomando Alice pela mão, saiu correndo, sem esperar pelo fim da canção.

"Que julgamento é esse?" perguntou Alice, ofegante, enquanto corria; mas o Grifo respondeu apenas: "Vamos!" e correu ainda mais depressa, enquanto, cada vez mais tenuemente, carregadas pela brisa que os seguia, lhes chegavam as palavras melancólicas:

Sooo... paa da nooo... iii... teee,
Bela, bela Sopa!

♥

CAPÍTULO 11

Quem roubou as tortas?

QUANDO CHEGARAM, o Rei e a Rainha de Copas estavam sentados em seus tronos, com uma multidão reunida à sua volta – toda sorte de avezinhas e animaizinhos, bem como o baralho completo: o Valete estava postado diante deles, agrilhoado, com um soldado de cada lado para vigiá-lo; perto do rei estava o Coelho Branco, uma corneta numa das mãos e um rolo de pergaminho na outra. Exatamente no centro do tribunal havia uma mesa, com uma grande travessa de tortas sobre ela: pareciam tão boas que Alice ficou com água na boca. "Gostaria que já tivessem encerrado o julgamento", pensou, "e passassem aos comes e bebes!" Mas como isso parecia de todo improvável, começou a observar tudo à sua volta, para matar o tempo.

Alice nunca estivera num tribunal antes, mas lera sobre eles em livros, ficando muito satisfeita ao descobrir que sabia o nome de quase tudo ali. "Aquele é o juiz", disse consigo, "por causa da sua enorme peruca."

Aliás, o juiz era o Rei; e, como usava a coroa por cima da peruca (olhe antes do sumário, se quiser saber como fazia), não parecia muito à vontade e com certeza aquilo não lhe era apropriado.

"E ali está a banca dos jurados", pensou Alice, "e aquelas doze criaturas..." (era obrigada a dizer "criaturas", porque algumas eram animais e algumas eram aves) "suponho que sejam os jurados." Repetiu esta última palavra duas ou três vezes para si mesma, com muito orgulho: pois achava, com razão, que muito poucas menininhas da sua idade sabiam o significado daquilo tudo. Mas "membros do júri" estaria igualmente certo.

Os doze jurados estavam todos muitos atarefados, escrevendo em suas lousas. "O que estão fazendo?" Alice sussurrou ao Grifo. "Não podem ter nada para escrever antes que o julgamento comece."

"Estão escrevendo seus nomes", o Grifo sussurrou em resposta, "por medo de esquecê-los antes do fim do julgamento."

"Que tolos!" Alice começou num tom alto, indignado, mas parou de imediato, porque o Coelho Branco disse em altos brados: "Silêncio no tribunal!" e o Rei pôs os óculos, olhando em volta para descobrir se havia alguém falando.

Alice conseguiu ver, tão bem como se estivesse espiando sobre os ombros deles, que todos os jurados estavam escrevendo "que tolos!" em suas lousas, e pôde perceber até que um deles não sabia escrever "tolos" e teve de perguntar ao vizinho. "Que bela embrulhada vão aprontar em suas lousas antes que o julgamento termine!" pensou Alice.

Um dos jurados tinha um giz que rangia. Isso, claro, Alice não podia suportar. Deu a volta no tribunal, plantou-se atrás dele e logo achou uma oportunidade de passar a mão no giz. Fez isso com tal rapidez que o pobre juradozinho (era Bill, o Lagarto) não conseguiu entender o que fora feito dele; assim, após procurar à sua volta, viu-se obrigado a escrever com um dedo pelo resto do dia – o que de pouco adiantava, já que não ficava marca nenhuma na lousa.

"Arauto, leia a acusação!" disse o Rei.

A isso o Coelho Branco deu três sopros na corneta, desenrolou o pergaminho e leu:[1]

A Rainha de Copas fez várias tortas
Todas numa só fornada.
O Valete de Copas furtou as tortas
E não deixou sobrar nada!

"Pronunciem seu veredito", o Rei disse ao júri.

"Ainda não, ainda não", interrompeu o Coelho, afobado. "Há muito que fazer antes disso!"

"Convoque a primeira testemunha", disse o Rei; e o Coelho Branco, depois de três toques de corneta, bradou: "Primeira testemunha!"

A primeira testemunha era o Chapeleiro. Chegou com uma xícara de chá numa das mãos e um pedaço de pão com manteiga na outra. "Perdoe-me, Majestade", começou, "por trazer isto, mas ainda não tinha terminado meu chá quando fui convocado."

"Pois devia ter terminado", disse o Rei. "Quando começou?"

O Chapeleiro olhou para a Lebre de Março, que o havia acompanhado ao tribunal, de braço dado com o Caxinguelê. "Dia catorze de março, penso eu."

"Quinze", corrigiu a Lebre de Março.

"Dezesseis", acrescentou o Caxinguelê.

"Anotem isto", o Rei disse ao júri, e os jurados anotaram animadamente as três datas nas suas lousas e em seguida as somaram, convertendo o resultado em xelins e pence.

"Tire o chapéu", disse o Rei ao Chapeleiro.

"Não é meu", disse o Chapeleiro.

"*Roubado!*" exclamou o rei, voltando-se para os jurados, que instantaneamente fizeram um apontamento do fato.

"São todos para vender", acrescentou o Chapeleiro à guisa de explicação; "nenhum me pertence. Sou um chapeleiro."

Aqui a Rainha pôs os óculos e cravou os olhos no Chapeleiro, que se tornou pálido e irrequieto.

"Preste o seu depoimento", disse o Rei; "e não fique nervoso, ou vou ter de mandar executá-lo no mesmo instante."

Isso não pareceu encorajar muito a testemunha: ficou de pernas bambas, olhando apreensivo para a Rainha, e na sua confusão arrancou fora com uma mordida um bom naco da xícara em vez do pão com manteiga.[2]

Nesse exato momento Alice teve uma sensação curiosíssima, que a deixou muito intrigada até entender o que era: estava começando a crescer de novo. A princípio achou que teria de se levantar e sair do tribunal; pensando melhor, porém, decidiu ficar onde estava enquanto houvesse espaço para ela.

"Gostaria que não me apertasse tanto", disse o Caxinguelê, que estava sentado ao lado dela. "Mal posso respirar."

"Não posso evitar", respondeu Alice muito docilmente. "Estou crescendo."

"Você não tem o direito de crescer *aqui*", avisou o Caxinguelê.

"Não diga tolice", disse Alice, mais atrevida; "não sabe que também está crescendo?"

"É, mas cresço num ritmo razoável", ponderou o Caxinguelê, "não dessa maneira absurda." E levantou-se, muito amuado, indo sentar-se do outro lado do tribunal.

Durante todo esse tempo a Rainha não parara de olhar fixo para o Chapeleiro e, justo quando o Caxinguelê estava atravessando o tribunal, disse a um dos esbirros: "Traga-me a lista dos cantores no último concerto!", ao que o desditado Chapeleiro tremeu tanto que jogou longe os dois sapatos.[3]

"Preste seu depoimento", repetiu o Rei, irritado, "ou o mando executar, esteja nervoso ou não."

"Sou um pobre coitado, Majestade", começou o Chapeleiro, numa voz trêmula, "e ainda não tinha começado o meu chá... não faz mais de uma semana... e como o pão com manteiga estava rareando tanto... e o cintilar da bandeja..."[4]

"Sem tirar do *quê*?" perguntou o Rei.

"Cin-ti-*lar*", o Chapeleiro corrigiu.

"Claro, sem tirar o chá do lar!" disse o Rei rispidamente. "Pensa que sou um asno? Adiante!"

"Sou um pobre coitado", o Chapeleiro continuou, "e quase tudo ficou cintilando depois disso... só que a Lebre de Março disse..."

"Eu não!" a Lebre de Março se apressou a interromper.

"Disse sim!" insistiu o Chapeleiro.

"Eu nego!" disse a Lebre de Março.

"Ela nega", disse o Rei; "omitam essa parte."

"Bem, seja como for, o Caxinguelê disse...", continuou o Chapeleiro, olhando ansioso à sua volta para ver se também o Caxinguelê ia negar aquilo; mas ele não negou nada, pois dormia a sono solto.

"Em seguida", continuou o Chapeleiro, "cortei mais um pedaço de pão com manteiga..."

"Mas o que disse o Caxinguelê?" um dos jurados perguntou.

"Disso eu não me lembro", respondeu o Chapeleiro.

"*Tem* de se lembrar", observou o Rei, "ou mando executá-lo."

O infeliz Chapeleiro deixou cair sua xícara de chá e o pão com manteiga e se pôs sobre um joelho. "Sou um pobre coitado, Majestade", começou.

"É um pobre *orador*!" disse o Rei.

Aqui um dos porquinhos-da-índia aplaudiu e sua manifestação foi imediatamente sufocada pelos esbirros. (Vou explicar como isso foi feito, para que entendam bem o que a palavra quer dizer: eles tinham um grande saco de cânhamo; enfiaram o porquinho dentro, de cabeça para baixo, amarraram a boca com barbantes e se sentaram em cima.)

"Gostei de ver isso", pensou Alice. "Li tantas vezes nos jornais, no fim dos julgamentos: 'Houve algumas tentativas de aplaudir, mas foram imediatamente sufocadas pelos esbirros', e até agora nunca tinha entendido o que queria dizer."

"Se isso é tudo que tem a dizer, pode descer", prosseguiu o Rei.

"Não posso descer mais", disse o Chapeleiro; "estou no chão, como pode ver."

"Então pode se *sentar*!" o Rei respondeu.

Neste ponto o outro porquinho-da-índia aplaudiu, e sua manifestação foi sufocada.

"Pronto, acabaram-se os porquinhos-da-índia", pensou Alice. "Agora as coisas vão correr melhor."

"Eu mal tinha terminado o meu chá", disse o Chapeleiro, com uma expressão ansiosa, para a Rainha, que estava lendo a lista de cantores.

"Está dispensado", disse o Rei, e o Chapeleiro chispou do tribunal, sem se dar tempo nem para calçar os sapatos.

"...e corte-lhe a cabeça lá fora", a Rainha acrescentou para um dos esbirros. Mas antes que este pudesse chegar à porta o Chapeleiro já sumira de vista.

"Convoque a próxima testemunha!" disse o Rei.

A testemunha seguinte era a cozinheira da Duquesa. Trazia a pimenteira na mão, e Alice adivinhou quem era antes mesmo que ela entrasse no tribunal, quando viu pessoas que estavam perto da porta começarem todas a espirrar ao mesmo tempo.

"Preste seu depoimento", disse o Rei.

"Não presto", disse a cozinheira.

O Rei lançou um olhar aflito para o Coelho Branco, que disse baixinho: "Deve interrogar rigorosamente *esta* testemunha, Majestade."

"Bem, se devo, devo", disse o Rei, com um ar tristonho, e, após cruzar os braços e quase dar um nó na cara de tanto amarrá-la para a cozinheira, perguntou com uma voz cavernosa: "De que são feitas as tortas?"

"Pimenta, principalmente", respondeu a cozinheira.

"Melado", disse uma voz sonolenta atrás dela.

"Prendam esse Caxinguelê", a Rainha guinchou. "Decapitem esse Caxinguelê! Retirem esse Caxinguelê do Tribunal! Sufoquem-no! Torturem-no! Arranquem-lhe os bigodes!"

Por alguns minutos o tribunal inteiro virou um pandemônio, todos tentando expulsar o Caxinguelê, e, quando finalmente sossegaram, a cozinheira tinha desaparecido.

"Não faz mal!" disse o Rei, aparentando grande alívio. "Convoque a próxima testemunha." E acrescentou em voz mais baixa para a Rainha: "Francamente, minha cara, *você* deve inquirir a próxima testemunha. Isso me dá dor na testa!"

Alice observou o Coelho Branco enquanto ele revirava a lista, muito curiosa para saber quem seria a próxima testemunha, "...pois *ainda* não reuniram muitas provas", disse para si mesma. Qual não foi sua surpresa quando o Coelho Branco leu, forçando ao máximo sua vozinha esganiçada, o nome "Alice"!

♥

CAPÍTULO 12

O depoimento de Alice

"AQUI!" GRITOU ALICE, esquecendo por completo, na excitação do momento, o quanto tinha crescido nos últimos minutos, e se levantou com tal afobação que derrubou a banca dos jurados com a barra da saia, jogando todos eles sobre as cabeças da assistência, embaixo, e lá ficaram eles estatelados, lembrando muito a Alice um aquário de peixinhos dourados que derrubara por acidente na semana anterior.[1]

"Oh, *mil* perdões!" exclamou com grande consternação, e começou a recolhê-los o mais depressa que podia, pois não conseguia tirar da cabeça o acidente dos peixinhos dourados; alguma coisa lhe dizia que, se não fossem reunidos imediatamente e postos de volta na banca dos jurados, morreriam.

"O julgamento não pode prosseguir", disse o Rei numa voz muito grave, "até que todos os jurados tenham retornado a seus devidos lugares... *todos*", repetiu com muita ênfase, lançando um olhar bravo para Alice.

Alice olhou para a banca dos jurados e viu que, na sua pressa, colocara o Lagarto de cabeça para baixo, e o pobre bichinho estava abanando a cauda, muito triste, completamente incapaz de se mexer. Apressou-se a pegá-lo de novo, e desvirou-o; "não que isso signifique muito", disse para si mesma; "tenho a impressão de que vai ser tão útil no julgamento de cabeça para cima quanto para baixo."

Assim que se recobraram um pouco do choque do tombo e suas lousas e gizes foram encontrados e devolvidos, os jurados puseram-se a trabalhar com muita diligência na redação da história do acidente, com a única exceção do Lagarto, que parecia transtornado demais para fazer alguma coisa além de ficar lá de boca aberta, fitando o teto do tribunal.

"O que você sabe sobre este caso?" perguntou o Rei a Alice.

"Nada", respondeu Alice.

"*Absolutamente* nada?" insistiu o Rei.

"Absolutamente nada", confirmou Alice.

"Isto é muito importante", disse o Rei, voltando-se para os jurados. Eles mal estavam começando a escrever isso em suas lousas quando o Coelho Branco interrompeu: "*Des*importante, Vossa Majestade quer dizer, é claro", disse em tom muito respeitoso, mas franzindo o cenho e fazendo caretas para ele enquanto falava.

"*Des*importante é claro, eu quis dizer", o Rei apressou-se a dizer, e continuou para si mesmo, mais baixo, "importante... desimportante... desimportante... importante...", como se estivesse experimentando para ver qual das palavras soava melhor.

Alguns membros do júri anotaram "importante", e alguns "desimportante". Alice pôde ver isso, pois estava perto o bastante para espiar suas lousas. "Mas isso não tem o menor propósito", refletiu.

Nesse momento o Rei, que por algum tempo estivera escrevendo atarefado em seu bloco de anotações, gritou: "Silêncio!" e leu de seu bloco: "Regra Quarenta e Dois.[2] *Todas as pessoas com mais de um quilômetro e meio de altura devem se retirar do tribunal.*"

Todos olharam para Alice.

"Não *tenho* um quilômetro e meio de altura", disse ela.

"Tem sim", disse o Rei.

"Tem quase três quilômetros", acrescentou a Rainha.

"Bem, seja como for, não vou sair", disse Alice; "aliás, essa regra não é válida: você acaba de inventá-la."

"É a regra mais antiga do livro", observou o Rei.

"Então deveria ser a Número Um", disse Alice.

O Rei ficou pálido e fechou seu bloco rapidamente. "Pronunciem seu veredito", disse ao júri numa voz baixa e trêmula.

"Se me permite, Majestade, há mais indícios a examinar", disse o Coelho Branco, muito afobado, dando um pulo para frente: "Este documento acaba de ser apreendido."

"O que há nele?" indagou a Rainha.

"Ainda não o abri", respondeu o Coelho Branco, "mas parece ser uma carta, escrita pelo prisioneiro para... para alguém."

"Disso não há dúvida", disse o Rei, "a menos que tivesse sido escrita para ninguém, o que não é comum, como sabe."

"A quem está endereçada?" inquiriu um dos jurados.

"Simplesmente não está endereçada", disse o Coelho Branco; "de fato, não há nada escrito *do lado de fora.*" Desdobrou o papel enquanto falava, e acrescentou: "Afinal de contas, não é uma carta. É um conjunto de versos."

"Estão escritos com a letra do prisioneiro?" perguntou outro dos jurados.

"Não, não estão", disse o Coelho Branco, "e isso é o que têm de mais esquisito." (Todo o júri parecia pasmo.)

"Ele deve ter imitado a letra de outra pessoa", disse o Rei. (Todo o júri se iluminou de novo.)

"Por favor, Majestade", apelou o Valete, "não escrevi isso e não podem provar que escrevi: não há nenhuma assinatura no fim."[3]

"Se você não assinou isso", disse o Rei, "as coisas só pioram. *Só* podia ter má intenção, ou teria assinado, como um homem de bem."

A isto se seguiram aplausos gerais: era a primeira coisa realmente sagaz que o Rei dissera aquele dia.

"Isso *prova* a culpa dele", disse a Rainha.

"Não prova coisa alguma!" exclamou Alice. "Ora, nem sabem do que tratam os versos!"

"Leia-os", disse o Rei.

O Coelho Branco pôs os óculos. "Por onde devo começar, por favor, Majestade?" perguntou.

"Comece pelo começo," disse o Rei gravemente, "e prossiga até chegar ao fim; então pare."

Fez-se um silêncio de morte no tribunal enquanto o Coelho Branco lia estes versos:[4]

Soube que de mim com ela falaste
E com ele foste me intrigar,
Ela disse que tenho engenho e arte,
Só é pena que não sei nadar.

Ele mandou dizer que eu partira
(Sabemos que tinha razão).
Se ela descobrisse a mentira,
Qual seria tua situação?

Dei uma p'ra ela, p'ra ele dei três;
Tu nos deste cinco ou mais.
Todas voltaram dele outra vez
Mas a mim não chegaram jamais.

Se acaso em toda essa questão
Ela ou eu andássemos metidos,

Ele sabe que os livrarias da prisão
Plenamente absolvidos.

Sabe, eu andava desconfiado
(Antes do teu ataque)
Que tu trocavas de lado
Entre ele, eu e nós a cada baque.

Não lhe contes que ela lhes deu sua aprovação,
Pois este sempre será
Um segredo, guardado no coração,
Entre ti e teu amigo cá.

"É o depoimento mais importante que ouvimos", disse o Rei, esfregando as mãos; "portanto agora deixemos o júri..."

"Se alguém conseguir explicar esses versos", disse Alice (crescera tanto nos últimos minutos que não sentia nem um pouquinho de medo de interrompê-lo), "dou-lhe seis pence.[5] *Eu* não acredito que haja um átomo de sentido nele."

Os jurados em peso anotaram em suas lousas: "*Ela* não acredita que haja um átomo de sentido neles", mas nenhum tentou explicar o documento.

"Se não há nenhum sentido neles", disse o Rei, "isso nos poupa um bocado de trabalho, não é mesmo, pois não precisamos tentar encontrar nenhum. No entanto, não estou bem certo", prosseguiu, abrindo os versos sobre os joelhos e olhando para eles de rabo de olho; "tenho a impressão de que vejo algum sentido neles, afinal de contas. '*Só é pena que não sei nadar...*' Você não sabe nadar, não é?" acrescentou, voltando-se para o Valete.

O Valete sacudiu a cabeça tristemente. "Pareço saber?" disse. (O que certamente *não* parecia, sendo todo feito de papelão.)

"Até aqui, tudo certo", disse o Rei, e foi adiante, murmurando os versos para si mesmo: "'*Sabemos que tinha razão*' – isso são os jurados, é claro... '*Se ela descobrisse a mentira!*' – deve ser a Rainha... '*Qual seria tua situação?*' –

Seria mesmo...'*Dei uma p'ra ela, p'ra ele dei três...*' – ora, isso só pode ser o que ele fez com as tortas..."

"Mas continua: '*Todas voltaram dele outra vez*'", disse Alice.

"Veja, cá estão elas!" disse o Rei, triunfante, apontando as tortas sobre a mesa. "Nada pode ser mais claro que *isso*. Depois de novo... '*Antes do teu ataque...*' você nunca sofreu *ataques*, não é minha cara?" perguntou à Rainha.

"Nunca!" disse a Rainha, furiosa, jogando um tinteiro no Lagarto enquanto falava. (O pobrezinho do Bill parara de escrever na lousa com um dedo ao descobrir que não ficava marca alguma; mas agora se apressara a começar de novo, usando a tinta, que lhe escorria pela cara abaixo, enquanto ela durou.)[6]

"Então ninguém pode lhe fazer esse *ataque*", disse o Rei, passando os olhos pelo tribunal com um sorriso. Fez-se um silêncio absoluto.[7]

"É um trocadilho!" o Rei acrescentou num tom ofendido, e todos riram. "Que o júri pronuncie seu veredito", disse, mais ou menos pela vigésima vez naquele dia.

"Não, não!" disse a Rainha. "Primeiro a sentença... depois o veredito."

"Mas que absurdo!" Alice disse alto. "Que ideia, ter a sentença primeiro!"

"Cale a boca!" disse a Rainha, virando um pimentão.

"Não calo!" disse Alice.

"Cortem-lhe a cabeça!" berrou a Rainha. Ninguém se mexeu.

"Quem se importa com vocês?" disse Alice (a essa altura, tinha chegado a seu tamanho normal). "Não passam de um baralho!"

A essas palavras o baralho inteiro se ergueu no ar e veio voando para cima dela:[8] Alice deu um gritinho, um pouco de medo e um pouco de raiva, tentou repeli-los e se viu deitada na ribanceira, a cabeça no colo da irmã, que afastava delicadamente algumas folhas secas que haviam voejado das árvores até seu rosto.

"Acorde, Alice querida!" disse sua irmã. "Mas que sono comprido você dormiu!"

"Ah, tive um sonho tão curioso!" disse Alice, e contou à irmã, tanto quanto podia se lembrar delas, todas aquelas estranhas aventuras que tivera e que você acabou de ler; quando terminou, a irmã a beijou e disse: "Sem dúvida *foi* um sonho curioso, minha querida; agora vá correndo tomar o seu chá, está ficando tarde." Alice então se levantou e saiu correndo, pensando, enquanto corria o mais rápido que podia, que sonho maravilhoso tinha sido aquele.

Mas sua irmã continuou sentada quando ela partiu, a cabeça pousada na mão, contemplando o pôr do sol e pensando na pequena Alice e em todas aquelas suas aventuras maravilhosas, até que também ela começou de certo modo a sonhar, e este foi o seu sonho:

Primeiro, sonhou com a própria Alice, e mais uma vez as mãozinhas dela lhe apertavam o joelho, e os olhos brilhantes e impacientes olhavam os seus... podia ouvir até as entonações da voz dela, e ver aquele seu jeitinho de jogar a cabeça para afastar o cabelo desgarrado que *sempre* lhe caía nos olhos... e enquanto ouvia, ou parecia ouvir, o lugar inteiro à sua volta ganhou vida com as estranhas criaturas do sonho da irmã.[9]

A relva crescida farfalhou aos seus pés quando o Coelho Branco passou correndo... o Camundongo apavorado espadanou água ao cruzar a lagoa vizinha... pôde ouvir o tilintar das xícaras vendo a Lebre de Março e seus amigos partilharem sua interminável refeição, e a voz estridente da Rainha condenando seus pobres convidados à execução... mais uma vez o bebê-porco estava espirrando no colo da Duquesa, enquanto travessas e pratos se espatifavam à volta dele... mais uma vez o guincho do Grifo, o rangido do giz do Lagarto e a sufocação dos porquinhos-da-índia enchiam o ar, misturados aos soluços distantes da infeliz Tartaruga Falsa.

Ficou ali sentada, os olhos fechados, e quase acreditou estar no País das Maravilhas, embora soubesse que bastaria abri-los e tudo se transformaria em insípida realidade... a relva só farfalharia ao vento, e as águas da lagoa só se encrespariam ao ondular dos juncos... as xícaras de chá tilintantes se transformariam no tinir dos sinos das ovelhas, e os gritos agudos da Rainha na voz do pastorzinho... e os espirros do bebê, o guincho do Grifo, e todos os outros barulhos esquisitos se converteriam (ela sabia) no alarido do movimentado terreiro da fazenda... enquanto os mugidos do gado à distância iriam tomar o lugar dos soluços tristes da Tartaruga Falsa.

Por fim, imaginou como seria essa mesma irmãzinha quando, no futuro, fosse uma mulher adulta; e como conservaria, em seus anos maduros, o coração simples e amoroso de sua infância; e como iria reunir outras criancinhas à sua volta e tornar os olhos *delas* brilhantes e impacientes com muitas histórias estranhas, talvez até com o sonho do País da Maravilhas de tanto tempo atrás; e como iria sofrer com todas as mágoas simples dessas crianças, e encontrar prazer em todas as alegrias simples delas, lembrando sua própria vida de criança, e os dias felizes de verão.[10]

♥

Através do Espelho
e o que Alice encontrou por lá

Sumário

O Peão Branco (Alice) vai jogar e vencer em onze lances

1. Alice encontra Rainha V.
2. Alice atravessa 3ª casa da Rainha (*de trem*) e chega à 4ª casa da Rainha (*Tweedledum e Tweedledee*)
3. Alice encontra Rainha B. (*de xale*)
4. Alice passa à 5ª casa da Rainha (*loja, rio, loja*)
5. Alice passa à 6ª casa da Rainha (*Humpty Dumpty*)
6. Alice passa à 7ª casa da Rainha (*floresta*)
7. Cavaleiro B. toma Cavaleiro V.*
8. Alice passa à 8ª casa da Rainha (*coroação*)
9. Alice torna-se Rainha
10. Alice roca (*banquete*)
11. Alice toma Rainha V. e vence

1. Rainha V. passa à 4ª casa da Torre do Rei
2. Rainha B. passa à 4ª casa do Bispo da Rainha (*em busca do xale*)
3. Rainha B. passa à 5ª casa do Bispo da Rainha (*vira ovelha*)
4. Rainha B. passa à 8ª casa do Bispo do Rei (*deixa ovo na prateleira*)
5. Rainha B. passa à 8ª casa do Bispo da Rainha (*fugindo do Cavaleiro V.*)
6. Cavaleiro V. passa à 2ª casa do Rei (*xeque*)
7. Cavaleiro B. passa à 5ª casa do Bispo do Rei
8. Rainha V. passa à casa do Rei (*exame*)
9. As Rainhas rocam
10. Rainha B. passa à 6ª casa da Torre da Rainha (*sopa*)

---

* Vale ressaltar que knight, em inglês, designa tanto "cavaleiro" como o "cavalo", peça do jogo de xadrez. (N.T.)

VERMELHAS

BRANCAS

Prefácio à edição de 1897

COMO O PROBLEMA DE XADREZ apresentado duas páginas atrás confundiu alguns de meus leitores, talvez convenha explicar que ele está corretamente formulado no que diz respeito aos *lances*. Talvez a *alternância* entre Vermelhas e Brancas não tenha sido tão estritamente observada quanto deveria, e o "roque" das três Rainhas seja simplesmente uma maneira de dizer que entraram no palácio:[1] mas o "xeque" do Rei Branco no sexto lance, a captura do Cavaleiro Vermelho no sétimo lance e o "xeque-mate" final ao Rei Vermelho serão considerados, por quem quer que se dê ao trabalho de dispor as peças e fazer os lances como indicado, estritamente de acordo com as regras do jogo.[2]

As palavras novas do poema "Jabberwocky" ["Pargarávio" na tradução] deram origem a algumas diferenças de opinião quanto à sua pronúncia; sendo assim, é melhor dar instruções sobre *esse* ponto também. Pronuncie "*slithy*" como se fosse "*sly, the*"; faça um "*g*" *fricativo* em "*gyre*" e "*gimble*"; e pronuncie "*rath*" de modo a rimar com "*bath*".

Para este sexagésimo primeiro milhar, foram feitos novos clichês a partir dos blocos xilográficos (que, nunca tendo sido usados para impressão, estão em tão boas condições como quando gravados pela primeira vez em 1871), e todo o livro foi composto outra vez com tipos novos. Se as qualidades artísticas desta nova tiragem ficarem aquém, em algum aspecto, das exibidas pela edição original, não terá sido por falta de esmero da parte do autor, editor ou impressor.

Aproveito esta oportunidade para anunciar que *The Nursery "Alice"*, que vinha sendo vendido por quatro xelins, líquidos, pode agora ser obtido nas mesmas bases que livros de gravuras comuns de um xelim – embora eu tenha certeza de que é, sob todos os aspectos (exceto o próprio *texto*, sobre o qual não estou qualificado para me pronunciar), imensamente superior a eles. Quatro xelins era um preço perfeitamente razoável, considerando-se o gasto inicial muito pesado em que incorri; apesar disso, como o Público praticamente disse "*Não* vamos pagar mais do que um xelim por um livro de gravuras, por mais artisticamente elaborado que seja", estou disposto a computar minha despesa com o livro como total prejuízo e, em vez de deixar os pequeninos, para quem foi escrito, ficarem sem ele, vou vendê-lo a um preço que, para mim, significa o mesmo que dá-lo.

Natal de 1896

CRIANÇA DA FRONTE PURA E LÍMPIDA[3]
E olhos sonhadores de pasmo!
Por mais que o tempo voe e ainda
Que meia vida nos separe,
Irás por certo acolher encantada
O presente de um conto de fadas.

Não vi teu rosto ensolarado,
Nem ouvi tua risada argentina:
Lugar algum por certo me será dado
Doravante em tua jovem vida...[4]
Basta que agora consintas sem mais nada
Em ouvir este meu conto de fadas.

Um conto iniciado outrora,
Sob o sol tépido do verão –
Mera cantiga, que apenas marcava
O ritmo de nossa embarcação –
Cujos ecos na memória persistem
E ao desafio dos anos resistem.

Vem ouvir, antes que uma voz inevitável,
Portadora de amargo presságio
Venha chamar para o leito indesejável[5]
Uma donzela contristada!
Somos só crianças crescidas, querida,
Inquietas, até que o sono nos dê guarida.

Fora, o gelo, a neve ofuscante,
A loucura soturna da tempestade...
Dentro, o calor do fogo crepitante,
Que a infância alegre aconchega.
As palavras mágicas vão logo te tomar:
Não darás ouvido ao vento a uivar.

E ainda que um suspiro saudoso
  Venha perpassar esta história
Por "dias felizes de verão"[6] e por
  Sua glória agora extinta –
Decerto não tornará ofuscada
  A alegria[7] de nosso conto de fadas.

CAPÍTULO 1

A Casa do Espelho

UMA COISA ERA CERTA: a gatinha *branca* nada tivera a ver com aquilo; a culpa fora toda da gatinha preta. Pois no último quarto de hora a cara da gatinha branca estivera sendo lavada pela gata velha (o que, apesar de tudo, ela suportara bastante bem); como você vê, ela não teria *podido* meter sua patinha na travessura.

Era assim que Dinah lavava a cara dos filhotes: primeiro, erguia o pobre bichano pela orelha com uma pata, depois, com a outra, esfregava-lhe a cara toda ao contrário, começando pelo focinho; e, neste momento mesmo, como disse, estava muito atarefada com a gatinha branca, que se mantinha bastante sossegada e tentando ronronar – sem dúvida sentindo que aquilo tudo era para o seu bem.

Mas a faxina da gatinha preta terminara mais cedo aquela tarde, e assim, enquanto Alice enroscava-se num canto da poltrona grande, meio conversando consigo mesma e meio dormindo, ela se esbaldava com a bola de lã que Alice tentara enovelar, rolando-a para cima e para baixo até desmanchá-la toda de novo; e lá estava a lã, espalhada sobre o tapete, cheia de nós e emaranhados, com a gatinha correndo no meio atrás do próprio rabo.

"Oh, sua coisinha travessa!" exclamou Alice, agarrando-a e dando-lhe um beijinho para fazê-la compreender que estava frita. "Francamente, a Dinah devia ter lhe ensinado maneiras melhores! Você *devia*, Dinah, sabe que devia!" acrescentou, com um olhar de censura para a gata velha e falando no tom mais zangado de que era capaz... Em seguida escalou de novo a poltrona, levando a gatinha e a lã consigo, e pôs-se a enrolar a bola de novo. Mas o trabalho não rendia muito, pois conversava o tempo todo, às vezes com a

gatinha, às vezes consigo mesma. Kitty ficou sentada muito recatadamente em seu joelho, fingindo acompanhar o progresso do enovelamento, e de vez em quando esticando uma pata e tocando delicadamente a bola, como a dizer que teria prazer em ajudar, se pudesse.

"Sabe que dia é amanhã, Kitty?" começou Alice. "Você adivinharia, se tivesse ficado na janela comigo... só que a Dinah estava fazendo sua toalete, por isso você não pôde. Fiquei olhando os meninos catarem gravetos para a fogueira –[1] e é preciso muito graveto, Kitty! Só que ficou tão frio, e nevava tanto, que eles tiveram de parar. Não faz mal, Kitty, nós vamos ver a fogueira amanhã." Nesse ponto Alice passou duas ou três voltas da lã em torno do pescoço da gatinha, só para ver como ficaria: isso provocou uma balbúrdia, pois o novelo rolou para o chão e metros e metros dele se desenrolaram de novo.

"Sabe, fiquei tão zangada, Kitty", Alice continuou assim que estavam confortavelmente instaladas de novo, "quando vi toda a travessura que você aprontou que estive a ponto de abrir a janela e jogá-la na neve! E teria sido merecido, minha traquinas querida! Que tem a dizer em sua defesa? Agora não me interrompa!" continuou, dedo em riste. "Vou lhe dizer todas as suas faltas. Número um: reclamou duas vezes enquanto a Dinah estava lavando seu rosto esta manhã. Ora, isso você não pode negar, Kitty: eu ouvi! Que está dizendo?" (fingindo que a gatinha estava falando). "A pata dela entrou no seu olho? Bem, a culpa é *sua*, por ficar de olhos abertos: se os fechasse, apertando bem, isso não teria acontecido. Não, não me venha com outras desculpas, ouça! Número dois: você puxou Snowdrop[2] pelo rabo bem na hora que eu tinha posto o pires de leite diante dela! Ah, você estava com sede, é? Como sabe que ela não estava com sede também? Agora, número três: você desenrolou a lã inteirinha quando eu não estava olhando!"

"São três faltas, Kitty, e você não foi castigada por nenhuma delas. Sabe que estou acumulando todos os seus castigos para daqui a duas quarta-feiras... Imagine se tivessem acumulado todos os *meus* castigos!" ela continuou, mais para si mesma que para a gatinha. "Qual *seria* o resultado no fim de um ano? Seria mandada para a prisão, suponho, quando o dia chegasse. Ou... deixe-me ver... se cada castigo fosse ficar sem um jantar, então, quando o dia terrível chegasse, eu teria de ficar sem cinquenta jantares de uma vez! Bem, não me importaria *tanto*! Antes passar sem eles que comê-los!"

"Está ouvindo a neve contra as vidraças, Kitty? Soa tão agradável e suave! Como se alguém estivesse beijando a janela toda do lado de fora. Será que a neve *ama* as árvores e os campos que beija tão docemente? Depois ela os agasalha, sabe, com um manto branco; e talvez diga: 'Durmam, meus queridos, até o verão voltar.' E quando eles despertam no verão, Kitty, se vestem todos

de verde, e dançam... onde quer que o vento sopre... oh, isso é muito lindo!" exclamou Alice, soltando o novelo da lã para bater palmas. "E eu *gostaria* tanto que fosse verdade! O que sei é que os bosques parecem sonolentos no outono, quando as folhas estão ficando castanhas."

"Sabe jogar xadrez, Kitty? Não, não sorria, meu bem, estou perguntando a sério. Porque, quando estávamos jogando há pouco, você observou exatamente como se entendesse; e quando eu disse 'Xeque!' você ronronou! Bem, *foi* um belo xeque, Kitty, e eu realmente poderia ter ganho, não tivesse sido por aquele cavaleiro desagradável, que veio se insinuar ziguezagueando[3] entre minhas peças. Kitty, querida, vamos fazer de con..." E aqui eu gostaria de ser capaz de lhe contar a metade das coisas que Alice costumava dizer a partir da sua expressão favorita: "Vamos fazer de conta". Ela tivera uma discussão bastante longa com a irmã ainda na véspera, tudo porque começara com "Vamos fazer de conta que somos reis e rainhas"; e a irmã, que gostava de ser muito precisa, retrucara que isso não era possível porque eram só duas, até que Alice finalmente se vira forçada a dizer: "Bem, *você* pode ser só um deles, eu *serei* todos os outros." E certa vez assustara realmente sua velha governanta, gritando-lhe de repente ao pé do ouvido: "Vamos fazer de conta que eu sou uma hiena faminta e você é uma carcaça!"

Mas isto está nos desviando da fala de Alice para a gatinha. "Vamos fazer de conta que você é a Rainha Vermelha, Kitty! Sabe, acho que se você sentasse e cruzasse os braços ficaria igualzinha a ela. Vamos, tente, minha fofura!" E Alice pegou a Rainha Vermelha da mesa e a pôs em frente à gatinha como um modelo. Porém a coisa não deu certo – sobretudo, Alice disse, porque a gatinha não cruzava os braços direito. Assim, para puni-la, segurou-a diante do Espelho, para que visse o quanto estava intratável... "e se não consertar essa cara já", acrescentou, "eu lhe faço atravessar para a Casa do Espelho. O que acharia *disso*?"

"Bem, se você ficar só ouvindo, sem falar tanto, vou lhe contar todas as minhas ideias sobre a Casa do Espelho. Primeiro, há a sala que você pode ver através do espelho, só que as coisas trocam de lado.[4] Posso ver a sala toda quando subo numa cadeira... fora o pedacinho atrás da lareira. Oh! Gostaria tanto de poder ver *esse* pedacinho! Gostaria tanto de saber se eles têm

um fogo aceso no inverno: a gente nunca *pode* saber, a menos que o nosso fogo lance fumaça, e a fumaça chegue a essa sala também... mas pode ser só fingimento, só para dar a impressão de que têm um fogo. Agora, os livros são mais ou menos como os nossos, só que as palavras estão ao contrário; sei porque segurei um dos nossos livros diante do espelho e eles seguraram um na outra sala."

"O que você acharia de morar na Casa do Espelho, Kitty? Será que lhe dariam leite lá? Talvez o leite do Espelho não seja gostoso...[5] mas, oh, Kitty! agora chegamos ao corredor. Só se consegue dar uma *espiadinha* no corredor da Casa do Espelho deixando a porta da nossa sala de estar escancarada: é muito parecido com o nosso corredor, até onde se pode ver, só que adiante pode ser completamente diferente. Oh, Kitty, como seria bom se pudéssemos atravessar para a Casa do Espelho! Tenho certeza de que nela, oh! há tantas coisas bonitas! Vamos fazer de conta que é possível atravessar para lá de alguma maneira, Kitty. Vamos fazer de conta que o espelho ficou todo macio, como gaze, para podermos atravessá-lo. Ora veja, ele está virando uma espécie de bruma agora, está sim! Vai ser bem fácil atravessar..." Estava de pé

sobre o console da lareira enquanto dizia isso, embora não tivesse a menor ideia de como fora parar lá. E sem dúvida o espelho *estava* começando a se desfazer lentamente, como se fosse uma névoa prateada e luminosa.

No instante seguinte Alice atravessara o espelho[6] e saltara lepidamente na sala da Casa do Espelho. A primeira coisa que fez foi verificar se havia fogo na lareira, e ficou muito satisfeita ao constatar que havia um fogo de verdade, crepitando tão alegremente quanto o que deixara para trás. "Assim vou ficar tão aquecida aqui quanto estava lá na sala", pensou; "ou mais aquecida, porque aqui não vai haver ninguém mandando que eu me afaste do fogo. Oh, como vai ser engraçado quando me virem aqui, através do espelho, e não puderem me alcançar!"

Em seguida começou a olhar em volta e notou que o que podia ser visto da sala anterior era bastante banal e desinteressante, mas todo o resto era tão diferente quanto possível. Por exemplo, os quadros na parede perto da lareira pareciam todos vivos, e o próprio relógio sobre o console (você sabe que só pode ver o fundo dele no espelho) tinha o rosto de um velhinho, e sorria para ela.

"Esta sala não é tão arrumada como a outra", Alice pensou, ao notar várias peças do jogo de xadrez caídas no chão entre as cinzas; mas no instante seguinte, com um pequeno "Oh!" de surpresa, estava de gatinhas, observando-as. As peças do xadrez estavam andando, duas a duas!

"Aqui estão o Rei Vermelho e a Rainha Vermelha", Alice disse (num sussurro, com medo de assustá-los), "e ali estão o Rei Branco e a Rainha Branca, sentados na borda da pá da lareira... e aqui vão duas Torres, andando de braço dado...[7] Acho que não podem me escutar", continuou, baixando mais a cabeça, "e tenho quase certeza de que não podem me ver. Alguma coisa me diz que estou invisível..."

Nessa altura algo começou a guinchar na mesa atrás de Alice e a fez virar a cabeça bem a tempo de ver um dos Peões Brancos cair e começar a espernear. Observou-o, muito curiosa para saber o que iria acontecer em seguida.

"É a voz da minha filha!" exclamou a Rainha Branca passando pelo Rei, apressada e com tanto ímpeto que o derrubou entre as cinzas. "Minha preciosa Lily! Minha gatinha imperial!" e começou a escalar freneticamente um lado do guarda-fogo.

"Desatino imperial!" disse o Rei, esfregando o nariz, que machucara na queda. Tinha direito a estar um *bocadinho* aborrecido com a Rainha, pois estava coberto de cinzas da cabeça aos pés.

Alice estava ansiosa por ser útil e, quando a pobrezinha da Lily estava a ponto de ter um ataque de tanto berrar, passou a mão na Rainha rapidamente e a depositou sobre a mesa junto de sua escandalosa filhinha.

A Rainha se sentou, arquejante: a rápida viagem pelo ar lhe tirara o fôlego por completo e por um minuto ou dois nada pôde fazer senão abraçar a pequenina Lily em silêncio. Assim que recobrou um pouquinho de alento, gritou para o Rei Branco, que estava sentado entre as cinzas, mal-humorado: "Cuidado com o vulcão!"

"Que vulcão?" perguntou o Rei, olhando aflito para a lareira, como se julgasse aquele o lugar mais provável para encontrar um.

"Ele... me... expeliu", arquejou a Rainha, que ainda estava um pouco sem ar. "Trate de subir... da maneira normal... não se deixe expelir!"

Alice observou o Rei Branco transpor lenta e laboriosamente obstáculo por obstáculo,[8] até que finalmente disse: "Ora, nesse ritmo você vai levar horas e horas para chegar em cima da mesa. Seria muito melhor eu ajudá-lo, não é?" Mas o Rei não tomou conhecimento da pergunta: estava perfeitamente claro que não a podia ouvir nem ver.

Diante disso Alice o apanhou com muita delicadeza e o ergueu muito mais lentamente do que erguera a Rainha, tentando não lhe tirar o fôlego. Mas, antes de o pôr na mesa, pensou que não seria má ideia dar-lhe uma espanadinha, tão coberto de cinzas estava.

Mais tarde, contou que nunca em toda sua vida vira uma cara como a que o Rei fez ao se ver erguido e espanado no ar por uma mão invisível. Ele ficou espantado demais para gritar, mas seus olhos e sua boca foram ficando cada vez maiores, e cada vez mais redondos, até que a mão da Alice tremeu tanto com a gargalhada que ele quase caiu no chão.

"Oh! *Por favor*, não faça essas caretas, meu caro!" gritou, esquecendo por completo que o Rei não a podia ouvir. "Você me fez rir tanto que mal consigo

segurá-lo! E não fique com a boca tão escancarada! As cinzas vão entrar todas nela... pronto, agora acho que está apresentável!" acrescentou, enquanto lhe ajeitava o cabelo e o punha sobre a mesa ao lado da Rainha.

O Rei tombou de costas imediatamente[9] e assim ficou, absolutamente estático. Um pouco alarmada com o que fizera, Alice saiu pela sala para ver se conseguia encontrar um pouco de água para borrifar nele. Mas não achou nada, a não ser um tinteiro, e quando chegou de volta com ele viu que o Rei se recuperara e conversava com a Rainha em sussurros aterrorizados... tão baixinho que Alice mal pôde ouvir o que falavam.

O Rei dizia: "Eu lhe asseguro, minha cara, fiquei gelado até as pontas das minhas suíças!"

Ao que a Rainha respondeu: "Você não usa suíças."

"O horror daquele momento", continuou o Rei, "eu nunca, *nunca* vou esquecer!"

"Vai sim", a Rainha disse, "a menos que faça uma anotação."

Alice ficou observando com grande interesse o Rei tirar um enorme bloco de anotações do bolso e começar a escrever. Ocorreu-lhe uma ideia de repente e segurou a ponta do lápis, que ultrapassava de algum modo o ombro do Rei, e começou a escrever por ele.[10]

O pobre Rei pareceu confuso e infeliz, lutando com o lápis por algum tempo sem dizer nada; mas Alice era forte demais para ele, que finalmente disse, resfolegando: "Minha cara! Realmente *preciso* arranjar um lápis mais fino. Não estou tendo o menor controle sobre este; escreve todo tipo de coisas que não pretendo..."

"Que tipo de coisas?" perguntou a Rainha, dando uma espiada no bloco (em que Alice escrevera: "*O Cavaleiro Branco está escorregando pelo atiçador. Equilibra-se muito mal.*")[11] "Isto não é uma anotação das *suas* sensações!"

Havia um livro sobre a mesa, perto de Alice, e, enquanto observava o Rei Branco (pois ainda estava um pouco apreensiva com relação a ele, e pronta a lhe jogar a tinta, caso voltasse a desmaiar), folheou suas páginas, encontrando um trecho que não conseguia ler – "é todo em alguma língua que não sei", disse para si mesma.

Era assim:

PARGARÁVIO[13]

Solumbrava, e os lubriciosos touvos
Em vertigiros persondavam as verdentes;
Trisciturnos calavam-se os gaiolouvos
E os porverdidos estriguilavam fientes.

Quebrou a cabeça por algum tempo, mas por fim lhe ocorreu uma ideia luminosa. "Ora, este é um livro do Espelho, claro! E se eu o segurar diante de um espelho as palavras vão aparecer todas na direção certa de novo."[12]

Este foi o poema que Alice leu:

PARGARÁVIO[13]

Solumbrava, e os lubriciosos touvos
Em vertigiros persondavam as verdentes;
Trisciturnos calavam-se os gaiolouvos
E os porverdidos estriguilavam fientes.

"Cuidado, ó filho, com o Pargarávio prisco!
Os dentes que mordem, as garras que fincam!
Evita o pássaro Júbaro e foge qual corisco
Do frumioso Capturandam."

O moço pegou da sua espada vorpeira:
Por delongado tempo o feragonista buscou.
Repousou então à sombra da tuntumeira,
E em lúmbrios reflaneios mergulhou.

Assim, em turbulosos pensamentos quedava
Quando o Pargarávio, os olhos a raisluscar,
Veio flamiscuspindo por entre a mata brava.
E borbulhava ao chegar!

Um, dois! Um, dois! E inteira, até o punho,
A espada vorpeira foi por fim cravada!
Deixou-o lá morto e, em seu rocim catunho,
Tornou galorfante à morada.

"Mataste então o Pargarávio? Bravo!
Te estreito no peito, meu Resplendoroso!
Ó gloriandei! Hosana! Estás salvo!"
E na sua alegria ele riu, puro gozo.
Solumbrava, e os lubriciosos touvos
Em vertigiros persondavam as verdentes;
Trisciturnos calavam-se os gaiolouvos
E os porverdidos estriguilavam fientes.

"Parece muito bonito", disse quando terminou, "mas é *um pouco* difícil de entender!" (Como você vê, não queria confessar nem para si mesma que não entendera patavina.) "Seja como for, parece encher minha cabeça de ideias... só que não sei exatamente que ideias são. De todo modo, *alguém* matou *alguma coisa*: isto está claro, pelo menos..."[14]

"Mas, oh!" pensou Alice dando um pulo de repente, "se não me apressar vou ter de passar pelo espelho de volta sem ter visto como é o resto da casa! Vou dar uma olhada no jardim primeiro." Saiu da sala como um raio e correu escada abaixo – ou melhor, não se tratava exatamente de correr, mas de uma nova invenção dela para descer escadas de maneira rápida e fácil, como dizia para si mesma: mantinha apenas as pontas dos dedos sobre o corrimão e descia flutuando suavemente, sem sequer roçar os pés nos degraus. Atravessou o vestíbulo ainda flutuando, e teria saído porta afora do mesmo jeito se não tivesse se agarrado ao umbral. Estava ficando um pouco tonta com tanta flutuação, e sentiu-se bastante satisfeita ao se ver andando de novo da maneira natural.

CAPÍTULO 2

O jardim das flores vivas

"Eu veria o jardim muito melhor", disse Alice para si mesma, "se pudesse chegar ao topo daquele morro, e cá está uma trilha que leva direto para lá... pelo menos – não, não tão direto..." (depois de seguir a trilha por alguns metros e dar várias viradas bruscas) "mas suponho que por fim chega lá. É interessante como se enrosca! Mais parece um saca-rolha que um caminho![1] Bem, esta volta vai dar no morro, suponho... não vai! Vai dar direto na casa de novo! Bem, neste caso vou tentar na direção contrária."

E assim fez: ziguezagueando para cima e para baixo, e tentando volta após volta, mas sempre voltando para a casa, fizesse o que fizesse. Na verdade, certa vez, quando deu uma virada bem mais rápido que de costume, não pôde evitar uma trombada nela.

"É inútil falar sobre isso", disse Alice, olhando para a casa e fingindo estar discutindo com ela. "Não vou entrar ainda. Sei que deveria atravessar o espelho de novo... de volta à sala... e seria o fim de todas as minhas aventuras!"

Assim, dando as costas para a casa com determinação, lá se foi mais uma vez pela trilha, decidida a avançar sem trégua até chegar ao morro. Por alguns minutos tudo correu bem e ela acabava de dizer "Desta vez realmente vou conseguir..." quando a trilha deu uma guinada repentina, chacoalhou (segundo a descrição que fez mais tarde), e no instante seguinte ela se viu de fato entrando porta adentro.

"Oh, mas que azar. Nunca vi casa tão intrometida! Nunca!"

No entanto, lá estava o morro, bem à vista, de modo que não havia outra coisa a fazer senão começar de novo. Dessa vez topou com um grande canteiro, orlado de margaridas, e um salgueiro crescendo no meio.

"Ó Lírio-tigre!"[2] chamou Alice, dirigindo-se a um que ondulava graciosamente ao vento, "gostaria que pudesse falar!"

"Pois podemos", falou o Lírio-tigre, "quando há alguém com quem valha a pena conversar."

Alice ficou tão espantada que perdeu a voz por um minuto; quase pôs o coração pela boca. Por fim, como o Lírio-tigre apenas continuava a balançar, falou de novo, numa voz tímida... quase um sussurro: "E todas as flores podem falar?"

"Tão bem quanto você", respondeu o Lírio-tigre. "E bem mais alto."

"Seria pouco delicado da nossa parte começar, sabe", disse a Rosa, "e eu realmente estava me perguntando quando você falaria! Disse comigo: 'O semblante dela me diz alguma coisa, embora não seja uma coisa inteligente!' Apesar de tudo, você tem a cor certa, e isso já é meio caminho andado."

"Não me importo com a cor", observou o Lírio-tigre. "Se pelo menos suas pétalas se encrespassem um pouco mais, tudo estaria bem com ela."

Não gostando de se ver criticada, Alice começou a fazer perguntas: "Não sentem medo às vezes de ficar plantados aqui fora, sem ninguém para cuidar de vocês?"

"Há a árvore no meio", disse a Rosa. "Para que mais ela serve?"

"Mas o que poderia ela fazer se surgisse algum perigo?" perguntou Alice.

"Abrir o berreiro!" gritou uma Margarida. "É por isso que os salgueiros são chamados chorões!"

"Você não sabia disso?" espantou-se outra Margarida, e então todas começaram a gritar ao mesmo tempo, até que o ar pareceu repleto de vozes esganiçadas. "Silêncio, todas vocês!" gritou o Lírio-tigre agitando-se arrebatadamente de um lado para outro, com frêmitos de excitação. "Sabem que não posso alcançá-las!" disse entre arquejos, inclinando a cabeça trêmula para Alice, "ou não se atreveriam a fazer isso."

"Não faz mal!" Alice disse num tom apaziguador; e curvando-se para as margaridas, que estavam recomeçando naquele instante, sussurrou: "Se não calarem a boca, eu as colho!"

O silêncio foi imediato, e várias das margaridas cor-de-rosa ficaram brancas.[3]

"Muito bem", falou o Lírio-tigre. "As margaridas são as piores. Quando uma fala, começam todas ao mesmo tempo, fazendo um alarido que deixa qualquer um murcho."

"Como é possível que vocês todos possam falar tão bem?" disse Alice, na esperança de melhorar o humor dele com um elogio. "Estive em muitos jardins antes, mas nenhuma flor podia falar."

"Ponha a mão na terra e sinta", disse o Lírio-tigre. "Assim vai saber por quê."

Alice obedeceu. "É muito dura", observou, "mas não sei o que uma coisa tem a ver com a outra."

"Na maioria dos jardins", explicou o Lírio-tigre, "fazem os canteiros fofos demais... por isso as flores estão sempre dormindo."

Parecia uma excelente razão, e Alice gostou muito de ouvi-la. "Nunca pensei nisso antes!" disse.

"Na *minha* opinião, você nunca pensa em coisa alguma", disse a Rosa num tom bastante ríspido.

"Nunca vi ninguém com ar mais bronco", comentou uma Violeta,[4] tão de repente que Alice deu um pulo, pois ela não tinha falado antes.

"Dobre *sua* língua!" exclamou o Lírio-tigre. "Como se você já tivesse visto alguém! Enfia a cabeça sob a folhas e fica lá roncando, até saber tão pouco do que se passa no mundo quanto um botão!"

"Há mais pessoas no jardim além de mim?" Alice perguntou, preferindo não levar em conta a última observação da Rosa.

"Há uma outra flor no jardim que é capaz de andar como você", disse a Rosa. "Pergunto-me como fazem isso... ("Você está sempre se espantando", interrompeu o Lírio-tigre), "mas ela é mais folhuda que você."

"É parecida comigo?" Alice perguntou ansiosa, pois lhe ocorrera a ideia: "Há uma outra menininha em algum canto do jardim!"

"Bem, tem a mesma forma desajeitada que você", a Rosa disse, "mas é mais vermelha... e tem as pétalas mais curtas, acho."

"Tem as pétalas mais próximas, quase como uma dália", o Lírio-tigre interrompeu; "não descaídas em redor como as suas."

"Mas isso não é culpa *sua*", a Rosa acrescentou delicadamente. "Você está começando a fenecer, sabe... e nesse caso é impossível evitar que nossas pétalas fiquem um pouco desalinhadas."

Alice não gostou nada dessa ideia; assim, para mudar de assunto, perguntou: "Ela vem aqui de vez em quando?"

"Provavelmente logo a verá", disse a Rosa. "É do tipo que tem nove espigas."[5]

"Onde as usa?" Alice perguntou com certa curiosidade.

"Ora, em volta da cabeça, é claro", respondeu a Rosa. "O que me admirou foi que você não tivesse algumas também. Pensei que fosse a norma geral."

"Lá vem ela!" gritou a Esporinha. "Estou ouvindo os passos dela, chump, chump, chump, no cascalho!"[6]

Alice olhou em volta aflita e descobriu que era a Rainha Vermelha. "Como ela cresceu!" foi sua primeira observação. De fato: quando Alice a encontrara entre as cinzas, tinha só sete centímetros de altura... e cá estava, meia cabeça mais alta do que ela própria!

"É o ar fresco que faz isso", disse a Rosa, "temos um ar maravilhosamente puro aqui fora."

"Acho que vou ao encontro dela", disse Alice, pois, embora as flores fossem bastante interessantes, sentiu que seria muito mais sensacional ter uma conversa com uma Rainha de verdade.

"Isso você não vai conseguir", disse a Rosa. "Eu a aconselharia a ir ao contrário."

Como isso lhe soou absurdo, Alice não disse nada e partiu imediatamente em direção à Rainha Vermelha. Para sua surpresa, num instante a perdeu de vista e se viu entrando pela porta da frente de novo.

Um pouco irritada, recuou e, depois de olhar para todos os lados à procura da Rainha (que finalmente avistou, bem longe dali), pensou que daquela vez podia tentar o estratagema de caminhar na direção oposta.

Sucesso total.[7] Não andara nem um minuto quando se viu cara a cara com a Rainha Vermelha, com o morro que tanto desejara alcançar bem à vista.

"De onde vem?" perguntou a Rainha Vermelha. "E para onde vai? Levante os olhos, fale direito e não fique girando os dedos o tempo todo."[8]

Alice obedeceu a todas essas instruções e explicou, o melhor que pôde, que perdera seu caminho.

"Não sei o que você quer dizer com seu caminho", disse a Rainha; "todos os caminhos aqui pertencem a mim... mas afinal, por que veio até aqui?" acrescentou num tom mais afável. "Enquanto pensa no que dizer, faça reverências, poupa tempo."

Alice ficou um pouco surpresa com aquilo, mas estava fascinada demais pela Rainha para duvidar dela. "Vou tentar quando voltar para casa", pensou, "da próxima vez que estiver atrasada para o jantar."

"Já está na hora de você responder", disse a Rainha, olhando seu relógio; "abra um pouco mais a boca quando fala, e diga sempre 'Vossa Majestade'."

"Só queria ver como era o jardim, Vossa Majestade..."

"Está bem", disse a Rainha, dando-lhe tapinhas na cabeça, do que Alice não gostou nada, "se bem que, quando você diz 'jardim'... já vi jardins que fariam este parecer um matagal."

Alice não se atreveu a contestar e continuou: "...e pensei em tentar chegar até o alto daquele morro..."

"Quando você diz 'morro'", a Rainha interrompeu, "*eu* poderia lhe mostrar morros que a fariam chamar esse de vale."

"Não, não fariam", disse Alice, surpresa por finalmente tê-la contestado: "um morro não pode ser um vale. Isso seria um absurdo..."

A Rainha Vermelha sacudiu a cabeça. "Pode chamar de 'absurdo' se quiser", disse, "mas já ouvi absurdos que fariam este parecer tão sensato quanto um dicionário!"[9]

Alice fez mais uma reverência, pois temia, pelo tom da Rainha, que estivesse um pouco ofendida. E as duas saíram andando em silêncio até chegar no alto do pequeno morro.

Por alguns minutos Alice ficou sem falar, olhando a região em todas as direções... e que região curiosa era aquela. Havia uma quantidade de riachinhos minúsculos cortando-a de lado a lado, e o terreno entre eles era dividido por uma porção de pequenas cercas verdes, que iam de riacho a riacho.

"Veja só! Está demarcado exatamente como um grande tabuleiro de xadrez!" Alice disse por fim. "Deve haver algumas peças se mexendo em algum lugar... ah, lá estão!" acrescentou encantada, e seu coração começou a disparar de entusiasmo enquanto continuava. "É uma partida de xadrez fabulosa

que está sendo jogada... no mundo todo...[10] se é que isso é o mundo. Oh, como é divertido! Como eu gostaria de ser um deles. Não me importaria de ser um Peão, contanto que pudesse participar... se bem que, é claro, preferiria ser uma Rainha."

Ao dizer isso, olhou de rabo de olho, um tanto acanhada, para a verdadeira Rainha, mas sua companheira apenas sorriu amavelmente e observou: "É fácil arranjar isso. Você pode ser o Peão da Rainha Branca, se quiser, pois Lily[11] é muito novinha para jogar; você está na Segunda Casa; quando chegar à Oitava Casa, será uma Rainha..." Exatamente nesse instante, sabe-se lá por quê, as duas começaram a correr.

Alice nunca conseguiu entender direito, refletindo sobre isso mais tarde, como tinham começado: tudo que lembrava é que estavam correndo de mãos dadas, e a Rainha corria tão depressa que ela mal conseguia acompanhá-la. Mesmo assim, a Rainha não parava de gritar "Mais rápido! Mais rápido!", mas Alice sentia que não podia ir mais rápido, embora não lhe sobrasse fôlego para dizer isso.

O mais curioso nisso tudo era que as árvores e as outras coisas em volta delas nunca mudavam de lugar: por mais depressa que ela e a Rainha cor-

ressem, não pareciam ultrapassar nada. "Será que todas as coisas estão se movendo conosco?" pensou, atônita, a pobre Alice. E a Rainha pareceu lhe adivinhar os pensamentos, pois gritou "Mais rápido! Não tente falar!"

Não que Alice tivesse a menor intenção de fazer isso. Tinha a impressão de que nunca conseguiria falar de novo, tão sem fôlego estava ficando; mesmo assim, a Rainha gritava "Mais rápido! Mais rápido!" e a arrastava consigo. "Estamos chegando?" Alice conseguiu arquejar finalmente.

"Chegando!" a Rainha repetiu. "Ora, passamos por lá dez minutos atrás! Mais rápido!" E correram em silêncio por algum tempo, o vento assobiando nos ouvidos de Alice e, imaginou, quase lhe arrancando fora os cabelos.

"Vamos! Vamos!" gritou a Rainha. "Mais rápido! Mais rápido!" E correram tão depressa que por fim pareciam deslizar pelo ar, mal roçando o chão com os pés, até que de repente, bem quando Alice estava ficando completamente exausta, pararam, e ela se viu sentada no chão, esbaforida e tonta.

A Rainha a recostou contra uma árvore e disse gentilmente: "Pode descansar um pouco agora."

Alice olhou ao seu redor muito surpresa. "Ora, eu diria que ficamos sob esta árvore o tempo todo! Tudo está exatamente como era!"

"Claro que está", disse a Rainha, "esperava outra coisa?"

"Bem, na *nossa* terra", disse Alice, ainda arfando um pouco, "geralmente você chegaria em algum outro lugar... se corresse muito rápido por um longo tempo, como fizemos."

"Que terra mais pachorrenta!" comentou a Rainha. "Pois *aqui*, como vê, você tem de correr o mais que pode para continuar no mesmo lugar.[12] Se quiser ir a alguma outra parte, tem de correr no mínimo duas vezes mais rápido!"

"Prefiro não tentar, por favor!" suplicou Alice. "Estou muito satisfeita de estar aqui... só que estou com tanto calor e com tanta sede!"

"Sei do que você gostaria!" disse a Rainha bondosamente, tirando uma caixinha do bolso. "Aceita um biscoito?"

Alice achou que seria pouco educado dizer "Não", embora aquilo não fosse nem de longe o que queria. Pegou o biscoito e fez o possível para comê-lo: era sequíssimo, e pensou que nunca ficara tão engasgada em toda a sua vida.

"Enquanto você se revigora", disse a Rainha, "vou tirando as medidas." E sacou uma fita métrica do bolso e pôs-se a medir o terreno e a fincar pequenas estacas aqui e ali.

"Ao fim de dois metros", disse, cravando uma estaca para marcar a distância, "eu lhe darei suas instruções... aceita mais um biscoito?"

"Não, obrigada", recusou Alice; "um foi o bastante!"

"Matou a sede, espero", disse a Rainha.

Alice não soube o que responder, mas felizmente a Rainha não esperou resposta, continuando: "Ao fim de *três* metros vou repeti-las... para o caso de você as ter esquecido. Ao fim de *quatro*, vou dizer adeus. E ao fim de *cinco*, vou-me embora!"

A essa altura tinha fincado todas as estacas, e Alice olhou-a com muito interesse enquanto ela voltava para a árvore e em seguida começava a caminhar lentamente ao longo da fila.

Junto à estaca dos dois metros a Rainha virou o rosto e disse: "Um peão avança duas casas em seu primeiro movimento, como você sabe. Assim, você vai avançar muito rápido para a Terceira Casa... de trem, eu acho... e num instante vai se ver na Quarta Casa. Bem, essa casa pertence a Tweedledum e Tweedledee... a Quinta é quase só água... a Sexta pertence a Humpty Dumpty... Mas você não faz nenhum comentário?"

"Eu... eu não sabia que devia fazer algum... bem nesse ponto", Alice gaguejou.

"*Devia* ter dito", prosseguiu a Rainha em tom de grave censura, "'É extremamente gentil da sua parte me falar tudo isto'... mas vamos supor que isso foi dito... a Sétima Casa é toda no bosque... contudo, um dos Cavaleiros lhe mostrará o caminho... e na Oitava Casa, nós as Rainhas, estaremos juntas; é tudo festa e diversão!" Alice se levantou, fez uma reverência e se sentou de novo.

Na estaca seguinte a Rainha se virou e, desta vez, disse: "Fale em francês quando a palavra em inglês para alguma coisa não lhe ocorrer... ande com as pontas dos pés para fora[13]... e lembre-se de quem você é." Não esperou que Alice fizesse uma reverência dessa vez, caminhando rápido para a outra estaca, onde se virou por um instante para dizer "Adeus" e correu para a seguinte.

Como aquilo aconteceu, Alice nunca soube, mas exatamente ao chegar à última estaca, a Rainha desapareceu.[14] Se sumiu no ar ou se correu veloz para o bosque ("e ela é capaz de correr muito rápido!" pensou Alice), não havia como saber, e Alice começou a se lembrar de que era um Peão e de que logo seria hora de se mover.

♚

CAPÍTULO 3

Insetos do Espelho

EVIDENTEMENTE A PRIMEIRA COISA A FAZER era um levantamento completo da região que iria atravessar. "É muito parecido com estudar geografia", pensou Alice, erguendo-se nas pontas dos pés na esperança de conseguir ver um pouco mais longe. "Rios principais… não *há* nenhum. Montanhas principais… estou em cima da única, mas não me parece que tenha nome. Cidades principais… ora, o que *são* aquelas criaturas fazendo mel ali? Abelhas não podem ser… quem já enxergou abelhas a um quilômetro de distância?" E ficou em silêncio por algum tempo, observando uma delas que se alvoroçava entre as flores, fincando-lhes o probóscide, "exatamente como uma abelha comum", pensou Alice.

No entanto, aquilo era tudo menos uma abelha comum: na verdade era um elefante…[1] como Alice logo descobriu, embora de início a ideia a tenha deixado completamente sem fôlego. "E que flores enormes devem ser aquelas!" foi o que pensou em seguida. "Como se fossem cabanas sem teto e com hastes… e que quantidade de mel devem produzir! Acho que vou descer e… não, *ainda* não", continuou, contendo-se quando já começava a correr morro abaixo, tentando arranjar alguma desculpa para ficar tão precavida de repente. "Não vai adiantar nada descer até eles sem um galho jeitoso, comprido, para tangê-los… e como vai ser engraçado quando me perguntarem se gostei do meu passeio. Vou dizer: 'Ah, gostei muito…'" (aqui deu sua sacudidela de cabeça favorita), "'só que *estava* tão quente e poeirento, e os elefantes incomodavam *tanto*!'"

"Acho que vou descer pelo outro lado", disse após uma pausa; "e talvez possa visitar os elefantes mais tarde. Além disso, *quero* tanto chegar à Terceira Casa!"

Com essa desculpa, desceu o morro correndo e saltou por sobre o primeiro dos seis riachinhos.[2]

"Passagens, por favor!" disse o Guarda, enfiando a cabeça pela janela. Num instante todos estavam empunhando passagens: eram mais ou menos do tamanho das pessoas e pareciam encher completamente o vagão.

"Vamos lá! Mostre sua passagem, criança!" prosseguiu o Guarda, olhando irritado para Alice. E uma porção de vozes exclamou ao mesmo tempo ("como o refrão de uma canção", pensou Alice): "Não o faça esperar, criança! Ora, o tempo dele vale mil libras o minuto!"

"Sinto muito, mas não tenho passagem", Alice disse, atemorizada; "não havia guichê lá de onde vim." E o coro de vozes recomeçou: "Não havia lugar para uma pessoa lá de onde ela veio. A terra lá vale mil libras o centímetro!"

"Não me venha com desculpas", disse o Guarda; "devia ter comprado uma do maquinista." E de novo o coro de vozes se ergueu com: "Com o maquinista. Ora, só a fumaça vale mil libras a baforada!"[3]

Alice pensou consigo: "Se é assim, não adianta nada falar." *Dessa* vez as vozes não a acompanharam, já que ela não falara, mas, para sua grande surpresa, todas *pensaram* em coro (espero que você entenda o que significa *pensar em coro*... porque devo confessar que *eu* não entendo): "Melhor não dizer nada. A fala vale mil libras a palavra!"

"Vou sonhar com mil libras esta noite, tenho certeza!" pensou Alice.

Durante todo esse tempo o Guarda estava olhando para ela, primeiro através de um telescópio, depois com um microscópio e depois com um binóculo.[4] Finalmente disse: "Você está na direção errada", fechou a janela e foi embora.

"Uma criança tão pequena", disse o cavalheiro sentado diante dela (a roupa dele era de papel branco),[5] "deveria saber em que direção está indo, mesmo que não saiba o próprio nome!"

Uma Cabra, que estava sentada junto ao cavalheiro de branco, fechou os olhos e disse alto: "Ela devia saber como chegar ao guichê, mesmo que não saiba o bê-á-bá."

Havia uma Besouro sentado perto da Cabra (tratava-se de um vagão com passageiros muito esquisitos), e, como a regra parecia ser que cada um falasse de uma vez, *ele* continuou com: "Ela vai ter de ser despachada de volta como bagagem."

Alice não podia ver quem estava sentado na frente do Besouro, mas em seguida uma voz rouca falou, num tom grosseiro: "Trocar de locomotivas..."[6] – e nesse ponto engasgou e foi obrigado a parar.

"Parece que é um cavalo", Alice pensou. E um fiozinho de voz disse, perto do seu ouvido: "Você podia fazer uma piada sobre isso... algo sobre 'cavalo' e 'cavalice', não é?"

Depois uma voz muito meiga disse à distância: "Será preciso lhe pregar uma etiqueta 'Mocinha. Cuidado, é frágil'."[7]

Depois dessa, outras vozes se fizeram ouvir ("Quanta gente neste vagão!" pensou Alice), dizendo: "Deve ir pelo correio, pois está selada..."[8] "Deve ser enviada como uma mensagem pelo telégrafo..." "Deve puxar o trem ela própria pelo resto da viagem..." e assim por diante.

Mas o cavalheiro vestido de papel branco curvou-se e lhe sussurrou no ouvido: "Não ligue para o que estão dizendo, minha cara, mas compre uma passagem de volta cada vez que o trem parar."

"De jeito nenhum!" disse Alice, um tanto impaciente. "Nem sei o que estou fazendo nesta viagem de trem... agora mesmo estava num bosque... e gostaria de poder voltar para lá!"

"Você poderia fazer uma piada com *isso*", disse a vozinha ao pé do seu ouvido; "algo como '*querias mas não podias*', não é?"

"Pare de caçoar assim", disse Alice, olhando em volta sem conseguir descobrir de onde vinha a voz; "se está tão aflito por uma piada, por que você mesmo não faz uma?"

A vozinha deu um suspiro profundo.[9] Estava *muito* infeliz, evidentemente, e Alice lhe teria dito uma palavra de consolo, "se pelo menos suspirasse como as outras pessoas!" ela pensou. Mas aquele foi um suspiro tão assombrosamente pequenininho que nem o teria escutado se não tivesse sido dado *bem* junto do seu ouvido. A consequência foi que sentiu muita cócega no ouvido, e a infelicidade da pobre criaturinha desapareceu da sua cabeça.

"Sei que você é uma amiga", a vozinha continuou: "uma amiga querida e uma velha amiga. E você não vai me ferir, embora eu *seja* um inseto."

"Que tipo de inseto?", Alice indagou um pouco apreensiva. O que realmente queria saber era se picava ou não, mas lhe pareceu que essa não seria uma pergunta muito polida.

"Ora então você não...", começou a vozinha, quando foi abafada por um apito estridente da locomotiva, e todos deram um pulo de susto, inclusive Alice.

O Cavalo, que tinha posto a cabeça para fora da janela, recolheu-a calmamente e disse: "É só um riacho que temos de saltar." Todos pareceram satisfeitos com a explicação, embora Alice tenha se sentido um pouco nervosa à simples ideia de trens saltando. "De todo modo, ele vai nos levar para a Quarta Casa, já é um consolo!" disse para si mesma. Um instante depois sentiu que o vagão estava subindo pelos ares e, no seu pavor, agarrou o que estava mais perto da sua mão, que calhou ser a barba da Cabra.[10]

Mas a barba pareceu se dissolver quando ela a tocou, e Alice se viu sentada tranquilamente sob uma árvore... enquanto o Mosquito (pois esse era o inseto com quem estivera conversando) se balançava num ramo bem em cima da sua cabeça e a abanava com as asas.

Era certamente um Mosquito *muito* grande: "mais ou menos do tamanho de uma galinha", Alice pensou. Mesmo assim, não podia se sentir nervosa com ele, depois de terem estado conversando por tanto tempo.

"...então não gosta de *todos* os insetos?" continuou o Mosquito, tranquilo como se nada tivesse acontecido.

"Gosto deles quando sabem falar", disse Alice. "Lá de onde *eu* venho, nenhum deles jamais falou."

"Que tipo de inseto lhe agrada mais, lá de onde *você* vem?" o Mosquito indagou.

"Insetos não me *agradam*", Alice explicou, "porque tenho bastante medo deles... pelo menos dos grandes. Mas posso lhe dizer os nomes de alguns."

"Claro que eles atendem pelo nome, não é?" o Mosquito comentou irrefletidamente.

"Nunca soube que o fizessem."

"De que serve terem nomes", disse o Mosquito, "se não atendem por eles?"

"Não serve de nada para *eles*", disse Alice, "mas é útil para as pessoas que lhes dão nomes, suponho. Senão, para que afinal as coisas têm nome?"

"Isso eu não sei", respondeu o Mosquito. "Lá longe, no bosque, elas não têm nome nenhum... seja como for, diga lá sua lista de insetos – está perdendo tempo."

"Bem, tem a mosca", Alice começou, contando os nomes nos dedos.

"Certo", disse o Mosquito, "no meio daquele arbusto ali você vai ver uma 'moscavalo', se olhar bem. Não sossega, passa o dia se balançando de galho em galho."

"Ela come o quê?" Alice perguntou com grande curiosidade.

"Seiva e serragem", disse o Mosquito. "Prossiga com a lista."

Alice olhou para a moscavalo, muito interessada, e concluiu que tinha acabado de ser repintada, tão reluzente e pegajosa parecia; e continuou.

"Há também a libélula."

"Olhe para o galho em cima da sua cabeça", disse o Mosquito, "e vai ver uma Libélula-de-natal. Seu corpo é de pudim de passas, as asas de azevinho, e a cabeça é uma passa flambada ao conhaque."[11]

"E ela come o quê?" perguntou Alice, como antes.

"Manjar-branco e pastel de carne", o Mosquito respondeu; "e faz seu ninho na árvore de Natal."

"Então há a Borboleta", Alice continuou, depois de ter dado uma boa olhada no inseto com a cabeça em chamas e pensado consigo mesma: "Desconfio que é por isso que os insetos gostam tanto de voar para as velas... vontade de virar libélulas-de-natal!"

"Rastejando aos seus pés", disse o Mosquito (Alice encolheu os pés um tanto assustada), "você pode observar uma Borboleteiga. Suas asas são fatias finas de pão com manteiga, o corpo é de casca de pão, a cabeça é um torrão de açúcar."

"E o que *ela* come?"

"Chá fraco com creme."

Uma nova dificuldade surgiu na cabeça de Alice: "E se ela não conseguisse encontrar nenhum?" sugeriu.

"Nesse caso morreria, é claro."

"Mas isso deve acontecer com muita frequência", Alice observou, pensativa.

"Sempre acontece", disse o Mosquito.

Depois disso, Alice ficou em silêncio por um minuto ou dois, refletindo. Nesse meio tempo o Mosquito se divertia dando voltas e voltas em torno da cabeça dela, zumbindo. Finalmente sossegou e fez um comentário: "Você não quer perder o seu nome, não é?"

"Não, de jeito nenhum", disse Alice, um pouco agoniada.

"No entanto, não sei", continuou o Mosquito num tom displicente: "pense só como seria conveniente se você conseguisse ir para casa sem ele! Por exemplo, se a governanta quisesse chamá-la para estudar, ela diria 'venha cá...' e teria de parar por aí, porque não teria nenhum nome para chamá-la – e, é claro, você não teria de ir, entendeu?"

"Isso nunca daria certo, tenho certeza", disse Alice. "Nunca passaria pela cabeça da governanta me dispensar do estudo por causa disso. Se ela não lembrasse do meu nome, me chamaria de 'Senhora!', como as governantas fazem."

"Bem, se ela dissesse só 'Senhora'", o Mosquito observou, "você diria que está sem hora e não iria estudar... É uma piadinha. Gostaria que *você* a tivesse feito."

"Por que desejaria que *eu* a tivesse feito?" Alice perguntou. "É um trocadilho infame."

O Mosquito limitou-se a suspirar profundamente, enquanto duas grossas lágrimas lhe rolavam pelas faces.

"Não devia fazer piadas", disse Alice, "se isso o deixa tão infeliz."

Seguiu-se mais um daqueles suspirozinhos tristonhos, e dessa vez o pobre Mosquito pareceu realmente ter-se desfeito em lágrimas, porque quando Alice levantou os olhos não encontrou mais nada no galho e, como já estava sentindo um pouco de frio por ficar tanto tempo sentada quieta, levantou-se e saiu andando.

Logo chegou a um campo aberto, com um bosque do outro lado; parecia mais escuro que o último bosque e Alice sentiu um *pouco* de medo de entrar nele. Refletindo melhor, no entanto, resolveu ir em frente, "pois para *trás* é que não vou, com certeza",[12] pensou, e aquele era o único caminho para Oitava Casa.

"Este deve ser o bosque", disse pensativamente, "em que as coisas não têm nomes. O que será que vai ser do *meu* nome quando eu entrar nele? Não gostaria nada de perdê-lo... porque teriam de me dar outro, e é quase certo que seria um nome feio. Mas, nesse caso, o engraçado seria tentar encontrar a criatura que ficou com meu antigo nome! Igualzinho àqueles anúncios, sabe, quando as pessoas perdem cachorros: '*Responde pelo nome 'Dash';*[13] *usava uma coleira de latão...*' Imagine ficar chamando todas as coisas que eu encontrasse de 'Alice' até que uma delas respondesse! Só que elas não responderiam nada, se fossem espertas."

Assim divagava quando chegou ao bosque: parecia muito fresco e sombrio. "Bem, de todo modo é um grande alívio", disse ao entrar sob as árvores, "depois de sentir tanto calor, entrar sob... o *quê*?" continuou, bastante surpresa de não conseguir lembrar a palavra. "Quero dizer entrar sob... sob as... sob *isto*, entende!" pondo a mão no tronco da árvore. "Como *é* que isto se chama, afinal? Acredito que não tem nome... ora, com certeza não tem!"

Ficou em silêncio um minuto, pensando. Depois, de repente, recomeçou. "Então, no fim das contas a coisa realmente *aconteceu*! E agora, quem sou eu? *Vou* me lembrar, se puder! Estou decidida!" Mas estar decidida não ajudou muito, e tudo que conseguiu dizer, depois de quebrar muito a cabeça, foi: "L, eu *sei* que começa com L!"[14]

Nesse instante apareceu uma Corça[15] vagando por ali; olhou para Alice com seus olhos grandes e meigos, mas não se assustou nadinha. "Venha cá! Venha cá!" disse Alice, esticando a mão e tentando afagá-la; mas a Corça só recuou um pouco e voltou a olhar para Alice.

"Como você se chama?" finalmente a Corça perguntou. Que voz doce e suave tinha!

"Quem me dera saber!" pensou a pobre Alice. Respondeu, um tanto acabrunhada: "Nada, por enquanto."

"Pense bem", a Corça disse, "esse não serve."

Alice pensou, mas não adiantou coisa alguma. "Por favor, poderia me dizer como *você* se chama?" disse timidamente. "Acho que isso poderia ajudar um pouco."

"Vou lhe dizer se vier um pouco adiante comigo", disse a Corça. "*Aqui* não consigo me lembrar."

Assim, saíram caminhando juntas pelo bosque, Alice abraçando afetuosamente o pescoço macio da Corça, até que chegaram a um outro campo aberto; então a Corça deu um súbito pinote no ar e se desvencilhou dos braços de Alice. "Sou uma Corça!"[16] gritou radiante, "e, oh! você é uma criança humana!" Uma expressão de susto tomou de repente seus bonitos olhos castanhos e no instante seguinte ela fugiu como um raio.

Alice ficou procurando-a, prestes a chorar de frustração por ter perdido sua querida companheira de viagem tão de repente. "De todo modo, agora sei meu nome", disse, "é *algum* consolo. Alice… Alice… não vou esquecer de novo. E agora, qual dessas setas devo seguir?"

Não era uma pergunta muito difícil, já que uma única estrada atravessava o bosque, e as duas setas apontavam para ela. "Vou resolver a questão", disse Alice consigo, "quando a estrada se dividir e elas apontarem rumos diferentes."

Mas isso não parecia provável. Andou e andou por um longo tempo, mas sempre que a estrada se dividia lá estavam as duas setas, apontando a mesma direção, uma com os dizeres "POR AQUI – CASA DE TWEEDLEDUM" e a outra "CASA DE TWEEDLEDEE – POR AQUI".[17]

"Desconfio," disse Alice por fim, "que eles moram na mesma casa! Não sei como não pensei nisso antes… Mas não posso ficar muito tempo lá. Vou só dar uma chegadinha, dizer 'olá, como vão?' e lhes perguntar o caminho para sair do bosque. Se pelo menos eu chegar à Oitava Casa antes do anoitecer!" Assim foi divagando, falando consigo mesma enquanto caminhava, até que, numa curva fechada, deu de encontro com dois homenzinhos gordos, tão de repente que não pôde evitar dar um salto para trás, mas logo se recobrou, certa de que só podiam ser[18]

CAPÍTULO 4

Tweedledum e Tweedledee

ESTAVAM DE PÉ SOB UMA ÁRVORE, um abraçando o pescoço do outro, e Alice soube no mesmo instante qual era qual porque um deles tinha "DUM" bordado na gola e o outro, "DEE". "Imagino que ambos têm 'TWEEDLE' escrito na parte de trás da gola", disse para si mesma.

Estavam tão quietos que ela esqueceu por completo que estavam vivos e, justamente quando ia espichando o olho para ver se havia a palavra "TWEEDLE" escrita na parte de trás das duas golas, teve um sobressalto ao ouvir uma voz vindo do que tinha a marca "DUM".

"Se pensa que somos bonecos de cera", ele disse, "devia pagar ingresso, não é? Bonecos de cera não são feitos para serem vistos de graça, de maneira alguma!"

"Ao contrário", acrescentou o que tinha a marca "DEE", "se acha que somos vivos, devia falar."

"Lamento muito, acreditem", foi tudo que Alice conseguiu dizer; pois as palavras da velha canção insistiam em ecoar na sua cabeça como o tique-taque de um relógio, e mal conseguiu evitar repeti-la em voz alta:[1]

Tweedledum e Tweedledee
Andam em grande ralho;
Pois, disse Tweedledum, Tweedledee
Desafinara seu chocalho.

Iam os dois se engalfinhar,
Quando um corvo imenso, escuro,

Veio nossos heróis espantar,
E os dois fugiram, em grande apuro.

"Sei no que está pensando", disse Tweedledum; "mas não é isso, de maneira alguma."

"Ao contrário", continuou Tweedledee, "se era assim, podia ser; e se fosse assim, seria; mas como não é, não é. Isto é lógico."

"Estava pensando", disse Alice muito cortês, "qual será o melhor caminho para sair deste bosque; está ficando tão escuro! Poderiam me dizer, por favor?"

Mas os homenzinhos gordos apenas se entreolharam e sorriram.

Pareciam tão exatamente um par de colegiais balofos que Alice não pôde evitar apontar o dedo para Tweedledum e dizer: "O Primeiro da Classe!"[2]

"De maneira alguma!" Tweedledum exclamou rapidamente, e fechou a boca de novo com um estalo.

"O Segundo!" disse Alice passando para Tweedledee, embora tivesse certeza de que ele iria apenas gritar "Ao contrário!", e foi o que fez.

"Você fez tudo errado!" exclamou Tweedledum. "A primeira coisa numa visita é dizer 'Como vai?' e dar um aperto de mão!" E aqui os dois irmãos se deram um abraço e estenderam as duas mãos que tinham livres para ela apertar.[3]

Alice não queria apertar a mão de qualquer dos dois em primeiro lugar, temerosa de ferir os sentimentos do outro; assim, a melhor saída lhe pareceu

apertar ambas as mãos ao mesmo tempo; um instante depois eles estavam dançando em círculo. Isso pareceu perfeitamente natural (ela lembrou depois), e não ficou surpresa nem quando ouviu uma música: parecia vir da árvore sob a qual dançavam, e era produzida (pelo que pôde entender) pelos galhos se esfregando uns contra os outros, como rabecas e arcos.

"Mas sem dúvida *foi* divertido" (Alice disse mais tarde, quando estava contando toda esta história à irmã) "me ver cantando '*Ciranda, cirandinha*'. Não sei quando comecei, mas a minha impressão era que estava cantando aquilo havia muito tempo!"

Os outros dois dançarinos eram gordos e logo ficaram sem fôlego.

"Quatro voltas é o bastante para uma dança", bufou Tweedledum, e pararam de dançar tão de repente quanto haviam começado. A música cessou no mesmo instante.

Soltaram as mãos de Alice e ficaram um minuto olhando para ela; foi uma pausa um tanto contrafeita, pois Alice não sabia como entabular uma conversa com pessoas com quem acabara de dançar. "Não caberia dizer 'Como vai você?' *agora*", pensou com seus botões; "de algum modo, parece que fomos além desse ponto."

"Espero que não estejam muito cansados!" disse por fim.

"De maneira alguma. E *muito* obrigado por perguntar", disse Tweedledum.

"*Gratíssimo!*" acrescentou Tweedledee. "Gosta de poesia?"

"Gosto, bastante... de *algumas* poesias," Alice respondeu hesitante. "Poderiam me dizer que estrada tomar para sair do bosque?"

"Que posso recitar para ela?" disse Tweedledee, voltando para Tweedledum uns olhos arregalados e solenes, sem fazer caso da pergunta de Alice.

"'*A Morsa e o Carpinteiro*' é a mais comprida", Tweedledum respondeu, dando um afetuoso abraço no irmão.

Tweedledee começou imediatamente:

O sol brilhava...

Nesse ponto Alice arriscou interrompê-lo. "Se é *muito* comprida", disse o mais polidamente que pôde, "poderiam, por favor, me dizer primeiro qual é a estrada..."

Tweedledee sorriu gentilmente, e recomeçou:[4]

O sol brilhava sobre o mar,
Com raios certeiros, pujantes.
Aplicava sua melhor arte
A tornar as ondas coruscantes.
E isso era estranho porque
Batera meia-noite pouco antes.

A lua brilhava mofina,
Porque pensava que o sol,
Depois que o dia termina,
Devia se retirar.
"É muita indelicadeza", dizia,
"Vir aqui me ofuscar."

O mar estava molhado; mais não podia estar.
A areia estava seca a não poder mais secar.
Nuvem, não se via uma só, porque
Não havia nenhuma no céu a flutuar.
Nenhum pássaro cortava os ares...
Pois não havia pássaros para voar.[5]

A Morsa e o Carpinteiro
Caminhavam lado a lado.[6]
Choravam copiosamente ao ver
O chão assim, tão de areia forrado:
"Se ao menos fizessem uma faxina," diziam,
"Isto poderia ficar em bom estado!"

"Se sete criadas com sete esfregões
Por um ano isto aqui esfregassem,
Acha possível", a Morsa perguntou,
"Que toda esta areia limpassem?"

"Duvido", disse o Carpinteiro
E uma lágrima sentida derramou.

"Ó Ostras, venham fazer um passeio!"
Disse a Morsa suplicante.
"Uma boa conversa, um belo recreio,
Pelas praias verdejantes:
Mas apenas quatro em cada volteio
Para as mãos lhes dar adiante."

A Ostra mais velha o relanceou
Mas a boca não disse palavra.
Deu apenas uma piscadela,
E a pesada cabeça meneou...
A sugerir: "Deixar a ostreira
Para flanar? Ai, isso não vou."

Quatro ostrinhas, porém, acorreram,
Muito sôfregas pelo regalo:
Vestidinho limpo, rosto lavado,
Sapatos nos trinques e rabo de cavalo.
E isso era estranho, se bem pesado,
Porque tinham o coco rapado.

Quatro outras Ostras as seguiram
E depois mais, de par em par.
Por fim aos bandos chegaram,
E foi um não mais acabar.
Todas saltando na espuma das ondas,
E voltando à praia a bracejar.

A Morsa e o Carpinteiro
Andaram um bom estirão.
Depois descansaram numa pedra
Jeitosa que havia no chão.
Então as ostrinhas todas
Puseram-se em fila, de prontidão.

"É chegada a hora", disse a Morsa,
"De falar de muitas coisas:
De sapatos... e barcos... e vazas...
De repolhos... e reis... e lousas...[7]
E por que o mar tanto ferve
E se os porcos têm asas."

"Só um minutinho", as Ostras gritaram,
"Antes da nossa conversa;
Estamos tão esbaforidas,
Viemos em tal correria!"
"Temos tempo!" disse o Carpinteiro,
Rindo, num gesto de galhardia.

"Um naco de pão", a Morsa disse,
"É o que vem a calhar;
Depois pimenta e vinagre
Não são de se dispensar...
Já estão prontas, Ostrinhas queridas?
Vamos dar início ao jantar."

"Mas não vão nos jantar!" as Ostras gritaram,
Perdendo um pouquinho a cor.
"Após tanta gentileza,
Oh, é tão desolador!"
"É uma bela noite", disse a Morsa,
"Apreciam esta beleza?"

"Foram tão gentis conosco!
Não criaram um só embaraço!"
O Carpinteiro disse apenas:
"Corte-me mais um pedaço!
Minha fome é tamanha
Que todo este pão hoje eu traço."

"É uma vergonha", a Morsa disse,
"Lhes fazer uma falseta dessa,
Depois que as trouxemos tão longe
E as fizemos andar tão depressa!"
O Carpinteiro disse só:
"Vamos à primeira remessa!"

"Choro por vocês", a Morsa disse.
"Tenho o coração contristado."
E entre soluços e lágrimas, foi
Puxando as graúdas p'ro seu lado.
Depois, levou o lenço aos olhos,
Que ainda estavam marejados.

"Ó Ostras", disse o Carpinteiro.
"Fizeram uma bela corrida!
Que tal correr de volta pra casa?"
Mas nenhuma resposta foi ouvida...
E não era de estranhar, porque
Ostra por ostra tinha sido comida.[8]

"Gosto mais da Morsa", disse Alice. "Porque, veja, ela teve um *pouco* de pena das pobres ostras."

"Mas comeu mais que o Carpinteiro", disse Tweedledee. "Repare, ela segurou o lenço na sua frente, para o Carpinteiro não poder contar quantas comia: ao contrário."

"Isso foi mesquinho!" Alice exclamou indignada. "Se é assim gosto mais do Carpinteiro... se é que não comeu tantas quanto a Morsa."

"Mas ele comeu o mais que pôde", disse Tweedledee.

Aquilo era perturbador.[9] Depois de uma pausa, Alice começou: "Bem! Eram *ambos* tipos muito desagradáveis..." Neste ponto calou-se, um tanto assustada, ao ouvir algo que lhe lembrava o resfolegar de uma locomotiva a vapor perto deles no bosque, embora temesse que, mais provavelmente, fosse um animal selvagem. "Há leões ou tigres por aqui?" perguntou timidamente.

"É só o Rei Vermelho roncando", disse Tweedledee.

"Venha ver!" gritaram os irmãos. Cada um pegou uma das mãos de Alice e a levaram até onde o Rei dormia.

"Não é uma visão *encantadora*?" disse Tweedledum.

Para ser sincera, Alice não podia concordar. O Rei usava uma touca de dormir vermelha e alta, com um pompom, estava encolhido como uma trouxa mal-ajambrada e roncando alto... "Esse ronco é capaz de lhe arrancar a cabeça fora!" comentou Tweedledum.

"Receio que pegue um resfriado, deitado assim no capim úmido", disse Alice, que era uma menininha muito atenciosa.

"Agora está sonhando", observou Tweedledee. "Com que acha que ele sonha?"

Alice disse: "Isso ninguém pode saber."

"Ora, com *você*!" Tweedledee exclamou, batendo palmas, triunfante. "E se parasse de sonhar com você, onde acha que você estaria?"

"Onde estou agora, é claro," respondeu Alice.

"Não, não!" Tweedledee retrucou, desdenhoso. "Não estaria em lugar algum. Ora, você é só uma espécie de coisa no sonho dele!"[10]

"Se o Rei acordasse", acrescentou Tweedledum, "você sumiria... puf!... exatamente como uma vela!"[11]

"Não sumiria!" Alice exclamou indignada. "Além disso, se *sou* só uma espécie de coisa no sonho dele, gostaria de saber o que *vocês* são?"

"Idem", disse Tweedledum.

"Idem, ibidem", gritou Tweedledee.[12]

E gritou tão alto que Alice não pôde se impedir de dizer: "Psss! Receio que vá acordá-lo se fizer tanto barulho."

"Bem, não adianta *você* falar sobre acordá-lo", disse Tweedledum, "quando não passa de uma das coisas do sonho dele. Você sabe muito bem que não é real."

"Eu *sou* real!" disse Alice e começou a chorar.

"Não vai ficar nem um pingo mais real chorando", observou Tweedledee. "Não há motivo para choro."

"Se eu não fosse real", disse Alice – meio rindo por entre as lágrimas, tão absurdo aquilo tudo parecia –, "não conseguiria chorar."

"Espero que não imagine que suas lágrimas são *reais*!" Tweedledum interrompeu-a, num tom de profundo desdém.

"Sei que estão falando absurdos", Alice pensou consigo, "e é tolice chorar por causa disso." Assim, enxugou as lágrimas e continuou, no tom mais alegre que pôde. "Seja como for, tenho de ir embora do bosque, pois está ficando muito escuro. Acham que vai chover?"

Tweedledum, que abriu um enorme guarda-chuva sobre ele e o irmão, olhou para cima e disse: "Não, não acho que vai. Pelo menos... não *aqui* embaixo. De maneira alguma."

"Mas será que pode chover *aqui fora*?"

"Pode... se escolher", disse Tweedledee; "não fazemos nenhuma objeção. Ao contrário."

"Criaturas egoístas!" pensou Alice e já ia dizer "Boa noite" e deixá-los quando Tweedledum saltou fora do guarda-chuva e a agarrou pelo pulso.

"Está vendo *aquilo*?" perguntou, numa voz embargada pela emoção, e seus olhos ficaram grandes e amarelos de repente, enquanto apontava um dedo trêmulo para uma coisinha branca caída sob a árvore.

"É só um chocalho", disse Alice, após cuidadoso exame da coisinha branca. "E não está na ponta do rabo de nenhuma *cascavel*, sabe?" deu-se pressa em acrescentar, achando que ele estava apavorado. "Só um chocalho velho... bem velho e quebrado."

"Sabia que era!" exclamou Tweedledum, começando a bater o pé furiosamente para todos os lados e a puxar o cabelo. "Está estragado, é claro!" Aqui olhou para Tweedledee, que imediatamente se sentou no chão e tentou se esconder debaixo do guarda-chuva.

Alice pousou a mão no seu braço e disse em tom apaziguador: "Não precisa ficar tão zangado por causa de um chocalho velho."

"Mas não é velho!" gritou Tweedledum, mais furioso que nunca. "É *novo*, estou lhe dizendo... comprei-o ontem... meu lindo CHOCALHO NOVO!"[13] e sua voz se elevou num verdadeiro guincho.

Todo esse tempo, Tweedledee estava fazendo o que podia para fechar o guarda-chuva consigo dentro: o que era uma proeza tão extraordinária que

desviou completamente a atenção de Alice do irmão enraivecido. Mas não teve sucesso e acabou caindo, enrolado no guarda-chuva, só a cabeça de fora: e lá ficou, abrindo e fechando a boca e os olhos graúdos… "mais parecendo um peixe que qualquer outra coisa", Alice pensou.

"Naturalmente você concorda com uma batalha?" indagou Tweedledum num tom mais calmo.

"Acho que sim", respondeu o outro, amuado, rastejando para fora do guarda-chuva; "só que *ela* tem de ajudar a nos vestirmos."

E lá se foram os dois irmãos de mãos dadas pelo bosque, e num minuto estavam de volta com os braços carregados de coisas… como travesseiros, cobertores, tapetes, toalhas de mesa, abafadores e baldes de carvão. "Espero que você tenha uma boa mão para alfinetar e dar laços!" Tweedledum observou. "É preciso encaixar cada uma destas coisas, de um jeito ou de outro."

Alice contou mais tarde que nunca vira tanto barulho feito por nada em toda a sua vida: o alvoroço daqueles dois… e a quantidade de coisas que puseram sobre si… e a trabalheira que lhe deram para amarrar cordões e abotoar… "Realmente, quando ficarem prontos vão estar mais parecidos com trouxas de roupa velha que com qualquer outra coisa!" disse consigo mesma, enquanto ajeitava uma almofada roliça em volta do pescoço do Tweedledee, "para evitar que sua cabeça fosse cortada fora",[14] como ele disse.

"Sabe", ele acrescentou muito gravemente, "essa é uma das coisas mais graves que podem acontecer numa batalha… ter a cabeça cortada fora."

Alice não conseguiu conter o riso, mas deu um jeito de transformá-lo numa tosse, receando ferir-lhe os sentimentos.

"Estou muito pálido?" perguntou Tweedledum, aproximando-se para que seu elmo fosse preso. (Ele *chamava* aquilo de elmo, embora certamente mais parecesse uma caçarola.)

"Bem… está… um *pouco*", Alice respondeu gentilmente.

"Sou muito corajoso em geral", ele continuou em voz baixa; "só que logo hoje estou com dor de cabeça."

"E *eu* com dor de dente!" disse Tweedledee, que conseguira ouvir o comentário. "Estou muito pior que você!"

"Nesse caso não deveriam lutar hoje", disse Alice, vendo ali um bom pretexto para as pazes.

"*Temos* de lutar um pouquinho, mas não faço questão de uma luta muito demorada", disse Tweedledum. "Que horas são agora?"

Tweedledee consultou seu relógio e disse: "Quatro e meia."

"Vamos lutar até as seis, e depois jantar", disse Tweedledum.

"Muito bem", o outro concordou, um tanto cabisbaixo. "E ela *pode* assistir... só não deve chegar *muito* perto", acrescentou; "costumo acertar tudo que vejo pela frente... quando fico realmente empolgado."

"E *eu* acerto tudo que está ao meu alcance", exclamou Tweedledum, "quer possa vê-lo ou não!"

Alice riu. "Imagino que acertem as *árvores* com muita frequência", disse.

Tweedledum olhou à sua volta com um sorriso satisfeito. "Tenho a impressão", disse, "de que não vai sobrar uma só de pé, por todo este trecho, quando a batalha tiver terminado!"

"E tudo por causa de um chocalho!" espantou-se Alice, ainda com esperança de deixá-los um *pouco* envergonhados de lutarem por tal bagatela.

"Eu não teria me importado tanto", disse Tweedledum, "se não fosse um chocalho novo."

"Gostaria que o corvo monstruoso chegasse!" pensou Alice.

"Há só uma espada, você sabe", disse Tweedledum ao irmão. "Mas *você* pode usar o guarda-chuva… é quase tão pontudo quanto ela. Só que temos de começar rápido. Está escurecendo a olhos vistos."

"E a olhos fechados", disse Tweedledee.

Estava escurecendo tão de repente que Alice achou que uma tempestade devia estar chegando. "Que nuvem grossa e negra aquela!" disse. "E como vem depressa! Ui, parece que tem asas!"[15]

"É o corvo!" Tweedledum gritou com uma voz estridente de susto. E os dois irmãos saíram em disparada e num instante tinham sumido de vista.

Alice correu um pouco mais para dentro do bosque e parou debaixo de uma grande árvore. "*Aqui* ele nunca vai me pegar", pensou, "é grande demais para se espremer entre as árvores. Mas gostaria que não batesse tanto as asas… provoca um verdadeiro furacão no bosque – olha, ali vai o xale de alguém, soprado pelo vento!"

♚

CAPÍTULO 5

Lã e água

Alice agarrou o xale enquanto falava e olhou em volta à procura da dona; um instante depois a Rainha Branca apareceu correndo freneticamente pelo bosque, os dois braços abertos totalmente esticados, como se estivesse voando, e Alice, muito polidamente, foi ao encontro dela com o xale.[1]

"Foi uma sorte eu estar no caminho", disse, enquanto a ajudava a pôr o xale de novo.

A Rainha Branca olhou-a com uma expressão de incontrolável pavor e ficou repetindo para si mesma, num sussurro, algo que soava como "pão com manteiga, pão com manteiga",[2] e Alice percebeu que, se era para haver alguma conversa, ela mesma tinha de se encarregar disso. Assim, começou, bastante tímida: "Estou me endereçando à Rainha Branca?"

"Bem, sim, se você chama isto de adereçar", a Rainha disse. "Não é a *minha* ideia da coisa, em absoluto."

Alice, pensando que não convinha discutir logo no início da conversa, sorriu e disse: "Se Vossa Majestade tiver a bondade de me dizer qual é a maneira certa de começar, farei isso da melhor maneira."

"Mas não quero que seja feito de maneira alguma!" gemeu a pobre Rainha. "Faz duas horas que estou me desadereçando."

Teria sido muito melhor, pareceu a Alice, se ela tivesse trazido uma outra pessoa para adereçá-la, tão terrivelmente desalinhada estava. "Todos os adereços estão tortos", Alice pensou, "e tudo está pregado com alfinete!... Posso endireitar seu xale?" acrescentou em voz alta.

"Não sei o que há de errado com ele!" lamentou a Rainha. "Está de mau humor, acho. Eu o preguei com alfinete aqui e ali, mas nada o contenta!"

“Ele não *pode* ficar direito se o prende todo de um lado só”, disse Alice, enquanto o endireitava gentilmente para ela, “e, nossa! em que estado está o seu cabelo!”

“A escova ficou enganchada nele”, suspirou a Rainha. “Perdi o pente ontem!”

Alice desprendeu cuidadosamente a escova e fez o que podia para lhe ajeitar o cabelo. “Veja, está com uma aparência muito melhor agora!” disse após mudar a maior parte dos alfinetes de lugar. “Mas realmente devia ter uma criada de quarto!”

“Eu contrataria *você* com prazer!” propôs a Rainha. “Dois pence por semana e geleia em dias alternados.”

Alice não pôde deixar de rir, enquanto dizia: “Não quero que *me* contrate... e não gosto muito de geleia.”

“É uma geleia muito boa”, disse a Rainha.

“Bem, de todo modo, não quero nenhuma *hoje*.”

“Mesmo que *quisesse*, não poderia ter”, disse a Rainha. “A regra é: geleia amanhã e geleia ontem... mas nunca geleia *hoje*.”

"Isso *só* pode acabar levando às vezes a 'geleia hoje'", Alice objetou.

"Não, não pode", disse a Rainha. "É geleia no *outro* dia: hoje nunca é *outro* dia, entende?"

"Não a entendo", disse Alice. "É horrivelmente confuso!"

"É isso que dá viver às avessas", disse a Rainha com doçura: "sempre deixa a gente um pouco tonta no começo..."

"Viver às avessas!" Alice repetiu em grande assombro. "Nunca ouvi falar de tal coisa!"[3]

"...mas há uma grande vantagem nisso: a nossa memória funciona nos dois sentidos."

"Tenho certeza de que a *minha* só funciona em um", Alice observou. "Não posso lembrar coisas antes que elas aconteçam."

"É uma mísera memória, essa sua, que só funciona para trás", a Rainha observou.

"De que tipo de coisas *você* se lembra melhor?" Alice se atreveu a perguntar.

"Oh, das que aconteceram daqui a duas semanas", a Rainha respondeu num tom displicente. "Por exemplo, agora", ela continuou, enrolando uma larga atadura no dedo enquanto falava, "há o Mensageiro do Rei.[4] Está na prisão agora, sendo punido, e o julgamento não vai nem começar até quarta-feira que vem, e, é claro, o crime vem por último."

"E se ele nunca cometer o crime?" disse Alice.

"Tanto melhor, não é?" a Rainha retrucou, prendendo a atadura em volta do dedo com um pedacinho de fita.

Alice achou que *isso* era inegável. "Claro que seria muito melhor", disse, "mas não seria muito melhor para ele ser punido."

"*Nisso* você está completamente errada", disse a Rainha. "*Já* foi punida alguma vez?"

"Só pelo que fiz de errado", respondeu Alice.

"E isso só lhe fez bem, eu sei!" disse a Rainha, triunfante.

"Sim, mas eu tinha *feito* as coisas pelas quais fui punida", disse Alice, "isso faz toda a diferença."

“Mas se não as tivesse feito”, continuou a Rainha, “teria sido melhor ainda; melhor e melhor e melhor!” Sua voz foi ficando mais aguda a cada “melhor”, até que por fim se transformou num guincho.

Alice ia dizendo “Há alguma coisa errada…”, quando a Rainha começou a guinchar tão alto que ela teve de deixar a frase incompleta. “Ai, ai, ai!” gritava ela, sacudindo a mão como se quisesse fazê-la voar fora. “Meu dedo está sangrando! Ai, ai, ai, ai!”

Seus guinchos eram tão exatamente iguais ao apito de uma locomotiva que Alice teve de tapar os ouvidos com as duas mãos.

“O que *aconteceu*?” quis saber, assim que teve uma chance de se fazer ouvir. “Furou o dedo?”

“Não *ainda*,” a Rainha disse, “mas vou furar logo, logo… ai, ai, ai!”

“Quando espera fazer isso?” Alice perguntou, com muita vontade de rir.

“Quando prender meu xale de novo!” a pobre Rainha gemeu; “o broche vai se abrir já. Ai, ai!” Enquanto dizia isso o broche se abriu e a Rainha o agarrou desvairadamente, tentando fechá-lo de novo.

"Cuidado!" exclamou Alice. "Você está segurando o broche todo torto!" E o agarrou; mas era tarde demais: o alfinete escorregara e a Rainha furara o dedo.

"Isso explica o sangramento, vê?" disse ela a Alice com um sorriso. "Agora você entende como as coisas acontecem aqui."

"Mas por que não grita *agora*?" Alice perguntou, com as mãos em posição para tapar os ouvidos de novo.

"Ora, já gritei o que tinha de gritar", disse a Rainha. "Qual seria o proveito de repetir tudo?"

A essa altura, estava clareando. "Acho que o corvo deve ter voado para longe", disse Alice. "Estou tão contente que tenha ido embora. Pensei que era a noite chegando."

"Gostaria... de *conseguir* ficar contente!" a Rainha disse. "Só que nunca lembro a regra. Você deve ser muito feliz, vivendo neste bosque e ficando contente quando lhe apraz!"

"Só que isto aqui é *tão* solitário!" disse Alice, melancólica; e à ideia de sua solidão duas grossas lágrimas lhe rolaram pelas faces.

"Oh, não fique assim!" exclamou a pobre Rainha, torcendo as mãos em desespero. "Considere a menina grande que você é. Considere a longa distância que percorreu hoje. Considere que horas são. Considere qualquer coisa, mas não chore!"

Alice não pôde deixar de rir disso, mesmo em meio às suas lágrimas. "Você consegue parar de chorar fazendo considerações?" perguntou.

"É assim que se faz", disse a Rainha com muita decisão; "ninguém pode fazer duas coisas ao mesmo tempo, não é?[5] Para começar, vamos considerar a sua idade... quantos anos tem?"

"Exatamente sete anos e meio."

"Não precisa dizer 'exatualmente'", a Rainha observou. "Posso acreditar sem isso. Agora vou *lhe* dar uma coisa em que acreditar. Tenho precisamente cento e um anos, cinco meses e um dia."

"Não posso acreditar *nisso*!" disse Alice.

"Não?" disse a Rainha, com muita pena. "Tente de novo: respire fundo e feche os olhos."

Alice riu. "Não adianta tentar", disse; "não se *pode* acreditar em coisas impossíveis."

"Com certeza não tem muita prática", disse a Rainha. "Quando eu era da sua idade, sempre praticava meia hora por dia. Ora, algumas vezes cheguei a acreditar em até seis coisas impossíveis antes do café da manhã.[6] Lá se vai meu xale de novo!"

O broche se abrira enquanto ela falava, e uma súbita lufada de vento carregara o xale da Rainha para a outra margem de um pequeno riacho. A Rainha abriu os braços de novo, e saiu voando em busca dele,[7] dessa vez conseguindo agarrá-lo por si mesma. "Peguei-o!" gritou num tom triunfante. "Agora você vai me ver prendê-lo de novo, sozinha!"

"Nesse caso, seu dedo está melhor agora, não é?" Alice disse muito polidamente, enquanto saltava o riachinho atrás da Rainha.[8]

"Oh, muito melhor!" gritou a Rainha, a voz se elevando a um guincho à medida que falava. "Muito me-lhor! Me-lhor! Me-e-e-elhor! Me-e-é!" A última palavra terminou num longo balido, tão parecido com o de uma ovelha que Alice realmente levou um susto.

Olhou para a Rainha, que parecia ter se enrolado em lã de repente. Esfregou os olhos e olhou de novo. Não conseguia entender nada do que tinha acontecido. Estaria numa loja? E era mesmo... era mesmo uma *ovelha* que estava sentada do outro lado do balcão? Por mais que esfregasse os olhos, tudo que conseguia entender era: estava numa lojinha escura,[9] com os cotovelos apoiados no balcão, e diante de si estava uma velha Ovelha, sentada numa poltrona tricotando, e vez por outra parando para fitá-la através de um grande par de óculos.

"O que deseja comprar?" perguntou a Ovelha, erguendo os olhos do seu tricô por um instante.

"Ainda não sei *muito bem*", Alice respondeu, muito gentilmente. "Gostaria de dar uma olhada em tudo à minha volta primeiro, se me permite."

"Pode olhar para a sua frente, e para os dois lados, se quiser", disse a Ovelha, "mas não pode olhar para *tudo* à sua volta... a menos que tenha olhos na nuca."

Acontece que isso Alice *não* tinha; assim, contentou-se em dar um giro, olhando as prateleiras enquanto as percorria.

A loja parecia cheia de toda sorte de coisas curiosas... mas o mais estranho de tudo era que, cada vez que fixava os olhos em alguma prateleira para distinguir o que havia nela, essa prateleira específica estava sempre completamente vazia, embora as outras em torno estivessem completamente abarrotadas.[10]

"As coisas aqui são tão fugidias!"[11] comentou por fim num tom queixoso, depois de ter passado cerca de um minuto perseguindo em vão uma coisa grande e lustrosa, que às vezes parecia uma boneca e outras vezes uma caixa de costura, e sempre estava na prateleira acima da que estava olhando. "E isto é o mais irritante de tudo... mas vou lhe mostrar..." acrescentou, assaltada por um súbito pensamento. "Vou segui-la até a prateleira mais alta de todas. Vai se ver em apuros para atravessar o teto, imagino!"

Mas até esse plano malogrou: a "coisa" atravessou o teto na maior tranquilidade possível, como se estivesse muito acostumada a isso.

"Você é uma criança ou um pião?"[12] disse a Ovelha enquanto pegava outro par de agulhas. "Vai me deixar tonta já, já, se continuar girando desse jeito." Agora estava trabalhando com catorze pares de agulha ao mesmo tempo e Alice não conseguia despregar os olhos dela, espantadíssima.

"Como *consegue* tricotar com tantas?" pensou a atônita criança consigo mesma. "A cada minuto ela se parece mais e mais com um porco-espinho!"

"Sabe remar?" a Ovelha perguntou, estendendo-lhe um par de agulhas de tricô enquanto falava.

"Sei, um pouco... mas não no seco... e não com agulhas..." Alice estava começando a dizer, quando, de repente, as agulhas viraram remos em suas mãos e ela descobriu que estavam num barquinho, deslizando entre ribanceiras – de modo que só lhe restava remar o melhor que podia.

"Nivelar!"[13] gritou a Ovelha, pegando um outro par de agulhas.

Como esta observação não parecia requerer nenhuma resposta, Alice nada disse e continuou remando. Havia algo de muito estranho na água, ela pensou, pois volta e meia os remos emperravam e só a custo saíam da água.

"Nivelar! Nivelar!" a Ovelha gritou de novo, pegando mais duas agulhas. "Já, já vai acabar enforcando o remo."[14]

"Por que faria isso?" pensou Alice. "Tão cruel."

"Não me ouviu dizer 'Nivelar?'" gritou a Ovelha, furiosa, pegando um punhado de agulhas.

"Ouvi, de fato", admitiu Alice: "disse isso várias vezes... e muito alto. Por favor, como se enforcam remos?"

"Com corda, é claro!" disse a Ovelha, espetando algumas das agulhas na lã, pois já não cabiam nas mãos. "Nivelar, estou dizendo!"

"*Por que* fica dizendo 'nivelar' o tempo todo?" Alice finalmente perguntou, um tanto irritada. "Não estou desnivelada!"

"Está sim", disse a Ovelha, "você é uma patinha pateta."

Como isso deixou Alice um pouco ofendida, não houve mais conversa por um minuto ou dois, enquanto elas deslizavam suavemente, às vezes entre ilhas de algas (que faziam os remos resistirem ainda mais à água), e às vezes sob árvores, mas sempre com as mesmas ribanceiras sobre suas cabeças.

"Ah, por favor! Há uns juncos perfumados!" Alice exclamou, subitamente enlevada. "Há mesmo... e são *tão* lindos!"

"Não precisa *me* dizer 'por favor' por causa disso", a Ovelha respondeu sem tirar os olhos do seu tricô. "Não fui eu quem os pus ali, não sou eu quem vou tirá-los."

"Não, mas o que eu quis dizer foi, por favor, podemos esperar e colher alguns?" Alice suplicou. "Se não se importa de parar o barco por um minuto."

"Como posso *eu* pará-lo?" perguntou a Ovelha. "Se você parar de remar, ele para por si mesmo."

Assim deixou-se o barco seguir pelo ribeirão ao seu bel-prazer, até que deslizou suavemente para o meio dos juncos oscilantes. Então as manguinhas foram cuidadosamente arregaçadas, e os bracinhos mergulhados até os cotovelos para pegar os juncos bem mais abaixo antes de quebrá-los... e por algum tempo a Ovelha e seu tricô sumiram da cabeça de Alice, enquanto ela se debruçava sobre a borda do barco, só as pontas do cabelos emaranhados mergulhando na água... e, com olhos faiscantes e sôfregos, apanhava feixe após feixe dos encantadores juncos perfumados.

"Espero que o barco não vire!" disse para si mesma. "Oh, *que* lindo é aquele. Só que não consegui alcançá-lo." E certamente *parecia* um pouco enervante ("quase como se fosse de propósito", ela pensou) que, embora conseguisse colher quantidades de lindos juncos à medida que o bote deslizava, houvesse sempre um mais lindo que não podia alcançar.

"Os mais bonitos estão sempre mais longe!" disse por fim, com um suspiro ante a teimosia dos juncos em crescerem tão afastados, enquanto, faces afogueadas e cabelo e mãos pingando, tentava voltar a seu lugar e começava a arrumar seus recém-descobertos tesouros.

Que lhe importava naquele momento que os juncos tivessem começado a murchar e a perder seu perfume e beleza, desde o momento em que os colhera?[15] Até juncos perfumados reais, como você sabe, duram só por pouco tempo... e esses, sendo juncos de sonho, derretiam quase como neve enquanto repousavam em feixes aos pés dela... mas Alice mal percebeu isso, tantas outras coisas curiosas tinha para pensar.

Não tinham ido muito longe quando a pá de um dos remos emperrou firme na água e se *recusou* a sair (assim Alice explicou isso mais tarde); e a consequência foi que o punho dele acertou-a sob o queixo, e, apesar de uma série de "ai, ai, ai" da pobre Alice, derrubou-a do assento e a afundou no monte de juncos.

Mas ela não se machucou nadinha e logo estava de pé de novo. Enquanto isso a Ovelha continuava com seu tricô, como se nada tivesse acontecido. "Que belo remo você enforcou!" ela observou, quando Alice voltava ao seu lugar, bastante aliviada por ainda estar no barco.

"Enforquei? Nesse caso foi sem querer", disse Alice espiando a água escura sobre a borda do barco cautelosamente. "Espero que não tenha sofrido muito, não gosto de enforcar nada!" Mas a Ovelha só riu com desdém e continuou tricotando.

"Há muitos remos enforcados aqui?" perguntou Alice.

"Remos enforcados e todo tipo de coisas", disse a Ovelha. "Coisas para todo gosto, é só decidir. Diga-me, o que você *quer* comprar?"

"Comprar!" Alice repetiu num tom entre espantado e aterrorizado – pois os remos, o barco, o rio, haviam todos desaparecido num instante, e ela estava de novo na lojinha escura.

"Gostaria de comprar um ovo, por gentileza", disse timidamente. "Como os vende?"

"Cinco pence por um... Dois pence por dois", a Ovelha respondeu.

"Então dois custam menos que um?" perguntou Alice surpresa, pegando a bolsa.

"Só que, se comprar dois, *tem* de comê-los", disse a Ovelha.

"Nesse caso quero *um*, por favor", disse Alice, pondo o dinheiro no balcão. Pois pensou consigo mesma: "Os dois não devem ser grande coisa."[16]

A Ovelha pegou o dinheiro e o guardou numa caixa. Depois disse: "Eu nunca ponho coisas nas mãos das pessoas... não é conveniente... você mesma terá de pegá-lo." E assim dizendo foi para o outro canto da loja[17] e pôs um ovo em pé numa prateleira.[18]

"Pergunto-me *por que* seria inconveniente?" pensou Alice, enquanto tentava se deslocar por entre as mesas e cadeiras, pois o fundo da loja era muito escuro. "Quanto mais ando em direção ao ovo, mais longe ele parece ficar. Deixe-me ver... isto é uma cadeira? Ui! Ela tem galhos, tem sim! Como é estranho ter árvores crescendo aqui! E de fato aqui está um pequeno riacho! Bem, esta é a loja mais esquisita que já vi!"[19]

Assim foi ela, espantando-se mais e mais a cada passo, pois todas as coisas viravam árvore tão logo as alcançava, e ela estava certa de que o ovo faria o mesmo.

CAPÍTULO 6

Humpty Dumpty

O OVO, PORÉM, FOI SÓ FICANDO cada vez maior, e cada vez mais humano. Quando chegou a alguns metros dele, Alice viu que tinha olhos, nariz e boca. E quando chegou bem perto, viu claramente que era HUMPTY DUMPTY[1] em pessoa. "Não pode ser mais ninguém!" disse para si mesma. "Tenho tanta certeza quanto se ele tivesse o nome escrito na cara."

Teria sido possível escrevê-lo uma centena de vezes, facilmente, naquela cara enorme. Humpty Dumpty estava sentado, de pernas cruzadas como um turco,[2] em cima de um muro alto – tão estreito que Alice se perguntou assombrada como conseguia manter o equilíbrio[3] – e, como ele mantinha os olhos fixos na direção oposta, não tomando conhecimento dela, pensou que, afinal, devia ser um presunçoso.

"Parece um ovo sem tirar nem pôr!" disse alto, com as mãos prontas para segurá-lo pois temia que caísse a qualquer momento.

"É *muito* irritante", Humpty Dumpty disse após um longo silêncio, sem olhar para Alice enquanto falava, "ser chamado de ovo... *muito*!"

"Disse que *parecia* um ovo, Sir", Alice explicou gentilmente. "E há ovos muito bonitos, sabe", acrescentou, na esperança de transformar seu comentário numa espécie de elogio.

"Certas pessoas", disse Humpty Dumpty, desviando os olhos dela como sempre, "parecem não ter mais juízo que um bebê!"

Alice não soube responder. Aquilo não se parecia nada com uma conversa, pensou, pois ele nunca dizia nada para *ela*; na verdade, seu último comentário foi evidentemente dirigido a uma árvore – assim, ficou quieta e repetiu suavemente para si mesma:[4]

Humpty Dumpty num muro se aboletou,
Humpty Dumpty lá de cima despencou.
Todos os cavalos e os homens do Rei a arfar
Não conseguiram de novo lá para cima o içar.

"Este último verso parece longo demais para o poema," acrescentou, quase em voz alta, esquecendo que Humpty Dumpty a ouviria.

"Não fique aí falando sozinha desse jeito", Humpty Dumpty disse, olhando para ela pela primeira vez, "melhor me dizer seu nome e atividade."

"Meu *nome* é Alice, mas..."

"Um nome bem bobo!" Humpty Dumpty a interrompeu com impaciência. "O que significa?"

"Um nome *deve* significar alguma coisa?" Alice perguntou ambiguamente.

"Claro que deve", Humpty Dumpty respondeu com uma risada curta. "*Meu* nome significa meu formato... aliás um belo formato. Com um nome como o seu, você poderia ter praticamente qualquer formato."[5]

"Por que fica sentado aqui sozinho?" disse Alice, não querendo iniciar uma discussão.

"Ora, porque não há ninguém aqui comigo!" exclamou Humpty Dumpty. "Pensou que não teria resposta para *isso*? Pergunte outra."

"Não acha que ficaria mais seguro no chão?" Alice continuou, não com qualquer ideia de propor um outro enigma, mas movida pela simples ansiedade benévola que a estranha criatura despertava nela. "Esse muro é tão *estreitinho*!"

"Que enigmas absurdamente fáceis você propõe!" Humpty Dumpty resmungou. "Claro que não acho! Se por acaso eu *caísse* – o que não tem a menor chance de acontecer – mas *se* eu caísse..." Aqui franziu os lábios e pareceu tão solene e majestático que Alice mal pôde conter o riso. "*Se* eu caísse", continuou, "*o Rei me prometeu*... ah, pode empalidecer, se quiser! Não esperava que eu fosse dizer isto, esperava? *O Rei me prometeu... da sua própria boca... que... que...*"

"Mandaria todos os seus cavalos e todos os seus homens", Alice interrompeu, de maneira muito imprudente.

"Francamente, isto é horrível!" Humpty Dumpty gritou, lançando-se numa fúria repentina.[6] "Andou escutando atrás das portas... e atrás da árvores... e pelas chaminés... ou não poderia saber disso!"

"Não andei, verdade!" Alice disse muito gentilmente. "Está num livro."

"Ah, bem! Podem escrever coisas assim num *livro*", disse Humpty Dumpty num tom mais calmo. "É o que vocês chamam uma História da Inglaterra, é isso. Ora, olhe bem para mim! Sou um daqueles que falou com um Rei, *eu* sou: pode ser que você nunca veja outro. E para lhe mostrar que não sou orgulhoso, pode apertar a minha mão!"[7] Abriu um sorriso quase de uma orelha à outra enquanto estendia a mão (e por um triz não caiu do muro ao fazê-lo) e a oferecia a Alice. Ela olhou para ele um pouco aflita enquanto a apertava. "Se abrisse mais o sorriso os cantos da sua boca poderiam se encontrar atrás", pensou, "e nesse caso não sei o que aconteceria com a sua cabeça. Seria capaz de saltar fora!"

"Sim, todos os seus homens e todos os seus cavalos", Humpty Dumpty continuou. "Eles me levantariam de novo num segundo, levantariam *sim*! Mas esta conversa está avançando um pouco depressa demais. Vamos voltar para sua penúltima observação."

"Temo não poder lembrar qual foi", disse Alice, muito polidamente.

"Neste caso, vamos recomeçar do zero", disse Humpty Dumpty, "e é minha vez de escolher o assunto..." ("Ele fala exatamente como se fosse um jogo!" pensou Alice.) "Portanto, aqui está uma pergunta para você. Quantos anos disse que tinha?"

Alice fez um rápido cálculo e respondeu: "Sete anos e seis meses."

"Errado!" Humpty Dumpty exclamou, triunfante. "Você nunca disse tais palavras!"

"Pensei que queria dizer 'Quanto anos você *tem*?'" Alice explicou.

"Se tivesse querido dizer isso, teria dito isso", disse Humpty Dumpty.

Não querendo começar outra discussão, Alice não disse nada.

"Sete anos e seis meses!" Humpty Dumpty repetiu, pensativo. "Uma idade muito incômoda. Se tivesse pedido o *meu* conselho, eu teria dito: 'pare nos sete'... mas agora é tarde."

"Nunca peço conselho sobre crescimento", Alice disse, indignada.

"Orgulhosa demais?" o outro perguntou.

Essa sugestão deixou Alice ainda mais indignada. "Quero dizer que uma pessoa não pode evitar ficar mais velha."

"*Uma* não pode, talvez", disse Humpty Dumpty, "mas *duas* podem. Com a devida assistência, você teria podido parar em sete."[8]

"Que cinto bonito o seu!" Alice observou de repente. (Já tinham falado mais que o bastante sobre idade, ela pensou; e se realmente iam revezar na escolha de assuntos, agora era a sua vez.) "Pelo menos", corrigiu-se, após pensar melhor, "uma bela gravata, eu devia ter dito... não, um cinto... quero dizer... perdoe-me!" acrescentou assustadíssima, pois Humpty Dumpty parecia extremamente ofendido e ela começou a desejar não ter escolhido aquele assunto. "Se eu pelo menos soubesse", pensou consigo, "o que é pescoço e o que é cintura!"

Era evidente que Humpty Dumpty estava muito zangado, embora não tenha dito nada por um minuto ou dois. *Quando* falou de novo, foi num rosnado rouco.

"É uma... coisa *extremamente... irritante*", disse por fim, "que uma pessoa não saiba distinguir uma gravata de um cinto!"

"Sei que é muita ignorância minha", disse Alice, num tom tão humilde que Humpty Dumpty abrandou.

"É uma gravata, criança, e uma bela gravata, como você diz. Foi um presente do Rei e da Rainha Brancos. Que me diz agora?"

"Foi mesmo?" perguntou Alice, muito contente ao ver que *tinha* escolhido um bom assunto afinal de contas.

"Deram-me a gravata", Humpty Dumpty continuou, pensativo, enquanto cruzava os joelhos e punha as mãos em volta deles, "deram-me... como um presente de desaniversário."

"Perdão?" Alice perguntou, perplexa.

"Não estou ofendido", disse Humpty Dumpty.

"Quero dizer, o que *é* um presente de desaniversário?"

"Um presente dado quando não é seu aniversário, é claro."

Alice refletiu um pouco. "Gosto mais de presentes de aniversário", declarou finalmente.

"Não sabe do que está falando!" exclamou Humpty Dumpty. "Quantos dias há no ano?"

"Trezentos e sessenta e cinco", disse Alice.

"E quantos aniversários você faz?"

"Um."

"E se diminui um de trezentos e sessenta e cinco, resta quanto?"

"Trezentos e sessenta e quatro, claro."

Humpty Dumpty pareceu duvidar. "Preferiria ver essa conta no papel", disse.[9]

Alice não pôde conter um sorriso enquanto pegava sua caderneta e armava a subtração para ele.

$$\begin{array}{r} 365 \\ -1 \\ \hline 364 \end{array}$$

Humpty Dumpty pegou a caderneta e examinou-a atentamente. "Parece estar correto..." começou.

"Está segurando de cabeça para baixo!" Alice interrompeu.

"Claro que estava!" Humpty Dumpty disse jovialmente, enquanto ela a desvirava para ele. "Pareceu-me um pouco estranho. Como eu ia dizendo, *parece* estar correto – embora eu não tenha tido tempo de examiná-la a fundo neste instante – e isso mostra que há trezentos e sessenta e quatro dias em que você poderia ganhar presentes de desaniversário…"

"Sem dúvida", disse Alice.

"E só *um* para ganhar presentes de aniversário, vê? É a glória para você!"

"Não sei o que quer dizer com 'glória'", disse Alice.

Humpty Dumpty sorriu, desdenhoso. "Claro que não sabe… até que eu lhe diga. Quero dizer 'é um belo e demolidor argumento para você!'"[10]

"Mas 'glória' não significa 'um belo e demolidor argumento'", Alice objetou.

"Quando *eu* uso uma palavra", disse Humpty Dumpty num tom bastante desdenhoso, "ela significa exatamente o que quero que signifique: nem mais nem menos."

"A questão é", disse Alice, "se *pode* fazer as palavras significarem tantas coisas diferentes."[11]

"A questão", disse Humpty Dumpty, "é saber quem vai mandar – só isto."[12]

Alice estava perturbada demais para dizer o que quer que fosse, de modo que, após um minuto, Humpty Dumpty recomeçou. "São temperamentais, algumas… em particular os verbos, são os mais orgulhosos… com os adjetivos pode-se fazer qualquer coisa, mas não com os verbos… contudo, sei manobrar o bando todo! Impenetrabilidade! É o que *eu* digo!"

"Poderia me dizer, por favor", disse Alice, "o que isso significa?"

"Agora está falando como uma criança sensata", disse Humpty Dumpty, parecendo muito satisfeito. "Quero dizer com 'impenetrabilidade' que já nos fartamos deste assunto e que seria muito bom se você mencionasse o que pretende fazer em seguida, já que presumo que não pretende ficar aqui pelo resto da sua vida."

"É um bocado para fazer uma palavra significar", disse Alice, pensativa.

"Quando faço uma palavra trabalhar tanto assim", disse Humpty Dumpty, "sempre lhe pago um adicional."

"Oh!" disse Alice. Estava perplexa demais para fazer qualquer outra observação.

"Ah, precisava vê-las vindo me visitar num sábado à noite", Humpty Dumpty continuou, balançando a cabeça gravemente de um lado para outro, "para receber seus salários, sabe?"

(Alice não se atreveu a perguntar com que as pagava; por isso, como vê, não posso *lhe* contar.)

"Parece muito habilidoso para explicar palavras, Sir", disse Alice. "Faria a gentileza de me dizer o significado do poema chamado 'Pargarávio'?"

"Vamos ouvi-lo", disse Humpty Dumpty. "Posso explicar todos os poemas que já foram inventados – e muitos que ainda não o foram."

Como isso soava muito auspicioso, Alice repetiu a primeira estrofe:

Solumbrava, e os lubriciosos touvos
Em vertigiros persondavam as verdentes;
Trisciturnos calavam-se os gaiolouvos
E os porverdidos estriguilavam fientes.

"Isso basta para começar", Humpty Dumpty interrompeu-a, "há um bocado de palavras difíceis aí. '*Solumbrava*' quer dizer que a tarde caía: é aquela hora em que o sol vai baixando e as sombras se alongam."

"Isto explica direitinho", disse Alice. "E *lubriciosos*?"

"Bem, '*lubriciosos*' significa lúbricos que é o mesmo que escorregadios, e operosos, ágeis. Entende, é uma palavra-valise... há dois sentidos embalados numa palavra só."[13]

"Agora entendo", Alice comentou pensativa; "e que são '*touvos*'?"

"Bem, os '*touvos*' são um tanto parecidos com os texugos... têm um pouco de lagartos... e lembram muito um saca-rolha."

"Devem ser criaturas de aspecto muito estranho."

"E são", disse Humpty Dumpty, "além disso, fazem seus ninhos sob relógios de sol... ah, e se alimentam de queijo."

"E que é '*vertigiros*' e '*persondavam*'?"

"'*Vertigiro*' é o giro vertiginosamente rápido de uma verruma. '*Personda*r' é perfurar perscrutando."

"E '*verdentes*' são os canteiros de grama em volta de um relógio de sol, não é?" disse Alice, surpresa com a própria sagacidade.

"Mas é claro. Chamam-se assim porque ali os gafanhotos cortam a verde grama..."

"Com os dentes", Alice acrescentou.

"Exatamente. Depois, '*trisciturno*' é triste, taciturno e noturnal (mais uma palavra-valise para você). E '*gaiolouvo*' é uma ave magricela de aspecto andrajoso com as penas espetadas para todo lado... lembra muito um esfregão vivo."

"E os '*porverdidos*'? perguntou Alice. "Receio estar lhe dando um trabalhão."

"Bem, '*porverdidos*' são porcos verdes que perderam o caminho de casa."

"E que significa '*estriguilavam*'?"

"Ora, '*estriguilar*' é algo entre estridular, guinchar, cricrilar, estrilar e assobiar, com uma espécie de espirro no meio – mas você terá oportunidade de ouvir isso, talvez... lá no bosque distante... e quando tiver ouvido uma vez vai ficar *completamente* satisfeita. Quem andou recitando esta coisa complicada para você?"

"Li num livro", disse Alice. "Mas andaram recitando para mim um pouco de poesia, bem mais fácil que esta... foi o Tweedledee, acho."

"Por falar em poesia, sabe", disse Humpty Dumpty, estendendo uma de suas grandes mãos, "posso recitar poesia melhor que ninguém..."

"Oh! Não tenho a menor dúvida!" Alice disse mais que depressa, na esperança de detê-lo.

"A peça que vou recitar", ele continuou sem notar esta última observação, "foi inteiramente escrita para seu divertimento."

Achando que, nesse caso, *devia* realmente ouvi-la, Alice se sentou e disse um "Obrigada" desconsolado.

No inverno, quando tudo é alvo como leite,
Canto esta canção só para o seu deleite...[14]

"Só que não estou cantando", acrescentou, à guisa de explicação.

"Estou vendo", disse Alice.

"Se consegue *ver* se estou cantando ou não, tem olhos mais penetrantes que a maioria das pessoas", Humpty Dumpty observou severamente. Alice ficou calada.

Na primavera, quando os bosques verdejam,
Tentarei lhe dizer o que estes versos ensejam.

"Muito obrigada", disse Alice.

No verão, quando é tão longo o dia,
Talvez você entenda esta melodia;

No outono, estando as folhas a tombar,
Trate de tudo isto no papel registrar.

"Vou registrar, se conseguir me lembrar até lá", disse Alice.

"Não precisa ficar fazendo comentários desse tipo", disse Humpty Dumpty, "não têm cabimento e me confundem."

Uma mensagem aos peixes fiz chegar;
Expressando-lhes meu desejar.

E os peixinhos do mar
A resposta me deram sem tardar

Era isto que tinham a dizer:
"Isto não podemos, Sir, porque..."

"Acho que não estou entendendo muito bem", disse Alice.
"Depois fica mais fácil", Humpty Dumpty respondeu.

De novo mandei lhes dizer:
"Que tratassem de obedecer."

A resposta chegou, insolente:
"Ora vejam! Que gênio mais quente!"

Disse-lhes uma, disse-lhe duas vezes
Mas empacaram como rezes.

Então uma chaleira nova peguei
Própria para um fim que engenhei.

Meu coração pela boca quis sair
Quando a chaleira até a borda enchi.

Alguém então me disse, sorrindo:
"Psss! Os peixinhos estão dormindo!"

Respondi alto, sem pestanejar:
"Ah é? Pois trate de os acordar."

Falei bem claro, com voz de trovão,
E ele ficou ali, como pregado no chão.

Humpty Dumpty elevou a voz quase num berro enquanto recitava esta estrofe, e Alice pensou com um arrepio: "Eu não teria sido o mensageiro por *nada* neste mundo!"

Depois, emproado e atrevido,
Exclamou: "Não me arrebente o ouvido!"[15]

Tão petulante ele era, que disse:
"Certo, vou acordá-los, se..."
Num saca-rolha então passei a mão
E fui eu mesmo acordá-los com decisão.

Encontrei porém a porta trancada,
Girei a maçaneta, mas nada...[16]

Fez-se uma longa pausa.

"Acabou?" Alice perguntou timidamente.

"Acabou", disse Humpty Dumpty. "Até logo."

Aquilo era muito brusco, Alice pensou; mas depois de uma insinuação *tão* forte de que devia ir embora sentiu que não seria polido ficar. Assim, levantou-se e estendeu a mão. "Adeus, até a próxima!" disse no tom mais jovial que pôde.

"Eu não a reconheceria *se* nós nos encontrássemos", Humpty Dumpty respondeu num tom desgostoso, dando-lhe um de seus dedos para apertar:[17] "você é tão exatamente igual às outras pessoas."

"Em geral é o rosto que conta", Alice observou, pensativa.

"É justamente do que me queixo", disse Humpty Dumpty. "Seu rosto é igual ao de todo mundo... os dois olhos, tão..." (marcando o lugar deles no ar com o polegar) "nariz no meio, boca embaixo. É sempre a mesma coisa. Agora, se você tivesse os dois olhos do mesmo lado do nariz, por exemplo... ou a boca no alto... isso seria de *alguma* ajuda."

"Não ficaria bonito", Alice objetou. Mas Humpty Dumpty só fechou os olhos e disse: "Espere até experimentar."

Alice esperou um minuto para ver se ele falaria de novo, mas como não voltou a abrir os olhos nem tomou o menor conhecimento dela, disse "Adeus" mais uma vez e, não obtendo nenhuma resposta, foi-se em silêncio. Mas não pôde deixar de dizer para si mesma ao partir: "De todas as pessoas insatisfatórias..." (repetiu isto alto, pois era um grande consolo ter uma palavra tão comprida para dizer) "de todas as pessoas insatisfatórias que *já* encontrei..." Nunca terminou a frase, porque nesse momento um enorme estrondo sacudiu o bosque de ponta a ponta.[18]

CAPÍTULO 7

O Leão e o Unicórnio

UM INSTANTE DEPOIS surgiram soldados correndo pelo bosque, de início em pares, ou em três, depois em bandos de dez ou vinte, e por fim em massas tão grandes que pareciam encher toda a floresta. Alice se escondeu atrás de uma árvore, com medo de ser pisoteada, e ficou vendo-os passar.

Pensou que em toda a sua vida nunca tinha visto soldados tão trôpegos: tropeçavam o tempo todo em uma coisa ou outra, e sempre que um caía vários outros caíam sobre ele, de tal modo que o chão logo ficou coberto com montinhos de homens.

Depois vieram os cavalos. Com quatro patas, saíam-se bem melhor que os soldados; mas até *eles* tropeçavam vez por outra; e parecia ser norma geral que, sempre que um cavalo tropeçava, o cavaleiro caía imediatamente. A confusão piorava a cada momento, e Alice ficou feliz de sair do bosque para um descampado, onde encontrou o Rei Branco sentado no chão tomando notas atarefadamente em seu bloco de anotações.

"Mandei-os todos!" o Rei exclamou deliciado, ao ver Alice. "Por acaso encontrou soldados, minha cara, ao passar pelo bosque?"

"Encontrei", disse Alice, "vários milhares, eu diria."

"Quatro mil duzentos e sete, é o número exato", disse o Rei consultando o bloco. "Não pude mandar todos os cavalos, sabe, porque dois deles são necessários para o jogo.[1] Também não mandei os dois Mensageiros. Foram ambos à cidade. Dê uma olhada na estrada, e diga-me se pode ver algum deles."

"Ninguém à vista", disse Alice.

"Só queria ter olhos como esses", observou o Rei num tom irritado. "Ser capaz de ver Ninguém![2] E à distância! Ora, o máximo que *eu* consigo é ver pessoas reais, com esta luz!"

Alice não ouviu nada disto, absorta que ainda estava em olhar a estrada, protegendo os olhos com uma das mãos. "Estou vendo alguém agora!" exclamou finalmente. "Mas vem muito devagar… e que maneiras curiosas tem!" (Pois o Mensageiro saltitava e se retorcia como uma enguia o tempo todo enquanto avançava, com suas grandes mãos abertas como leques de cada lado.)

"Em absoluto", disse o Rei. "É um Mensageiro Anglo-Saxão… e essas são as maneiras anglo-saxãs.[3] Só as exibe quando está feliz. Seu nome é Haigha." (Pronunciou-o de modo a rimar com "*mayor*".)[4]

"Amo meu amor com um H,"[5] Alice não resistiu a começar, "porque é Habilidoso. Detesto-o com um H porque é Horroroso. Alimento-o com… com… Hadoque com pão e Hortaliças. Seu nome é Haigha, e ele mora…"

"Mora na Hospedaria", observou o rei ingenuamente, sem a mínima ideia de que estava entrando no jogo, quando Alice ainda hesitava entre nomes de cidade começando com H. "O outro mensageiro chama-se Hatta. Preciso ter *dois*... para vir e ir. Um para vir e um para ir."

"Perdão?" disse Alice.

"Não há o que perdoar", disse o Rei.

"Só quis dizer que não tinha entendido", disse Alice. "Por que um para vir e outro para ir?"

"Não lhe disse?" o Rei repetiu, impaciente. "Tenho de ter dois: para trazer e levar. Um para trazer e um para levar."

Nesse momento o Mensageiro chegou; estava esbaforido demais para dizer qualquer coisa, e só conseguia acenar as mãos e fazer as mais pavorosas caretas para o pobre Rei.

"Esta senhorita o ama com um H", o Rei disse, apresentando Alice na esperança de desviar de si a atenção do Mensageiro – mas não adiantou... as maneiras anglo-saxãs só ficavam ainda mais estrambóticas a cada momento, enquanto os grandes olhos rolavam freneticamente de um lado para outro.

"Está me assustando!" disse o Rei. "Acho que vou desmaiar... dê-me um hadoque!"

Ante o que o Mensageiro, para grande divertimento de Alice, abriu uma sacola que trazia enrolada no pescoço e entregou um hadoque ao Rei, que o devorou sofregamente.

"Mais um hadoque!"

"Agora só sobraram hortaliças", disse o Mensageiro, espiando pela boca da sacola.

"Hortaliças, então", o Rei murmurou num débil sussurro.

Alice ficou satisfeitíssima ao ver que aquilo o revigorava muito. "Não há nada como comer hortaliças quando se está desfalecendo", ele observou para ela, enquanto mascava.

"Diria que lhe jogar um pouco de água fria seria melhor", Alice sugeriu, "ou sais."

"Não disse que não havia nada *melhor*", o Rei respondeu. "Disse que não há nada *como* isso." O que Alice não se aventurou a negar.[6]

"Por quem passou na estrada?" continuou o Rei, esticando a mão para o Mensageiro a pedir mais hortaliças.

"Ninguém", disse o Mensageiro.

"Correto", disse o Rei, "esta senhorita o viu também. Nesse caso, evidentemente Ninguém anda mais devagar que você."

"Faço o que posso", o Mensageiro respondeu, aborrecido. "Tenho certeza de que ninguém anda muito mais depressa do que eu!"

"Não pode andar", disse o Rei, "ou teria chegado aqui primeiro. Mas agora você já recobrou o fôlego, pode nos contar o que aconteceu na cidade."

"Vou cochichar", disse o Mensageiro, pondo as mãos em concha sobre a boca e curvando-se de modo a se aproximar do ouvido do Rei. Alice ficou sentida, pois queria ouvir as notícias também. Contudo, em vez de sussurrar, ele simplesmente gritou a plenos pulmões: "Começaram de novo!"

"*Chama* isso de cochichar?" exclamou o pobre Rei, dando um pulo e estremecendo. "Se fizer tal coisa de novo, vou mandar amanteigá-lo! Abalou minha cabeça inteira como um terremoto!"

"Deve ter sido um terremoto bem pequenininho!" pensou Alice. "Quem começou de novo?" arriscou-se a perguntar.

"Ora, o Leão e o Unicórnio, é claro", disse o Rei.

"Lutando pela coroa?"

"Sem dúvida", disse o Rei; "e o melhor da piada é que é sempre pela *minha* coroa! Vamos correr até lá para vê-los." E lá se foram, Alice repetindo para si mesma, enquanto corria, as palavras da velha canção:[7]

O Leão e o Unicórnio pela real coroa pelejaram:
Deram um belo espetáculo para todos que assistiram.
Com pão branco, preto e bolo de passas os regalaram.
Até que, cansados, a toque de tambor os expulsaram.

"Aquele... que... vence... fica com a coroa?" ela perguntou, o melhor que pôde, pois a corrida a estava deixando completamente sem fôlego.[8]

"Ó céus, não!" exclamou o Rei. "Que ideia!"[9]

"Vossa Majestade se importaria de parar um minuto... só para... recobrarmos um pouco o fôlego?"

"Não me *importaria* nada", disse o Rei, "só não tenho *força* para tanto. Veja, um minuto passa tão terrivelmente rápido. Seria o mesmo que tentar parar um Capturandam!"

Como Alice já não tinha fôlego para falar, seguiram correndo em silêncio, até que avistaram uma grande multidão, no meio da qual o Leão e o Unicórnio estavam lutando. Estavam envoltos por tal nuvem de poeira que, a princípio, Alice não pôde distinguir qual era qual: mas logo conseguiu identificar o Unicórnio, pelo chifre.

Puseram-se perto de Hatta, o outro Mensageiro, que estava de pé assistindo à luta com uma xícara de chá numa das mãos e o pedaço de pão com manteiga na outra.

"Ele acabou de sair da prisão e não tinha terminado seu chá quando o chamaram", Haigha cochichou para Alice. "E lá eles só lhes dão conchas de ostras... por isso sentem muita fome e sede. Como vai você, meu querido?" continuou, abraçando afetuosamente o pescoço de Hatta.

Hatta olhou em volta, assentiu com a cabeça, e voltou ao seu pão com manteiga.

"Sentia-se feliz na prisão, meu querido?" perguntou Haigha.

Hatta olhou em volta de novo, e dessa vez uma lágrima ou duas lhe rolaram pelas faces; mas não disse uma palavra.

"Fale, não pode?" Haigha gritou, impaciente. Mas Hatta só continuou mastigando e tomou mais um pouco de chá.

"Fale, vamos!" gritou o Rei. "Como eles estão se saindo na luta?"

Hatta fez um esforço desesperado e engoliu um grande pedaço de pão com manteiga. "Estão se saindo muito bem", disse numa voz engasgada. "Cada um foi derrubado cerca de 87 vezes."

"Então, suponho que logo vão trazer o pão branco e o preto?" Alice se atreveu a observar.

"O pão está à espera deles agora", disse Hatta. "É um pedacinho dele que estou comendo."

Exatamente nesse momento houve uma pausa na luta, e o Leão e o Unicórnio sentaram-se, arfando, enquanto o Rei proclamava "Dez minutos para a merenda!" Haigha e Hatta puseram mãos à obra imediatamente, trazendo bandejas redondas cheias de pão branco e preto. Alice pegou um pedaço para experimentar, mas era *muito* seco.

"Acho que não vão lutar mais hoje", o Rei disse a Hatta. "Vá e mande que os tambores comecem." E lá se foi Hatta, saltitando como um gafanhoto.

Por um minuto ou dois, Alice ficou calada, observando-o. De repente, iluminou-se: "Vejam, vejam!" exclamou, apontando animada: "Lá vai a Rainha Branca, correndo pelos campos![10] Veio voando daquele bosque... Como essas Rainhas *correm* rápido!"

"Há algum inimigo em seu encalço, certamente", disse o Rei, sem nem mesmo olhar em volta. "Esse bosque está cheio deles."

"Mas não vai correr para ajudá-la?" Alice perguntou, muito surpresa com a calma que mantinha.

"É inútil, inútil!" disse o Rei. "Ela corre terrivelmente depressa. Seria o mesmo que tentar agarrar um Capturandam! Mas vou fazer uma anotação sobre ela, se você quiser... É uma boa e querida pessoa", repetiu suavemente para si mesmo, enquanto abria seu bloco de anotações. "'Pessoa' se escreve com cedilha?"

Nesse momento o Unicórnio passou perambulando por eles, as mãos nos bolsos. "Levei a melhor desta vez?" perguntou ele ao Rei, lançando-lhe só um olhar de relance.

"Um pouco... um pouco", o Rei respondeu, bastante nervoso. "Mas não devia tê-lo atravessado com seu chifre."

"Não o machucou", disse o Unicórnio, negligentemente, e estava se afastando quando deu com os olhos em Alice: fez meia-volta no mesmo instante e ficou olhando para ela um longo tempo, aparentando o mais profundo desagrado.

"O que... é... isso?" disse finalmente.

"Isto é uma criança!" Haigha respondeu animadamente, passando à frente de Alice para apresentá-la e esticando as duas mãos bem abertas em direção a ela com suas maneiras anglo-saxãs. "Nós só a encontramos hoje: tamanho real e duas vezes mais natural."[11]

"Sempre achei que elas eram monstros fabulosos!" disse o Unicórnio. "É viva?"

"Sabe falar", disse Haigha, solenemente.

O Unicórnio lançou para Alice um olhar sonhador e disse: "Fale, criança."

Alice não conseguiu conter um sorriso ao começar: "Sabe, sempre pensei que os Unicórnios eram monstros fabulosos também! Nunca vi um vivo antes."

"Bem, agora que nos *vimos* um ao outro", disse o Unicórnio, "se acreditar em mim, vou acreditar em você. Feito?"

"Feito, se lhe agrada", disse Alice.

"Vamos, vá buscar o bolo de passas, meu velho!" continuou o Unicórnio, voltando-se para o Rei. "Não me venha com pão preto!"

"Certamente... certamente!" murmurou o Rei, e acenou para Haigha. "Abra a sacola!" sussurrou. "Rápido! Essa não... está cheia de húmus."

Haigha tirou um grande bolo de dentro do saco e o deu a Alice para segurar, enquanto tirava um prato e uma faca de trinchar. Como tudo aquilo pôde sair dali, Alice não tinha a menor ideia. Era um espécie de mágica, pensou.

Nesse meio tempo, o Leão se juntara a eles: parecia muito cansado e sonolento, e tinha os olhos semicerrados. "O que é isso?" disse, lançando um olhar preguiçoso para Alice e falando num tom cavernoso que soava como o badalar de um grande sino.[12]

"Ah, e então? O que é isso?" o Unicórnio exclamou, animado. "Nunca vai adivinhar! *Eu* não consegui."

O Leão olhou para Alice enfadado. "Você é animal... vegetal... ou mineral?"[13] disse, bocejando entre uma palavra e outra.

"É um monstro fabuloso!" o Unicórnio gritou, antes que Alice pudesse responder.

"Então sirva o bolo de passas, Monstro", disse o Leão, deitando-se e pousando o queixo sobre as patas. "E sentem-se, vocês dois!" (para o Rei e o Unicórnio). "Jogo limpo com o bolo, veja lá!"

O Rei estava evidentemente bastante constrangido por ter de se sentar entre aquelas duas criaturas, mas não havia outro lugar para ele.

"Que luta poderíamos ter pela coroa *agora*!" disse o Unicórnio, olhando dissimuladamente para a coroa, que o pobre Rei, de tanto que tremia, estava prestes a arremessar fora da cabeça.

"Eu venceria facilmente", disse o Leão.

"Não estou tão certo disso", disse o Unicórnio.

"Ora, eu o bati pela cidade inteira, seu frangote!" o Leão respondeu furioso, quase se erguendo ao falar.

Nessa altura o Rei os interrompeu, para impedir que a briga fosse adiante; estava muito nervoso e sua voz tremia: "Por toda a cidade?" disse. "É muito chão. Passaram pela ponte velha, ou pelo mercado? A melhor vista é a que se tem da ponte velha."

"Não tenho ideia", rosnou o Leão, deitando-se de novo. "Havia poeira demais para se ver qualquer coisa. Mas quanto tempo esse Monstro leva para cortar esse bolo!"

Alice se sentara à margem de um riachinho, com o grande prato sobre os joelhos, e serrava diligentemente com a faca. "Isso é muito irritante!" disse, em resposta ao Leão (estava ficando perfeitamente acostumada a ser chamada de "o Monstro"). "Já cortei várias fatias, mas elas sempre se juntam de novo!"

"Você não sabe lidar com bolos do Espelho", observou o Unicórnio. "Primeiro sirva-o e depois corte-o."

Parecia absurdo, mas Alice levantou-se muito obedientemente e passou o prato pela roda, e quando o fez o bolo se dividiu a si mesmo em três pedaços. "*Agora* corte-o", disse o Leão quando ela voltou para o seu lugar com o prato vazio.

"Isso não foi justo!" gritou o Unicórnio quando Alice se sentava com a faca na mão, muito embaraçada quanto à maneira de começar. "O Monstro deu para o Leão duas vezes mais do que para mim!"[14]

"De qualquer maneira, não guardou nada para si mesma", disse o Leão. "Gosta de bolo de passas, Monstro?"

Mas antes que Alice pudesse responder-lhe, os tambores começaram.

De onde vinha o barulho, ela não conseguia distinguir: o ar parecia repleto dele, e ressoava em toda a sua cabeça até deixá-la completamente surda. Aterrorizada, levantou-se de um pulo e saltou o riachinho,[15]

e só teve tempo de ver o Leão e o Unicórnio se levantarem, parecendo furiosos por terem seu banquete interrompido, antes de cair de joelhos e tapar os ouvidos com as mãos, tentando em vão calar a medonha barulheira.

"Se *esse* 'toque de tambor' não os expulsar da cidade", pensou consigo mesma, "nada o fará!"

CAPÍTULO 8

"É uma invenção minha"

Após certo tempo o barulho pareceu desaparecer pouco a pouco, até que tudo mergulhou em profundo silêncio, e Alice levantou a cabeça, um pouco assustada. Não havia ninguém à vista e seu primeiro pensamento foi que devia ter estado sonhando com o Leão e o Unicórnio e aqueles esquisitos Mensageiros Anglo-Saxões. No entanto, o enorme prato em que havia tentado cortar o bolo de passas ainda estava a seus pés. "Então eu não estava sonhando, afinal de contas", disse para si mesma, "a menos... a menos que sejamos todos parte do mesmo sonho. Só espero que o sonho seja *meu*, e não do Rei Vermelho! Não gosto de pertencer ao sonho de outra pessoa", continuou, num tom bastante queixoso. "Sinto uma enorme vontade de ir acordá-lo e ver o que acontece!"

Nesse instante seus pensamentos foram interrompidos por um grito alto de "Olá! Olá! Xeque!" e um Cavaleiro envergando uma armadura carmesim veio galopando na direção dela, brandindo uma grande clava. Assim que a alcançou,[1] o cavalo parou de repente. "Você é minha prisioneira!" o Cavaleiro gritou, enquanto caía do cavalo.

Espantada como estava, Alice ficou com mais medo por ele do que por si própria naquele instante, e observou-o com certa aflição enquanto montava de novo. Assim que se instalou confortavelmente na sela, ele recomeçou: "Você é minha..." mas nesse momento uma outra voz se fez ouvir. "Olá! Olá! Xeque!" e Alice olhou em volta um tanto surpresa, à procura do novo inimigo.

Desta vez era o Cavaleiro Branco.[2] Parou ao lado de Alice, e caiu do cavalo exatamente como o Cavaleiro Vermelho fizera; em seguida se levantou e os dois Cavaleiros ficaram se olhando por algum tempo sem falar. Alice olhava de um para outro, um tanto atordoada.

"Ela é *minha* prisioneira, saiba!" disse por fim o Cavaleiro Vermelho.

"Certo, mas nesse caso, *eu* vim e resgatei-a!" respondeu o Cavaleiro Branco.

"Bem, então temos de lutar por ela", disse o Cavaleiro Vermelho, pegando o elmo (que estava pendurado na sela e cuja forma lembrava a cabeça de um cavalo) e enfiando-o na cabeça.

"Vai respeitar as Regras de Batalha, não?" observou o Cavaleiro Branco, pondo seu elmo também.

"Sempre respeito", disse o Cavaleiro Vermelho, e começaram a se bater com tal fúria que Alice foi para trás de uma árvore para escapar dos golpes.

"O que eu queria saber agora é quais são as Regras de Batalha", disse para si mesma enquanto observava a luta, espiando timidamente do seu esconderijo. "Uma Regra parece ser que, se um Cavaleiro atinge o outro, ele o derruba do seu cavalo, e, se erra o golpe, ele mesmo cai... e outra Regra parece ser que seguram as clavas com os braços, como se fossem marionetes...[3] Que barulho fazem quando caem! Parece que todos os atiçadores estão caindo de uma vez sobre o guarda-fogo! E como os cavalos são mansos! Deixam que montem e desmontem como se fossem mesas!"

Outra Regra de Batalha, que Alice não percebera, parecia ser que sempre caíam de cabeça, e a batalha terminou com ambos caindo dessa maneira, lado a lado. Quando se levantaram, apertaram-se as mãos e em seguida o Cavaleiro Vermelho montou e partiu a galope.

"Foi uma vitória gloriosa, não?" disse o Cavaleiro Branco, aproximando-se ofegante.

"Não sei", disse Alice, hesitante. "Não quero ser prisioneira de ninguém. Quero ser uma Rainha."

"E será, quando tiver transposto o próximo riacho", disse o Cavaleiro Branco. "Vou levá-la em segurança até a orla do bosque... e depois tenho de voltar. É o fim do meu movimento."

"Muito obrigada", disse Alice. "Posso ajudá-lo a tirar o elmo?" Evidentemente aquilo era demais para ele fazer sozinho; mas finalmente ela conseguiu livrá-lo do apetrecho.

"Assim fica mais fácil respirar", disse o Cavaleiro, jogando seu cabelo desgrenhado para trás com as duas mãos e voltando para Alice seu rosto bondoso e seus olhos grandes e meigos. Ela pensou que nunca tinha visto um soldado tão estranho em toda a sua vida.[4]

Ele vestia uma armadura de lata, que parecia lhe servir muito mal, e trazia presa entre os ombros uma caixinha de pinho de formato esquisito, de cabeça para baixo e com a tampa pendendo, aberta. Alice olhou-a com grande curiosidade.

"Vejo que está admirando minha caixinha", disse o Cavaleiro em tom amistoso. "É uma invenção minha... para guardar roupas e sanduíches. Como vê, carrego-a de cabeça para baixo, assim não entra chuva."

"Mas as coisas podem sair", Alice observou gentilmente. "Sabe que a tampa está aberta?"

"Não sabia", disse o Cavaleiro, o aborrecimento lhe anuviando o rosto. "Nesse caso, todas as coisas devem ter caído. E a caixa é inútil sem elas." Desprendeu-a enquanto falava e estava prestes a jogá-la entre as moitas quando, parecendo ter sido assaltado por uma súbita ideia, pendurou-a cuidadosamente numa árvore. "Consegue adivinhar por que fiz isso?" perguntou a Alice.

Ela sacudiu a cabeça.

"Na esperança de que abelhas possam fazer sua colmeia aí... nesse caso eu teria o mel."

"Mas o senhor já tem uma colmeia... ou coisa parecida... pendurada na sela", disse Alice.

"É verdade, é uma ótima colmeia", disse o Cavaleiro num tom desgostoso, "da melhor qualidade. Mas até agora nem uma única abelha chegou perto dela. E a outra coisa é uma ratoeira. Suponho que os ratos afugentam as abelhas... ou são as abelhas que afugentam os ratos, não sei qual dos dois."

"Eu estava pensando para que servia a ratoeira", disse Alice. "Não é muito provável aparecer algum rato no dorso de um cavalo."

"Não muito provável, talvez", disse o Cavaleiro; "mas, *se* aparecerem, prefiro que não fiquem correndo para todo lado."

"Sabe", continuou, após uma pausa, "o melhor é estar preparado para *tudo*. É por isso que o cavalo tem todos esses grilhões em volta das patas."

"Mas para que servem?" Alice perguntou com grande curiosidade.

"Para proteger contra mordidas de tubarões",[5] o Cavaleiro respondeu. "É uma invenção minha. E agora ajude-me a montar. Vou com você até o fim do bosque... Para que é o prato?"

"Era para um bolo de passas", respondeu Alice.

"Melhor levá-lo conosco", disse o Cavaleiro. "Virá a calhar se encontrarmos algum bolo de passas. Ajude-me a metê-lo neste saco."

Essa operação exigiu um longo tempo, embora Alice segurasse o saco aberto com muito cuidado, *tal* foi a atrapalhação do Cavaleiro para enfiar nele o prato: nas primeiras duas ou três vezes em que tentou, ele próprio caiu no saco. "Ficou bastante apertado, como vê", ele disse quando finalmente conseguiram colocar o prato dentro. "Há uma quantidade tão grande de castiçais no saco." E pendurou-o na sela, que já estava carregada com molhos de cenouras, atiçadores e muitas outras coisas.[6]

"Espero que seu cabelo esteja muito bem preso", ele continuou ao partirem.

"Apenas como o uso sempre", Alice disse, sorrindo.

"Isso não vai ser suficiente", ele disse, aflito. "Sabe, o vento é *muito* forte aqui. É forte como sopa."

"Inventou algum truque para impedir o cabelo de esvoaçar?" Alice perguntou.

"Ainda não", disse o Cavaleiro. "Mas tenho um truque para impedir que *caia*."

"Gostaria de ouvi-lo, muito mesmo."

"Primeiro você pega uma vara reta", disse o Cavaleiro. "Depois faz o seu cabelo ir trepando por ela acima, como uma árvore frutífera. Ora, os cabelos caem porque estão pendurados para *baixo*... as coisas nunca caem para *cima*, sabe? O método é uma invenção minha. Pode experimentar, se quiser."

Não parecia muito conveniente, pensou Alice, e por alguns minutos caminhou em silêncio, ruminando a ideia, e parando vez por outra para ajudar o pobre Cavaleiro, cujo forte com certeza *não* era a equitação.

Sempre que o cavalo empacava (o que fazia com muita frequência), ele caía para a frente; e sempre que recomeçava a andar (o que em geral fazia de maneira bastante brusca), ele caía para trás. Afora isso, cavalgava bastante bem, não fosse pelo hábito que tinha de cair de lado de vez em quando, e como geralmente era para o lado em que Alice estava andando, ela logo descobriu que o melhor método era não andar *muito* perto do cavalo.

"Parece-me que não tem muita prática de cavalgar", arriscou-se a dizer, enquanto o ajudava a se levantar do seu quinto tombo.

O Cavaleiro pareceu surpresíssimo e um pouco ofendido com a observação. "Por que diz isso?" perguntou ao se aboletar de novo na sela, agarrando o cabelo de Alice com uma mão para evitar cair para o outro lado.

"Porque as pessoas não caem tanto quando têm muita prática."

"Tenho bastante prática", disse o Cavaleiro, muito gravemente, "bastante prática!"

Alice não achou nada melhor para dizer que "É mesmo?", mas o fez da maneira mais entusiástica que pôde. Depois disso seguiram em silêncio por um pequeno trecho, o Cavaleiro com os olhos fechados, resmungando consigo mesmo, e Alice aflita, alerta para o próximo tombo.

"A nobre arte da equitação", começou o Cavaleiro de repente, falando alto, acenando o braço direito enquanto o fazia, "está em manter..." Aqui a frase terminou, tão subitamente quanto começara, pois o Cavaleiro desabou de cabeça pesadamente bem na trilha em que Alice estava andando. Dessa vez ela ficou muito apavorada, e disse num tom agoniado, enquanto o erguia: "Espero que não tenha quebrado nenhum osso!"

"Nenhum que valha a pena mencionar", disse o Cavaleiro, como se não se importasse de quebrar uns dois ou três. "A nobre arte da equitação, como eu ia dizendo, está... em manter o equilíbrio adequadamente. Assim, sabe..."

Soltou a rédea e estendeu os dois braços para mostrar a Alice o que tinha em mente, e dessa vez caiu de costas, bem debaixo das patas do cavalo.

"Bastante prática!" continuou repetindo, durante todo o tempo em que Alice tentava pô-lo novamente de pé. "Bastante prática!"

"É absurdo demais!" exclamou Alice, perdendo toda a paciência dessa vez. "Deveria ter um cavalo de pau, com rodinhas, isso sim!"

"Esse tipo tem uma andadura suave?" o Cavaleiro perguntou com grande interesse, abraçando o pescoço do cavalo enquanto falava, justo a tempo de escapar de mais um trambolhão.

"Muito mais suave que a de um cavalo vivo", disse Alice, soltando uma risadinha apesar de todo o seu esforço para contê-la.

"Vou arranjar um", disse o Cavaleiro pensativamente para si mesmo. "Um ou dois... vários."

Em seguida fez-se um breve silêncio e depois o Cavaleiro recomeçou. "Tenho muito pendor para inventar coisas. Certamente você percebeu, da última vez que me levantou, que eu parecia bastante pensativo, não?"

"*Estava* um pouco sério", disse Alice.

"Bem, exatamente naquele instante estava inventando uma nova maneira de passar por cima de uma porteira... gostaria de ouvi-la?"

"Gostaria sim, muito", disse Alice com polidez.

"Vou lhe contar como a ideia me ocorreu", disse o Cavaleiro. "Sabe, disse para mim mesmo: 'A única dificuldade é com os pés, pois a *cabeça* já está numa altura suficiente.' Ora, primeiro ponho a cabeça sobre a porteira – então a cabeça já está numa altura suficiente – depois planto uma bananeira – assim os pés chegam a uma altura suficiente – aí já estou do outro lado."

"Sim, suponho que estaria do outro lado depois disso", disse Alice, pensativa, "mas não acha que seria um pouco difícil?"

"Como ainda não experimentei", disse gravemente o Cavaleiro, "não posso lhe dizer ao certo... mas temo que *seria* um pouquinho difícil."

Pareceu tão contrariado com a ideia que Alice mudou de assunto rapidamente. "Que elmo curioso, o seu!" disse alegremente. "É invenção sua também?"

Com orgulho, o Cavaleiro olhou para seu elmo, pendurado na sela. "É", respondeu, "mas inventei um melhor que este... parecido com um pão de açúcar.[7] Quando o usava, se caía do cavalo ele tocava o chão num instante. Assim eu tinha uma queda muito curta, entende... Mas *havia* o perigo de cair *dentro* dele, sem dúvida. Isso me aconteceu uma vez... e o pior da história foi que, antes que eu conseguisse sair dali, o outro Cavaleiro Branco chegou e pôs o elmo na cabeça. Pensou que fosse o dele."

O Cavaleiro falava daquilo com tanta solenidade que Alice não se atreveu a rir. "Receio que o tenha machucado", disse numa voz trêmula, "ficando no cocuruto dele."

"Tive de chutá-lo, é claro", disse o Cavaleiro, muito sério. "Então ele tirou o elmo de novo... mas levaram horas e horas para me tirar. Eu estava engasgado lá como se tivesse um osso na garganta."

"Mas são dois tipos diferentes de engasgo", Alice objetou.

O Cavaleiro sacudiu a cabeça. "Comigo, eram engasgos de todo tipo, posso lhe garantir!" disse. Ergueu as mãos num certo arrebatamento ao dizer isso, e instantaneamente rolou da sela e caiu de cabeça num fosso fundo.

Alice correu para a borda do fosso para procurá-lo. Estava muito espantada com a queda, pois por algum tempo ele se saíra muito bem, e temia que dessa vez *estivesse* realmente machucado. Contudo, embora só pudesse ver as solas dos seus sapatos, ficou muito aliviada ao ouvi-lo falar no tom habitual: "Todos os tipos de engasgo", ele repetiu, "mas foi negligência dele pôr o elmo de outro homem... com o homem dentro, ainda por cima."

"Como *consegue* continuar falando tão calmamente de cabeça para baixo?" Alice perguntou, enquanto o puxava pelos pés e o deitava num monte na borda do fosso.

O Cavaleiro pareceu surpreso com a pergunta. "Que me importa onde está o meu corpo?" disse. "Minha mente continua trabalhando do mesmo jeito. Na verdade, quanto mais de cabeça para baixo estou, mais invento coisas novas."

"Veja, a coisa mais engenhosa desse tipo que já fiz", continuou após uma pausa, "foi inventar um novo pudim enquanto a carne estava sendo servida."

"A tempo de tê-lo assado para ser o prato seguinte?" disse Alice. "Puxa, *foi* um trabalho rápido, com certeza."

"Bem, não para ser o prato *seguinte*", disse o Cavaleiro numa voz lenta, pensativa; "não, certamente não para ser o prato *seguinte*."

"Nesse caso, teria de ser para o dia seguinte. Suponho que não comeria dois pudins num jantar só?"

"Bem, não para o dia *seguinte*", o Cavaleiro repetiu como antes; "não para o dia *seguinte*. Na verdade", continuou, mantendo a cabeça baixa e com uma voz cada vez mais fraca, "não acredito que o pudim tenha sido *algum dia* assado! Na verdade, não acredito que o pudim *vá* ser assado algum dia! E no entanto foi uma invenção muito engenhosa."[8]

"De que ele seria feito?" Alice perguntou na esperança de animá-lo, pois o pobre Cavaleiro parecia abatido com aquilo.

"Começava com mata-borrão", o Cavaleiro respondeu com um gemido.

"Temo que isso não seja muito gostoso..."

"Não muito gostoso *sozinho*", ele interrompeu, muito impaciente. "Mas não faz ideia da diferença que faz se misturado com outras coisas... como pólvora e lacre. E neste ponto devo deixá-la." Tinham acabado de chegar à orla do bosque.

Alice só pôde ficar perplexa; estava pensando no pudim.

"Parece triste", disse o Cavaleiro, aflito. "Deixe-me cantar uma canção para consolá-la."

"É muito comprida?" Alice perguntou, porque já tinha ouvido um bocado de poesia aquele dia.

"É comprida", disse o Cavaleiro, "mas muito, *muito* bonita. Todos os que me ouvem cantá-la... ficam com *lágrimas* nos olhos, ou..."

"Ou o quê?" quis saber Alice, pois o Cavaleiro fizera uma súbita pausa.

"Ou não, é claro.[9] O nome da canção é chamado '*Olhos de hadoque*'."

"Oh, esse é o nome da canção, não é?" disse Alice, tentando se interessar.

"Não, você não entendeu", disse o Cavaleiro, um pouco irritado. "É assim que o nome é *chamado*. O nome na verdade é '*O velho homem velho*'."

"Nesse caso eu devia ter perguntado: 'É assim que a canção é chamada'?" corrigiu-se Alice.

"Não, não devia: isso é completamente diferente! A *canção* é chamada '*Modos e meios*',[10] mas isso é só como é chamada, entende?"

"Bem, então qual *é* a canção?" perguntou Alice, que a essa altura estava completamente atordoada.

"Estava chegando lá", disse o Cavaleiro. "A canção *é* realmente '*Sentado na porteira*':[11] e a melodia é uma invenção minha."

Assim dizendo, parou seu cavalo e soltou as rédeas sobre o pescoço dele; depois, marcando o compasso lentamente com a mão, e com um sorriso bobo iluminando-lhe o rosto bondoso e amalucado, como se gostasse da música de sua canção, começou.

De todas as coisas estranhas que Alice viu em sua viagem através do Espelho, esta foi a de que sempre se lembraria mais nitidamente. Anos depois seria capaz de evocar toda a cena, como se tivesse acontecido na véspera: os meigos olhos azuis e o sorriso gentil do Cavaleiro... a luz do poente cintilando através do cabelo dele, e iluminando-lhe a armadura num esplendor de luz que a deixava inteiramente ofuscada... o cavalo andando calmamente em volta, com as rédeas pendendo soltas do pescoço, mordiscando o capim a seus pés... e as sombras negras do bosque ao fundo... Tudo isso ela absorveu como um quadro, quando, com uma mão protegendo os olhos, encostou-se numa árvore, observando o estranho par e ouvindo, como num sonho, a música triste da canção.[12]

"Mas a melodia *não* é invenção dele", disse para si mesma, "é '*Eu lhe darei tudo, mais não posso dar*'." Ficou quieta e ouviu, com muita atenção, mas nenhuma lágrima lhe veio aos olhos.

Nada vou lhe esconder,
Não há muito a ser contado.
Vi um dia um ancião,
Numa porteira sentado.
"Quem é você, meu bom velho?"
Eu disse, "E como fatura um trocado?"
Mas à resposta não dei ouvidos,
Em outros pensamentos ocupado.

Ele disse, "Caço as borboletas
Que dormem no meio do trigo,

Com elas faço costeletas,
Que vendo depois aos gritos.
Vendo-as para os estafetas,
Sempre a correr afobados
E assim ganho o meu pão...
Pois nunca vendo fiado."

Mas eu pensava então num plano
De pintar de verde minhas suíças,
Depois, usar sempre um abano
P'ra impedir que fossem vistas.[13]
Assim, não tendo resposta
Para o que o velho dizia, gritei:
"E como fatura um trocado?"
E uma paulada no coco lhe dei.

Com voz suave, ele retomou seu relato,
Disse: "Sou um homem muito teimoso,
E quando acaso encontro um regato,
Boto-lhe fogo no ato;
Com isso fazem uma pomada,
Óleo de Macássar de Rowland é chamada...[14]
Mas para mim, no arranjo todo,
Sobram dois pence e mais nada."

Enquanto isso eu pensava como se poderia
Viver só comendo grude,
E ir assim, dia a dia,
Ganhando peso e saúde.
Dei um sacolejo no velho, de lado a lado,
Até vê-lo ficar com o rosto azulado:
"Então, como fatura um trocado?"
Gritei, "Vamos, dê seu recado!"

Ele disse: "Caço olhos de hadoque
No meio do brejo ventoso,
Deles faço botões de fraque,
À noite, quando tudo é silencioso.
E esses não vendo por prata
Tampouco por ouro lustroso,
Mas por meio pêni de cobre,
A dúzia, se está curioso."

"Às vezes escavo à busca de bolachas,
Ou uso visco para pegar caranguejos;
Às vezes examino colinas baixas
Em busca de rodas, bancos e molejos.
E é assim" (piscou um olho)
"Que minha fortuna provejo...
E muito prazer teria em brindar
À sua saúde e ao seu bem-estar."

Dessa vez eu o ouvi, pois meu plano,
Eu já o terminara inteirinho:
Como proteger pontes da ferrugem
Ferventando-as no vinho.
Agradeci-lhe muito por me contar
Sua maneira de fortuna acumular.
Mas sobretudo pelo desejo expressado
De beber ao meu bom estado.

E agora, se por acaso no grude
Enfio o meu dedo
Ou loucamente meto um pé
Direito num sapato esquerdo,[15]
Ou se por outra razão me
Atrapalho ou me excedo,

Choro, pois isso me faz lembrar
Aquele velhinho e seus segredos.
Cujo rosto era brando e a fala mansa,
Cuja cabeça era como a neve mais branca,
Que lembrava uma gralha e uma criança,
Que tinha olhos de brasa, incandescentes,[16]
Que parecia sofrido após suas andanças,
Que balançava o corpo, indolente,
E murmurava baixinho, dentes serrados,
Como se tivesse a boca cheia de melado,
Que resfolegava como um cão danado...
Naquela tarde de verão, tão fagueira,
Sentado numa porteira.

Ao cantar as últimas palavras da balada, o Cavaleiro empunhou as rédeas e virou a cabeça do seu cavalo para a estrada pela qual tinham vindo. "Você só precisa andar alguns metros", disse, "morro abaixo e transpor aquele riachinho, e então será uma Rainha... Mas antes vai ficar e me ver partir?" acrescentou, quando Alice se virou muito animada para a direção que ele apontara. "Não vou demorar. Vai esperar e acenar com seu lenço quando eu chegar àquela curva da estrada? Acho que isso me daria coragem, sabe."

"Claro que vou esperar", disse Alice, "e muito obrigada por ter vindo tão longe... e pela canção... gostei muito dela."

"Espero", disse o Cavaleiro, sem muita convicção. "Mas não chorou tanto quanto pensei que choraria."

Assim, apertaram-se as mãos e em seguida o Cavaleiro rumou lentamente para o interior do bosque. "Não vou demorar muito para vê-lo cair, tenho certeza", Alice disse de si para si. "Pronto! Bem de ponta-cabeça, como de costume! No entanto, monta de novo com muita facilidade... isso porque tem tantas coisas penduradas em torno do cavalo..." Assim ficou, falando consigo mesma, enquanto olhava o cavalo a marchar pachorrento pela estrada e o Cavaleiro a levar trambolhões, primeiro de um lado, depois do outro. Após o quarto ou quinto tombo ele chegou à curva, e então ela lhe acenou com seu lenço e esperou até que sumisse de vista.[17]

"Espero que isso o tenha encorajado", disse, enquanto se virava para correr morro abaixo. "E agora para o último riacho, e ser uma Rainha! Como soa grandioso!" Alguns poucos passos a levaram à beira do riacho.[18] "Finalmente a Oitava Casa!" gritou, enquanto o transpunha num salto,

e se jogou para descansar num gramado macio como musgo, com pequenos canteiros de flores salpicados aqui e ali. "Oh, como estou contente por estar aqui! E o que *é* isso na minha cabeça?" exclamou assombrada ao erguer as mãos e pegar algo muito pesado e bem ajustado em volta da sua cabeça.

"Mas *como* isso pode ter vindo parar aqui sem que eu percebesse?" perguntou-se, enquanto a erguia e a punha no colo para tentar entender como aquilo fora possível.

Era uma coroa de ouro.[19]

CAPÍTULO 9

Rainha Alice

"Bem, isto é magnífico!" exclamou Alice. "Nunca esperei ser uma Rainha tão cedo... e, vou lhe dizer uma coisa, Majestade", continuou num tom severo (sempre gostava muito de ralhar consigo mesma), "não convém de maneira alguma você estar esparramada na grama desse jeito! Rainhas devem ter dignidade!"

Assim, levantou-se e andou por ali – muito empertigada a princípio, como se temesse que a coroa pudesse cair; mas tranquilizou-se com a ideia de que não havia ninguém para vê-la, "e se sou realmente uma Rainha", disse ao se sentar de novo, "serei capaz de conduzir isso muito bem com o tempo."

Tudo estava acontecendo de maneira tão esquisita que Alice não ficou nem um pouquinho surpresa ao se deparar com a Rainha Vermelha e a Rainha Branca sentadas perto dela, uma de cada lado:[1] teria gostado muito de lhes perguntar como tinham chegado ali, mas receou que isso não fosse muito cortês. Mas não haveria nenhum mal, pensou, em perguntar se o jogo terminara. "Por favor, poderia me dizer..." começou, olhando timidamente para a Rainha Vermelha.

"Fale quando lhe falarem!" a Rainha atalhou-a rispidamente.

"Mas se todo mundo obedecesse a essa regra", disse Alice, sempre pronta para uma pequena discussão, "e se você só falasse quando lhe falassem, e a outra pessoa sempre esperasse *você* começar, veja, ninguém nunca diria nada, de modo que..."

"Absurdo!" gritou a Rainha. "Ora, você não entende, criança..." aqui ela fez uma pausa com uma careta e, após pensar um minuto, mudou bruscamente de assunto. "O que quer dizer com 'Se sou realmente uma Rainha'? Que direito tem de se chamar assim? Não pode ser uma Rainha até ter passado pelos exames apropriados. E quanto mais cedo começarmos isso, melhor."

"Eu só disse 'se'!" defendeu-se a pobre Alice num tom que dava dó.

As duas Rainhas se entreolharam, e a Rainha Vermelha comentou, com um pequeno arrepio: "Ela *diz* que só disse 'se'..."

"Mas disse muito mais que isso!" resmungou a Rainha Branca, torcendo as mãos. "Oh, tão mais que isso!"

"De fato", a Rainha Vermelha disse a Alice. "Fale sempre a verdade... pense antes de falar... e depois escreva o que falou."

"Tenho certeza de que não quis dizer..." Alice ia começando, mas a Rainha Vermelha interrompeu-a com impaciência.

"É exatamente disso que me queixo! Devia ter querido! De que acha que serviria uma criança que não quer dizer nada? Até uma piada tem de querer dizer alguma coisa... e uma criança é mais importante que uma piada, espero. Você não conseguiria negar isso, nem que tentasse com as duas mãos."

"Não nego coisas com minhas *mãos*", Alice objetou.

"Ninguém disse isso", observou a Rainha Vermelha. "Eu disse que não conseguiria se tentasse."

"Ela está naquele estado de espírito", disse a Rainha Branca, "em que quer negar *alguma coisa*... só que não sabe o quê!"

"Um temperamento desagradável, vicioso", observou a Rainha Vermelha; seguiu-se um silêncio incômodo por um ou dois minutos.

A Rainha Vermelha quebrou o silêncio dizendo à Rainha Branca: "Eu a convido para o jantar de Alice esta tarde."

A Rainha Branca sorriu debilmente e disse: "E eu *a* convido."

"Não tinha a menor ideia de que haveria um jantar", disse Alice; "mas se vai haver um, acho que *eu* deveria chamar os convidados."

"Nós lhe demos oportunidade para isso", observou a Rainha Vermelha; "mas estou certa de que você não teve muitas aulas de boas maneiras, não é?"

"Boas maneiras não se ensinam em aulas", disse Alice. "Aulas ensinam a fazer contas de somar, e coisas desse tipo."

"E sabe Adição?" perguntou a Rainha Branca. "Quanto é um mais um mais um mais um mais um mais um mais um mais um mais um mais um?"

"Não sei", disse Alice. "Perdi a conta."

"Não sabe Adição", a Rainha Vermelha interrompeu. "Sabe fazer Subtração? Subtraia nove de oito."

"Nove de oito não posso", Alice respondeu muito rapidamente; "mas..."

"Não sabe Subtração", disse a Rainha Branca. "Sabe fazer Divisão? Divida um pão por uma faca: qual é o resultado *disso*?"

"Suponho..." Alice estava começando, mas a Rainha Vermelha respondeu por ela. "Pão com manteiga, é claro. Tente outra Subtração. Tire um osso de um cachorro; resta o quê?"

Alice refletiu. "O osso não restaria, é claro, se o tirei... e o cachorro não restaria: viria me morder... e tenho certeza de que *eu* não restaria!"

"Então acha que não restaria nada?" disse a Rainha Vermelha.

"Acho que essa é a resposta."

"Errada como de costume", disse a Rainha; "restaria a fúria do cachorro."

"Mas não entendo como..."

"Ora, olhe aqui!" gritou a Rainha Vermelha. "O cachorro teria um ataque de fúria, não teria?"

"Talvez tivesse", respondeu Alice, cautelosa.

"Então se o cachorro desaparecesse, a fúria restaria!" a Rainha exclamou, triunfante.

Com a maior gravidade que pôde, Alice disse: "Poderiam seguir caminhos diferentes." Mas não pôde deixar de pensar com seus botões: "Que terríveis absurdos *estamos* dizendo!"

"Ela não sabe *nadinha* de aritmética!" as Rainhas disseram juntas, com grande ênfase.

"E *você* sabe?" Alice falou, virando-se de repente para a Rainha Branca, pois não gostava de ser tão criticada.

A Rainha respirou fundo e fechou os olhos. "Eu sei Adição", disse, "se você me der algum tempo... mas não sei subtrair sob *nenhuma* circunstância."

"Naturalmente sabe o ABC?" perguntou a Rainha Vermelha.

"Mas é claro", disse Alice.

"Eu também", sussurrou a Rainha Branca, "costumamos recitá-lo todinho juntas, minha cara. E vou lhe contar um segredo: sei ler palavras de uma letra só! Isso não é impressionante? Mas não desanime, com o tempo você chega lá."

Nesse momento a Rainha Vermelha recomeçou. "Sabe responder perguntas úteis?" disse. "De que é feito o pão?"

"*Isso* eu sei!" Alice exclamou, animada. "Pega-se um pouco de farinha..."

"Onde se colhe a farinha?" perguntou a Rainha Branca. "Num jardim, ou nas cercas-vivas?"

"Bem, ela não é *colhida*", Alice explicou; "é *moída*..."

"De pancada?" disse a Rainha Branca. "Não devia omitir tantas coisas."

"Abane-lhe a cabeça!" interrompeu aflita a Rainha Vermelha. "Vai ficar com febre depois de tanta reflexão!" Não perderam tempo e a abanaram com tufos de folhas até ela ter de implorar que parassem, tanto o seu cabelo esvoaçava.

"Agora ela está bem de novo", disse a Rainha Vermelha. "Sabe línguas? Como é *fiddle-de-dee* em francês?"

"*Fiddle-de-dee* não é inglês", Alice respondeu gravemente.

"Mas quem disse que era?" retrucou a Rainha Vermelha.

Alice achou que dessa vez tinha uma maneira de se safar do aperto. "Se me disserem de que língua '*fiddle-de-dee*' é, eu lhes direi a palavra em francês para isso!" exclamou triunfante.

Mas a Rainha Vermelha empertigou-se toda e disse: "Rainhas nunca barganham."

"Gostaria que Rainhas nunca fizessem perguntas", Alice pensou consigo.

"Não vamos discutir", disse a Rainha Branca, aflita. "Qual é a causa do relâmpago?"

"A causa do relâmpago", Alice respondeu muito decidida, pois dessa vez se sentia totalmente segura, "é o trovão... não, não!" emendou-se rapidamente. "Quis dizer o contrário."

"É tarde demais para corrigir", disse a Rainha Vermelha; "depois que se diz uma coisa, ela está dita, e você tem de arcar com as consequências."[2]

"Isso me lembra..." disse a Rainha Branca baixando os olhos e apertando e soltando as mãos nervosamente, "que tivemos *tal* tempestade terça-feira passada... quero dizer, uma da última série de terças-feiras."[3]

Alice ficou pasma. "No *nosso* país", comentou, "os dias da semana vêm um de cada vez."

A Rainha Vermelha disse: "É uma maneira lastimável de fazer as coisas. *Aqui*, geralmente os dias e as noites vêm em dois ou três por vez, e no inverno de vez em quando temos até cinco noites juntas... para aquecer mais, sabe."

"Então cinco noites são mais quentes que uma?" Alice se arriscou a perguntar.

"Cinco vezes mais quentes, é claro."

"Mas deviam ser cinco vezes mais *frias*, pela mesma regra..."

"Precisamente!" exclamou a Rainha Vermelha. "Cinco vezes mais quentes *e* cinco vezes mais frias... assim como eu sou cinco vezes mais rica que você *e* cinco vezes mais inteligente!"[4]

Alice suspirou e desistiu. "É exatamente como um enigma sem resposta!" pensou.[5]

"Humpty Dumpty viu isso também", a Rainha Branca continuou em voz baixa, mais como se estivesse falando consigo mesma. "Ele veio até a minha porta, com um saca-rolha na mão..."

"O que queria?" indagou a Rainha Vermelha.

"Disse que *iria* entrar", a Rainha Branca continuou, "porque estava procurando um hipopótamo. Ora, acontece que não havia tal coisa na casa, naquela manhã."

"Geralmente há?" Alice perguntou, espantada.

"Bem, só nas quintas-feiras", disse a Rainha.

"Sei para que ele foi", disse Alice; "queria castigar o peixe porque..."[6]

Nessa altura a Rainha Branca recomeçou: "Foi uma *tal* tempestade, ninguém poderia imaginar!" ("Ela *nunca* conseguiu, sabe?" disse a Rainha Vermelha.) "E parte do telhado desabou, e caíram tantos trovões lá dentro... e ficaram rolando pela sala aos borbotões...[7] e batendo nas mesas e nas coisas... até que fiquei com tanto medo que não conseguia lembrar meu próprio nome!"

Alice pensou consigo: "Nunca *tentaria* lembrar meu nome no meio de um acidente! De que adiantaria?" mas não falou isso alto, temendo ferir os sentimentos da pobre Rainha.

"Deve desculpá-la, Majestade", a Rainha Vermelha disse a Alice, tomando uma das mãos da Rainha Branca na sua e dando-lhe palmadinhas gentis: "ela tem boa intenção, mas não consegue deixar de dizer tolices, de modo geral."

A Rainha Branca olhou timidamente para Alice, que sentiu que *devia* dizer alguma coisa delicada, mas realmente não conseguiu pensar em nada na hora.

"Ela nunca teve realmente uma boa educação", a Rainha Vermelha prosseguiu, "mas tem um bom gênio espantoso! Dê-lhe uns tapinhas na cabeça, e veja como gosta!" Mas Alice não tinha coragem para tanto.

"Um pequeno agrado... e prender-lhe os cabelos em papelotes... isso faz maravilhas com ela..."

A Rainha Branca deu um suspiro profundo e pousou a cabeça no ombro de Alice. "Estou com tanto sono!" gemeu.

"Está cansada, coitadinha!" disse a Rainha Vermelha. "Alise seus cabelos... empreste-lhe sua touca de dormir... e cante-lhe uma cantiga de ninar relaxante."

"Não tenho uma touca de dormir comigo", disse Alice, tentando obedecer à primeira instrução; "e não sei nenhuma cantiga de ninar relaxante."

"Nesse caso, eu mesma tenho de fazê-lo", disse a Rainha Vermelha, e começou:[8]

Dorme, dorme, senhora, sua boa sesta,
Há tempo de sobra até a hora da festa.
Depois as três Rainhas irão se esbaldar
E pela noite adentro alegres bailar!

"Agora você já sabe a letra", acrescentou, pousando a cabeça no outro ombro de Alice. "Cante-a toda para *mim* agora. Estou ficando com sono também." E num instante as duas Rainhas estavam dormindo profundamente, e roncando alto.

"O que posso fazer?" exclamou Alice, olhando em volta atônita, quando primeiro uma cabeça redonda, depois a outra rolaram dos seus ombros e pousaram como um bloco pesado no seu colo. "Acho que *jamais* aconteceu antes de alguém ter de tomar conta de duas Rainhas adormecidas ao mesmo tempo! Não, não em toda a História da Inglaterra... não teria sido possível, porque nunca houve mais de uma Rainha ao mesmo tempo. Levantem-se, suas coisas pesadas!", continuou, num tom impaciente; mas só recebeu por resposta um ronco suave.

O ronco tornava-se mais distinto a cada minuto, soando cada vez mais como uma melodia. Por fim ela conseguiu entender até as palavras, e ouviu tão sofregamente que, quando as duas grandes cabeças sumiram do seu colo, mal deu por falta delas.

Estava parada diante de uma porta em arco, sobre a qual se liam as palavras RAINHA ALICE em letras grandes, e de cada lado do arco havia uma campainha; numa estava escrito "Campainha das Visitas" e na outra, "Campainha dos Criados".

"Vou esperar que a canção termine", pensou Alice, "e depois tocar a... que campainha devo tocar?" continuou, muito confusa com os nomes. "Não sou uma visita, e não sou uma criada. Deveria haver uma com a inscrição 'Rainha'..."

Nesse exato momento a porta se abriu um pouquinho; uma criatura com um bico comprido pôs a cabeça de fora por um instante e disse: "Não se pode entrar até a semana após a próxima!" – e fechou novamente a porta, com estrondo.

Alice bateu e tocou em vão por um longo tempo, mas finalmente um Sapo muito velho, que estava sentado sob uma árvore, levantou-se e veio coxeando na sua direção: usava uma roupa de um amarelo vivo e calçava botas enormes.[9]

"Qual é o problema agora?" perguntou o Sapo num sussurro rouco e cavernoso.

Alice virou-se, pronta para criticar meio mundo. "Onde está o criado cuja obrigação é atender à porta?", começou, zangada.

"Que porta?" perguntou o Sapo.

Alice quase sapateou de irritação com a voz arrastada com que ele falava. "*Esta* porta, é claro."

O Sapo contemplou a porta com seus olhos grandes e lerdos por um minuto, depois chegou mais perto e esfregou-a com o polegar, como se estivesse experimentando para ver se a tinta iria sair; depois olhou para Alice.

"Atender à porta?" disse. "Ela vem pedindo o quê?" Era tão rouco que Alice mal podia ouvi-lo.

"Não sei o que quer dizer", falou.

"Eu falar inglês, não falar?" o Sapo continuou. "Ou você é surda? O que a porta lhe pediu?"

"Nada!" disse Alice, impaciente. "Andei batendo nela!"

"Não devia ter feito isso... não devia..." murmurou o Sapo. "Ela se irrita, sabe." Adiantou-se então e deu um chute na porta com um de seus grandes pés. "Deixe *ela* em paz", disse ofegante, enquanto coxeava de volta para sua árvore, "e ela deixará *você* em paz."

Nesse instante a porta se abriu com violência e ouviu-se uma voz estridente cantando:[10]

Ao mundo do Espelho Alice então proclamou:
Coroa na cabeça e cetro na mão, agora convido
Todas as criaturas que o Espelho jamais espelhou
A cear com a Rainha Vermelha, a Branca, e comigo!

E centenas de vozes se uniram no refrão:

Encham pois suas taças, duas se preciso for,
Salpiquem a mesa toda com flores a desabrochar,
Ponham gatos no café, camundongos no licor,
E trinta vezes três vivas à Rainha Alice vamos dar!

Seguiu-se um alarido de congratulações, e Alice pensou: "Trinta vezes três são noventa. Será que alguém está contando?" Um minuto depois fez-se silêncio novamente, e a mesma voz aguda cantou outra estrofe:

"Ó criaturas do Espelho", Alice chama, "venham cá!
É uma honra, uma graça que a sorte lhes concedeu,
Este privilégio ímpar de jantar e tomar chá
Com a Rainha Vermelha, a Branca... e eu!"

Então o coro recomeçou:

De melado, tinta e grude encham todos os copos
Ou de qualquer outra delícia que lhes agradar,
À cidra misturem areia, farofa ou lã em flocos,
E noventa vezes nove vivas à Rainha Alice vamos dar.

"Noventa vezes nove!" Alice repetiu, desalentada. "Oh, isso não vai acabar nunca! Eu devia entrar logo..." e fez-se um silêncio pesado no instante em que ela apareceu.

Alice deu uma olhada nervosamente para a mesa, enquanto penetrava no grande salão, e percebeu que havia cerca de cinquenta convidados, de todos os tipos: alguns eram animais, outros aves, e havia até algumas flores entre eles. "Fico contente que tenham vindo sem esperar convite", pensou. "Eu nunca teria sabido quais eram as pessoas certas a convidar!"

Havia três cadeiras na cabeceira da mesa; as Rainhas Vermelha e Branca já ocupavam duas delas, mas a do meio estava vazia. Alice sentou-se ali, bastante contrafeita com o silêncio, e ansiosa para que alguém falasse.

Por fim a Rainha Vermelha começou. "Perdeu a sopa e o peixe", disse. "Sirvam o assado!" E os garçons puseram uma perna de carneiro diante de Alice, que a contemplou bastante aflita, pois nunca tivera de trinchar uma perna de carneiro antes.

"Parece um pouquinho embaraçada; permita que lhe apresente esta perna de carneiro", disse a Rainha Vermelha. "Alice... Carneiro; Carneiro... Alice." A perna de carneiro se levantou no prato e fez uma pequena mesura para Alice, que a retribuiu, sem saber se ficava com medo ou achava graça.

"Posso lhes servir uma fatia?" perguntou, pegando a faca e o garfo e olhando de uma Rainha para a outra.

"É claro que não", respondeu a Rainha Vermelha, peremptória. "Fere a etiqueta cortar alguém a quem você foi apresentada.[11] Levem o assado!" E os garçons o levaram e trouxeram um grande pudim de passas no lugar.

"Não quero ser apresentada ao pudim, por favor", Alice se apressou a dizer, "ou não vamos ter nada para jantar. Posso lhes servir um pouco?"

Mas a Rainha Vermelha pareceu aborrecida e resmungou: "Pudim... Alice; Alice... Pudim. Levem o pudim!" e os garçons o levaram tão depressa que Alice não pôde retribuir sua mesura.

Seja como for, não entendia por que a Rainha Vermelha devia ser a única a dar ordens, e assim, para fazer um teste, chamou "Garçom! Traga o pudim de volta!" e num segundo lá estava ele de novo, como num passe de mágica. Era tão grande que não pôde deixar de se sentir um *pouco* embaraçada com ele, como havia ficado com o carneiro. Contudo, venceu seu embaraço e, com grande esforço, cortou uma fatia e a serviu à Rainha Vermelha.

"Que impertinência!" disse o Pudim. "Será que gostaria se eu cortasse uma fatia *de você*, sua criatura?"[12]

Falava com uma voz grossa, untuosa, e Alice não teve o que dizer em resposta. Só conseguiu ficar imóvel e olhar para ele boquiaberta.

"Faça um comentário!" disse a Rainha Vermelha. "É absurdo deixar toda a conversa nas mãos do pudim!"

"Sabe, recitaram-me tanta poesia hoje", Alice começou, um pouco amedrontada ao constatar que, no instante em que abrira os lábios, fizera-se silêncio absoluto, e todos os olhos haviam se fixado nela, "e é uma coisa muito curiosa, acho... todos os poemas tratavam de peixes de algum modo. Sabe por que gostam tanto de peixes por aqui?"

Dirigiu-se à Rainha Vermelha, cuja resposta fugiu um pouco à questão. "Quanto aos peixes", disse ela, de maneira muito lenta e solene, pondo a boca junto ao ouvido de Alice, "Sua Majestade Branca sabe uma linda adivinhação... toda em versos... toda sobre peixes. Quer que ela a recite?"

"Sua Majestade Vermelha é muito gentil ao mencionar isso", a Rainha Branca murmurou no outro ouvido de Alice, numa voz que parecia o arrulho de um pombo. "Seria um prazer *tão* grande! Posso?"

"Por favor", disse Alice, muito polidamente.

A Rainha Branca riu encantada e deu um tapinha na bochecha de Alice. Em seguida começou:

"Primeiro é preciso o peixe pescar."
É fácil: até um bebê, acho, poderia apanhá-lo.
"Depois é preciso o peixe comprar."
É fácil: um pêni, acho, poderia comprá-lo.

"Agora, trate de o peixe cozinhar!"
É fácil, e só vai levar dois instantes.

"Ponha-o numa travessa circular!"
É fácil, porque lá já estava antes.

"Traga-o cá, deixe-me provar!"
É fácil pôr tal prato sobre a mesa.
"Queira o prato destapar!"
Ah, não sou capaz de tamanha proeza!

Porque como cola a tampa ele segura:
Está agarrada ao prato, não quer se desentalar
Qual seria a tarefa menos dura,
Destampar o peixe ou o enigma decifrar?[13]

"Pense um minuto, depois tente adivinhar", disse a Rainha Vermelha. "Enquanto isso, vamos beber à sua saúde... à saúde da Rainha Alice!" gritou a plenos pulmões, e todos os convidados começaram a beber imediatamente, e de maneira muito esquisita: alguns punham os copos sobre as cabeças como apagadores,[14] e bebiam tudo que lhes escorria pelo rosto... outros emborcavam as garrafas e tomavam o vinho que escorria pelas beiradas da mesa... e três deles (que pareciam cangurus) passaram a mão no prato de carneiro assado e começaram a lamber avidamente o molho, "exatamente como porcos num cocho!" pensou Alice!

"Deve agradecer os cumprimentos com um discurso caprichado", disse a Rainha Vermelha, franzindo o cenho para Alice.

"Temos de apoiá-la", a Rainha Branca cochichou

quando Alice se levantava para fazê-lo, muito obedientemente, mas um pouco amedrontada.

"Muito obrigada", ela sussurrou de volta, "mas posso me sair muito bem sem isso."

"Isso não seria o correto em absoluto", disse a Rainha Vermelha, muito categoricamente. Assim, Alice tentou se submeter àquilo de bom grado.

("E elas *empurraram* tanto!" ela disse mais tarde, quando contava para a irmã a história do banquete. "Parecia que queriam me achatar!")

De fato, foi bastante difícil para Alice se manter em seu lugar enquanto fazia seu discurso: as duas Rainhas a empurravam tanto, uma de cada lado, que quase a fizeram subir pelos ares. "Ergo-me para agradecer..." Alice começou – e realmente se ergueu enquanto falava, vários centímetros, mas se segurou na beirada da mesa e conseguiu se puxar para baixo de novo.

"Tome muito cuidado!" berrou a Rainha Branca, agarrando o cabelo de Alice com as ambas as mãos. "Alguma coisa vai acontecer!"

Então (como Alice descreveu mais tarde) todo tipo de coisas aconteceu ao mesmo tempo. As velas cresceram todas até o teto, parecendo um canteiro de juncos com fogos de artifício na ponta. Quanto às garrafas, cada uma se apossou de um par de pratos, ajeitando-os rapidamente como se fossem asas, e assim, usando garfos como pernas, saíram esvoaçando para todo lado – "e se pareciam muito com pássaros", Alice pensou consigo mesma, tanto quanto isso era possível na terrível confusão que se estava armando.

Nesse momento ela ouviu uma risada rouca ao seu lado e virou-se para ver o que estava se passando com a Rainha Branca; mas em vez da Rainha Branca viu a perna de carneiro sentada na cadeira. "Aqui estou!" gritou uma voz da terrina de sopa, e Alice se virou de novo a tempo só de ver o rosto largo e bonachão da Rainha sorrindo para ela por um segundo sobre a borda da terrina, antes que ela desaparecesse na sopa.[15]

Não havia um minuto a perder. Vários convidados já estavam estendidos nos pratos, e a concha da sopa estava caminhando pela mesa em direção à cadeira de Alice, acenando-lhe impacientemente para que saísse do seu caminho.

"Não posso mais suportar isto!" ela gritou, dando um pulo e agarrando a toalha da mesa com as duas mãos: um bom puxão, e travessas, pratos, convidados e velas vieram abaixo num estrondo e se amontoaram no chão.

"Quanto a *você*", ela continuou, virando-se enfurecida para a Rainha Vermelha, a quem considerava a causa de todo aquele transtorno – mas a Rainha já não estava ao seu lado: reduzira-se subitamente ao tamanho de uma bonequinha, e agora estava sobre a mesa, correndo alegremente em voltas e mais voltas à procura do seu xale, que se arrastava atrás dela.

Em qualquer outra ocasião Alice teria ficado surpresa com isso, mas *agora* estava alvoroçada demais para se surpreender com qualquer coisa. "Quanto a *você*", repetiu, agarrando a criaturinha como se saltasse sobre uma garrafa que acabara de aparecer sobre a mesa, "vou sacudi-la até que vire uma gatinha, ah, se vou!"[16]

♚

CAPÍTULO 10

Sacudida[1]

ARRANCOU-A DA MESA ENQUANTO FALAVA e sacudiu-a para trás e para frente com toda a força.

A Rainha Vermelha não ofereceu nenhuma resistência; só seu rosto foi ficando muito pequeno, e os olhos ficando grandes e verdes, e cada vez mais, enquanto Alice continuava a sacudi-la, ia ficando menor... e mais gordinha... e mais macia... e mais redonda... e...

CAPÍTULO 11

Despertar

... e afinal de contas *era* mesmo uma gatinha.[1]

CAPÍTULO 12

Quem sonhou?

"Vossa Vermelha Majestade não devia ronronar tão alto", disse Alice, esfregando os olhos e dirigindo-se à gatinha de maneira respeitosa, mas com certa severidade. "Você me acordou de um... oh, um sonho tão lindo! E esteve junto comigo, Kitty... por todo o mundo do Espelho. Sabia disso, querida?"

Os gatinhos têm o hábito muito inconveniente (Alice comentara uma vez) de *sempre* ronronar, seja o que for que se lhes diga. "Se pelo menos só ronronassem para dizer 'sim' e miassem para dizer 'não', ou alguma regra desse gênero", ela dissera, "seria possível manter uma conversa! Mas como se *pode* conversar com uma pessoa se ela diz *sempre* a mesma coisa?"[1]

Nessa ocasião a gatinha só ronronou – e era impossível saber se isso significava "sim" ou "não".

Em seguida Alice procurou entre as peças de xadrez sobre a mesa até encontrar a Rainha Vermelha. Então ajoelhou-se no tapete junto à lareira, e pôs a gatinha e a Rainha face a face. "Agora, Kitty!" exclamou triunfante, batendo palmas: "Confesse que foi nela que você se transformou!"

("Mas ela não olhava para a Rainha", disse, quando estava explicando a coisa mais tarde para sua irmã; "virara a cabeça para outro lado, e fingia que não a via: mas pareceu um *pouco* envergonhada, de modo que acho que ela deve ter sido a Rainha Vermelha.")

"Aprume-se um pouco mais, querida!" Alice exclamou com uma risada alegre. "E faça uma reverência enquanto pensa no que... no que ronronar. Poupa tempo, lembre-se!" E levantou a gatinha e deu-lhe um beijinho, "só em honra ao fato de ter sido uma Rainha Vermelha".

"Snowdrop, minha bichinha!" continuou, olhando por sobre o ombro para a Gatinha Branca, que ainda estava se submetendo pacientemente à sua toalete, "quando *será* que a Dinah vai terminar o banho de Vossa Branca Majestade? Devia haver alguma razão para você estar tão desmazelada no meu sonho… Dinah! Sabe que está esfregando uma Rainha Branca? Realmente, que falta de respeito da sua parte!"

"E que será que a Dinah virou?" ia ela tagarelando, espichando-se confortavelmente no chão, um cotovelo no tapete e o queixo na mão, para observar os gatinhos. "Diga-me, Dinah, você virou Humpty Dumpty?[2] *Acho* que sim… mas não deve mencionar isso com seus amigos por enquanto, porque não tenho certeza."

"A propósito, Kitty, se você tivesse estado realmente comigo no meu sonho, de uma coisa *teria* gostado muito: recitaram para mim uma quantidade tão grande de poesia, todas sobre peixes![3] Amanhã de manhã você vai ter um verdadeiro regalo. Durante todo o tempo em que estiver tomando seu café da manhã, vou recitar 'A Morsa e o Carpinteiro'; assim você poderá fazer de conta que está comendo ostras, querida!"

"Agora, Kitty, vamos pensar bem quem foi que sonhou tudo isso. É uma questão séria, minha querida, e você *não* devia ficar lambendo a pata desse jeito... Como se a Dinah não tivesse lhe dado banho esta manhã! Veja bem, Kitty, *ou* fui eu *ou* foi o Rei Vermelho. Ele fez parte do meu sonho, é claro... mas nesse caso eu fiz parte do sonho dele também! *Terá* sido o Rei Vermelho, Kitty? Você era a mulher dele, minha cara, portanto deveria saber... Oh, Kitty, me ajude a resolver isto! Tenho certeza de que sua pata pode esperar!" Mas a implicante gatinha só fez começar com a outra pata, fingindo não ter ouvido a pergunta.

Quem *você* pensa que sonhou?

A DESLIZAR SERENO SOB O CÉU
Luminoso, o barco deriva na
Idílica tarde de verão, ao léu...

Crianças ali perto aninhadas,
Espertas, ouvidos atentos, esperam
Pela história que lhes será contada...

Lá no alto o céu há muito empalideceu,
Ecos declinam, lembranças perecem.
A friagem do outono, o verão varreu.

Senão que, espectral, ela segue a me obsedar,
Alice a percorrer estranhas terras
Nunca vistas por quem não sabe sonhar.

Crianças que queiram esta história ouvir,
Espertas, ouvidos curiosos e
Lúcidos, devem pertinho se reunir.

Imaginário País das Maravilhas percorrem,
Devaneando enquanto os dias passam,
Devaneando enquanto os verões morrem.

Encantadas, pela corrente se deixam levar...
Lentamente sucumbindo ao fascínio da
Lenda... Que mais é viver senão sonhar?[1]

O Marimbondo de Peruca

INÉDITO

Episódio "suprimido" de
ATRAVÉS DO ESPELHO
E O QUE ALICE ENCONTROU POR LÁ

Sumário

Prefácio

Em 1974 a firma londrina de leilões Sotheby Parke Bernet and Company arrolou discretamente o seguinte item em seu catálogo do dia 3 de junho:

> Dodgson (C.L.) "Lewis Carroll." Provas para um trecho suprimido de "Através do Espelho", prova de granel 64-67 e porções de 63 e 68, com revisões autógrafas e anotação na tinta roxa do autor de que a extensa passagem deve ser omitida.
>
> O presente trecho contém um incidente em que Alice conhece um Marimbondo [*Wasp*] mal-humorado, incorporando um poema em cinco estrofes que se inicia com "*When I was young, my ringlets waved*". Deveria ter sido publicado em seguida a "*A very few steps brought her to the edge of the brook*" na página 183 da primeira edição. As provas foram arrematadas no leilão dos móveis, objetos pessoais e biblioteca do autor em Oxford, 1898, e aparentemente permanecem sem registro e inéditas.

O termo "aparentemente" na última frase foi discreto. Não só o trecho suprimido nunca havia sido publicado, como os especialistas em Carroll sequer tinham conhecimento de que fora composto, que dirá preservado. A descoberta de que ainda subsistia foi um evento de grande alcance para os carrollianos – na verdade, para todos os estudiosos da literatura inglesa. Agora, mais de cem anos depois de *Através do Espelho* ter sido composto tipograficamente, o episódio há tanto tempo perdido recebe sua primeira publicação de vulto.

Até 1974, nada se sabia sobre o trecho perdido além do que Stuart Dodgson Collingwood, sobrinho de Lewis Carroll, dissera a respeito na biografia do tio que publicou em 1898, *The Life and Letters of Lewis Carroll.* Collingwood escreveu:

> A história, como originalmente escrita, continha treze capítulos, mas o livro publicado consistia de apenas doze. O capítulo omitido introduzia um Marimbondo, no personagem de um juiz ou advogado, suponho, já que o sr. Tenniel escreveu que "um *marimbondo* de *peruca* está inteiramente além dos instrumentos da arte". Afora as dificuldades de ilustração, o capítulo do "Marimbondo" não foi considerado à altura do restante do livro, e essa foi provavelmente a principal razão por ter sido excluído.

Estas observações eram seguidas por um fac-símile de uma carta, datada de 1º de junho de 1870, que John Tenniel enviara a Carroll. (A carta está reproduzida aqui nas páginas 236-8.) No esboço que Tenniel fez da cena do vagão de trem, Alice está sentada diante de uma cabra e de um homem vestido de papel branco, enquanto o Guarda a observa de binóculo. Em seu desenho final, Tenniel deu ao homem de chapéu de papel o rosto de Benjamin Disraeli, o primeiro-ministro britânico que ele caricaturava com tanta frequência na *Punch.*

Carroll aceitou ambas as sugestões de Tenniel. A "velha senhora", presumivelmente um personagem da versão original do cap.3, desapareceu do capítulo e da ilustração de Tenniel e o Marimbondo, do livro. Em *The Annotated Alice* minha nota sobre isso termina assim: "É uma pena que nada do capítulo perdido tenha sobrevivido." O próprio Collingwood não havia lido o episódio. Sabemos disso porque supôs, erroneamente, como se revelou, que, se usava uma peruca, o Marimbondo devia ser um juiz ou um advogado.

Carroll não deixou nenhum registro de sua opinião final sobre o episódio ou o poema que continha. Preservou, no entanto, as provas cuidadosamente, e parece provável que pretendesse fazer alguma coisa com elas algum dia. Foi o próprio Carroll, convém lembrar, quem decidiu publicar sua primeira versão de *Alice no País das Maravilhas*, o original que escrevera a mão e ilustrara para Alice Liddell. Muitos de seus primeiros poemas, publicados em periódicos obscuros ou simplesmente não publicados, acabaram se infiltrando em seus livros. Mesmo que Carroll não tivesse planos específicos para utilizar o episódio do Marimbondo ou seu poema, é difícil acreditar que não teria ficado satisfeito se soubesse que seria finalmente publicado.

Após a morte de Carroll em 1898, as provas foram compradas por uma pessoa desconhecida e – pelo menos por ora – pouco sabemos sobre a quem pertenciam até que a Sotheby's as pôs em leilão. Não estão arroladas nos catálogos de 1898 dos bens de Carroll, aparentemente por estarem incluídas num lote heterogêneo de itens não identificados. "Propriedade de um cavalheiro", foi como a Sotheby's as rotulou em seu catálogo. A Sotheby's não revela as identidades dos vendedores que desejam permanecer anônimos, mas obtive a informação de que as provas haviam sido transmitidas ao vendedor por um membro mais velho de sua família.

As provas foram arrematadas por John Fleming, um negociante de livros raros de Manhattan, para Norman Armour Jr., também da cidade de Nova York. Foi a gentileza do sr. Armour em permitir a publicação dessas provas que tornou este livro possível. Que mais precisa ser dito à guisa de agradecimento?

Fac-símile da carta de Tenniel a Dodgson, com uma transcrição

Interior of Railway carriage.
(1st Class). Alice on seat
by herself. Man in white
paper. reading. & Goat.
very shadowy & indistinct
sitting opposite. Guard (with opera-glass)
looking in at window.

My dear Dodgson.

I think that where
the jump occurs in the

Railway scene you might very well make Alice lay hold of the Goat's <u>beard</u> as being the object nearest to her hand – instead of the old lady's hair. The jerk would naturally throw them together.

Don't think me brutal, but I am bound to say that the '<u>wasp</u>' chapter doesn't interest me in the least, & ~~that~~ I can't see my way to a picture. If you want to shorten the book,

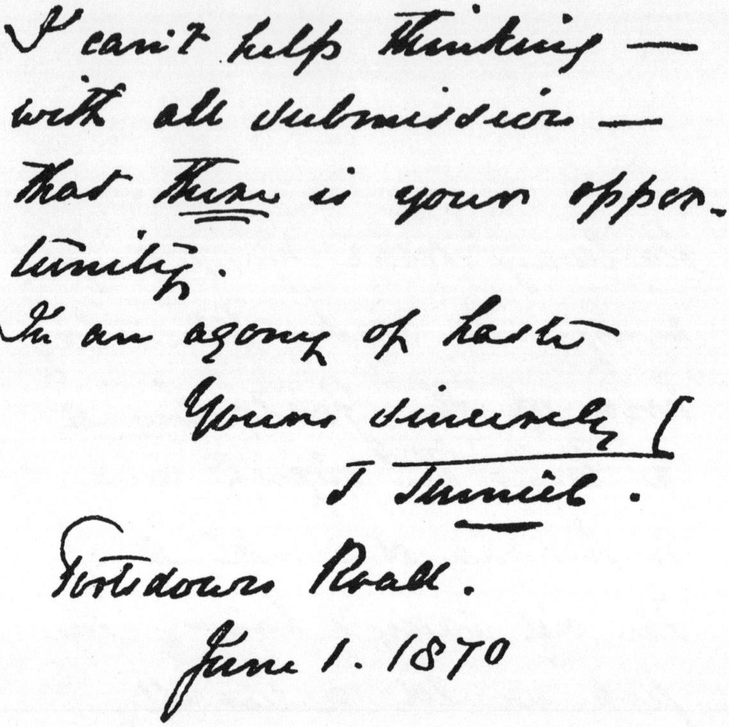
I can't help thinking —
with all submission —
that there is your oppor-
tunity.
In an agony of haste
Yours sincerely
J Tenniel.
Portsdown Road.
June 1. 1870

Meu caro Dodgson,

Penso que, quando acontece o *pulo* na cena da estrada de ferro, você poderia certamente fazer Alice agarrar a *barba* da Cabra como sendo o objeto mais próximo de sua mão – em vez de o cabelo da velha senhora. O solavanco naturalmente as arremessaria juntas.

Não me considere brutal, mas sinto-me obrigado a dizer que o capítulo do "*marimbondo*" não me interessa em absoluto, e não consigo imaginar como ilustrá-lo. Se quer encurtar o livro, não posso deixar de pensar – com toda submissão – que *aí* está a sua oportunidade.

Aflito pela pressa,

Sinceramente seu,

J. Tenniel

Portsdown Road, 1º de junho de 1870

Introdução

Antes que o episódio do Marimbondo viesse à luz, a maioria dos estudiosos de Carroll supunha que o trecho perdido era adjacente, ou pelo menos não distante, da cena do vagão de trem. Isso porque Tenniel, em sua carta de queixa, parecia associar os dois incidentes. No cap.3, em que Alice salta o primeiro riacho e o trem pula sobre o segundo, a menina encontra uma variedade de insetos, entre os quais abelhas do tamanho de elefantes. Não seria apropriado que encontrasse um Marimbondo nessa região do tabuleiro?

Que Carroll não pretendia que Alice se deparasse com o Marimbondo tão cedo no jogo de xadrez é evidenciado de imediato pelos números nas provas, e pelo que Alice pensou quando o Marimbondo lhe contou como seus anéis costumavam espiralar. "Uma curiosa ideia veio à cabeça de Alice. Quase todo mundo que conhecera havia recitado poesia para ela, e pensou que iria experimentar para ver se o Marimbondo também não o poderia fazer." A primeira pessoa a recitar poesia para Alice é Tweedledee, e a segunda é Humpty Dumpty. O episódio perdido, portanto, tinha de ocorrer depois do cap.6.

A primeira linha, incompleta, das provas não deixa dúvida de que o catálogo da Sotheby's indica corretamente onde Carroll pretendera que o episódio do Marimbondo figurasse. (O ponto é mostrado pela seta na reprodução na p.183 da primeira edição de *Através do Espelho*, aqui reproduzida na p.248). Alice acabou de acenar seu adeus final ao Cavaleiro Branco, descendo depois o morro para saltar o último riacho e se tornar uma Rainha. "Alguns poucos passos a levaram à beira do riacho." Em vez de um ponto final havia uma vírgula. A frase continuava no alto da primeira prova: "e estava prestes a saltá-lo quando ouviu um suspiro profundo, que parecia vir do bosque atrás de si."

Tanto Tenniel quanto Collingwood chamaram o episódio um "capítulo", mas essa ideia encerra problemas. As provas não dão nenhuma indicação de que sejam outra coisa senão trechos do cap.8, e parece improvável que Carroll pudesse ter querido que seu segundo livro de *Alice* tivesse 13 capítulos quando o primeiro tinha 12. Morton Cohen acredita que Tenniel, escrevendo "premido pela pressa", usou a palavra capítulo quando queria dizer episódio. As observações de Collingwood são facilmente explicáveis como consequência do modo como interpretou as cartas de Tenniel. (Ele deve ter tido acesso a pelo menos mais uma carta de Tenniel, porque a observação que cita como do ilustrador sobre um Marimbondo de peruca estar "além dos instrumentos da arte" não consta da carta que reproduz em fac-símile.)

Seria possível sustentar que, se o episódio do Marimbondo pertencesse ao capítulo do Cavaleiro Branco, este teria sido inusitadamente longo, e nesse caso não teria Tenniel escrito que o episódio deveria ser removido para "encurtar o capítulo" em vez de para "encurtar o livro"? Por outro lado, o fato de o capítulo estar longo demais pode ter sido mais uma razão para Carroll se dispor a eliminar o episódio. Infelizmente, ao que se sabe nenhuma outra prova sobreviveu, de modo que somos forçados a nos basear em indícios indiretos para decidir que ideia é correta.

Edward Guiliano é favorável à ideia de que Tenniel tinha "episódio" em mente. Apoia os argumentos já apresentados e tem também a impressão de que os incidentes do episódio teriam acrescentado unidade temática ao capítulo do Cavaleiro Branco. Após conversar com o Cavaleiro Branco, um fidalgo da classe alta ainda vigoroso, Alice conhece um trabalhador de classe baixa em sua fase de declínio.* Dá seu adeus ao Cavaleiro Branco

* O Cavaleiro Branco, a se considerar apenas o texto de Carroll, poderia ter sido um jovem na casa dos 20 anos. Tenniel, com a aprovação de Carroll, desenhou-o como um fidalgo de idade, embora certamente não tão velho quanto o "velho homem velho" a cujo respeito ele canta.

com um lenço; o Marimbondo tem um lenço enrolado no rosto. O Cavaleiro Branco fala sobre abelhas e mel; o Marimbondo pensa que Alice é uma abelha e lhe pergunta se tem algum mel. Até o trocadilho com o pente [no original, com pente e favo, ambos *comb* em inglês], Guiliano acredita, não é assim tão fraco no contexto do capítulo como originalmente se pretendeu. Esses e outros incidentes no episódio do Marimbondo o ligam ao capítulo do Cavaleiro Branco de uma maneira que sugere que não foi concebido para figurar isoladamente.

Era o episódio do Marimbondo um texto que merecia ser preservado? Era, é claro, eminentemente merecedor de preservação por razões históricas, mas não é isso que tenho em mente. Tem mérito intrínseco? Tenniel disse que o episódio não o interessava em absoluto, e muitos que o leram recentemente concordam que não está (nas palavras de Collingwood) "à altura do restante do livro". Peter Heath acha que uma razão por que o episódio carece da vivacidade de outras partes do livro é a repetição que faz de tantos temas que ocorrem em outras passagens. Alice teve uma conversa anterior com um inseto infeliz, o Mosquito, no cap.3. No capítulo seguinte ao do episódio do Marimbondo, conversa com mais uma criatura do sexo masculino de classe baixa, o Sapo. As críticas que o Marimbondo faz ao rosto de Alice lembram as de Humpty Dumpty. As tentativas de Alice de ajeitar a aparência desalinhada do Marimbondo são análogas às suas tentativas de dar um jeito na desarrumação da Rainha Branca no cap.5. Há ainda outros ecos de temas conhecidos que o professor Heath notou. "É como se a inventividade de Carroll estivesse um pouquinho debilitada", escreve ele numa carta, "e o *momentum* da narrativa tivesse sido temporariamente perdido."

Tudo isto pode ser verdade, mas estou convencido de que, se o episódio for lido com atenção, depois relido várias vezes em ocasiões posteriores, seu mérito ficará cada vez mais visível. Antes de mais nada é inconfundivelmente carrolliano em seu tom geral, seu humor, seus jogos de palavras e seu nonsense. A advertência do Marimbondo "Que ele pare por aí!" e sua observação de que os olhos de Alice são tão próximos um do outro (comparados com os dele, é claro) que ela poderia ter se arranjado igualmente bem com um olho só em vez de dois são ambos puro Carroll. Os jogos de palavras podem não estar à altura do melhor de Carroll, mas devemos lembrar que frequentemente só depois que um livro estava composto ele começava a trabalhar a sério em revisões. Se o episódio do Marimbondo foi removido do livro antes de Carroll começar a burilar as provas, isso explicaria por que o texto parece mais cru que qualquer outra passagem do livro.

Duas características do episódio impressionam-me como de especial interesse: a extraordinária habilidade com que Carroll, em apenas poucas páginas de diálogo, traz à luz a personalidade de um velho irascível mas de certo modo cativante, e a infalível gentileza de Alice para com ele.

Embora Alice seja habitualmente delicada e respeitosa para com as curiosas criaturas que encontra em seus dois sonhos, por mais desagradáveis que sejam, nem sempre isso acontece. Na lagoa de lágrimas ela ofende o Camundongo duas vezes, dizendo-lhe que sua gata caça camundongos e que um cachorro do vizinho gosta de matar ratos. Pouco mais tarde, após a corrida em comitê, ela se distrai de novo e insulta as aves reunidas comentando o quanto sua gata gosta de comer passarinhos. Sem esquecer o certeiro pontapé com que arremessa Bill, o Lagarto, fora da chaminé. ("Lá vai o Bill!")

Em *Através do Espelho*, Alice (agora seis meses mais velha) não é mais tão intempestiva, mas em nenhum episódio do livro trata uma criatura desagradável com tão notável paciência. Em nenhum episódio, nos dois livros, seu caráter se dá a conhecer tão vividamente como o de uma menininha inteligente, polida, atenciosa. É um episódio em que a extrema juventude confronta a extrema velhice. Embora o Marimbondo a critique constantemente, em nenhum momento Alice deixa de se compadecer dele.

Preciso dizer isto? Somos informados do quanto Alice, o peão branco, almeja tornar-se uma Rainha. Sabemos quão facilmente poderia ter saltado o riacho final para ocupar a última fila do tabuleiro. No entanto, Alice não faz o movimento quando ouve o suspiro agoniado atrás de si. Quando o Marimbondo responde com irritação às suas amáveis observações, desculpa o mau humor dele com a compreensão de que é sua dor que o deixa rabugento. Depois que ela o ajudou a passar para um outro lado menos exposto ao frio da árvore, a resposta dele é: "Não consegue deixar uma pessoa em paz?" Sem se ofender, Alice se oferece para ler para ele o jornal de marimbondos que está aos pés dele.

Embora o Marimbondo continue criticando-a, quando o deixa Alice está "muito satisfeita por ter recuado e dedicado alguns minutos a consolar a pobre e alquebrada criatura". Carroll certamente deve ter querido mostrar Alice praticando um ato final de caridade que justificaria sua iminente coroação, uma recompensa que ele, cristão piedoso e inglês patriota, teria considerado um desfecho de justiça. Alice desponta como uma menininha tão admirável e encantadora que o professor Guiliano descobriu, para sua surpresa, que a leitura do episódio alterou sua reação ao livro inteiro.

O velho, com seu temperamento irascível e seus ossos doloridos, é também, é claro, um inseto genuíno. As fêmeas dos marimbondos (rainhas e operárias) se alimentam de outros insetos, como lagartas, aranhas e moscas, que primeiro paralisam, aferroando-as. Com suas fortes mandíbulas, removem a cabeça, as pernas e as asas da vítima; depois o corpo é mascado até virar uma polpa a ser dada como alimento para suas larvas. Talvez não seja por acaso que os insetos de Carroll pertencem a uma estrutura social que inclui rainhas ferozes e poderosas, como as rainhas do xadrez e muitas rainhas que a Inglaterra já teve.

Em contraste, os machos (zangões) não aferroam. Em algumas espécies o macho, se o pegamos na mão, vai tentar amedrontar-nos e conseguir a liberdade realizando todos os movimentos da picada. (John Burroughs comparou esse blefe com a tentativa de um soldado na batalha de assustar o inimigo detonando cartuchos vazios.) Marimbondos-macho, como o de Carroll, embora pareçam temíveis, assemelham-se aos reis do xadrez. São criaturas amáveis, inofensivas.

Com exceção de um pequeno número de rainhas que hibernam, os marimbondos são insetos de verão e não sobrevivem ao inverno. Durante os meses quentes, trabalham furiosamente para prover a substância da prole;

depois enrijecem-se e morrem com a chegada dos ventos frios do outono. É assim que Oliver Goldsmith expressa isso em sua maravilhosa, agora esquecida, *History of the Earth and Animated Nature*:

> Enquanto os calores do verão continuam, elas [os marimbondos-fêmea] são audaciosas e empreendedoras; mas quando o sol se retrai isso parece lhes roubar a coragem e atividade. À medida que o frio aumenta, observa-se que se tornam mais caseiras; raramente deixam o ninho, pouco se aventuram fora de casa, voejam de um lado para outro no calor do meio-dia, e pouco depois regressam com frio e fracas ... Quando o frio aumenta, já não encontram calor suficiente em seus ninhos, que se tornam odiosos para elas, e voam para buscá-lo nos cantos das casas e lugares que recebem calor artificial. Mas mesmo assim o inverno é insuportável; e, antes que o ano novo comece, secam e morrem.

Como tantas pessoas idosas, o Marimbondo tem lembranças felizes de uma infância em que seus cabelos espiralavam. Em cinco estrofes de pé quebrado ele conta a Alice sobre seu terrível erro de deixar que amigos o convencessem a raspar a cabeça para usar uma peruca. Todos os seus infortúnios subsequentes são atribuídos a essa imprudência descabida. Ele sabe que sua aparência atual é ridícula. Sua peruca não se ajusta, não consegue mantê-la arrumada. Ofende-se quando riem dele. O Marimbondo é a "última folha" de Oliver Wendell Holmes, sofrendo a zombaria da comunidade enquanto se agarra ao "velho e desamparado galho".

Embora o Marimbondo finja não querer que Alice o ajude de maneira alguma, seu ânimo melhora com a visita dela e a oportunidade de lhe contar sua triste história. De fato, antes da partida de Alice, tornou-se animado e falante. Quando ela finalmente diz "até logo", ele responde com "Obrigado". É o único agradecimento que Alice recebe de qualquer um que encontra do outro lado do espelho.

A moda da peruca atingiu proporções absurdas na França e na Inglaterra nos séculos XVII e XVIII. Durante o reinado da rainha Ana, quase todos os homens e mulheres de classe alta na Inglaterra usavam esse atavio e era possível saber instantaneamente qual era a profissão de um homem pelo tipo de peruca que exibia. Algumas perucas masculinas caíam até abaixo dos ombros, encobrindo as costas e o peito. A mania começou a arrefecer sob a rainha Vitória. Na época de Carroll, tinha praticamente desaparecido, com exceção das perucas cerimoniais de juízes e advogados, das perucas de atores e daquelas usadas para esconder a calvície. A peruca do Marimbondo é claramente uma marca de sua idade avançada, mesmo que tivesse começado a usá-la quando jovem.

Por que uma peruca amarela? Se os anéis do marimbondo eram amarelos, seria natural que os substituísse por uma peruca amarela, mas Carroll parece enfatizar a cor por outras razões. Ele o qualifica de "amarelo vivo". E quando Alice se encontra com o Marimbondo pela primeira vez a peruca dele está coberta com um lenço amarelo enrolado na cabeça e na face.

Ambos os livros de *Alice* contêm piadas sobre pessoas que a Alice real, Alice Liddell, conhecia. É possível, suponho, que o Marimbondo de Carroll faça troça de alguém, talvez algum comerciante idoso da área, que usava uma peruca amarela despenteada, com aspecto de algas marinhas.

Outra teoria está ligada à cor amarela de muitos marimbondos na Inglaterra. O termo americano *yellow-jackets* para uma grande classe de insetos sociais que eram (e são) chamados *hornets* [marimbondos-caçadores ou vespões] pode ter estado na mente de Carroll. O termo se propagou para a Inglaterra, e numerosas variedades de marimbondos britânicos têm listras amarelas em torno do corpo. As antenas dos marimbondos são compostas de minúsculas ligações também chamadas anéis. As antenas de um marimbondo jovem certamente ondulariam, se encaracolariam e se encrespariam como pretende o poema. Se cortadas, é possível que não voltem a crescer.

Talvez houvesse marimbondos em Oxford, conhecidos por Carroll e por Alice Liddell, com cabeças pretas circuladas por uma listra amarela que pareceria a todo mundo um lenço amarelo amarrado em torno da face do inseto. Mesmo sem uma tira amarela, a face de um marimbondo de fato parece uma face humana envolta por um lenço, as pontas do nó se projetando do topo da cabeça como duas antenas.* O professor Heath se lembra de ter tido exatamente esses pensamentos quando era criança na Inglaterra.

Uma terceira teoria é a de que o Marimbondo, com seu lenço amarelo sobre uma peruca amarela, corresponde a Alice depois que ela se torna uma rainha – a coroa dourada sobre seu cabelo cor de linho.

Uma quarta teoria (evidentemente essas teorias não são mutuamente excludentes) é que Carroll escolheu o amarelo por causa de sua longa associação, na literatura e na fala comum, com o outono e a velhice. Amarela é a pele dos idosos, especialmente se sofrem de icterícia. É a cor das folhas mortas, do milho maduro, do papel "amarelado pelos anos". "*Sorrow, thought, and great distress made her full yellow*" ["A dor, o pensamento e o grande penar fizeram-na toda amarela"], escreveu Chaucer (em *Romance of the Rose*).

Shakespeare usou frequentemente o amarelo como símbolo da idade. O professor Cohen relata que Carroll cita pelo menos duas vezes, em suas cartas, o seguinte comentário de Macbeth: "*My way of life is fallen into the sere, the yellow leaf*" ["Meu modo de viver terminou na folha seca, amarela"]. Estes versos do Soneto 73 de Shakespeare são particularmente apropriados:

Nessa época do ano podes me contemplar
Quando folhas amarelas, ou nenhuma, ou poucas, persistem
Naqueles galhos que tremem contra o frio...

Através do Espelho abre e fecha com poemas que falam do inverno e da morte. O próprio sonho ocorre provavelmente em novembro, enquanto Alice está sentada diante de um fogo crepitante e a neve está "beijando" as vidraças. "A friagem do outono, o verão varreu", é como Carroll o expressa

* A biblioteca de Lewis Carroll incluía, quando de sua morte, um livro de John G. Wood chamado *A World of Little Wonders: or Insects at Home.* O capítulo sobre marimbondos descreve uma variedade comum de marimbondos sociais com antenas cujo primeiro anel é amarelo.

em seu poema final, lembrando aquela viagem de barco pelo Tâmisa num 4 de julho ensolarado, quando contou pela primeira vez a Alice a história da viagem dela ao País das Maravilhas.

Embora ainda não tivesse 40 anos quando escreveu seu segundo livro, Carroll era vinte anos mais velho que Alice Liddell, a amiga criança que adorava acima de qualquer outra. No poema que abre o livro ele fala de si mesmo e de Alice como separados por "meia vida". Relembra a Alice que não vai demorar muito até "que uma voz inevitável" a chame para "o leito indesejável", e se compara a uma criança mais velha que se agita à aproximação da hora de dormir final.

Os estudiosos acreditam que Carroll pretendeu que seu Cavaleiro Branco – aquele fidalgo desajeitado, inventivo, com meigos olhos azuis e sorriso gentil, que tratou Alice com uma cortesia tão atípica para alguém de trás do espelho – fosse uma paródia de si mesmo. Seria possível que ele visse seu Marimbondo como uma paródia de si mesmo quarenta anos depois? O professor Cohen convenceu-me de que não. Carroll se orgulhava de ser um *gentleman* vitoriano; em nenhuma circunstância teria se associado a um zangão de classe baixa. Apesar disso, parece-me que Carroll não teria sido capaz de escrever esse episódio sem uma aguda consciência do fato de que o abismo de idade entre Alice e o Marimbondo se assemelhava ao que separava Alice do narrador de meia-idade da história.

Estou convencido de que Carroll, talvez não conscientemente, falou através de seu Marimbondo como um ventríloquo através de um boneco quando o fez exclamar – de uma maneira que parece estranhamente deslocada no diálogo – "Com a breca, com a breca! Nunca houve uma criança assim!"

Onde Carroll pretendia que o episódio figurasse
(reprodução da primeira edição)

"IT'S MY OWN INVENTION." 183

comes of having so many things hung round the horse——" So she went on talking to herself, as she watched the horse walking leisurely along the road, and the Knight tumbling off, first on one side and then on the other. After the fourth or fifth tumble he reached the turn, and then she waved her handkerchief to him, and waited till he was out of sight.

"I hope it encouraged him," she said, as she turned to run down the hill: "and now for the last brook, and to be a Queen! How grand it sounds!" A very few steps brought her to the edge of the brook. "The Eighth Square at last!" she cried as she bounded across,

* * * * * *

* * * * *

* * * * * *

and threw herself down to rest on a lawn as soft as moss, with little flower-beds dotted about it here and there. "Oh, how glad I am to get here! And what *is* this on my head?" she

O Marimbondo de Peruca

...e estava prestes a saltar quando ouviu um suspiro profundo, que parecia vir do bosque atrás de si.

"Há alguém *muito* infeliz ali", pensou, olhando aflita para trás para ver o que havia de errado. Algo parecido com um homem muito velho (só que seu rosto parecia o de um marimbondo) estava sentado no chão, apoiado contra uma árvore, todo encolhido e tremendo como se sentisse muito frio.

"Não *acho* que possa ajudá-lo em coisa alguma", foi o primeiro pensamento de Alice ao se virar para saltar sobre o riacho; "mas vou só lhe perguntar qual é o problema", acrescentou, detendo-se quando estava bem na beirada. "Uma vez que eu tenha saltado, tudo vai mudar, e não vou poder mais ajudá-lo."[1]

Assim, voltou até o Marimbondo, bem a contragosto, pois estava *muito* ansiosa para ser uma Rainha.

"Ai, meus velhos ossos, meus velhos ossos!" ele estava murmurando quando Alice se aproximou.

"É reumatismo, me parece", Alice falou com seus botões e, inclinando-se sobre ele, disse muito delicadamente: "Não está com muitas dores, espero?"

O Marimbondo só deu de ombros e virou o rosto para o outro lado. "Ah, pobre de mim!" disse para si mesmo.

"Posso fazer alguma coisa pelo senhor?" Alice continuou. "Não está muito exposto ao frio aqui?"

"Quanto desembaraço!" exclamou o Marimbondo num tom irritado. "Com a breca, com a breca! Nunca houve uma criança como esta!"

Alice sentiu-se bastante ofendida com esta resposta, e esteve a ponto de se afastar e deixá-lo, mas pensou consigo mesma: "Talvez seja apenas a dor que o deixa rabugento." Assim, tentou mais uma vez.

"Não quer deixar que o ajude a passar para o outro lado? Vai estar protegido contra o vento frio ali."

O Marimbondo pegou o braço dela e deixou que o ajudasse a fazer a volta da árvore, mas quando sossegou de novo disse apenas, como antes: "Com a breca, com a breca! Não pode deixar uma pessoa em paz?"

"Gostaria que eu lesse para o senhor um pedacinho disto?" Alice prosseguiu, pegando um jornal que estava jogado aos pés dele.[2]

"Pode ler, se estiver disposta", disse o Marimbondo de maneira bastante mal-humorada. "Ninguém está lhe impedindo, que *eu* saiba."

Assim, Alice se sentou ao lado dele, abriu o jornal sobre os joelhos e começou: "*Últimas notícias. O Grupo Explorador realizou outra expedição à Despensa e descobriu cinco novos torrões de açúcar branco, grandes e em excelentes condições. Ao retornar…*"

"Algum açúcar mascavo?" o Marimbondo interrompeu.

Alice correu rapidamente os olhos pelo papel e disse: "Não. Não diz nada sobre mascavo."

"Nenhum açúcar mascavo!" resmungou o Marimbondo. "Belo grupo explorador!"[3]

"*Ao retornar*", Alice continuou lendo, "*descobriram um lago de melado. As margens do lago eram azuis e brancas, e pareciam louça. Enquanto experimentavam o melado, sofreram um triste acidente: dois membros do grupo foram engolfados…*"

"Foram *o quê*?" o Marimbondo perguntou numa voz muito zangada.

"En-golf-ados", Alice repetiu, dividindo a palavra em sílabas.[4]

"Não existe essa palavra na língua!" exclamou o Marimbondo.

"Mas está neste jornal", Alice disse um pouco timidamente.

"Vamos parar por aqui!" irritou-se o Marimbondo, virando a cabeça.

Alice largou o jornal. "Receio que não esteja bem", disse num tom apaziguador. "Não há alguma coisa que possa fazer pelo senhor?"

"É tudo por causo da peruca", disse o Marimbondo numa voz muito mais suave.

"Por causo da peruca?" Alice repetiu, muito satisfeita de ver que ele estava se acalmando.

"Você seria rabugenta também, se tivesse uma peruca como a minha", continuou o Marimbondo. "Eles amola a gente. Chateia a gente. E então a gente ficamos tiririca.[5] E com frio. E ficamos debaixo de uma árvore. E pegar um lenço amarelo.[6] E amarrar na cara... como agora."

Alice contemplou-o apiedada. "Amarrar o rosto é muito bom para dor de dente", disse.[7]

"E é muito bom para a presunção", acrescentou o Marimbondo.

Alice não entendeu exatamente a palavra. "É uma espécie de dor de dente?" perguntou.

O Marimbondo refletiu um pouco. "Bem, não", respondeu; "é quando você fica de cabeça erguida – *assim* – sem curvar o pescoço."

"Ah, o senhor quer dizer torcicolo",[8] disse Alice.

O Marimbondo disse: "Esse é um nome criado agora. No meu tempo isso era chamado presunção."

"Presunção não é doença de maneira alguma", Alice observou.

"É sim", disse o Marimbondo; "espere até sofrer dela, e vai ver. E quando você a pegar, pelo menos experimente usar um lenço amarelo enrolado na cara. Vai curá-la num instante!"

Enquanto falava ele desamarrou o lenço, e Alice olhou para a peruca dele com grande surpresa. Era de um amarelo vivo,[9] como o lenço, e estava toda emaranhada e despencando para os lados como um monte de algas marinhas. "Poderia deixar sua peruca muito mais arrumada", disse ela, "se pelo menos tentasse adoçar esse cabelo."

"Ora, você é uma Abelha, não é?" disse o Marimbondo, olhando-a com mais interesse. "E você tem um favo. Muito mel?"

"Não estou falando de mel", Alice se apressou a explicar, "mas de pente.[10] É para pentear seu cabelo... sua peruca está *tão* desgrenhada, sabe."

"Vou lhe contar como passei a usá-la", disse o Marimbondo. "Quando era jovem, sabe, os anéis dos meus cabelos espiralavam..."

Uma ideia curiosa veio à cabeça de Alice. Quase todo mundo que conhecera havia recitado poesia para ela, e resolveu ver se o Marimbondo não poderia fazê-lo também. "O senhor se importaria de contá-la em versos?" perguntou, com muita polidez.

"Não é o que estou acostumado a fazer", disse o Marimbondo; "de todo modo vou tentar, espere um pouquinho." Ficou em silêncio por alguns instantes, e então recomeçou:

Quando era jovem, meus anéis ondulavam[11]
E se encaracolavam e se encrespavam.
Então me diziam: "Raspe esta juba indomável
E use uma peruca amarela apresentável."

Mas quando finalmente segui esse preceito,
E os que me cercavam perceberam o efeito,
Disseram que não, que aquilo não lhes agradara
Nem de longe tanto como antes se esperara.

Afirmaram que por certo não me caía bem,
Que me tornava feio, feio como ninguém:
Mas, diga-me, que podia eu fazer agora?
Meus cachos haviam para sempre ido embora.

E assim, hoje, que estou velho e cansado,
Sem mais cabelo, só tendo passado,
Arrancam de mim a peruca, zombando:
"Como pode usar este objeto nefando?"

E mais, sempre que me mostro um pouco,
Eles me vaiam, apupam e gritam "Porco!"[12]
E assim foi que caí numa enorme esparrela,
Tudo por causa de uma peruca amarela.

"Sinto muito pelo senhor", Alice disse de coração; "e acho que se sua peruca se ajustasse um pouco melhor não iriam caçoar tanto."

"A *sua* peruca se ajusta muito bem", murmurou o Marimbondo, olhando para ela com uma expressão de admiração; "é por causa do formato da sua cabeça. Mas os seus maxilares não são bem-conformados... eu diria que você não consegue morder bem, não é?"

Alice começou a soltar um gritinho de riso, que transformou em tosse tão bem quanto podia.[13] Por fim conseguiu dizer gravemente: "Consigo morder qualquer coisa que queira."[14]

"Não com uma boca assim tão pequena", o Marimbondo insistiu. "Se estivesse lutando, ora... seria capaz de agarrar o outro pela nuca?"

"Acho que não", disse Alice.

"Bem, é porque seus maxilares são curtos demais", o Marimbondo continuou. "Mas o cocuruto da sua cabeça é bem-feito e redondo." Tirou a própria peruca enquanto falava e esticou uma pata em direção a Alice,[15] como se desejasse fazer o mesmo com ela, mas a menina recuou, tirando o corpo fora. Assim o Marimbondo continuou com suas críticas.

"Depois, seus olhos... estão na frente demais, sem dúvida. Dá no mesmo ter um ou dois, se é para se tê-los tão perto um do outro..."[16]

Alice não gostou de ouvir tantos comentários pessoais a seu respeito e, como o Marimbondo havia recobrado bastante o ânimo e estava ficando muito falante, achou que poderia deixá-lo sem risco. "Penso que devo ir embora agora", disse. "Até logo."

"Até logo, e obrigado", disse o Marimbondo, e Alice lá se foi de novo morro abaixo, muito satisfeita por ter recuado e dedicado alguns minutos a consolar a pobre e alquebrada criatura.

Notas

Aventuras de Alice no País das Maravilhas

1. Nesses versos à guisa de prefácio Carroll relembra aquela "tarde dourada" de 1862 quando ele e seu amigo reverendo Robinson Duckworth (então membro da direção do Trinity College, Oxford, mais tarde cônego de Westminster) levaram as três encantadoras irmãs Liddell para uma excursão em um barco a remo pelo Tâmisa. "Prima" era a irmã mais velha, Lorina Charlotte, de 13 anos. Alice Pleasance, de 10, era "Secunda", e a irmã mais nova, Edith, de 8 anos, era "Tertia". Carroll tinha então 30 anos. A data era sexta-feira, 4 de julho, "um dia tão memorável na história da literatura", W.H. Auden observou, "quanto na história americana".

O passeio foi de cerca de cinco quilômetros, começando em Folly Bridge, perto de Oxford, e terminando na aldeia de Godstow. "Tomamos chá às margens do rio", Carroll registrou, "e só chegamos de volta ao Christ Church um quarto depois das 8, quando as levamos até os meus aposentos para ver minha coleção de microfotografias, e as devolvemos à residência do deão pouco antes das 9". Sete meses mais tarde ele acrescentou a esse registro a seguinte nota: "Ocasião em que contei a elas o conto de fadas das aventuras subterrâneas de Alice..."

Vinte e cinco anos mais tarde (em seu artigo "*Alice* on the Stage", *The Theatre*, abr 1887), Carroll escreveu:

> Havíamos remado juntos muitos dias naquelas águas tranquilas – as três pequenas donzelas e eu – e muitos contos de fadas haviam sido improvisados para elas, quer em momentos em que o narrador estava "inspirado", e fantasias involuntárias o assaltavam aos bandos, quer em outros em que a Musa esfalfada era estimulada a agir, e se deixava arrastar resignada, mais porque tinha de dizer algo do que porque tivesse algo a dizer; no entanto, nenhuma dessas muitas histórias foi escrita: viviam e morriam, como maruins de verão, cada uma em sua própria tarde dourada, até que chegou o dia em que, por acaso, uma de minhas pequenas ouvintes suplicou que a história fosse escrita para ela. Isso foi há muitos anos, mas lembro nitidamente,

> agora enquanto escrevo, como, numa tentativa desesperada de chegar a um conto de fadas de feição diferente, eu, para começar, tinha despachado minha heroína diretamente por uma toca de coelho, sem a mínima ideia do que deveria acontecer depois. E assim, para agradar a uma criança que eu amava (não me lembro de nenhum outro motivo), escrevi a mão e ilustrei com meus próprios desenhos toscos – desenhos que se rebelavam contra todas as leis da Anatomia ou da Arte (pois nunca tivera uma aula de desenho) – o livro que acabo de publicar em fac-símile. Ao escrevê-lo, acrescentei muitas ideias novas, que pareciam brotar por si mesmas a partir do tronco original; e muitas mais se acrescentaram quando, anos mais tarde, o reescrevi inteiro para publicação ...
>
> Surja, pois, vinda do passado evanescente, "Alice", a criança dos meus sonhos. Muitos e muitos anos se passaram desde aquela "tarde dourada" que a deu à luz, mas posso recordá-la quase tão claramente como se tivesse sido ontem – o azul sem nuvens acima, o espelho-d'água embaixo, o barco derivando ocioso em seu caminho, o respingar das gotas que caíam sobre os remos, enquanto eles se agitavam tão sonolentamente para frente e para trás, e (único lampejo radiante de vida em toda a cena modorrenta) os três rostos impacientes, famintos de notícias do país das fadas, e que se recusavam a admitir um "não"; vindo daqueles lábios, "Conta-nos uma história, por favor" tinha toda a imutabilidade inflexível do Destino!

Alice registrou duas vezes suas lembranças da ocasião. As linhas que se seguem são citadas por Stuart Collingwood em *The Life and Letters of Lewis Carroll*:

> A maior parte das histórias do sr. Dodgson nos foi contada em expedições pelo rio até Nuneham ou Godstow, perto de Oxford. Minha irmã mais velha, agora sra. Skene, era "Prima", eu era "Secunda" e "Tertia" era minha irmã Edith. Acredito que o início de Alice foi contado numa tarde de verão em que o sol queimava tanto que havíamos desembarcado nas campinas rio abaixo, abandonando o barco para nos refugiarmos na única nesga de sombra à vista, que era debaixo de um monte de feno recém-empilhado. Ali, veio das três a velha súplica "Conte-nos uma história", e assim começou o delicioso conto. Às vezes, para nos provocar – e talvez estando realmente cansado –, o sr. Dodgson parava de repente e dizia: "E é só, até a próxima vez." "Ah, mas esta é a próxima vez", era a exclamação das três; e após alguma persuasão a história recomeçava. Outro dia, talvez a história começasse no barco, e o sr. Dodgson, no meio do relato de uma aventura palpitante, fingia ter adormecido profundamente, para nossa grande consternação.

O filho de Alice, Caryl Hargreaves, escrevendo na *Cornhill Magazine* (jul 1932), cita a mãe nos seguintes termos:

Quase tudo de *Alice's Adventures Underground* foi contado naquela resplandecente tarde de verão, a névoa do calor tremeluzindo sobre as campinas onde o grupo desembarcou para se abrigar por algum tempo na sombra projetada pelos montes de feno perto de Godstow. Acho que as histórias que ele nos contou essa tarde devem ter sido melhores que de costume, porque tenho uma lembrança bem nítida da excursão, e também porque, no dia seguinte, comecei a importuná-lo para escrever a história para mim, o que nunca tinha feito antes. Foi por causa de meu "vamos lá, vamos lá" e da minha importunação que, depois de dizer que ia pensar no assunto, acabou por fazer a hesitante promessa que o impeliu a escrevê-la.

Finalmente, temos o relato do reverendo Duckworth, encontrado em *The Lewis Carroll Picture Book*, de Collingwood:

> Eu remava na *popa* e ele na *proa* na famosa viagem a Godstow durante as férias longas, em que as três senhoritas Liddell eram nossas passageiras, e a história foi de fato composta e contada *sobre meu ombro* para o entretenimento de Alice Liddell, que estava servindo de "timoneiro" de nosso barco. Lembro de me virar e dizer: "Isso é um romance improvisado seu, Dodgson?" E ele respondeu: "É, estou inventando à medida que avançamos." Lembro-me também de como, quando levamos as três crianças de volta para a residência do deão, Alice disse, ao nos dar boa-noite, "Oh, sr. Dodgson, gostaria que escrevesse as aventuras de Alice para mim". Ele respondeu que iria tentar, e mais tarde me disse que havia passado quase a noite toda acordado, registrando num caderno suas lembranças das brincadeiras com que animara a tarde. Acrescentou ilustrações feitas por ele e ofereceu o volume, que costumava ser visto com frequência na mesa da sala de estar da residência do deão.

É com pesar que acrescento que em 1950, quando se fez uma verificação junto ao instituto de meteorologia de Londres (tal como relatado em *Lewis Carroll: Photographer*, de Helmut Gernsheim), os registros indicaram que o tempo nas proximidades de Oxford no dia 4 de julho de 1862 foi "fresco e bastante úmido".

Isso foi confirmado mais tarde por Philip Stewart, do Departamento de Silvicultura da Universidade de Oxford. Ele me informou por carta que as *Astronomical and Meteorological Observations Made at the Radcliffe Observatory, Oxford*, vol.23, reportam o tempo no dia 4 de julho como chuvoso após as 14h, com cobertura de nuvens 10/10 e temperatura máxima à sombra de 19,9 graus centígrados. Esses registros apoiam a ideia de que Carroll e Alice confundiram suas lembranças da ocasião com passeios de barco semelhantes feitos em dias mais ensolarados.

A questão, contudo, continua controversa. Para uma defesa bem fundamentada da conjetura de que o dia pode afinal ter sido seco e ensolarado, ver "The Weather on Alice in Wonderland Day, 4 July 1862", de H.B. Doherty, do Aeroporto de Dublin, em *Weather*, vol.23 (fev 1968), p.75-8. Quem me chamou atenção para esse artigo foi o leitor William Mixon.

2. Os peregrinos à Terra Santa usavam com frequência flores na cabeça. O leitor Howard Lees enviou uma citação do Prólogo dos *Contos de Canterbury*, de Chaucer, em que o Oficial de Justiça é assim descrito:

> *Na cabeça, trazia uma guirlanda que era*
> *Tão grande quanto o ramo de azevinho*
> *Que diante da taberna nos convida a tomar vinho ...*

Não estaria Carroll sugerindo, pergunta Lees, "que Alice deveria guardar essas histórias em sua memória infantil; a memória que, quando ela se tornar adulta, será como um ramo de flores murchas colhidas na terra distante da infância?"

Alguns anos antes de escrever esse poema introdutório, Carroll fotografou Alice com uma guirlanda de flores na cabeça. A foto está reproduzida em *Lewis Carroll: A Biography*, de Anne Clark (Schocken, 1979), em face da p.65, e em *Reflections in a Looking Glass*, de Morton Cohen (Aperture, 1998), p.58.

1. Pela toca do Coelho (p.9-15)

1. As imagens de Alice feitas por Tenniel não retratam Alice Liddell, que tinha cabelo escuro cortado curto e franja caindo lisa sobre a testa. Carroll enviou a Tenniel uma fotografia de Mary Hilton Badcock, outra amiga criança, recomendando-lhe que a usasse como modelo, mas se Tenniel aceitou ou não esse conselho é uma questão. Que não o tenha feito é fortemente sugerido por estas linhas de uma carta que Carroll escreveu algum tempo depois que ambos os livros de *Alice* haviam sido publicados (a carta é citada pela sra. Lennon em seu livro sobre Carroll):

> O sr. Tenniel é o único artista que desenhou para mim que se recusou resolutamente a usar um modelo, declarando que tinha tão pouca necessidade de um quanto eu de uma tabuada de multiplicar para resolver um problema matemático! Arrisco-me a pensar que estava errado e que, por falta de modelo, desenhou várias imagens de "Alice" completamente desproporcionais – cabeça evidentemente grande demais e pés evidentemente pequenos demais.

Em "*Alice* on the Stage", artigo citado na primeira nota ao poema introdutório, Carroll fez a seguinte descrição da personalidade de sua heroína:

Que eras tu, Alice de sonho, nos olhos de teu pai adotivo? Como ele te retratará? Amorosa, primeiro, amorosa e gentil: amorosa como um cão (desculpa o símile prosaico, mas não conheço amor terreno tão puro e perfeito), e gentil como uma corça; depois, cortês – cortês para com *todos*, grandes ou pequenos, ilustres ou grotescos, Rei ou Lagarta, como se fosse ela mesma a filha de um Rei, e seus trajes de ouro forjados; depois, confiante, pronta a aceitar as mais extravagantes impossibilidades com toda aquela ilimitada confiança que só os sonhadores conhecem; e, por fim, curiosa – desvairadamente curiosa, com um gozo ávido da Vida que só ocorre nas horas felizes da infância, quando tudo é novo e justo, e quando Pecado e Dor são apenas nomes – palavras vazias que nada significam!

Concordo com o correspondente Richard Hammerud de que foi intenção de Carroll começar sua história com a palavra "Alice".

O símbolo que se vê no canto direito inferior dos desenhos de Tenniel é um monograma de suas iniciais, J.T.

2. Carroll tinha conhecimento, é claro, de que num estado normal de queda livre Alice não podia nem soltar o pote (ele permaneceria suspenso diante dela) nem recolocá-lo numa prateleira (sua velocidade seria rápida demais). É interessante notar que em seu romance *Sílvia e Bruno*, cap.8, Carroll descreve a dificuldade de tomar chá numa casa que está caindo, bem como numa que está sendo puxada para baixo numa aceleração ainda maior; antecipou assim, sob certos aspectos, a famosa "experiência de pensamento" em que Einstein usou um elevador imaginário em queda para explicar certos aspectos da teoria da relatividade.

3. William Empson assinalou (na seção sobre Lewis Carroll em seu *Some Versions of Pastoral*) que esta é a primeira piada sobre morte nos livros de Alice. Muitas mais viriam.

4. Na época de Carroll havia considerável especulação popular quanto ao que aconteceria se alguém caísse num buraco que passasse exatamente pelo centro da Terra. Plutarco havia formulado a pergunta e muitos pensadores famosos, entre os quais Francis Bacon e Voltaire, haviam-na discutido. Galileu (*Dialogo dei massimi sistemi, giornata seconda*, editado em Florença em 1842, vol.1, p.251-2) deu a resposta correta: o objeto cairia com velocidade crescente mas com aceleração decrescente até atingir o centro da Terra, ponto em que sua aceleração seria zero. A partir daí teria sua velocidade reduzida, com aceleração crescente, até alcançar a abertura no outro extremo. Em seguida cairia de volta. Ignorando-se a resistência do ar e a força de Coriolis que resulta da rotação da Terra (a menos que o buraco vá de polo a polo), o objeto iria oscilar de um lado para o outro eternamente. A resistência do ar, é claro, acabaria por pô-lo em repouso no centro da Terra. O leitor interessado deveria consultar "A Hole through the Earth", do astrônomo francês Camille Flammarion, em *The Strand Magazine*, vol.38 (1909), p.348, ainda que apenas para ver as sinistras ilustrações.

O interesse de Carroll pelo assunto é indicado pelo fato de que, no cap.7 de seu *Conclusão de Sílvia e Bruno*, ele descreve (além de uma banda de Möbius, de um plano projetivo e outros inventos científicos e matemáticos fantásticos) um método extraordinário para propelir trens usando a gravidade como única fonte de energia. Os trilhos se estendem de uma cidade a outra por um túnel perfeitamente reto. Como o centro do túnel está necessariamente mais próximo do centro da Terra que suas extremidades, o trem corre por um declive até o centro, adquirindo *momentum* suficiente para mover-se pela outra metade do túnel. Curiosamente, um trem como esse faria a viagem (ignorando-se a resistência do ar e o atrito das rodas) exatamente no mesmo tempo que um objeto levaria para cair através do centro da Terra – pouco mais que 42 minutos. Esse tempo é constante, seja qual for o comprimento do túnel.

A queda mundo subterrâneo adentro como artifício para ingressar numa terra de maravilhas foi usada por muitos outros autores de histórias fantásticas para crianças, em especial por L. Frank Baum em *Dorothy e o Mágico de Oz* e Ruth Plumly Thompson em *The Royal Book of Oz*. Baum usou também o tubo através da Terra como um truque de muito efeito na trama de *Tik-Tok of Oz*.

5. As irmãs Liddell eram muito afeiçoadas aos dois gatos malhados da família, Dinah e Villikens, assim chamados a partir de uma canção popular, "Villikens and His Dinah". Dinah e seus dois filhotes, Kitty e Snowdrop, reaparecem no primeiro capítulo do segundo livro de *Alice* e, mais tarde, no sonho de Alice sob a forma das Rainhas Vermelha e Branca.

6. Uma chave de ouro que destrancava portas misteriosas era um objeto comum na literatura vitoriana. Aqui está a segunda estrofe da "Ballade of the Bookworm", de Andrew Lang:

Um dom as fadas me deram (três
Em geral concediam outrora):
O amor aos livros, a chave de ouro
Que abre a porta encantada.

Em suas notas para uma edição dos livros de *Alice* feita em Oxford, Roger Green associa essa chave de ouro com a chave mágica para o céu da famosa história fantástica de George MacDonald, "The Golden Key". A história foi publicada pela primeira vez num livro de 1867, *Dealings with Fairies*, dois anos após a publicação de *Alice no País das Maravilhas*, mas Carroll era amigo de MacDonald e é possível, escreve Green, que tivesse visto a história em manuscrito. MacDonald escreveu também um poema intitulado "The Golden Key", que foi publicado cedo o suficiente (1861) para que Carroll o tivesse lido. A história está reproduzida na esplêndida antologia de Michael Hearn, *The Victorian Fairy Tale Book* (Pantheon, 1988).

7. T.S. Eliot revelou ao crítico Louis L. Martz que tinha esse episódio em mente quando escreveu os seguintes versos para "Burnt Norton", o primeiro poema de seus *Quatro quartetos* [que aparecem aqui na tradução de Ivan Junqueira]:

O tempo presente e o tempo passado
Estão ambos talvez presentes no tempo futuro
E o tempo futuro contido no tempo passado.
Se todo o tempo é eternamente presente
Todo tempo é irredimível.
O que poderia ter sido é uma abstração
Que permanece, perpétua possibilidade,
Num mundo apenas de especulação.
O que poderia ter sido e o que foi
Convergem para um só fim, que é sempre presente.
Ecoam passos na memória
Ao longo das galerias que não percorremos
Em direção à porta que jamais abrimos
Para o roseiral.

A portinha para um jardim secreto aparece ainda em *The Family Reunion*, também de Eliot. Era para ele uma metáfora de eventos que poderiam ter ocorrido, caso se tivessem aberto certas portas.

8. O frasco de remédio vitoriano não tinha tampa de enroscar nem rótulo colado. Era arrolhado, com um rótulo de papel amarrado no gargalo.

9. As "historinhas divertidas", Charles Lovett me lembra, não eram tão divertidas assim. Eram os contos de fadas tradicionais, cheios de episódios de horror e em geral com uma moral piedosa. Ao pôr de lado a moral, os livros de *Alice* inauguraram um novo gênero de ficção para crianças.

10. Esta é a primeira de 12 ocasiões no livro em que Alice muda de tamanho. Richard Ellmann sugeriu que Carroll talvez estivesse simbolizando inconscientemente a grande disparidade entre a pequena Alice que ele amava, mas com quem não podia se casar, e a Alice grande que ela logo se tornaria. Veja "On Alice's Changes in Size in Wonderland", de Selwyn Goodacre, em *Jabberwocky* (inverno 1977), para muitas discrepâncias nas ilustrações de Tenniel no tocante ao tamanho de Alice.

11. Observe o uso por Tweedledum da mesma metáfora da chama da vela no cap.4 do segundo livro de *Alice*.

12. [No original: "*alas for poor Alice!*"] Teve Carroll a intenção de fazer um jogo de palavras com "*alas*"? É difícil saber ao certo, mas não há dúvida sobre a intenção em *Finnegans Wake* (ed. rev. Viking, 1959, p.528) quando James Joyce escreve: "*Alicious, twinstreams twinestraines, through alluring glass or alas in jumboland?*" E novamente (p.270): "*Through Wonderlawn's lost us for ever. Alis, alas, she broke the glass! Liddell lokker through the leafery, ours is mistery of pain.*"

Para as centenas de referências a Dodgson e aos livros de *Alice* em *Finnegans Wake*, ver o excelente artigo de Ann McGarrity Buki, "Lewis Carroll in *Finnegans Wake*", em *Lewis Carroll: A Celebration* (Clarkson N. Potter, 1982), organizado por Edward Guiliano, e o artigo anterior de J.S. Atherton, "Lewis Carroll and *Finnegans Wake*", em *English Studies* (fev 1952). Em sua maior parte, as alusões são indiscutíveis, mas que sentido dar a estranhezas como as iniciais idênticas dos nomes Alice Pleasance Liddell e Anna Livia Plurabelle? Será uma coincidência, como as correspondências entre os nomes de Carroll e Alice (notada pelo leitor Dennis Green) no tocante ao comprimento dos nomes, às posições das vogais, consoantes e letras duplas no último nome?

ALICE LIDDELL
LEWIS CARROLL

Mais jogos com letras: considere as consoantes iniciais de "*Dear Lewis Carroll*" [Querido Lewis Carroll]. De trás para frente, são as iniciais de Charles Lutwidge Dodgson.

De interesse mais sério é o fato de que Alice teve um filho chamado Caryl Liddell Hargreaves. Outra coincidência? O caso amoroso importante que Alice teve antes de se casar com Reginald Hargreaves foi com o príncipe Leopold da Inglaterra. Eles se conheceram quando o rapaz fazia sua graduação no Christ Church. A rainha Vitória considerava inconcebível que ele se casasse com algo menos que uma princesa e a sra. Liddell concordava. Alice usou um presente do príncipe em seu vestido de noiva e deu a seu segundo filho o nome Leopold. O príncipe Leopold, que se casou com uma princesa algumas semanas depois, deu a uma filha o nome Alice. É difícil acreditar que Alice, quando batizou seu terceiro filho Caryl, não tivesse em mente seu velho amigo matemático, mas segundo Anne Clark, em seu maravilhoso livro *The Real Alice* (Stein & Day, 1982), Alice sempre insistiu que o nome viera de um romance. A identidade do romance é desconhecida.

13. Não há indício algum, sustentam Denis Crutch e R.B. Shaberman em seu livro *Under the Quizzing Glass* (Magpie Press, 1972), de que Alice Liddell gostasse de fingir ser duas pessoas. No entanto, em conformidade com sua afirmação de que Carroll injetou muito de si mesmo em sua Alice ficcional, eles nos lembram que Carroll sempre teve cuidado em manter separados Charles Dodgson, o matemático de Oxford, e Lewis Carroll, autor de livros para crianças e apreciador de menininhas.

2. A LAGOA DE LÁGRIMAS (p.16-22)

1. Um guarda-fogo é uma lâmina baixa de metal, ou tela, às vezes ornamental, entre o tapete e uma lareira aberta.

2. Em seu artigo "*Alice* on the Stage" (citado na primeira nota ao poema introdutório do livro), Carroll escreveu:

> E o Coelho Branco, que dizer *dele*? Foi moldado nas linhas de "Alice" ou concebido como um contraste? Como um contraste, nitidamente. Onde nela há "juventude", "audácia", "vigor" e "pronta determinação", veja nele "idoso", "tímido", "fraco" e "nervosamente indeciso", e perceberá *alguma coisa* do que pretendi que fosse. *Penso* que o Coelho Branco devia usar óculos. Tenho certeza de que sua voz devia vibrar e seus joelhos tremerem, e todo o seu aspecto sugere total pusilanimidade.

Em *Alice's Adventures Under Ground*, o manuscrito original, o coelho deixa cair um ramalhete em vez de um leque. O encolhimento subsequente de Alice é resultado do cheiro dessas flores.

3. Em sua história original, *Alice's Adventures Under Ground*, os nomes são Gertrudes e Florence, que eram primas de Alice Liddell.

4. A explicação mais simples de por que Alice nunca vai chegar a 20 é que a tabuada de multiplicar geralmente para em 12; assim, levando-se essa progressão absurda adiante – 4 vezes 5 é 12, 4 vezes 6 é 13, 4 vezes 7 é 14, e assim por diante – terminamos com 4 vezes 12 (o mais longe que ela pode ir) é 19 – faltando apenas 1 para 20.

A.L. Taylor, em seu livro *The White Knight*, propõe uma teoria interessante, porém mais complicada. Quatro vezes 5 realmente é 12 num sistema numérico que utilize uma base 18. Quatro vezes 6 é 13 num sistema com base 21. Se levamos essa progressão adiante sempre aumentando a base em 3, nossos produtos continuam aumentando em 1 até que chegamos a 20, onde pela primeira vez o sistema malogra. Quatro vezes 13 não é 20 (num sistema numérico com base 42), mas "1" seguido por qualquer símbolo que seja adotado para "10".

Para outra interpretação da aritmética de Alice, ver "Multiplication in Changing Bases: A Note on Lewis Carroll", de Francine Abeles, em *Historia Mathematica*, vol.3 (1976), p.183-4.

5. Em sua maioria, os poemas nos dois livros de *Alice* são paródias de poemas ou canções populares muito conhecidos pelos leitores contemporâneos de Carroll. Com poucas exceções, os originais estão hoje esquecidos, seus títulos só se mantendo vivos porque Carroll resolveu fazer troça deles. Como muito da graça de uma paródia é perdido se não se conhece o que está sendo caricaturado, todos os originais serão reproduzidos nesta edição. Aqui temos uma habilidosa paródia do poema mais conhecido do inglês Isaac Watts (1674-1748), teólogo e autor de hinos tão conhecidos quanto "O God, our help in ages past". O poema de Watts, "Against Idleness and Mischief" (de seu *Divine Songs for Children*, 1715) é reproduzido abaixo na íntegra:

Como pode a abelhinha
A cada radiante hora se ocupar,
E todo o seu dia passar a colher,
O mel de cada nova flor a brotar!

Com que habilidade constrói seu alvéolo!
Com que capricho espalha a cera!
E labuta diligente para bem o armazenar,
Com o alimento doce que sabe preparar.

Em tarefas árduas ou de habilidade,
Quisera eu ser diligente também;
Pois Satã sempre encontra uma maldade
Para mãos ociosas ocupar.

Na leitura, no trabalho ou no saudável folguedo,
Oxalá meus primeiros anos se passem
De tal modo que eu possa de cada dia, sem medo,
Ter sempre boas contas a prestar.

Carroll escolheu o preguiçoso e lento crocodilo como uma criatura muito diversa da abelha, a voar rapidamente, sempre atarefada.

6. As primeiras expansões de Alice foram citadas por cosmólogos para ilustrar aspectos da teoria do universo em expansão. Sua escapada por um triz nesta passagem evoca uma teoria do universo em *contração* proposta certa vez numa brincadeira carrolliana pelo eminente matemático Sir Edmund Whittaker. Talvez a quantidade total de matéria esteja se tornando continuamente menor, e o universo vá finalmente se diluir em absolutamente nada. "Isso teria a vantagem", disse Whittaker, "de fornecer uma imagem muito simples do destino final do universo." (*Eddington's Principle in the Philosophy of*

Science, conferência de Whittaker publicada em 1951 pela Cambridge University Press.) Um desaparecimento semelhante ocorreria se o universo tivesse matéria suficiente para parar de se expandir e em seguida fazer o movimento contrário rumo a um *big crunch* ["grande implosão"].

7. Máquinas de banho [*bathing-machines*] eram pequenas cabines individuais sobre rodas. Eram puxadas para dentro do mar por cavalos até a profundidade desejada pelo banhista, que em seguida emergia discretamente por uma porta que dava para o mar. Um enorme toldo na parte posterior da máquina ocultava o banhista do olhar público. Na praia as pessoas usavam as máquinas, é claro, para se vestir e despir sem serem vistas. Essa curiosa engenhoca vitoriana foi inventada por volta de 1750 por Benjamin Beale, um quacre que morava em Margate, tendo sido usada pela primeira vez na praia de Margate. Mais tarde as máquinas foram introduzidas em Weymouth por Ralph Allen, o modelo do sr. Allworthy no *Tom Jones*, de Fielding. Em *Humphry Clinker* (1771), de Smmollet, uma carta de Matt Bramble descreve uma máquina de banho em Scarborough. (Ver *Notes and Queries*, 13 ago 1904, série 10, vol.2, p.130-1.)

O segundo "ataque" no esplêndido poema nonsense de Carroll, *The Hunting of the Snark* (com o subtítulo: *An Agony in Eight Fits*) nos conta que o apreço por máquinas de banho é uma das "cinco características inconfundíveis" pelas quais o misterioso animal *snark* pode ser reconhecido:

A quarta é seu gosto por máquinas de banho,
Que sempre carrega para toda parte.
E acredita que elas somam à beleza das cenas...
Um sentimento aberto à dúvida.

8. Em seu artigo "In Search of Alice's Brother's Latin Grammar", em *Jabberwocky* (primavera 1975), Selwyn Goodacre sustenta que o livro pode ter sido *The Comic Latin Grammar* (1840). Ele fora escrito anonimamente por Percival Leigh, que escrevia na *Punch*, com ilustrações do chargista da revista, John Leech. Carroll possuía um exemplar da primeira edição.

Um único substantivo era declinado por completo no livro: a palavra latina *musa*. Goodacre sugere que Alice, "olhando a gramática latina sobre o ombro do irmão, tomou *musa* por *mus*", a palavra latina para "camundongo" [*mouse*]. Outros comentários sobre essa especulação aparecem em *Jabberwocky* (primavera 1977). Everett Bleiler observa que a declinação de Alice omite a forma ablativa.

9. Hugh O'Brien, escrevendo sobre "The French Lesson Book" em *Notes and Queries* (dez 1963), identificou o livro como *La Bagatelle: pretende introduzir crianças de três ou quatro anos a algum conhecimento da língua francesa* (1804).

10. Em duas das ilustrações de Tenniel para o próximo capítulo, vê-se a cabeça de um macaco. Sugeriu-se que Tenniel pretendia que seu macaco fosse uma caricatura de Charles Darwin. Parece improvável. A cara do macaco de Tenniel, em sua segunda ilustração, reproduz exatamente a de um macaco que figurou numa charge política que publicou na *Punch* (11 out 1856), em que o macaco representa "King Bomba", o apelido de Ferdinando II, rei das Duas Sicílias.

O dodô incapaz de voar foi extinto por volta de 1681. Charles Lovett informou-me que o Oxford University Museum, que Carroll visitava com frequência com as meninas Liddell, continha (e ainda contém) os restos de um dodô e uma famosa pintura da ave da autoria de John Savory. O dodô era nativo das Ilhas Maurício, no Oceano Índico. Marinheiros holandeses e colonizadores matavam as "aves nojentas", como as chamavam, para comê-las, e seus ovos (só um por ninho) eram dados aos animais das fazendas dos primeiros colonos. O dodô é um dos primeiros exemplos de espécie animal totalmente extinta pela espécie humana. Ver "The Dodo in the Caucus Race", por Stephen Jay Gould, em *Natural History* (nov 1996).

O Dodô de Carroll pretendia ser uma caricatura dele mesmo – diz-se que sua gagueira o fazia pronunciar seu nome "Dodo-Dodgson". O Pato é o reverendo Robinson Duckworth, que muitas vezes acompanhou Carroll em passeios de barco com as irmãs Liddell. O Papagaio [no original Lory, um papagaio australiano] é Lorina, a mais velha das irmãs (isto explica por quê, no segundo parágrafo do próximo capítulo, ele diz a Alice: "Sou mais velho que você e devo saber mais."). Edith Liddell é a Aguieta.

É curioso observar que, quando a biografia de Charles Lutwidge Dodgson entrou na *Enciclopédia Britânica*, foi inserida exatamente antes do verbete sobre o Dodô. Os membros desse "grupo estrambótico" representam os participantes de um episódio registrado no diário de Carroll em 17 de junho de 1862. Carroll levou suas irmãs, Fanny e Elizabeth, e sua tia Lucy Lutwidge (as outras "criaturas curiosas"?) para uma excursão de barco junto com o reverendo Duckworth e as três meninas Liddell.

> *17 de junho (terça).* Excursão a Nuneham. Duckworth (do Trinity) e Ina, Alice e Edith foram conosco. Partimos por volta das 12h30 e chegamos a Nuneham às 2h: jantamos lá, depois andamos pelo parque e iniciamos a volta para casa por volta das 4h40. Cerca de dois quilômetros acima de Nuneham caiu uma chuva pesada, e depois de suportá-la por um breve tempo decidi que devíamos deixar o barco e caminhar: quase cinco quilômetros disso nos deixou a todos completamente ensopados. Segui primeiro com as meninas, pois elas podiam andar bem mais rápido que Elizabeth, e levei-as para a única casa que conhecia em Sandford, a da sra. Broughton, onde Ranken se hospeda. Deixei-as com ela para que secassem suas roupas e saí em busca de um veículo, mas não foi possível encontrar nenhum; assim, quando os outros chegaram, Duckworth e eu andamos até Iffley, de onde lhes mandamos um cabriolé de aluguel.

No manuscrito original, *Alice's Adventures Under Ground*, aparecem vários detalhes relacionados a essa experiência, que Carroll mais tarde suprimiu por pensar que teriam pouco interesse para os que não pertenciam ao círculo das pessoas envolvidas. Quando a edição fac-similada do manuscrito foi publicada em 1886, Duckworth recebeu um exemplar com a dedicatória: "The Duck from the Dodo" [O Pato do Dodô].

3. Uma corrida em comitê e uma história comprida (p.23-29)

1. Roger Lancelyn Green, editor do diário de Carroll, identifica essa prolixa passagem como uma citação real do livro de Havilland Chepmell, *Short Course of History* (1862), p.143-4. Carroll tinha um parentesco distante com os condes Edwin e Morcar, mas Green considera improvável que ele o soubesse. (Ver *The Diaries of Lewis Carroll*, vol.1, p.2.) O livro de Chepmell era um dos manuais que as meninas Liddell estudavam. Em outra passagem Green sugere que Carroll pode ter pretendido que o Camundongo representasse Miss Prickett, a governanta das crianças.

2. [No original: "*Caucus-race*"] O termo *caucus* teve origem nos Estados Unidos, referindo-se a uma reunião de líderes de uma facção para decidir sobre um candidato ou política. Foi adotado na Inglaterra com um sentido ligeiramente diferente, referindo-se a um sistema de organização partidária extremamente disciplinada por comitês. Em geral era usado por um partido como um termo injurioso aplicado à organização de um partido adversário. Carroll pode ter pretendido que sua "corrida em comitê" simbolizasse o fato de que os membros de comitês geralmente correm muito em círculo, sem chegar a lugar algum, todos almejando um prêmio político. Sugeriu-se que ele foi influenciado pelo comitê de corvos no cap.7 de *Water Babies*, cena que Charles Kingsley escrevera com óbvia intenção de mordaz sátira política, mas as duas cenas têm pouco em comum.

A corrida em comitê não figura no manuscrito original, *Alice's Adventures Under Ground*. Ela substitui a seguinte passagem suprimida, baseada no episódio citado na nota 10 do capítulo anterior.

> "Eu pretendia dizer apenas", disse o Dodô num tom bastante ofendido, "que sei de uma casa aqui perto onde a senhorita e o resto do grupo poderiam se secar, e depois poderíamos ouvir confortavelmente a história que, me parece, você teve a gentileza de prometer nos contar", fazendo uma profunda reverência para o camundongo.
>
> O camundongo não fez objeção a isso, e todo o grupo seguiu ao longo da margem do rio (pois a essa altura a lagoa havia começado a fluir para fora do salão e sua borda estava coberta de juncos e miosótis) numa lenta procissão, com o Dodô na dianteira. Após algum tempo o Dodô ficou impaciente e, deixando o Pato escoltar o resto do grupo, seguiu a um passo mais rápido com Alice, o Papagaio e a Aguieta, e logo

chegou com eles a uma cabaninha; ali se aconchegaram junto ao fogo, enrolados em cobertores, até que o resto do grupo chegou e ficaram todos secos de novo.

O dedal, tomado de Alice e depois devolvido a ela, pode simbolizar o modo como os governos tomam dinheiro do bolso dos cidadãos e depois o devolvem na forma de projetos políticos. Ver "The Dodô and the Caucus-Race", de Narda Lacey Schwartz, em *Jabberwocky* (inverno 1977), e "The Caucus-Race in *Alice in Wonderland*: A Very Drying Exercise", de August Imholtz Jr., em *Jabberwocky* (outono 1981). A corrida no episódio, segundo Alfreda Blanchard em *Jabberwocky* (verão 1982), pode significar a competição dos políticos por cargos.

Ao desenhar essa cena Tenniel foi forçado a pôr mãos humanas sob as pequenas asas do Dodô. De que outro modo ele poderia segurar um dedal?

3. Os confeitos [*comfits*] eram balas duras feitas pondo-se frutas ou sementes secas em conserva com açúcar e cobrindo-as com uma fina camada de xarope.

4. A história do Camundongo talvez seja o exemplo mais conhecido de poema emblemático, ou figurado, em inglês: poemas impressos de tal maneira que se assemelham a algo relacionado a seu tema. A simulação remonta à Grécia antiga. Entre seus praticantes incluem-se bardos tão eminentes quanto Robert Herrick, George Herbert, Stéphane Mallarmé, Dylan Thomas, e.e. cummings e o poeta francês moderno Guillaume Apollinaire. Para uma defesa vigorosa, se não convincente, do poema emblemático como forma de arte séria, ver o artigo de Charles Boultenhouse "Poems in the Shapes of Things", no *Art News Annual* (1959). Outros exemplos da forma serão encontrados na revista *Portfolio* (verão 1950); em *Gleanings for the Curious* (1867, revisto), de C.C. Bombaugh; no *Handy-Book of Literary Curiosities* (1892), de William S. Walsh; e em *A Whimsey Anthology* (1906), de Carolyn Wells.

Tennyson disse certa vez a Carroll que sonhara com um longo poema sobre fadas, que começava com versos muito longos, que depois iam se tornando cada vez menores, até que o poema terminava com 50 ou 60 versos de duas sílabas cada um. (Tennyson teve o poema em alta conta enquanto sonhava, mas esqueceu-o completamente quando despertou.) Foi expressa a opinião (*The Diaries of Lewis Carroll*, vol.1, p.146) de que isso pode ter dado a Carroll a ideia para sua história do Camundongo.

No original do livro escrito a mão, um poema inteiramente diferente aparece como a história; de certo modo era mais apropriado, pois cumpria a promessa do Camundongo de explicar por que não gosta de gatos e cachorros, ao passo que a história tal como figura aqui não contém referência a gatos. A história original, escrita a mão por Carroll, é a seguinte:

Vivíamos sob o capacho,
Era quente, aconchegante e farto.

Não fosse por uma desgraça:
E essa era o gato!

Para nossa alegria um estorvo.
Em nossos olhos uma cerração.
Sobre nossos corações uma pressão
Era o cão!

Quando o gato vai passear,
Os camundongos fazem a festa,
Mas, ai! num momento inopinado
(Tal como por eles é contado)

Apareceram o cachorro e o gato,
Que estavam à caça de um rato,
Os camundongos foram todos esmagados,
Ali mesmo onde estavam postados.

Debaixo do capacho,
Era quente, aconchegante e farto.
Imagine só esse fato!

O lógico e filósofo americano Charles Peirce era muito interessado no análogo visual da onomatopeia poética. Entre seus artigos inéditos há uma cópia de "O corvo", de Poe, escrito com uma técnica que Peirce chamou de "caligrafia artística", com as palavras formadas de modo a transmitir uma impressão visual das ideias do poema. Isso não é tão absurdo quanto parece. A técnica é frequentemente empregada hoje no desenho de letras de anúncios, capas de livro, títulos de matérias e artigos de revistas, títulos de filmes e programas de televisão, e assim por diante.

Eu não sabia, até ler a respeito em *Under the Quizzing Glass*, de R.B. Shaberman e Denis Crutch, que Carroll certa vez propôs uma mudança adicional na última quadra do poema. Foi uma das 37 correções que ele arrolou em seu exemplar da edição de 1866 do livro. A estrofe revista teria sido:

> *Disse o camundongo ao vira-lata: "Tal julgamento, senhor, sem júri e sem juiz, seria insípido e enfadonho." "Eu serei juiz e júri", insistiu o velho Fúria em dizer: "Vou julgar o caso inteiro e condená-lo a morrer."*

Fury era o nome de um fox-terrier pertencente à menina Eveline Hull, amiga de Carroll. Morton Cohen, numa nota na p.358 de *The Letters of Lewis Carroll* (Oxford, 1979), especula que o cachorro foi assim chamado por causa do vira-lata da história do Camundongo. Cita um registro no diário de Carroll (omitido da versão publicada) que conta como Fury desenvolveu hidrofobia e teve de ser abatido a tiros, o que foi feito na presença de Carroll.

Em 1989, dois adolescentes alunos na Pennington School, em Nova York, Gary Graham e Jeffrey Maiden, fizeram uma descoberta inusitada. O poema do Camundongo de Carroll [no original] tem uma estrutura do que é conhecido como "*tail rhyme*" – um *couplet* rimado seguido de um verso curto não rimado. Alongando o último verso, Carroll transformou seu "poema-cauda" num padrão que, se impresso de forma tradicional, como mostrado abaixo, se assemelha a um camundongo com uma cauda comprida! Para detalhes da descoberta, ver "Tail in Tail(s): A Study Worthy of Alice's Friends", no *New York Times* (1º mai 1991, p.A23).

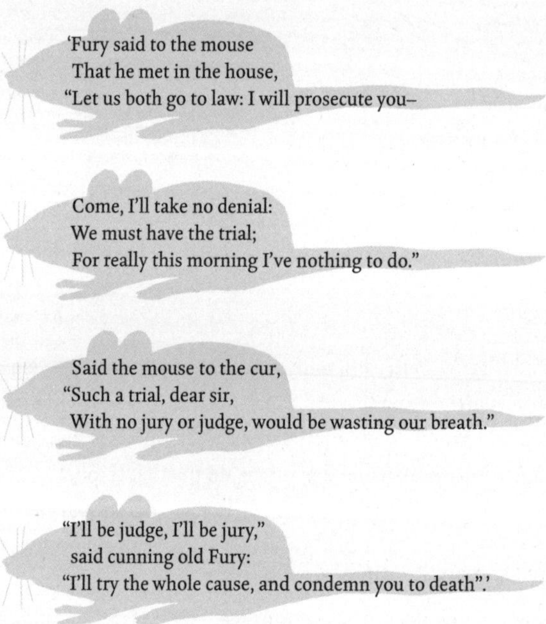

Em 1995, David e Maxine Schaefer, de Silver Spring, Maryland, fizeram uma edição privada de um pequeno livro de capa dura intitulado *The Tale of the Mouse's Tail*. Ilustrado por Jonathan Dixon, esse delicioso volume reproduz todas as diferentes maneiras como a cauda do Camundongo foi representada em edições de *Alice no País das Maravilhas* pelo mundo todo.

5. Cf. "The Barrister's Dream" (Ataque 6 de *The Hunting of the Snark*), em que o Snark serve como juiz e júri, e ainda como consultor de defesa.

6. Esta fala foi mais tarde citada pelo próprio Carroll como epígrafe das respostas para uma série de dez enigmas matemáticos (que ele chamava de "nós") que publicou em 1880 no *The Monthly Pocket*. Em 1885 eles apareceram em forma de livro como *A Tangled Tale*.

4. Bill paga o pato (p.30-37)

1. Em *Alice's Adventures Under Ground* o Coelho Branco exclama: "A Marquesa! A Marquesa! oh minhas queridas patas! oh meu pelo e meus bigodes! Ela vai mandar me executar, tão certo quanto doninhas são doninhas!" Não há nenhuma Duquesa nessa primeira versão da história; mais tarde ficamos sabendo pelo Coelho Branco: "A Rainha é a Marquesa: você não sabia disso?" E ele acrescenta: "Rainha de Copas e Marquesa de Tartarugas Falsas."

Somos informados no capítulo "Porco e pimenta" de que o medo do Coelho Branco é justificado, porque a Duquesa grita para Alice: "Por falar em revolução, cortem-lhe a cabeça!" [no original: "*Talking of axes, chop off her head!*"]. Selwyn Goodacre considera descabido para uma duquesa ordenar execuções. Sugere que Carroll introduziu a observação da Duquesa num esforço para harmonizar a história com a exclamação do Coelho Branco na versão anterior.

Doninhas [*ferrets*] são uma variedade semidomesticada do furão inglês, usada sobretudo na caça de coelhos e camundongos. Em geral são de um branco amarelado, com olhos cor-de-rosa. O Coelho Branco tinha uma boa razão para se referir a doninhas em seu temor de ser "executado". Aqui está uma passagem da seção de Oliver-Goldsmith sobre "The Ferret" em sua *History of the Earth and Animated Nature*:

> É naturalmente uma inimiga tão ferrenha da espécie dos coelhos que, se um coelho morto é apresentado a uma doninha jovem, ela, ainda que nunca tenha visto um antes, o ataca e o morde com uma aparência de rapacidade. Se o coelho estiver vivo, a doninha se mostra ainda mais ávida, agarra-o pelo pescoço, se enrola em torno dele e a seguir suga-lhe o sangue, até ficar saciada.

Além de ser usado como verbo, a palavra *ferret* era coloquialmente aplicada na Inglaterra a agiotas. Segundo nota de Peter Heath em *The Philosopher's Alice* (St. Martin's, 1974), a expressão "*as sure as ferrets are ferrets*" ["tão certo como doninhas são doninhas"] era corrente no tempo de Carroll. Heath cita seu uso em um dos romances de Anthony Trollope.

Como Carroll observa em *The Nursery "Alice"*, Tenniel desenhou uma doninha entre os 12 jurados no julgamento do Valete de Copas.

Possuir uma doninha na cidade de Nova York, onde se diz haver 10 mil doninhas, é uma violação do código sanitário. Uma matéria da Associated Press (18 set 1983) noticiou a formação do New York City Friends of the Ferret, um grupo empenhado na sustação das injunções municipais. Os porta-vozes do grupo sustentaram que as doninhas "dão amor e afeição ... atendem pelo nome e podem aprender truques". Durante o verão anterior o grupo promoveu um "festival da doninha" no Central Park. Compareceram duzentas pessoas, levando consigo cerca de 75 doninhas.

O *New York Times* (25 jun 1995) noticiou o lançamento de *Modern Ferret*, uma revista de luxo dedicada à exaltação das doninhas, publicada por Eric e Mary Shefferman, de Massapequa Park, NY.

2. Segundo Roger Green, *Mary Ann* era na época um eufemismo britânico para "criada". A amiga de Dodgson, sra. Julia Cameron, uma apaixonada fotógrafa amadora, tinha realmente uma criada de 15 anos chamada Mary Ann e há uma fotografia dela na biografia de Carroll escrita por Anne Clark para prová-lo. Mary Anne Paragon era a criada desonesta que cuidava da casa de David Copperfield (ver cap.44 do romance de Dickens). Sua natureza, nos é dito, era "debilmente expressa" por seu último nome [*paragon* é modelo, exemplo].

Dicionários de gíria dão outros sentidos para *Mary Ann* correntes na época de Carroll. O mostruário de uma modista era chamado de Mary Ann. Mais tarde, especialmente em Sheffield, o nome ficou associado a mulheres que combatiam lojistas que exploravam os empregados. Ainda mais tarde, tornou-se um termo vulgar para sodomitas.

Antes da Revolução Francesa, *Mary Anne* era um termo genérico para organizações republicanas, bem como uma gíria para a guilhotina. *Marianne* tornou-se e ainda é um símbolo feminino mítico das virtudes republicanas, um símbolo francês comparável ao John Bull da Inglaterra e ao Tio Sam. É tradicionalmente representada, em charges políticas e estatuetas, carregando o barrete frígio vermelho usado pelos republicanos na Revolução Francesa. É provavelmente por coincidência que o uso do nome por Carroll antecipa a obsessão pela decapitação partilhada pela Duquesa e a Rainha de Copas.

3. Observe que a maneira irritada como o Coelho Branco dá ordens aos seus criados, aqui e em outras passagens do capítulo, condiz com o caráter tímido descrito por Carroll na passagem citada na nota 2 do cap.2.

4. Na edição Pennyroyal de *Alice no País das Maravilhas* (University of California, 1982), James Kincaid glosa o comentário de Alice desta maneira:

> Esta é uma fala ambígua, e talvez pungente, dados os sentimentos de Carroll ante o crescimento de suas amigas crianças. Suas cartas estão cheias de piadas que expressam sua comiseração de si mesmo: "Algumas crianças têm o costume extremamente desagradável de crescer. Espero que você não vá fazer nada desse tipo antes de nos encontrarmos de novo."

Em suas "Confessions of a Corrupt Annotator" (*Jabberwocky*, primavera 1982), Kincaid defende o direito dos comentadores de especular na direção que lhes aprouver. Cita a nota acima como um exemplo. "O contexto histórico não pede uma glosa, mas a passagem fornece oportunidade para assinalar uma ambivalência que pode se aplicar à figura central e a seu desejo de crescer." Agradeço ao sr. Kincaid por apoiar minhas próprias divagações.

5. Esta é a segunda vez que o Coelho Branco pede suas luvas, mas não nos é dito se um dia chegou a obtê-las. Luvas eram tão importantes para Carroll quanto para o Coelho, seja na realidade ou linguisticamente. "Ele era um pouco excêntrico em suas roupas", escreve Isa Bowman em *The Story of Lewis Carroll* (J.M. Dent, 1899). "Quando fazia frio nunca usava um sobretudo, e tinha o curioso hábito de usar, em todas as estações do ano, um par de luvas de algodão cinzentas e pretas."

Luvas são o tópico de uma das mais divertidas cartas de Carroll, escrita para a irmã de Isa Bowman, Maggie. Carroll alegou que, ao dizer que estava lhe mandando "sacos repletos de amor e cestas repletas de beijos" ["*sacks full of love and baskets full of kisses*"], Maggie na verdade queria escrever "um saco repleto de *luvas* e uma cesta repleta de *gatinhos*" ["*a sack full of* gloves *and a basket full of* kittens*!*"] Um saco recheado com mil luvas chegou, ele continua, e uma cesta com 250 gatinhos. Assim ele pôde calçar quatro luvas em cada gatinho para evitar que suas patas arranhassem as estudantes a quem deu os gatinhos.

> Assim as menininhas voltaram dançando para casa e, na manhã seguinte, foram dançando para a escola. Os arranhões haviam sarado, e elas me disseram: "Os gatinhos se *comportaram*!" E, quando algum gatinho quer apanhar um camundongo, simplesmente tira *uma* de suas luvas; e se quer apanhar *dois* camundongos, tira duas luvas; e se quer apanhar *três* camundongos, tira *três* luvas; e se quer apanhar *quatro* camundongos, tira todas as suas luvas. Mas, assim que apanham os camundongos, calçam rápido suas luvas de novo, porque sabem que não os podemos amar sem suas luvas. Porque, veja, "*gloves*" [luvas] têm "*love*" [amor] *dentro* delas – não há nenhum *do lado de fora.*

6. Uma estufa de pepinos é um caixilho envidraçado que fornece calor a pepineiros em crescimento captando radiação solar.

Carrollianos observaram que na ilustração de Tenniel para essa cena o colete do Coelho Branco, que era branco nas imagens anteriores, ficou xadrez como seu paletó.

7. Será esta uma outra piada com o francês? Como o leitor Michael Bergmann assinala numa carta, "*apple*" [maçã] é *pomme* em francês, e "*potato*" [batata] é *pomme de terre* [literalmente, maçã da terra]. Mas não, é uma piada irlandesa. Pat é um nome irlandês e ele fala com sotaque irlandês. Como Everett Bleiler me informa, "*Irish apples*" [maçãs irlandesas] era uma gíria para batatas irlandesas no século XIX.

Que tipo de animal era Pat, o escavador de maçãs? Carroll não diz. Denis Crutch e R.B. Shaberman, em *Under the Quizzing Glass*, conjeturam que Pat é um dos porquinhos-da-índia que reanimam Bill depois que ele é chutado chaminé acima. Durante o julgamento do Valete de Copas, ambos os porquinhos-da-índia estão na sala do tribunal, onde são "sufocados" por aplaudir.

8. Muitos comentadores tiveram a impressão de que este cachorrinho está deslocado no País das Maravilhas, como se tivesse se desgarrado do mundo real e penetrado no sonho de Alice. Denis Crutch observou que ele é a única criatura importante no País das Maravilhas que não fala com Alice.

5. Conselho de uma Lagarta (p.38-44)

1. Em *The Nursery "Alice"*, Carroll chama atenção para o nariz e o queixo da Lagarta no desenho de Tenniel e explica que eles são na realidade duas de suas patas. Ned Sparks fez o papel da Lagarta na produção cinematográfica de *Alice* da Paramount em 1933, e Richard Haydn forneceu a voz da Lagarta no desenho animado da história que Walt Disney fez em 1951. Um dos efeitos visuais mais impressionantes do filme de Disney foi obtido fazendo-se a Lagarta ilustrar suas palavras soprando anéis de fumaça multicoloridos que assumiam a forma de letras e objetos.

2. Fred Madden, em *Jabberwocky* (verão/outono 1988), chama atenção para um capítulo intitulado "Popular Follies of Great Cities" na obra clássica de Charles Mackay, *Extraordinary Popular Delusions and the Madness of Crowds* (1841). Mackay menciona várias expressões de uso popular que surgiram subitamente em Londres. Uma delas era "*Who* are *you*", falada com ênfase na primeira e na última palavras. Ela apareceu de repente, "como um cogumelo ... Num dia era obscura, desconhecida, não inventada; no dia seguinte impregnava Londres ... A cada recém-chegado a uma taberna se perguntava, sem cerimônia: 'Quem é você?'"

Em "Who Are You: A Reply" (*Jabberwocky*, inverno/primavera 1990), John Clark salienta que Carroll tinha o livro de Mackay e provavelmente foi alvo da pergunta durante sua rápida coqueluche em Londres. Será que tinha essa moda em mente quando fez sua Lagarta azul, sentada sobre um cogumelo, perguntar a Alice "Quem é *você*?"? Parece bem possível. Tomei conhecimento da referência de Mackay numa carta de Teller, do grupo de comédia/mágica Penn and Teller.

3. Selwyn Goodacre (em *Jabberwocky*, primavera 1982) tem um comentário interessante sobre as mãos unidas de Alice aqui e suas mãos cruzadas no cap.2 ("como se estivesse dando lição") quando recitou "Como pode o crocodilo...":

> Discuti essas passagens com um diretor de escola primária aposentado ... e ele confirmou que isso é *exatamente* o que as crianças eram ensinadas a fazer – i.e., deviam

recitar suas lições (observe que a palavra não é "declamar", que se refere a festas em casa e a entretenimento doméstico), o que significa memorizar; seria esperado dela saber as lições de cor – e cruzar as mãos se estivesse sentada, uni-las se de pé, ambos os sistemas tendo por objetivo concentrar a mente e evitar agitação.

"You are Old, Father William", uma das obras-primas indiscutíveis do verso nonsense, é uma engenhosa paródia do há muito esquecido poema didático de Robert Southey (1774-1843) "The Old Man's Comforts and How He Gained Them".

"Está velho, Pai William", disse o moço admirado,
As mechas que inda lhe restam, todas grisalhas estão;
É vigoroso, Pai William, um robusto ancião;
Agora, se me permite, eu lhe pergunto a razão."
"Nos meus tempos de juventude", Pai William respondeu
"Lembrava que a mocidade depressa iria passar,
E de minha saúde e vigor sempre tratei de não abusar,
Para que no futuro não me viessem a faltar."
"Está velho, Pai William", disse o moço admirado,
"E os prazeres se vão quando a juventude termina.
No entanto não lamenta os dias do seu passado;
Agora, se me permite, eu lhe pergunto a razão."
"Em meus tempos de juventude", Pai William respondeu,
"Lembrava que a mocidade não poderia durar;
No futuro pensava, em tudo quanto fazia,
Para que meu passado nunca viesse a lamentar."
"Está velho, Pai William", disse o moço admirado,
"E a vida por certo está celeremente a passar;
É alegre, e sobre a morte conversa de bom grado,
Agora, se me permite, eu lhe pergunto a razão."
"Sou alegre, meu rapaz", Pai William respondeu,
"E a causa eu lhe conto, com toda a sinceridade;
Eu sempre lembrava de Deus na minha mocidade!
E Ele, até agora, não esqueceu minha idade."

Embora tenha tido uma enorme produção literária tanto de prosa quanto de poesia, Southey é pouco lido atualmente, exceto por alguns poemas curtos como "The Inchcape Rock" e "The Battle of Blenheim", bem como por sua versão do imortal conto popular "Cachinhos Dourados e os três ursos".

4. Na versão original deste poema, em *Alice's Adventures Under Ground*, o preço da pomada era cinco xelins.

5. Na ilustração de Tenniel para esse verso vê-se no fundo o que parece uma ponte. Philip Benham, escrevendo em *Jabberwocky* (inverno 1970), diz: "A 'ponte' é na verdade uma armadilha para enguias, construída através de um ribeirão ou rio, e consiste de uma barreira de cestos cônicos tecidos com juncos ou por vezes madeira de salgueiro."

Robert Wakeman acrescenta que ainda existe uma feita de ferro perto de Guildford. "Um orifício no fundo de cada cesto permite às enguias escapar para um tanque separado, enquanto outros tipos de peixe são incapazes de atravessar os orifícios." Para mais detalhes e outras imagens de armadilhas para enguias, ver *The Tenniel Illustrations to the "Alice" Books*, de Michael Hancher (Ohio State University Press, 1985).

6. Em *Alice's Adventures Under Ground*, a Lagarta diz a Alice que o *chapéu* do cogumelo a fará ficar mais alta e o *talo* a fará ficar mais baixa.

Muitos leitores apontaram-me velhas obras, que Carroll poderia ter lido, descrevendo as propriedades alucinógenas de certos cogumelos. *Amanita muscaria* é a mais citada. Sua ingestão produz alucinações em que o tempo e o espaço são distorcidos. No entanto, como Robert Hornback deixa claro em seu encantador "Garden Tour of Wonderland", em *Pacific Horticulture* (outono 1983), esse não pode ser o cogumelo desenhado por Tenniel:

> *Amanita muscaria* tem chapéus de um vermelho vívido que parecem ter sido salpicados com pedacinhos de ricota. O poleiro da Lagarta é, em vez disso, uma espécie de chapéu liso, muito parecido com *Amanita fulva*, que não é tóxico e é bastante saboroso. Poderíamos presumir que nem Tenniel nem Carroll desejavam que as crianças imitassem Alice e acabassem comendo cogumelos venenosos.

7. A Lagarta leu o pensamento de Alice. Carroll não acreditava em espiritismo, mas acreditava na realidade da percepção extrassensorial e no poder da mente de mover ou deformar objetos inanimados. Numa carta de 1882 (ver o livro de Morton Cohen, *The Letters of Lewis Carroll*, vol.1, p.471-2), ele fala de um folheto sobre "leitura de pensamento" publicado pela Society for Psychical Research, que fortaleceu sua convicção de que os fenômenos psíquicos são genuínos. "Tudo parece indicar a existência de uma força natural, aliada à eletricidade e à força dos nervos, pela qual cérebro pode atuar sobre cérebro. Penso que estamos próximos do dia em que isso será classificado entre as forças naturais conhecidas, e terá suas leis tabuladas, e em que os céticos científicos, que sempre fecham os olhos até o último momento para qualquer indício que parece apontar para além do materialismo, terão de aceitá-lo como um fato provado da natureza."

Carroll foi sócio fundador e entusiasta da Society for Psychical Research, e sua biblioteca continha dezenas de livros sobre ocultismo. Ver "Lewis Carroll and the Society for Psychical Research", de R.B. Shaberman, em *Jabberwocky* (verão 1972).

6. Porco e pimenta (p.45-53)

1. Só no cap.9, quando Alice e a Duquesa se encontram de novo, somos informados de que Alice tentava manter distância da Duquesa porque ela "era muito feia", e porque ficava todo o tempo espetando-lhe o ombro com seu "queixinho pontudo". O queixo pontudo é mencionado mais duas vezes nesse episódio. O paradeiro do Duque, se é que estava vivo, permanece um mistério.

O queixo da Duquesa desenhada por Tenniel não é muito pequeno ou pontudo, mas é certamente feio. Parece provável que ele o tenha copiado de uma pintura atribuída ao pintor flamengo Quentin Matsys (seu nome tem várias grafias). Ela é popularmente considerada um retrato da duquesa do século XIV Margaret da Caríntia e do Tirol, que tem fama de ser a mulher mais feia da história. (Seu apelido, "Maultasche" significa "boca de bolsa".) O romance de Lion Feuchtwanger *The Ugly Duchess* é sobre sua triste vida. Ver também "A Portrait of the Ugliest Princess in History", de W.A. Baillie-Grohman, *Burlington Magazine* (abr 1921).

Por outro lado, há muitas gravuras e desenhos quase idênticos à pintura de Matsys, entre os quais um desenho de Francesco Melzi, um discípulo de Leonardo da Vinci. Parte da Royal Collection no Buckingham Palace, é considerado uma cópia de um original perdido de Leonardo. Para a confusa história dessas imagens, que talvez não tenham conexão alguma com a duquesa Margaret, ver o cap.4 de *The Tenniel Illustrations to the "Alice" Books.*

"A Duquesa Feia", por Quentin Matsys (National Gallery, Londres)

2. A pimenta na sopa e o no ar sugerem o gênio irascível da Duquesa. Seria costume entre as classes inferiores na Inglaterra vitoriana pôr pimenta demais na sopa para disfarçar o gosto de carne e vegetais ligeiramente estragados?

Para a produção de Alice no palco, por Savile Clarke, Carroll forneceu as seguintes falas a serem ditas pela cozinheira enquanto ela mexe a sopa: "Não há nada como pimenta, é o que eu digo... Não está nem meio bastante ainda. Nem um quarto bastante." Em seguida a cozinheira recita, como uma bruxa salmodiando um encantamento:

Ferva bem de mansinho,
Misture besuntadinho,
Depois mexa espirradinho,
Um! Dois! Três!!!

"Um para a Senhorita, dois para o gato, e três para o bebê", a cozinheira continua, batendo no nariz do bebê.

Cito do valioso livro de Charles C. Lovett, *Alice on Stage: A Story of the Early Theatrical Productions of Alice in Wonderland* (Meckler, 1990). As falas aparecem tanto na produção teatral quanto na versão publicada do texto.

3. A expressão "sorrir como um gato de Cheshire" ["*grin like a Cheshire cat*"] era corrente na época de Carroll. Sua origem não é conhecida. As duas principais teorias são: (1) Um pintor de tabuletas de Cheshire (o condado em que Carroll nasceu, diga-se de passagem) pintou leões sorrindo nas tabuletas de hospedarias da região (ver *Notes and Queries*, n.130, 24 abr 1852, p.402); (2) os queijos de Cheshire na época eram moldados na forma de um gato sorrindo (veja *Notes and Queries*, n.55, 16 nov 1850, p.412). "Isso tem um apelo carrolliano peculiar", escreve a dra. Phyllis Greenacre em seu estudo psicanalítico de Carroll, "pois provoca a fantasia de que o gato de queijo pode comer o rato que iria comer o queijo". O Gato de Cheshire não está no manuscrito original, *Alice's Adventures Under Ground.*

David Greene enviou-me esta citação de uma carta de Charles Lamb escrita em 1808: "Fiz um jogo de palavras outro dia e o mostrei a Holcroft, que riu como um gato de Cheshire. Por que os gatos riem em Cheshire? Porque outrora foi um condado palatino e os gatos não podem deixar de rir sempre que pensam nisso, embora eu não veja graça nenhuma na coisa."

Hans Haverman escreveu para sugerir que o Gato evanescente de Carroll podia derivar da Lua minguante – há muito a Lua é associada com a loucura – à medida que ela se transforma lentamente numa tira estreita, parecida com um sorriso, antes de desaparecer.

Teria T.S. Eliot tido o Gato de Cheshire em mente quando concluiu "Manhã à janela" com o *couplet* abaixo?

Um sorriso sem destino que no ar vacila
E se dissipa rente ao nível dos telhados.

Para mais sobre o sorriso, ver "The Cheshire-Cat and Its Origins", de Ken Oultram, em *Jabberwocky* (inverno 1973).

Um texto publicado em 1989 no Japão, *Lewis Carroll and His World – Cheshire Cat*, de Katsuko Kasai, cita as seguintes linhas do romance de Thackeray, Newcomes (1855): "Aquela mulher sorri como um gato de Cheshire ... Quem foi o naturalista que descobriu essa peculiaridade dos gatos em Cheshire?" Kasai cita também de *A Dictionary of the Buckish Slang, University Wit and Pickpocket Eloquence* (1811), do capitão Gosse: "Ele sorri como um gato de Cheshire: dito de alguém que mostra os dentes e as gengivas ao rir." Outras citações e várias teorias sobre a origem da expressão são discutidas por Kasai. Em 1995, numa carta dirigida a mim, Kasai faz uma conjetura interessante: sabemos que o queijo de Cheshire era vendido outrora na forma de um gato sorrindo; a tendência seria partir o queijo a começar pela cauda até que finalmente só restasse na travessa a cabeça sorridente.

Knight Letter, o órgão oficial da Lewis Carroll Society of North America, publicou o artigo de Joel Birenbaum (verão 1992) "Have We Finally Found the Cheshire Cat?". Birenbaum relata sua visita à St. Peter's Church, em Croft-on-Tees, onde o pai de Carroll era pároco. Na parede leste do coro ele notou uma entalhadura na pedra da cabeça de um gato, flutuando no ar cerca de um metro acima do piso. Quando se ajoelhou para melhor observá-la e olhou para cima, a boca do gato apareceu como um largo sorriso. Sua descoberta figurou na primeira página do *Chicago Tribune* (13 jul 1992).

Whoopi Goldberg foi o Gato de Cheshire na versão enfadonha e medíocre de *Alice no País das Maravilhas* que a NBC levou ao ar em 28 de fevereiro de 1999.

4. O original dessa paródia é "Speak Gently", um poema felizmente esquecido que algumas autoridades atribuem a um certo G.W. Langford e outras a David Bates, um corretor da Filadélfia.

John M. Shaw, em *The Parodies of Lewis Carroll and their Originals* (o catálogo e as notas de uma exposição feita na Florida State University Library, dez 1960), relata que não teve sucesso em sua busca da versão de Langford: de fato, não conseguiu localizar o próprio Langford. Shaw encontrou o poema na p.15 de *The Eolian*, um livro de versos publicado por Bates em 1849. Ele assinala que o filho de Bates, num prefácio a *Poetical Works* (1870), do pai, afirma que este fora de fato o autor desse poema muito citado. As primeiras duas estrofes parodiadas por Carroll são:

Fale suavemente! É de longe tão melhor
Dominar pelo amor que pelo medo;
Fale com brandura; não deixe que palavras duras
Destruam o bem que poderia ser feito.
Fale suavemente! É baixinho que o amor sussurra
Os votos que vêm unir coração a coração;
E suavemente as inflexões da Amizade fluem;
É sempre branda a voz da afeição.

Segundo a tradição familiar dos Langford, George escreveu o poema quando visitava o lugar onde nascera na Irlanda em 1845. Todas as reproduções do poema anteriores a 1900 são ou anônimas, ou atribuídas a Langford. Nenhuma reprodução conhecida do poema na Inglaterra é anterior a 1848.

O argumento de Bates foi fortemente reforçado pela descoberta em 1986 de que o poema, assinado "D.B.", foi publicado na segunda página do *Philadelphia Inquirer* em 15 de julho de 1845. A menos que uma publicação anterior possa ser encontrada num jornal britânico ou irlandês, parece extremamente improvável que Langford possa tê-lo escrito, embora um mistério fundamental permaneça. Como seu nome veio a ficar tão firmemente associado ao poema na Inglaterra?

Para uma história detalhada da controvérsia, ver meu ensaio "Speak Gently", em *Lewis Carroll Observed* (Clarkson N. Potter, 1976), organizado por Edward Guiliano e reproduzido com acréscimos em meu *Order and Surprise.*

5. Certamente não foi sem malícia que Carroll transformou um bebê do sexo masculino num porco, pois não tinha menininhos em alta conta. Em *Conclusão de Sílvia e Bruno*, um desagradável garoto chamado Uggug ("um horrível menino gordo ... com a expressão de um porco premiado") acaba se transformando num porco-espinho. Vez por outra Carroll fazia um esforço para ser cordial com um menino, mas em geral só quando ele tinha irmãs que desejava conhecer. Ele encerrou uma de suas cartas em versos ocultos (uma carta que parece ser em prosa, mas a um exame mais atento revela ser em versos) com as seguintes linhas num p.s.:

> *Para você, meu amor sincero, – para a sua Mãe,*
> *Minha estima e consideração – para o gordo*
> *Impertinente e ignorante do seu irmão,*
> *Minha raiva – é só este o seu quinhão.*
>
> (Carta 21, para Maggie Cunnynghame, em *A Selection from the Letters of Lewis Carroll to His Child-Friends*, organizado por Evelyn M. Hatch.)

A imagem que Tenniel fez de Alice segurando o bebê-porco aparece, com o bebê redesenhado, mostrando feições humanas, na frente do invólucro do "Wonderland Postage-Stamp Case". Tratava-se de um estojo de papelão projetado para guardar selos postais, uma invenção de Carroll vendida por uma firma de Oxford. Quando se puxava a caixa para fora do seu invólucro, encontrava-se na frente dela a mesma figura, com a diferença de que o bebê se transformara num porco, como no desenho original de Tenniel. O fundo do invólucro e do estojo exibia uma transformação semelhante da imagem de Tenniel do Gato de Cheshire sorrindo para a figura em que o gato desapareceu quase todo. Enfiado na caixa havia um livrinho minúsculo intitulado *Eight or Nine Words about Letter Writing*. Esse encantador ensaio de Lewis Carroll começa assim:

> Algum escritor americano disse que "as cobras neste distrito podem ser divididas em uma espécie – as venenosas". O mesmo princípio se aplica aqui. Caixas de selos podem ser divididas numa espécie: a "Wonderland". Imitações dela logo vão aparecer, certamente; mas não podem incluir as duas Surpresas Pictóricas, que têm copyright.
>
> Você não entende por que eu as chamo "Surpresas"? Bem, pegue o estojo com a mão esquerda e olhe atentamente para ele. Está vendo Alice ninando o Bebê da Du-

quesa? (Uma combinação inteiramente nova, aliás: não ocorre no livro). Agora, com seu polegar e o indicador direitos, agarre o livrinho e puxe-o para fora de repente. *O Bebê se transformou num Porco!* Se isso não o surpreende, ora, suponho que não ficaria nada surpreso se sua sogra virasse subitamente um Giroscópio!

Frankie Morris, em *Jabberwocky* (outono 1985), sugere que a transformação do bebê num porco pode derivar de uma famosa peça pregada em Jaime I pela condessa de Buckingham. Ela tramou para que Sua Majestade assistisse ao batismo do que ele pensou ser um bebezinho mas era na realidade um porco, animal que Jaime I abominava particularmente.

6. Em *The Nursery "Alice"*, Carroll chama atenção para a planta ornamental dedaleira [*foxglove*] que aparece no fundo do desenho de Tenniel para essa cena (aparece também na ilustração anterior). Raposas [*foxes*] não usam luvas [*gloves*], Carroll explica a seus leitores. "A palavra certa é '*Folk's-Gloves*'. Já ouviu falar que antigamente as fadas eram chamadas '*the good* Folk'?"

7. Essas observações estão entre as passagens mais citadas dos livros de Alice. Um eco delas se faz ouvir no romance *On the Road*, de Jack Kerouac:

> *"... a gente tem de ir e não parar nunca até chegar lá."*
> *"Para onde a gente está indo, cara?"*
> *"Não sei, mas a gente tem de ir."*

John Kemeny introduz a pergunta de Alice, e a famosa resposta do Gato, como epígrafe de seu capítulo sobre ciência e valores em *A Philosopher Looks at Science* (1959). De fato, cada capítulo do livro de Kemeny é precedido por uma citação apropriada de *Alice*. A resposta do Gato expressa muito precisamente a eterna divisão entre ciência e ética. Como Kemeny deixa claro, a ciência não nos pode dizer aonde ir, mas depois que essa decisão é tomada em outras bases, ela *pode* nos dizer a melhor maneira de chegar lá.

Fui informado de que há uma passagem do Talmude que diz: "Se não sabes para onde vais, qualquer caminho te levará lá."

8. As expressões "louco como um chapeleiro" e "louco como uma lebre de março" eram comuns no tempo em que Carroll escreveu, e evidentemente foi por isso que criou os dois personagens. "Louco como um chapeleiro" talvez fosse uma variação do anterior "louco como um contador", porém é mais provável que tenha origem no fato de que até recentemente chapeleiros realmente enlouqueciam. O mercúrio usado para preparar o feltro (agora há leis contra o seu uso na maioria dos estados nos EUA e em partes da Europa) era uma causa comum de envenenamento por mercúrio, o mercurialismo. As vítimas desenvolviam o chamado "tremor do chapeleiro", que afetava seus olhos e membros e tornava sua fala confusa. Em estágios avançados, desenvolviam alucinações e outros sintomas psicóticos.

"Did the Mad Hatter Have Mercury Poisoning?" é o título de um artigo de H.A. Waldron em *The British Medical Journal* (24-31 dez 1983). O dr. Waldron sustenta que o Chapeleiro Louco não era uma vítima da doença, mas Selwyn Goodacre e dois outros médicos discutem isso no número de 28 de janeiro de 1984.

Dois cientistas britânicos, Anthony Holley e Paul Greenwood relataram (em *Nature*, 7 jun 1984) amplas observações que não confirmam a crença popular de que lebres machos enlouquecem durante o período do cio de março. O principal comportamento das lebres durante todo seu período de acasalamento, que dura oito meses, consiste na perseguição das fêmeas pelos machos, seguida por lutas. Março não difere de nenhum outro mês. Foi Erasmo que escreveu "Louco como uma lebre do pântano" ["*a marsh hare*"]. Cientistas pensam que a palavra "*marsh*" foi corrompida em "*March*" em décadas posteriores.

Ao desenhar a Lebre de Março, Tenniel pôs fios de palha na cabeça da lebre. Carroll não faz menção a isso, mas na época esse era um símbolo de loucura, tanto nas artes plásticas quanto no palco. Em *The Nursery "Alice"*, Carroll escreve: "Aquela é a Lebre de Março, com orelhas compridas e palhas misturadas no cabelo. As palhas mostravam que era louca – não sei por quê." Para mais sobre isto, ver o capítulo de Michael Hancher sobre a palha como sinal de insanidade em *The Tenniel Illustrations to the "Alice" Books*. Nos desenhos que Harry Furniss fez do Jardineiro Louco para os livros de *Sílvia e Bruno*, de Carroll, pode-se ver uma palha semelhante no cabelo e na roupa do Jardineiro.

O Chapeleiro e a Lebre aparecem pelo menos duas vezes em *Finnegans Wake*: "*Hatters hares*" (p.83, linha 1 da ed. rev. Viking, 1959), e "*hitters hairs*" (p.84, linha 28).

9. Compare as observações do Gato de Cheshire com a seguinte anotação, de 9 de fevereiro de 1856, no diário de Carroll:

> Indagação: quando estamos sonhando e, como tantas vezes acontece, temos uma vaga consciência do fato e tentamos despertar, não dizemos e fazemos coisas que na vigília seriam insanas? Não poderíamos portanto definir por vezes a insanidade como uma incapacidade de distinguir o que é vigília e o que é sono? Frequentemente sonhamos sem a menor suspeita de irrealidade: "O sono tem seu próprio mundo", e com frequência é tão real quanto o outro.

No *Teeteto* de Platão, Sócrates e Teeteto discutem este tópico da seguinte maneira:

> TEETETO: Certamente não posso me comprometer a demonstrar que os loucos ou os que sonham acreditam no que pensam quando imaginam, alguns deles, que são deuses, e outros que podem voar, e estão voando em seu sonho.

SÓCRATES: Vês uma outra pergunta que pode ser suscitada sobre esses fenômenos, em especial sonhar e estar desperto?

TEETETO: Que pergunta?

SÓCRATES: Uma pergunta que, me parece, deves ter ouvido pessoas fazerem muitas vezes: como podes tu determinar se neste momento estamos dormindo, e todos os nossos pensamentos são um sonho; ou se estamos despertos, e conversando um com outro no estado de vigília?

TEETETO: Realmente, Sócrates, não sei como provar nem uma coisa nem outra; pois em ambos os casos os fatos correspondem precisamente; e não há dificuldade alguma em supor que durante toda esta discussão estivemos falando um com o outro em sonho; e quando num sonho parecemos estar narrando sonhos, a semelhança entre os dois estados é realmente espantosa.

SÓCRATES: Vês, portanto, que uma dúvida sobre a realidade dos sentidos é facilmente suscitada, já que pode haver dúvida até quanto a estarmos despertos ou num sonho. E como nosso tempo é igualmente dividido entre o sono e a vigília, em ambas as esferas da existência a alma sustenta que os pensamentos presentes em nossas mentes no momento são verdadeiros; e durante uma metade de nossas vidas afirmamos a verdade de uma, e, durante a outra metade, da outra; e temos plena confiança em ambas.

TEETETO: A mais pura verdade.

SÓCRATES: E não pode o mesmo ser dito da loucura e das outras desordens? A única diferença é que os tempos não são iguais.
(Cf. cap.12, nota 9, e *Através do Espelho*, cap.4, nota 10)

10. Selwyn Goodacre observou que, embora Alice tivesse "caminhado", Tenniel mostra o Gato de Cheshire, quando ele reaparece, sentado na mesma árvore de antes. Isso permitiu a Carroll, em sua *Nursery "Alice"*, acrescentar uma fantasia com dobradura de papel. As duas ilustrações de Tenniel foram postas em páginas pares, de modo que (nas palavras de Carroll) "se você vira o canto desta página, terá Alice olhando para o Sorriso: e ela não parece nem um pouquinho mais assustada do que quando estava olhando para o Gato, parece?"

11. A expressão "sorriso sem um gato" não é uma má descrição da matemática pura. Embora possam muitas vezes ser utilmente aplicados à estrutura do mundo externo, os teoremas matemáticos são em si mesmos abstrações que pertencem a um outro domínio, "distante das paixões humanas", como Bertrand Russell certa vez o expressou numa passagem memorável, "distante até dos desprezíveis fatos da Natureza ... um cosmo ordenado, em que o puro pensamento pode residir como em sua morada natural, e em que um, pelo menos, de nossos mais nobres impulsos pode fugir do árido exílio do mundo real."

7. Um chá maluco (p.54-62)

1. Há razões para se acreditar que Tenniel acatou uma sugestão de Carroll de que desenhasse o Chapeleiro de modo a parecer Theophilus Carter, um comerciante de móveis estabelecido perto de Oxford (não havendo quaisquer fundamentos para a crença corrente de que o Chapeleiro era uma caricatura do primeiro-ministro Gladstone). Carter era conhecido na região como o Chapeleiro Louco, em parte porque sempre usava cartola e em parte por causa de suas ideias excêntricas. Sua invenção de uma "cama despertador", que acordava a pessoa jogando-a no chão (exibida no Crystal Palace em 1851), pode ajudar a explicar por que o Chapeleiro de Carroll é tão preocupado com o tempo bem como em acordar um caxinguelê sonolento [no original, um *dormouse*]. Observa-se também que itens de mobiliário – mesa, poltrona, escrivaninha – são proeminentes neste episódio.

O Chapeleiro, a Lebre e o Caxinguelê não aparecem em *Alice's Adventures Under Ground*; todo o capítulo é portanto uma adição posterior à história. A Lebre e o Chapeleiro reaparecem como os mensageiros do Rei, Haigha e Hatta, no cap.6 de *Através do Espelho*. No filme *Alice* realizado pela Paramount em 1933, Edward Everett Horton foi o Chapeleiro e Charles Ruggles, a Lebre de Março. Ed Wynn forneceu a voz do Chapeleiro no desenho animado de Walt Disney de 1951, e Jerry Colonna dublou o papel da Lebre.

"É impossível descrever Bertrand Russell", escreve Norbert Wiener no cap.14 de sua autobiografia *Ex-Prodigy*, "exceto dizendo que ele parece o Chapeleiro Louco ... A caricatura de Tenniel quase revela uma antecipação por parte do artista." Wiener prossegue, apontando a semelhança dos filósofos J.M.E. McTaggart e G.E. Moore, dois dos colegas de Russell em Cambridge, com o Caxinguelê e a Lebre de Março, respectivamente. Os três homens eram conhecidos na comunidade como o Chá Maluco de Trinity.

Ellis Hillman, escrevendo em "Who Was the Mad Hatter?" em *Jabberwocky* (inverno 1973), propõe um novo candidato: Samuel Ogden, um chapeleiro de Manchester conhecido como "Mad Sam", que em 1814 desenhou um chapéu especial para o czar da Rússia em visita a Londres.

Hillman também conjetura que, suprimindo-se o H, "Mad Hatter" soa como "Mad Adder" ["Contador Louco"]. Isso, ele escreve, poderia ser tomado como descrição de um matemático, como o próprio Carroll, ou talvez Charles Babbage, um matemático de Cambridge visto em geral como ligeiramente louco em seus esforços para construir uma complicada máquina de calcular mecânica.

Hugh Rawson, em *Devious Derivations* (1994), escreve que Thackeray usou a expressão "louco como um chapeleiro" em *Pendennis* (1849). O mesmo fez Thomas Chandler Haliburton, um juiz da Nova Scotia, em *The Clockmaker*: "Irmã Sal ... saiu do quarto tão louca como um chapeleiro."

2. O *dormouse* britânico [aqui substituído por um caxinguelê] é um roedor que se assemelha muito mais a um pequeno esquilo que a um camundongo [o mesmo pode ser dito do caxinguelê, que é também chamado esquilo]. O nome vem do latim *dormire*, dormir, e está associado ao hábito que tem o animal de hibernar no inverno. Em contraste com o esquilo, o *dormouse* é noturno, de modo que mesmo em maio (o mês da aventura de Alice) permanece num estado letárgico durante o dia todo. Em *Some Reminiscences of William Michael Rossetti* (1906) somos informados de que o *dormouse* pode ter tido por modelo o *wombat* [um marsupial australiano] de estimação de Dante Gabriel Rossetti, que tinha o hábito de dormir sobre a mesa. Carroll conhecia todos os Rossetti e ocasionalmente os visitava.

Selwyn Goodacre observou que o *dormouse* não tem sexo definido durante o chá, mas revela ser macho no cap.11.

Um correspondente britânico, J. Little, enviou-me o selo acima, que apresenta o *dormouse* britânico como espécie ameaçada. O selo foi emitido em janeiro de 1998.

3. Carroll e Tenniel parecem ter esquecido que havia uma leiteira na mesa. Sabemos que havia porque mais tarde no chá o Caxinguelê a derruba.

4. Em *Under the Quizzing Glass*, R.B. Shaberman e Denis Crutch ressaltam que ninguém diria a uma menina vitoriana que seu cabelo estava comprido demais, mas a observação *teria* se aplicado a Carroll. Em *The Story of Lewis Carroll* (J.M. Dent, 1899), Isa Bowman, a atriz e antiga amiga criança relembra: "Lewis Carroll era um homem de estatura mediana. Quando o conheci seu cabelo era cinza prateado, bem mais longo do que era moda usar, e seus olhos eram de um azul profundo."

5. O famoso enigma não respondido do Chapeleiro Louco foi objeto de muita especulação de salão no tempo de Carroll. A resposta dele próprio (dada num prefácio que escreveu para a edição de 1896) é a seguinte:

> Tantas vezes me foi perguntado se é possível imaginar alguma resposta para o Enigma do Chapeleiro que posso também registrar aqui o que me parece uma resposta claramente apropriada, qual seja: "Porque pode produzir algumas notas, embora sejam *muito* chatas; e nunca é posto de trás para a frente!" ["*Because it can produce a few notes, tho they*

are very flat; and it is nevar put with the wrong end in front."] Isso, contudo, é um mera reflexão posterior; o Enigma, tal como originalmente inventado, não tem resposta nenhuma.

Outras respostas foram sugeridas, em especial por Sam Loyd, o gênio americano dos enigmas lógicos em sua obra póstuma *Cyclopedia of Puzzles* (1914), p.114. Em harmonia com o estilo aliterante de Carroll, Loyd oferece como sua melhor solução: porque as notas pelas quais são notados não são notadas por serem notas musicais. Outras sugestões de Loyd: porque Poe escreveu sobre ambos; porque ambos se postam sobre suas pernas.

Em 1989 a Lewis Carroll Society da Inglaterra anunciou um concurso para novas respostas, a serem finalmente publicadas no boletim da sociedade, *Bandersnatch*.

Aldous Huxley, em "Ravens and Writing Desks" (*Vanity Fair*, set 1929), propõe duas respostas nonsense: porque há um *b* em ambos, e porque não há *n* em nenhum deles. James Michie enviou uma resposta semelhante: porque ambos começam com *e*. Huxley defende a ideia de que questões metafísicas, como "Deus existe?" "Temos livre-arbítrio?" "Por que há sofrimento?" são tão desprovidas de sentido quanto a pergunta do Chapeleiro Louco – "enigmas nonsense, perguntas não sobre a realidade mas sobre palavras". "Ambos têm penas imersas em tinta" foi sugerido pelo leitor David B. Jodrey Jr.

Denis Crutch (*Jabberwocky*, inverno 1976) relatou uma surpreendente descoberta: no prefácio à edição de 1896 Carroll grafou "*never*" como "*nevar*", pretendendo claramente escrever "*raven*" de trás para frente. A palavra foi corrigida para "*never*" em todas as reimpressões posteriores, talvez por um editor que imaginou ter detectado um erro de impressão. Como Carroll morreu pouco depois que essa "correção" destruiu a engenhosidade da sua resposta, a grafia original nunca foi restabelecida. Não se sabe se tomou conhecimento do dano feito à sua inteligente resposta.

Em 1991 *The Spectator*, na Inglaterra, pediu respostas para o enigma do Chapeleiro em seu concurso nº 1683. Entre as vencedoras, divulgadas no dia 6 de julho, estavam as seguintes:

> Porque sem um e outro *Admirável mundo novo* não teria podido ser escrito. (Roy Davenport)

> Porque "corvo" contém cinco letras que poderíamos igualmente esperar encontrar numa escrivaninha. (Roger Baserel)

Aqui está mais uma das respostas de Francis Huxley, autor de *The Raven and the Writing Desk* (1976):

> Porque "raven" e "desk" contêm ambos um rio: Neva e Esk.

6. A observação de Alice de que é dia 4, combinada com a revelação feita no capítulo anterior de que o mês é maio, estabelece a data da aventura de Alice debaixo da Terra como 4 de maio. Alice nasceu no dia 4 de maio de 1852. Tinha 10 anos em 1862, o ano em que Carroll contou e registrou pela primeira vez a história, mas sua idade na história é certamente 7 anos (ver cap.1, nota 1, de *Através do Espelho*). Na última página do original escrito a mão de *Alice's Adventures Under Ground*, que Carroll deu a Alice, ele colou uma fotografia dela que fizera em 1859, quando tinha 7 anos.

Em seu livro *The White Knight*, A.L. Taylor relata que, no dia 4 de maio de 1862, havia exatamente dois dias de diferença entre os meses lunar e os do calendário. Isso, sustenta Taylor, sugere que o relógio do Chapeleiro Louco marcava o tempo lunar e explica sua observação de que estava com "dois dias de atraso". Se o País das Maravilhas está perto do centro da Terra, observa Taylor, a posição do Sol seria inútil para a determinação da hora, ao passo que as fases da Lua permanecem confiáveis. A conjectura é apoiada também pela estreita conexão de "lunar" com "lunático", mas é difícil acreditar que Carroll tivesse tudo isso em mente.

7. Ainda mais engraçado é o "Relógio Esquisito" que tinha o professor de alemão no cap.23 de *Sílvia e Bruno*. Voltar seus ponteiros para trás no tempo tem o efeito de fazer os próprios eventos recuarem para a hora indicada pelos ponteiros, uma interessante antecipação de *A máquina do tempo*, de H.G. Wells. Mas isso não é tudo. A pressão de um "pino de reversão" no Relógio Esquisito fazia os eventos se moverem *para trás*; uma espécie de reversão especular da dimensão linear do tempo.

Isso traz à lembrança um fragmento anterior de Carroll em que ele prova que um relógio parado é mais preciso do que um que atrasa um minuto por dia. O primeiro dá a hora exata 2 vezes a cada 24 horas, ao passo que o segundo só dá a hora exata 1 vez a cada 2 anos. "Você *poderia* perguntar em seguida", Carroll acrescenta, "'Como vou saber que afinal são mesmo 8 horas? Meu relógio não me dirá.' Seja paciente: você sabe que quando forem 8 horas seu relógio estará certo; muito bem; a regra para você é a seguinte: fique de olho fixo no relógio e *no momento exato em que ele estiver certo* serão 8 horas."

8. A canção do Chapeleiro parodia a primeira estrofe do conhecido poema de Jane Taylor, "The Star".

Pisca, pisca, estrelinha,
Quisera saber o que és!
Acima do mundo, tão alta,
Qual diamante no céu.

A paródia de Carroll talvez contenha o que cômicos profissionais chamam de "*inside joke*" (piadas íntimas). Bartholomew Price, eminente professor de matemática em Oxford e amigo de Carroll, era conhecido pelos estudantes pelo apelido "The Bat". Suas preleções certamente tendiam a pairar bem acima das cabeças de seus ouvintes.

A paródia de Carroll pode também dever algo a um episódio que Helmut Gernsheim relata em *Lewis Carroll: Photographer* (Chanticleer, 1949):

> No Christ Church o lente geralmente circunspecto relaxava na companhia de crianças que visitavam seus vastos aposentos – um verdadeiro paraíso para elas. Havia uma maravilhosa coleção de bonecas e brinquedos, um espelho que distorcia, um urso mecânico e um morcego voador feito por ele. Este último foi causa de grande embaraço quando, numa tarde quente de verão, após dar várias voltas pela sala, de repente saiu voando pela janela e aterrissou numa bandeja de chá que um criado da universidade estava carregando justamente naquele instante através da Tom Quad. Assustado com essa estranha aparição, ele deixou a bandeja cair com grande estrépito.

9. "Assassinando o tempo": desfigurando o andamento da canção.

10. Isto foi escrito antes que o chá das 5 se tornasse o costume geral na Inglaterra. Pretendia referir-se ao fato de que os Liddell por vezes serviam o chá às 6 horas, coincidindo com o jantar das crianças. Arthur Stanley Eddington, bem como escritores menos ilustres na teoria da relatividade, compararam o chá maluco, em que são sempre 6 horas, com aquela porção do modelo do cosmo de De Sitter em que o tempo permanece eternamente imóvel. (Ver cap.10 de *Space Time and Gravitation*, de Eddington.)

11. As três irmãzinhas são as três irmãs Liddell, Elsie é L.C. (Lorina Charlotte), Tillie é uma alusão ao apelido familiar de Edith, Matilda, e Lacie é um anagrama de Alice.

Esta é a segunda vez que Carrol brinca com a palavra "Liddell". Primeiro brinca com a semelhança entre "*Liddle*" e "*little*", na primeira estrofe de seu poema introdutório, em que "*little*" é usado três vezes em referência às "cruéis Três" da estrofe seguinte:

> *All in the golden afternoon*
> *Full leisurely we glide;*
> *For both our oars, with little skill,*
> *By little arms are plied,*
> *While little hands make vain pretence*
> *Our wanderings to guide.*

Sabemos como "Liddell" era pronunciado porque na época de Carroll os estudantes compuseram o seguinte *couplet*:

> *I am the Dean and this is Mrs. Liddell.*
> *She plays the first, and I the second fiddle.*

Por alguma razão, Tenniel não desenhou as três irmãs. A imagem que Peter Newell fez delas no fundo do poço está na p.90 de meu *More Annotated Alice.*

12. "*Treacle*" [a palavra usada no original inglês] é o equivalente britânico do americano "*molasses*", ou melado. Vivien Greene (mulher do romancista Ghaham Greene), que mora em Oxford, foi a primeira a me informar – mais tarde a sra. Henry A. Morss Jr., de Massachusetts, enviou informação semelhante – que um chamado "*treacle well*" [poço de melado] realmente existia na época de Carroll em Binsey, perto de Oxford. "*Treacle*" referia-se originalmente a compostos medicinais dados para picadas de cobra, venenos e várias doenças. Poços cuja água se acreditava ter valor medicinal eram por vezes chamados "*treacle wells*". Isto enriquece, é claro, o sentido da observação que faz o Caxinguelê, algumas linhas depois, de que as irmãs ficaram "*muito* doentes".

Mavis Batey, em *Alice's Adventures in Oxford* (A Pitkin Pictorial Guide, 1980), conta a lenda do poço Binsey, do século VIII. Parece que Deus cegou o rei Algar porque ele assediava a princesa Frideswide no intuito de desposá-la. A prece da princesa a santa Margarete pedindo misericórdia para o rei foi respondida pelo aparecimento em Binsey de um poço com águas milagrosas que curaram a cegueira de Algar. Santa Frideswide retornou a Oxford, onde supostamente fundou um convento no local onde hoje se ergue o Christ Church. O "*treacle well*" foi um local de cura muito procurado durante toda a Idade Média.

Um exemplo divertido do antigo significado de "*treacle*" é fornecido por uma famosa "Bíblia curiosa" impressa em 1568 e conhecida como a Treacle Bible. (*Bíblia curiosa* é um termo genérico para Bíblias que contêm erros tipográficos peculiares e escolhas de palavras estranhas feitas por um editor.) Na Bíblia do rei Jaime, o versículo Jeremias 8:22 começa com as palavras: "*Is there no balm in Gilead…?*" ["Não há bálsamo em Galaad?"] Na Treacle Bible lê-se: "*Is there no treacle in Gilead?*"

Na Capela Latina da catedral de Christ Church, um vitral (reproduzido em cores no livrinho da sra. Batey) representa um grupo de pessoas enfermas a caminho do "*treacle well*" de Binsey.

13. Henry Holiday, que ilustrou *Hunting for the Snark*, de Carroll, recordou numa carta ter perguntado a Carroll por que todos os nomes dos membros da tripulação de um navio começavam com B. Carroll respondeu: "Por que não?"

Observe que é a Lebre de Março, não o Caxinguelê, que responde à pergunta de Alice. Como Selwyn Goodacre assinalou, "o nome dela [March Hare] começa ele próprio com M, e ela queria fazer parte da história".

Selwyn Goodacre chamou minha atenção também para o fato de que, como "*molasses*" [melado] começa com M, era adequado que as meninas o "tirassem" do poço.

14. Sou grato a Roger Green pela surpreendente informação de que as crianças vitorianas costumavam realmente ter *dormice* como bichos de estimação, conservando-os em bules de chá cheios de capim ou feno.

15. Uma cena baseada no chá maluco foi uma das primeiras a ser elaborada para uma nova tecnologia em rápido desenvolvimento chamada "realidade virtual". A pessoa põe um capacete que fornece a cada olho uma tela de vídeo conectada a um programa de computador. Usa também fones de ouvido e um traje e luvas equipados com sensores de fibra óptica que informam ao computador como seu corpo e suas mãos estão se movendo e como esses movimentos alteram a cena visual. Com isso, ela é capaz de ver e se movimentar no "espaço" tridimensional artificial. A pessoa pode assumir o papel de Alice ou o de qualquer outro dos personagens do chá maluco e, com o avanço da tecnologia, deverá ser capaz até de interagir com os personagens. Ver "On the Road to the Global Village", de Karen Wright (*Scientific American*, mar 1990), e "Artificial Reality", de G. Pascal Zachary (*Wall Street Journal*, 23 jan 1990, p.1).

8. O campo de croqué da Rainha (p.63-70)

1. Bruce Bevan escreveu dizendo que Carroll talvez tivesse em mente aqui um incidente descrito no capítulo sobre a mania da tulipa na obra *Extraordinary Popular Delusions and the Madness of Crowds*, publicada por Charles Mackay em 1841. Um viajante inglês na Holanda, ignorando os altos preços então pagos por espécies raras de tulipas, pegou um bulbo de tulipa pensando que era uma cebola e se pôs a descascá-lo. Acontece que o bulbo custava 4 mil florins. O pobre homem foi detido e mandado para a cadeia, onde ficou até encontrar meios de pagar essa soma ao proprietário do bulbo.

2. Entre as cartas intermediárias, as de espadas são os jardineiros, as de paus são soldados, as de ouros são cortesãos e as de copas, os 10 infantes reais. As figuras são, é claro, membros da corte. Observe com que engenhosidade Carroll vinculou ao longo de todo este capítulo o comportamento de suas cartas animadas ao de cartas reais de baralho. Elas se deitam de bruços, não podem ser identificadas pelo dorso, podem ser viradas facilmente e se curvam na forma de arcos de croqué.

A sra. Dave Alexander, lendo meu *More Annotated Alice*, notou que Peter Newell cometeu o erro de mostrar os jardineiros como cartas de copas, em vez de espadas.

3. A ilustração de Tenniel para esta cena no jardim é admiravelmente analisada no livro de Michael Hancher sobre o ilustrador. O Valete, com o nariz ligeiramente sombreado (ver cap.12, nota 7), está carregando a coroa de São Eduardo, a coroa oficial da Inglaterra. As cabeças do Rei de Copas e do Valete de Copas (um dos dois valetes de um olho só, como são conhecidos pelos jogadores de cartas) são obviamente baseadas em cartas de baralho. À esquerda do Rei de Copas, veem-se as faces do Rei de Espadas e do Rei de Paus, e o Rei de Ouros, de um olho só, olhando para o leste, e não para oeste como de costume.

A Rainha de Copas usa um vestido semelhante ao de uma rainha de espadas. Estaria Tenniel, pergunta Hancher, identificando-a com uma carta tradicionalmente associada à morte? Observe a cúpula de vidro de uma estufa no fundo.

Desafio: Descubra o Coelho Branco na ilustração.

4. "Em minha mente", escreveu Carroll em seu artigo "*Alice* on the Stage" (citado em notas anteriores), "imaginei a Rainha de Copas como uma espécie de encarnação da paixão ingovernável – uma Fúria cega e desnorteada." Suas constantes ordens de decapitação soam chocantes para aqueles críticos atuais de literatura infantil que acham que a ficção para crianças deveria ser desprovida de qualquer violência e em especial de violência com sugestões freudianas. Até os livros de Oz de L. Frank Baum, tão singularmente distantes dos horrores presentes em Grimm e Andersen, contêm muitas cenas de decapitação. Pelo que sei, não se fizeram estudos empíricos sobre o modo como crianças reagem a tais cenas e o dano que é ou não causado às suas psiques. Minha impressão é que a criança normal acha tudo isso muito divertido e não é prejudicada em absoluto, mas que não se deveria permitir que livros como *Alice no País das Maravilhas* e *O mágico de Oz* circulassem livremente entre adultos que estão se submetendo a análise.

Nas ilustrações de Tenniel para esta cena em *The Nursery "Alice"*, o rosto da Rainha é de um vermelho vívido.

5. No original de *Alice* escrito a mão por Carroll, bem como nos desenhos que ele fez para ilustrá-lo, os malhos são avestruzes em vez de flamingos.

Carroll dedicava muito tempo à invenção de maneiras inusitadas de jogar jogos bem conhecidos. Dos cerca de duzentos textos que imprimiu privadamente, cerca de vinte versam sobre jogos originais. Suas regras para *Castle Croquet*, um jogo complicado que ele jogava frequentemente com as irmãs Liddell, estão reproduzidas, juntamente com seus outros panfletos sobre jogos, em meu *Universe in a Handkerchief: Lewis Carroll's Mathematical Recreations, Games, Puzzles, and Word Play* (1996).

6. Frankie Morris sugere em *Jabberwocky* (outono 1985) que o livro que Alice leu poderia ter sido *A Cat May Look Upon a King* (Londres, 1625), um impiedoso ataque aos reis ingleses da autoria de Sir Archibald Weldon. "Um gato pode olhar para um rei" é um provérbio conhecido que implica que os inferiores têm certos privilégios na presença de superiores.

7. Em sua ilustração para esta cena, Tenniel, apropriadamente, figurou o Valete de Paus como o carrasco.

9. A HISTÓRIA DA TARTARUGA FALSA (p.71-79)

1. Camomila era um medicamento extremamente amargo, amplamente usado na Inglaterra vitoriana. Era extraído da planta do mesmo nome.

2. "*Barley sugar*" [como aparece no original] é um rebuçado transparente, quebradiço, geralmente na forma de um bastão torcido, ainda vendido na Inglaterra. Outrora era feito com açúcar de cana fervente e um preparado de cevada.

3. M.J.C. Hodgart chama minha atenção para a seguinte afirmação no romance *Dombey and Son*, de Charles Dickens (cap.2): "Há uma moral em tudo, desde que tiremos proveito dela." James Kincaid, numa de suas notas para a edição Pennyroyal de *Através do Espelho* (1983), ilustrada por Barry Moser, cita da monografia de Carroll, *The New Belfry of Christ Church, Oxford*: "Tudo tem uma moral, se decidimos procurar por ela. Em Wordsworth, boa metade de cada poema é dedicada à Moral; em Byron, uma proporção menor; em Tupper, o poema inteiro."

4. Uma canção francesa popular da época contém os versos "*C'est l'amour, l'amour/ Qui fait le monde à la ronde*", mas Roger Green acha que a Duquesa está citando o primeiro verso de uma canção inglesa igualmente antiga, "The Dawn of Love". Ele chama atenção para a afirmação semelhante que encerra o *Paraíso*, de Dante.

"É o amor que faz o mundo girar, querida", escreve Charles Dickens (*Nosso amigo comum*, livro 4, cap.4), e há inúmeras outras expressões do sentimento na literatura inglesa.

5. "Alguém" foi a própria Duquesa, no cap.6.

6. Certamente poucos americanos reconheceram isto pelo que é: uma alteração extremamente engenhosa do provérbio britânico "Cuide dos *pence* que as libras cuidarão de si". A observação da Duquesa é por vezes citada como boa regra a se seguir quando se escreve prosa ou mesmo poesia. Falaciosa, é claro.

7. [No original, "*The more there is of mine, the less there is of yours*"] Carroll parece ter inventado este provérbio. Ele descreve o que na teoria dos jogos contemporânea é chamado um jogo de soma zero entre duas pessoas – um jogo em que o ganho do vencedor é exatamente igual à perda do derrotado. O pôquer é um jogo de soma zero entre várias pessoas, porque a soma total de dinheiro ganho é igual à soma total de dinheiro perdido.

8. Alice passou de animal para mineral e para vegetal. Como a leitora Jane Parker escreve numa carta, temos aqui uma referência ao popular jogo de salão vitoriano "animal, vegetal, mineral", em que os jogadores tentavam adivinhar o que alguém tinha em mente. As primeiras perguntas feitas eram tradicionalmente: É um animal? É um vegetal? É um mineral? As respostas tinham de ser sim ou não e o objetivo era adivinhar corretamente em vinte perguntas ou menos. Uma referência mais explícita ao jogo pode ser encontrada no cap.7 do segundo livro de *Alice.*

9. Uma referência a porcos voadores ocorre na canção de Tweedledee no segundo livro de *Alice*, quando a Morsa especula se porcos têm asas. "Porcos podem voar", reza um velho provérbio escocês, "mas é pouco provável que o façam." Podem-se ver porcos alados na ilustração de Henry Holiday para a aula do Castor em *The Hunting of the Snark.*

10. A sopa de tartaruga falsa é uma imitação de sopa de tartaruga verde, geralmente feita com vitela. Isto explica por que Tenniel desenhou sua Tartaruga Falsa com cabeça, patas traseiras e rabo de bezerro.

11. O grifo é um monstro fabuloso com cabeça e asas de águia e a parte inferior do corpo de leão. No *Purgatório*, canto 29, da *Divina comédia* de Dante (aquela incursão menos conhecida pelo País das Maravilhas através de um buraco na terra), o coche da Igreja é puxado por um grifo. O animal foi um símbolo medieval comum da união entre Deus e o homem em Cristo. Aqui tanto o Grifo quanto a Tartaruga Falsa são sátiras óbvias aos graduandos sentimentais que povoavam Oxford.

Sou grato a Vivien Greene por me informar que o grifo é o emblema do Trinity College de Oxford. Ele figura no portão principal do estabelecimento – fato certamente conhecido por Carroll e as irmãs Liddell.

O leitor James Bethune vê um significado satírico no sono do Grifo. Supostamente, os grifos teriam sido os ferozes guardiões das minas de ouro da antiga Cítia, o que faz deles dignos emblemas heráldicos de extrema vigilância. Ver o artigo de Anne Clark "The Griffin and the Gryphon", em *Jabberwocky* (inverno 1977).

12. Se o "ninguém" do Grifo nunca é executado, Alice pode perfeitamente ter visto ninguém na estrada no cap.7 do segundo livro de *Alice.*

13. Como Peter Heath assinalou em *The Philosopher's Alice*, a Tartaruga Falsa está dizendo a Alice que ela acaba justamente de dizer "isso". Heath nos lembra como Humpty, no próximo livro, pega Alice numa armadilha verbal semelhante referindo-se a algo que ela *não* disse.

14. A expressão "Francês, música e lavanderia – extras" aparecia com frequência nas contas dos internatos. Significava, é claro, que havia um preço adicional por aulas de francês e música e pela lavagem de roupa feita na escola.

15. Nem é preciso dizer que todas as matérias da Tartaruga Falsa são trocadilhos (leitura, escrita, adição, subtração, multiplicação, divisão, história, geografia, desenho, esboço, pintura a óleo, latim e grego). De fato, este capítulo e o que se segue estão repletos de trocadilhos. As crianças acham muita graça em trocadilhos, mas a maioria das autoridades atuais no que as crianças supostamente apreciam acredita que eles rebaixam a qualidade literária de livros infantis.

16. O "professor de Desdém", que vinha uma vez por semana para ensinar "a Desdenhar, Embolsar e Pingar a Alho", é uma referência a ninguém menos que o crítico de arte John Ruskin. Ruskin ia uma vez por semana à casa dos Liddell para ensinar desenho, esboço e pintura a óleo às crianças. Estas foram bem ensinadas. Uma olhadela apenas às muitas aquarelas de Alice e às de seu irmão Henry, e a uma pintura a óleo de Alice feita por sua irmã Violet, já permite avaliar o talento para a arte que herdaram do pai. Ver *Beyond the Looking Glass*, de Colin Gordon (Harcourt Brace Jovanovich, 1982) para reproduções, muitas em cores, de trabalhos artísticos produzidos pelos Liddell.

Fotografias de Ruskin na época, e uma caricatura feita por Max Beerbohm, mostram-no alto, magro, e extremamente parecido com um congro. Como Carroll, ele se sentia atraído por menininhas precisamente por causa da pureza sexual delas. Seu casamento com Euphemia ("Effie") Gray, 10 anos mais nova que ele, foi anulado após 6 anos infelizes com base em "impotência incurável". Effie logo voltou a se casar com o jovem John Millais, cujas pinturas pré-rafaelitas Ruskin muito admirava. Ela lhe deu oito filhos, entre os quais a menininha retratada por Millais no famoso *My First Sermon* (ver cap.3, nota 4, do segundo livro de *Alice*).

Quatro anos mais tarde Ruskin se apaixonou por Rosie La Touche, filha de um banqueiro irlandês cuja mulher admirava seus escritos. Rosie tinha então 10 anos e ele 47. Pediu a mão da jovem quando ela fez 18 anos, mas ela o recusou. Foi um golpe esmagador. Ruskin continuou a se apaixonar por menininhas tão virgens quanto ele próprio, tendo pedido uma menina em casamento quando estava com 70 anos. Morreu em 1900, após dez anos de grave doença maníaco-depressiva. Uma autobiografia fala de sua admiração por Alice Liddell, mas não há menção a Lewis Carroll.

17. A excelente pergunta de Alice embaraça o Grifo justificadamente, pois introduz a possibilidade de misteriosos números negativos (conceito que também confundia matemáticos antigos), que parecem não ter nenhuma aplicação a horários de aula no "curioso" esquema educacional. No décimo segundo dia e nos dias subsequentes, começariam os alunos a dar aula para o professor?

10. A Quadrilha da Lagosta (p.80-87)

1. A quadrilha, uma dança em cinco figuras, era uma das mais difíceis danças de salão em moda na época em que Carroll escreveu sua história. As crianças Liddell tinham aprendido a dançá-la com um instrutor particular.

Em uma de suas cartas a uma menininha, Carroll descreveu sua própria técnica de dança da seguinte maneira:

Quanto a dançar, minha querida, eu *nunca* danço, a menos que me seja permitido fazê-lo *da minha própria maneira peculiar*. É inútil tentar descrevê-la: só vendo para acreditar. Na última casa em que tentei, o piso desabou. Mas também era um piso muito ruim – as tábuas tinham só 15 centímetros de espessura, mal mereciam o nome de tábuas; arcadas de pedra são muito mais seguras em se tratando de uma dança *do meu tipo peculiar*. Alguma vez você já viu o Rinoceronte e o Hipopótamo, no Jardim Zoológico, tentando dançar um minueto juntos? É um espetáculo comovente.

A "Quadrilha da Lagosta" [*Lobster-Quadrille*] pode ter sido pensada como uma brincadeira com a "*Lancers Quadrille*", dança para seis a oito pares que era imensamente popular nos salões de baile ingleses na época em que Carroll escreveu seus livros de *Alice*. Variante da quadrilha, consistia de cinco figuras, cada uma num ritmo diferente. Segundo o *Dicionário Grove de música*, o "lanceiro" (como eram chamadas tanto a dança quanto sua música) foi inventado por um professor de dança de Dublin e alcançou aceitação internacional na década de 1850, após ter sido introduzido em Paris. A última estrofe da canção da Tartaruga Falsa talvez reflita a popularidade do lanceiro na França, e o arremesso das lagostas talvez seja uma alusão ao arremesso de lanças em combate. Se esse arremesso desempenhava algum papel na dança, não sei.

2. A Canção da Tartaruga parodia o primeiro verso e adota a métrica [no original] do poema de Mary Howitt's (baseado por sua vez numa canção mais antiga) "A aranha e a mosca". Esta é a primeira estrofe da versão de Howitts:

"Queres vir ao meu salão?" a aranha veio à mosca convidar.
"É o salão mais bonito em que haverá de pisar.
O caminho para ele é uma escada em espiral,
E tenho coisas curiosas para mostrar guardadas lá."
"Oh, não, não", disse a mosquinha, "é inútil me tentar,
Pois quem sobe a sua escada nunca mais retorna cá."

No manuscrito original de Carroll, a Tartaruga Falsa entoa uma canção diferente:

Debaixo das águas do mar
Há lagostas das mais graúdas...
Com você e comigo elas gostam de dançar.
Meu querido, meu meigo Salmão!

REFRÃO
Pr'a cima Salmão! Pr'a baixo Salmão!
Vem Salmão, sua cauda enroscar

Em torno dos peixes todos do mar.
Ninguém é melhor que o Salmão.

Aqui Carroll está parodiando uma canção de origem negra, cujo estribilho se inicia com:

Pr'a cima Sally! Pr'a baixo Sally!
Vem, Sally, rodar os saltos pelo salão!

Em um apontamento feito em seu diário em 3 de julho de 1862 (na véspera da famosa excursão pelo rio Tâmisa), Carroll menciona ter ouvido as irmãs Liddell (numa reunião em dia chuvoso na residência do deão) cantarem essa canção de origem negra "com grande espírito". Roger Green, numa nota a esse apontamento, fornece a segunda estrofe e o estribilho da canção:

Segunda-feira eu dei um baile,
E todos os negros estavam lá,
Gordos, magros, baixos, altos,
Mas ninguém pôde Sally acompanhar!

Pr'a cima Sally! Pr'a baixo Sally!
Vem, Sally, rodar os saltos pelo salão!
O velho foi embora, com uma indisposição...
Vem, Sally, vem rodar bem no meio do salão!

Algumas estrofes terminam com "*Dar' s not a gal like Sally!*" Numa carta (1886) a Henry Savile Clarke, que adaptou os livros de *Alice* para opereta, Carroll insistiu em que suas canções que parodiavam velhas músicas infantis fossem cantadas com as melodias tradicionais, não arranjadas em música nova. Destacou essa canção em particular. "Seria preciso um compositor muito bom para compor algo melhor que a velha e doce ária de '*Queres vir ao meu salão?*'."

A charge política de Tenniel na *Punch* (8 mar 1899), intitulada "Alice in Bumbleland", apresenta o mesmo trio de Alice, o Grifo e a Tartaruga Falsa. Alice é o político conservador Arthur James Balfour, o Grifo é Londres e a Tartaruga Falsa chorosa é a cidade de Westminster. Alice, o Grifo e uma tartaruga comum aparecem na charge anterior de Tenniel "Alice in Blunderland" (*Punch*, 30 out 1880). Outras aparições de Alice na *Punch* ocorrem na charge de Tenniel de 1º de fevereiro de 1868 (Alice representa os Estados Unidos) e no frontispício de Tenniel para o vol.46 encadernado (1864).

3. Merluza é um peixe comestível da família do bacalhau [no original, "*whiting*"].

4. "Quando escrevi aquilo", são as palavras atribuídas a Carroll (no livro de Stuart Collingwood, *The Life and Letters of Lewis Carroll*, p.402), "eu acreditava que merluzas realmente

tinham a cauda na boca, mas depois me disseram que os peixeiros enfiam a cauda pelo olho, pela boca nunca."

Um leitor que se assinou apenas "Alice" mandou-me um recorte de uma carta de Craig Claiborne que foi publicada em *The New Yorker* (15 fev 1993). Ele descreve um prato francês conhecido como *merlan en colère*, ou "merluza enfurecida", preparado "torcendo-se o peixe num círculo e amarrando ou prendendo de outra forma sua cauda na boca. Em seguida ele é frito (não cozido) e servido com salsa, limão e molho tártaro. Quando servido quente, tem um aspecto nitidamente colérico, ou irascível."

5. O primeiro verso deste poema lembra a expressão bíblica "a voz da tartaruga" (*Cântico dos cânticos* 2:12); na verdade, é uma paródia dos primeiros versos de "The Sluggard" ["O preguiçoso"], um melancólico poema de Isaac Watts (ver nota 5 do cap.2), que os leitores de Carroll conheciam bem:

Esta é a voz do preguiçoso; eu o ouvi se queixar.
"Você me acordou muito cedo, vou voltar a cochilar."
Como a porta nos seus gonzos, assim é ele na cama,
Troca de lado, se sacode e ainda mais se esparrama.

A paródia que Carroll fez dos versos de pé-quebrado de Watts passou por muitas mudanças. Antes de 1886 todas as edições de *Alice* tinham uma primeira estrofe de quatro versos e uma segunda que era interrompida após o segundo verso. Carroll forneceu os versos que faltavam para *Songs from Alice in Wonderland*, livro publicado por William Boyd em 1870. A estrofe completa era:

Passei pelo seu jardim e notei que atrás da porta
A coruja e a ostra dividiam uma torta,
Enquanto o pato e o Dodô, o lagarto e o gato,
Nadavam no leite entornado num sapato.

Em 1886 Carroll revisou e aumentou o poema para 16 versos para a encenação musical de *Alice*. Os versos aqui reproduzidos são a versão final que aparece nas edições de *Alice* a partir de 1886. Por incrível que pareça, um vigário de Essex escreveu uma carta para *The St. James Gazette* acusando Carroll de irreverência por causa da alusão bíblica no primeiro verso de sua paródia.

6. Selwyn Goodacre comunicou-me a observação de sua filha de que Tenniel seguiu cuidadosamente o comentário de Alice, desenhando a lagosta com os pés na primeira posição do balé.

7. As impiedosas palavras finais, "comendo a coruja" ["*eating the Owl*"], aparecem na edição impressa da opereta de Savile Clarke, de 1886. Esta é uma outra versão, provavelmente anterior, dos dois últimos versos, reproduzida na biografia de Stuart Collingwood:

Enquanto isso a Pantera com a faca e o garfo ficou,
Assim, quando ela perdeu a paciência, a coruja perdeu a vida.

Carrollianos têm se divertido substituindo "*eating the Owl*" por outras expressões, que são veiculadas de tempos em tempos no boletim da Lewis Carroll's Society, *Bandersnatch*. Estes são alguns finais propostos: "*talking a prowl*", "*wiping his jowl*", "*giving a howl*", "*taking a trowel*", "*kissing the fowel*", "*giving a scowl*" e "*donning a cowl*".

8. No dia 1º de agosto de 1862, Carroll registrou em seu diário que as irmãs Liddell cantaram para ele a canção popular "Estrela da tarde". Letra e música eram de James M. Sayles:

Bela estrela, no céu tão brilhante,
Mansamente jorra a tua prateada luz,
E tu te moves da Terra tão longe,
Estrela da tarde, ó bela estrela.

REFRÃO
Bela estrela,
Bela estrela,
Estrela da tarde, bela estrela.

Cary Grant soluçou ao longo da canção em seu papel de Tartaruga Falsa na medíocre versão de *Alice* para o cinema produzida pela Paramount em 1933.

Vários leitores me informaram que tartarugas marinhas com frequência parecem chorar copiosamente – em especial as fêmeas, quando de suas visitas noturnas à praia para pôr ovos. Um leitor, Henry Smith, explica o porquê: os rins dos répteis não são feitos para remover o sal da água de maneira eficiente. As tartarugas marinhas são dotadas de uma glândula especial que descarrega água salgada através de um duto nos cantos externos de cada olho. Sob a água a secreção é removida, mas quando as tartarugas estão em terra ela se assemelha a um fluxo de lágrimas. Carroll, que tinha grande interesse por zoologia, sem dúvida tinha conhecimento do fenômeno.

11. Quem roubou as tortas? (p.88-94)

1. Como William e Ceil Baring-Gould observam em seu *Annotated Mother Goose* (Clarkson N. Potter, 1962, p.149), o Coelho Branco lê apenas os primeiros versos de um poema publicado originalmente em *The European Magazine* (abr 1872). A primeira estrofe chegou a uma coletânea de poemas "Mother Goose" e provavelmente deve sua fama atual, como sugerem os Baring-Gould, a seu uso por Carroll:

A Rainha de Copas fez várias tortas
Todas numa só fornada.
O Valete de Copas furtou as tortas
E não deixou sobrar nada.
O Rei de Copas exigiu as tortas
E surrou o Valete com energia.
O Valete de Copas devolveu as tortas
E jurou que nunca mais roubaria.

O desenho original de Tenniel do Coelho Branco tocando a corneta difere em muitos aspectos do que foi impresso.

2. Foi observado que a gravata-borboleta do Chapeleiro, na ilustração de Tenniel para esta cena, tem a extremidade pontuda à sua direita, como nas imagens de Newell. Em duas ilustrações anteriores de Tenniel, a ponta da gravata está do lado esquerdo do Chapeleiro. Michael Hancher, em seu livro sobre Tenniel, cita isto como uma das muitas incongruências divertidas da arte de Tenniel.

3. A Rainha está recordando a ocasião, descrita no cap.7, em que o Chapeleiro assassinava o tempo ao cantar "*Pisca, pisca, ó morcego!*".

4. Se não tivesse sido interrompido, o Chapeleiro teria dito "bandeja de chá". Está pensando na canção que cantou no chá maluco sobre o morcego que piscava no céu como uma bandeja de chá.

12. O depoimento de Alice (p.95-103)

1. Em *The Nursery "Alice"* Carroll salienta que todos os 12 membros do júri podem ser vistos no desenho de Tenniel para esta cena, e enumera-os como sapo, *dormouse* [caxinguelê], rato, doninha, ouriço, lagarto, galo garnisé, toupeira, pato, esquilo, *storkling* [filhote de cegonha], *mousling* [filhote de camundongo]. Sobre os dois últimos, Carroll escreve: "O sr. Tenniel diz que a ave que está gritando é um *Storkling* (claro que você sabe o que é isto, não?) e a cabecinha branca é um *Mousling*. Não é uma gracinha?"

2. O número 42 tinha um significado especial para Carroll. O primeiro livro de *Alice* tinha 42 ilustrações. Uma importante regra náutica, a Regra 42, é citada no prefácio de Carroll para *The Hunting of the Snark*, e no "ataque" 1, estrofe 7, o Padeiro embarca no navio com 42 caixas cuidadosamente embrulhadas. Em seu poema "Phantasmagoria", canto 1, estrofe 16, Carroll declara ter 42 anos, embora fosse 5 anos mais moço na época. Em *Através do Espelho* o Rei Branco envia 4.207 cavalos e homens para restaurar Humpty Dumpty, e 7 é um fator de 42. A idade de Alice no segundo livro é 7 anos e 6 meses, e 7 vezes 6 são 42. Embora, provavelmente por coincidência (como Philip Benham observou), cada livro de *Alice* tenha 12 capítulos, ou 24 no todo, e 24 seja 42 às avessas.

Para mais numerologia em torno de 42 – na vida de Carroll, na Bíblia, no cânone de Sherlock Holmes e alhures –, ver o 42º número de *Bandersnatch*, o boletim da Lewis Carroll Society da Inglaterra. (O número foi publicado em janeiro de 1942 mais 42.) Ver também, de Edward Wakeling, "What I Tell You Forty-two Times is True!" (*Jabberwocky*, outono 1977), seu "Further Findings About the Number Forty-two" (*Jabberwocky*, inverno/primavera 1988) e a nota 32 de meu *Annotated Snark* tal como aparece em *The Hunting of the Snark* (William Kaufmann, 1981). No conhecido romance de ficção científica de Douglas Adams, *O guia do mochileiro das galáxias*, é dito que 42 é a resposta para a "Pergunta Definitiva sobre Tudo". Ver cap.1, nota 4, para mais um 42.

3. Se o Valete não escreveu os versos, pergunta Selwyn Goodacre, como sabe que não estavam assinados?

4. A prova do Coelho Branco consiste de seis estrofes com pronomes confusos e muito pouco sentido. Foram tomados, sob uma forma consideravelmente revista, do poema nonsense em oito estrofes de Carroll "She's All My Fancy Painted Him", publicado pela primeira vez em *The Comic Times*, de Londres, em 1855. O primeiro verso do original copia o primeiro verso de "Alice Gray", uma canção sentimental de William Mee popular na época. O restante do poema não tem nenhuma semelhança com a canção, exceto na métrica.

Terá Carroll introduzido esse poema em sua história porque a canção por trás dele fala sobre o amor não correspondido de um homem por uma moça chamada Alice? Estas são as estrofes iniciais da canção, tomadas do pequeno livro de John M. Shaw (citado na nota 4 do cap.6):

Ela é tudo que minha fantasia pintou,
É adorável, é mesmo divina,
Mas seu coração a outro pertence,
Não será nunca a minha menina.

Amei no entanto, como um homem nunca amou,
Um amor que a vida toda alimentarei,

Ó, meu coração, ficará para sempre partido
Pelo amor de Alice Gray.

5. "Declaração que é uma medida de sua crescente autoconfiança", comenta Selwyn Goodacre (*Jabberwocky*, primavera 1982), "porque sabemos que ela não tem uma moeda sequer no bolso – contou ao Dodô que só tinha o dedal."

6. Esta é a primeira das duas referências a jogar tinta na cara de alguém. No primeiro capítulo de *Através do Espelho*, Alice pretende reanimar o Rei Branco jogando-lhe tinta na cara.

7. Uma reação semelhante a um trocadilho é um dos cinco traços característicos de um *snark*, como aprendemos no segundo "ataque" ["*fit*"] de *The Hunting of the Snark* de Carroll:

A terceira é a lentidão para uma piada entender;
Se por acaso uma você arrisca,
Suspira fundo, como se estivesse a sofrer:
E a um trocadilho, fica sério a mais não poder.

A ilustração feita por Tenniel do Rei olhando à sua volta com um débil sorriso tinha a clara intenção de mostrá-lo no instante seguinte à cena que aparecia no frontispício do livro. O Valete não alterou sua postura desafiadora, embora o Rei (como Selwyn Goodacre percebeu) tenha conseguido mudar de coroa, pôr óculos e se livrar do orbe e do cetro, e os três esbirros tenham caído no sono. Observe que em ambas as figuras Tenniel sombreou o nariz do Valete para sugerir que é um bêbado. Os vitorianos imaginavam os criminosos como grandes bebedores e sombrear narizes era uma convenção entre os cartunistas da época, como entre os de agora, para denotar beberrões. Em *The Nursery "Alice"*, cujas ilustrações foram coloridas a mão por Tenniel, a ponta do nariz do Valete é rosada tanto no frontispício como na figura do cap.8, em que ele apresenta a coroa ao Rei.

Frontispício de Charles Bennett para *As fábulas de Esopo*

Jeffrey Stern, em *Jabberwocky* (primavera 1978), chama atenção para muitas semelhanças entre esse frontispício e o de *As fábulas de Esopo* (1857), ilustrado pelo colega de Tenniel e ilustrador da *Punch* Charles Henry Bennett:

O esbirro (a coruja) tem o olhar aturdido do Rei, e o Leão exibe uma carranca igual à da Rainha (ela até olha na mesma direção). Alguns dos jurados e a ave de peruca/advogados estão numa pose semelhante, e o cão que faz a defesa está praticamente na mesma posição que o Valete. Nada disso teria muito significado, não fosse pelo fato de que o livro de Bennett foi publicado em 1857 – oito anos antes de *Alice no País das Maravilhas*. Incidentalmente, a fábula ilustrada é "Man tried at the Court of the Lion for the Ill-treatment of a Horse".

8. Na ilustração de Tenniel para esta cena as cartas se transformaram em cartas de baralho comuns, embora três conservem narizes residuais. Na versão de Peter Newell, algumas têm até cabeças, braços e pernas.

Em muitas edições de *Alice no País das Maravilhas* (não verifiquei primeiras edições), a carta ocultada pelo 6 de espadas traz na margem esquerda as misteriosas letras "B. ROLLITZ". Talvez fosse um empregado dos irmãos Dalziel, que fizeram as gravações em madeira.

Para sublinhar o retorno do sonho à realidade, como Richard Kelly observa em sua contribuição para *Lewis Carroll: A Celebration*, organizado por Edward Guiliano, Tenniel despiu o Coelho Branco.

9. Este tema do sonho-dentro-de-um-sonho (a irmã de Alice sonhando com o sonho dela) reaparece sob uma forma mais complicada na continuação. Ver *Através do Espelho*, cap.4, nota 10.

10. Na última página do texto escrito a mão de *Alice's Adventures Under Ground* que deu a Alice Liddell, Carroll colou uma fotografia oval de seu rosto que ele fizera em 1859, quando ela tinha 7 anos, a idade de Alice na história. Foi só em 1977 que Morton Cohen descobriu, escondido sob essa fotografia, um desenho do rosto de Alice. Trata-se do único desenho conhecido que Dodgson fez da Alice real.

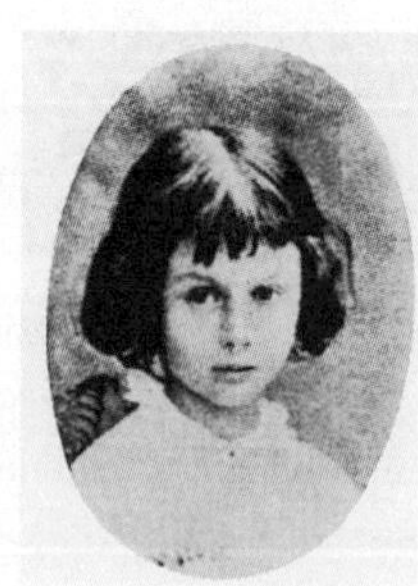

Através do Espelho e o que Alice encontrou por lá

Prefácio à edição de 1897 (p.111-114)

1. Não há no xadrez nenhum lance em que rainhas roquem. Carroll está explicando aqui que, quando as três Rainhas (a Vermelha, a Branca e Alice) entraram no "castelo" [em inglês, "rocar" é "*to castle*"], elas passaram para a 8ª fila, em que peões se tornam rainhas.

2. A descrição que Carroll faz do problema de xadrez subjacente à ação do livro é precisa. Não há como entender a afirmação de Sidney Williams e Falconer Madan, na p.48 de *A Handbook of the Literature of the Rev. C.L. Dodgson*, de que não foi feita "nenhuma tentativa" de dar um xeque-mate normal. O xeque-mate final é inteiramente ortodoxo. É verdade, no entanto, como o próprio Carroll salienta, que as peças vermelhas e brancas não alternam lances apropriadamente, e alguns dos "lances" arrolados por Carroll não são representados por movimentos reais das peças no tabuleiro (por exemplo, o primeiro, terceiro, nono e décimo "lances" de Alice e o "roque" das rainhas).

A violação mais grave das regras do xadrez ocorre perto do fim do problema, quando o Rei Branco é posto em xeque pela Rainha Vermelha sem que nenhum dos dois lados leve o fato em conta. "Provavelmente nenhum lance tem um objetivo sensato, do ponto de vista do xadrez", escreve o sr. Madan. É verdade que os dois lados fazem um jogo excessivamente negligente, mas que outra coisa se poderia esperar das criaturas loucas de trás do espelho? Em dois momentos a Rainha Branca perde a oportunidade de dar um xeque-mate e em outra ocasião foge do Rei Vermelho quando poderia tê-lo capturado. Ambos os lapsos, contudo, são compatíveis com sua distração.

Considerando-se as tremendas dificuldades envolvidas na combinação de um jogo de xadrez com uma divertida fantasia absurda, Carroll se sai notavelmente bem. Em nenhum momento, por exemplo, Alice troca palavras com uma peça que não esteja então numa casa contígua à sua própria. Rainhas se alvoroçam fazendo coisas, enquanto seus maridos permanecem relativamente imóveis e impotentes, exatamente como em jogos de xadrez reais. As excentricidades do Cavaleiro Branco correspondem admiravelmente à maneira esdrúxula como os cavalos se movem; até a tendência dos Cavaleiros a cair dos seus cavalos, para um lado ou para outro, sugere o movimento dessas peças, que se deslocam duas casas numa direção e em seguida uma casa à direita ou à esquerda. Para que o leitor possa melhor integrar os movimentos de xadrez com a história, cada lance será registrado no texto no ponto preciso em que ocorre.

As filas do gigantesco tabuleiro de xadrez são separadas entre si por riachos. As colunas são divididas por cercas. Ao longo de todo o problema Alice permanece na coluna da rainha, exceto em seu lance final quando (como rainha) captura a Rainha Vermelha para dar xeque-mate ao dorminhoco Rei Vermelho. É divertido observar que é a Rainha

Vermelha quem convence Alice a avançar ao longo de sua coluna para a 8ª casa. A Rainha está protegendo a si mesma com esse conselho, pois as brancas têm no início um xeque-mate fácil, embora deselegante, em três lances. O Rei Branco dá xeque primeiro na 3ª casa do Cavaleiro do Rei. Se o Rei Vermelho se movesse para a 6ª ou a 5ª casa da Rainha, as brancas poderiam dar xeque-mate com a Rainha na 3ª casa do Bispo da Rainha. A única alternativa para o Rei Vermelho seria passar para a 4ª casa do Rei. A Rainha Branca daria então xeque-mate na 5ª casa do Bispo da Rainha, forçando o Rei Vermelho a se mover para a 3ª casa do Rei. A Rainha daria assim xeque-mate na 6ª casa da Rainha. Isso exigiria, é claro, uma atenção que nem o Cavaleiro nem a Rainha possuem. Fizeram-se tentativas de elaborar uma sequência melhor de lances de xadrez que correspondesse à narrativa e ao mesmo tempo atendesse às regras do jogo. A mais ambiciosa iniciativa dessa espécie com que deparei encontra-se na *British Chess Magazine* (vol.30, mai 1910, p.181). Donald M. Liddell propõe um jogo de xadrez inteiro, começando com a Abertura de Bird e terminando com um mate de Alice quando ela entra na 8ª casa em seu 16º movimento! A escolha da abertura é apropriada, pois nenhum *expert* do xadrez jamais teve um estilo de jogo tão hilariante e excêntrico quanto o inglês H.E. Bird. Não consegui apurar se Donald Liddell é parente *dos* Liddell.

Na Idade Média e no Renascimento, jogava-se xadrez por vezes com peças humanas em campos enormes (veja *Gargantua* e *Pantagruel*, de Rabelais, livro 5, caps.24 e 25), mas não conheço nenhuma tentativa anterior à de Carroll de basear uma narrativa ficcional em peças animadas de xadrez. Desde então, isso foi feito muitas vezes, sobretudo por autores de ficção científica. Exemplo recente é o excelente conto de Poul Anderson, *The Immortal Game* (*Fantasy and Science Fiction*, fev 1954).

Por muitas razões, peças de xadrez são singularmente apropriadas ao segundo livro de *Alice*. Complementam as cartas de baralho do primeiro livro, permitindo o retorno de reis e rainhas; a perda de valetes é mais do que compensada com o ganho de cavaleiros. As atordoantes mudanças de tamanho que Alice experimenta no primeiro livro são substituídas por mudanças igualmente atordoantes de lugar, ocasionadas, é claro, pelos movimentos das peças de xadrez pelo tabuleiro. Por uma feliz coincidência, o xadrez se harmoniza perfeitamente com o tema do espelhamento. Não só torres, bispos e cavaleiros vêm aos pares, como a disposição assimétrica das peças de um jogador no início de um jogo (assimétrica por causa das posições de rei e rainha) é um espelhamento exato da disposição das peças do adversário. Por fim, a lógica incomum do jogo de xadrez combina muito bem com a lógica louca do mundo do espelho.

Esta é a lista dos personagens que figurou nas primeiras edições do livro, antes de Carroll substituí-la por seu prefácio de 1896. Foi sensato retirá-la, porque só acrescenta confusão ao jogo de xadrez. Vou citar apenas um caso. Se os irmãos Tweedle são as duas torres brancas, perguntou Denis Crutch numa conferência sobre jogo de xadrez (publicada em *Jabberwocky*, verão 1972), quem é então a torre branca na primeira fila do diagrama de Carroll?

PERSONAGENS

(Disposição no começo do jogo)

BRANCAS		VERMELHAS	
FIGURAS	PEÕES	PEÕES	FIGURAS
Tweedledee	Margarida	Margarida	Humpty Dumpty
Unicórnio	Haigha	Mensageiro	Carpinteiro
Ovelha	Ostra	Ostra	Morsa
Rainha B.	"Lily"	Lírio-tigre	Rainha B.
Rei B.	Corça	Rosa	Rei V.
Velho	Ostra	Ostra	Corvo
Cavaleiro B.	Hatta	Sapo	Cavaleiro V.
Tweedledum	Margarida	Margarida	Leão

O arranjo das palavras na posição inicial de um jogo de xadrez torna fácil identificar cada peça e peão. Observe que os bispos, nunca mencionados na história, estão ligados aqui à Ovelha, ao Velho, à Morsa e ao Corvo, embora por nenhuma razão discernível.

3. Provas do poema introdutório sobreviveram, com alterações escritas na letra de Carroll. As mudanças feitas para a primeira edição estão arroladas na p.60 de *The Lewis Carroll Handbook* (Oxford, 1931), de Sidney Williams e Falconer Madan.

4. Embora Carroll tenha perdido contato com a maioria das suas amigas crianças depois que elas entraram na adolescência, o triste pressentimento dessas linhas provou-se infundado. Entre os mais admiráveis tributos já prestados a Carroll estão as lembranças que Alice dele expressou em seus últimos anos.

5. "leito indesejável" ["*unwelcomed bed*"]: referência à morte da contristada donzela, com a implicação cristã de que será apenas um breve cochilo, e, como os críticos freudianos nunca se cansam de salientar, talvez com sugestões do leito conjugal.

6. As 3 palavras entre aspas ["*happy summer days*"] são as 3 últimas de *Aventuras de Alice no País das Maravilhas.*

7. "alegria": nas provas do livro a palavra era "*pleasures*". Carroll mudou-a habilmente para o arcaico "*pleasance*" ["*The pleasance of our fairy-tale*"], de modo a poder introduzir o segundo nome de Alice Pleasance Liddell.

1. A Casa do Espelho (p.115-126)

1. Foi característico de Carroll, com seu amor por contrastes bem marcados, abrir sua continuação com uma cena de interior, em pleno inverno. (O livro anterior inicia-se ao ar livre, numa tépida tarde de maio.) O tempo invernal harmoniza-se também com os símbolos gélidos da idade e da aproximação da morte presentes em seus poemas inicial e final. A preparação de uma fogueira e o comentário de Alice, "Sabe que dia é amanhã, Kitty?", sugerem que a data era 4 de novembro, véspera do Guy Fawkes Day. (O feriado era celebrado anualmente no Christ Church com uma enorme fogueira no Peckwater Quadrangle.) Isso é corroborado pela declaração que Alice faz à Rainha Branca (cap.5) de que tem *exatamente* 7 anos e meio, pois o aniversário de Alice Liddell era no dia 4 de maio, e a viagem anterior ao País das Maravilhas ocorreu nesse mesmo dia, quando, pelo que podemos supor, tinha exatamente 7 anos (ver nota 6, cap.7 do livro anterior). Como Robert Mitchell diz numa carta, os dias 4 de maio e 4 de novembro, estando a 6 meses de distância entre si, são datas que não poderiam estar mais separadas.

Isto deixa aberta a questão do ano, que poderia ser 1859 (quando Alice tinha realmente 7 anos), 1860, 1861 ou 1862, quando Carroll contou e escreveu a história da primeira aventura de Alice. O dia 4 de novembro de 1859 foi uma sexta-feira. Em 1860 foi domingo, em 1861 segunda-feira e em 1862 terça-feira. A última data parece a mais plausível, considerando-se a observação de Alice para a gatinha (dois parágrafos adiante) de que estava acumulando os castigos dela para dali a duas quartas-feiras.

A sra. Mavis Baitey, em seu livro *Alice's Adventures in Oxford* (A Pitkin Pictorial Guide, 1980), sustenta que a data era 10 de março de 1863, o dia do casamento do príncipe de Gales. A ocasião foi celebrada em Oxford com fogueiras e fogos de artifício, e Carroll relata em seu diário que levou Alice para um passeio pela universidade à noite: "Foi maravilhoso ver o absoluto encantamento com que Alice desfrutou daquilo tudo." No entanto, os registros que Carroll fez em seu diário nos dias 9 e 10 de março não contêm nenhuma menção à neve de que Alice fala. Ainda assim, a conjetura da sra. Baitey é reforçada pelo fato de que na Inglaterra a neve é muito rara no início de novembro e bastante comum em março.

2. Snowdrop era o nome de uma gatinha pertencente a uma das amigas crianças de Carroll, Mary MacDonald. Mary era filha de um grande amigo de Carroll, George MacDonald, poeta e romancista escocês, autor de conhecidas histórias fantásticas para crianças como *The Princess and the Goblin* e *At the Back of the North Wind.* As crianças MacDonald foram em parte responsáveis pela decisão de Carroll de publicar *Aventuras de Alice no País das Maravilhas.* Para pôr à prova o sabor geral da história, ele pediu à sra. MacDonald para ler o manuscrito para os filhos dela. A acolhida foi entusiástica. Greville, de 6 anos (que mais tarde recordou a ocasião em seu livro *George MacDonald and His Wife*), declarou que deviam ser impressos 60.000 exemplares do livro.

Kitty e Snowdrop, as gatinhas preta e branca, refletem as casas pretas e brancas do xadrez e as peças vermelhas e brancas do jogo de xadrez do livro.

3. "veio se insinuar ziguezagueando" ["*came wriggling*"] é uma boa descrição do modo como um cavalo se move por um tabuleiro de xadrez.

4. O tema do espelho parece ter sido um acréscimo tardio à história. Temos a declaração de Alice Liddell de que boa parte do livro era baseada nas histórias sobre o xadrez que Caroll contou para as meninas Liddell quando estavam aprendendo o jogo, entusiasticamente. Foi só em 1868 que uma outra Alice, prima distante de Carroll, desempenhou um papel na sugestão do tema do espelho. Foi assim que ela contou a história no *Times* de Londres de 22 de janeiro de 1932:

> Quando crianças, morávamos em Onslow Square e íamos sempre brincar no jardim atrás das casas. Charles Dodgson costumava ficar lá com um velho tio, e andar para um lado e para o outro, as mãos atrás das costas, na faixa de grama. Um dia, ouvindo meu nome, chamou-me e disse: "Então você é uma outra Alice. Gosto muito de Alices. Gostaria de vir comigo e ver uma coisa muito intrigante?" Nós o acompanhamos até sua casa, que dava, como a nossa, para o jardim, entrando num cômodo atulhado de móveis e com um espelho alto de viés num canto.
>
> "Agora", disse ele, dando-me uma laranja, "primeiro me diga em que mão está segurando essa fruta." "A direita", eu disse. "Agora", ele continuou, "ponha-se diante do espelho e me diga com que mão a menina que você vê lá a está segurando." Após alguma contemplação perplexa, eu disse: "A mão esquerda." "Exatamente", disse ele, "e como você explica isso?" Não sabia explicar aquilo, mas vendo que alguma solução era esperada, arrisquei: "Se eu estivesse do *outro* lado do espelho, a laranja não continuaria a estar na mão direita?" Posso me lembrar a risada que deu. "Muito bem, pequena Alice", disse. "A melhor resposta que já ouvi."
>
> Não ouvi mais nada na ocasião, mas em anos posteriores soube que ele disse que eu lhe tinha dado a primeira ideia para *Através do Espelho*, do qual me enviou uma cópia, bem como um de cada um de seus outros livros, regularmente.

Num espelho, todos os objetos assimétricos (que não se sobrepõem em suas imagens especulares) "ficam ao contrário". Há muitas referências no livro a essas inversões esquerda-direita. Tweedledee e Tweedledum são, como veremos, gêmeos especulares; o Cavaleiro Branco canta sobre o enfiar um pé direito num sapato esquerdo; e talvez não seja por acaso que há várias referências a saca-rolhas, porque a hélice é uma estrutura assimétrica com formas direita e esquerda bem definidas. Se ampliarmos o tema da reflexão especular para incluir a inversão de qualquer relação assimétrica, tocamos um ponto que domina a história inteira. Tomaria muito espaço aqui arrolar todos os casos, mas os seguintes exemplos são suficientes. Para se aproximar da Rainha Vermelha, Alice anda às avessas; no vagão de trem o Guarda diz a ela que está viajando ao contrário; o Rei tem dois mensageiros, "um para vir, outro para ir". A Rainha Branca explica as vantagens de viver de trás para frente no tempo; o bolo do espelho é primeiro servido, depois partido. Números ímpares e pares, o equivalente combinatório de esquerda e direita, são introduzidos na história em vários pontos (p.ex., a Rainha Branca oferece geleia dia sim, dia não). Num certo sentido, o próprio nonsense é uma inversão sanidade-insanidade. O mundo usual é virado de cabeça para baixo e de trás para frente; torna-se um mundo em que as coisas tomam todos os rumos, menos os esperados.

Temas de inversão ocorrem, é claro, ao longo de todos os textos nonsense de Carroll. No primeiro livro de *Alice*, a menina se pergunta se gatos comem morcegos ou morcegos comem gatos, e é informada de que dizer o que pensa não é o mesmo que pensar o que diz. Quando come o lado esquerdo do cogumelo, cresce; o lado direito tem o efeito inverso. Essas mudanças de tamanho, que ocorrem com tanta frequência no primeiro livro, são em si mesmas inversões (por exemplo, em vez de uma menina grande e um filhote de cachorro pequeno, temos um filhote de cachorro grande e uma menina pequena). Em *Sílvia e Bruno* ficamos sabendo do "*imponderal*", uma lã antigravidade que pode ser introduzida em pacotes a serem enviados por serviços de encomenda para fazê-los pesar menos que nada; de um relógio que inverte o tempo; da luz negra; da bolsa de Fortunatus, um plano projetante com o lado de fora para dentro e o lado de dentro para fora. Aprendemos também que E-V-I-L [diabo] nada mais é que L-I-V-E [viva] às avessas.

Também na vida real Carroll explorou tanto quanto pôde a noção de inversão para divertir suas amigas crianças. Uma de suas cartas fala de uma boneca cuja mão direita fica "*left*" ["largada" e "esquerda"] quando a mão esquerda tomba; uma outra carta nos conta como às vezes ele vai para a cama tão cedo após se levantar que se pega na cama *antes* de sair dela. Escreveu cartas em escrita especular que devem ser lidas a começar da última palavra até chegar à primeira. Tinha uma coleção de caixas de música e uma de suas proezas era fazê-las tocar às avessas. Fazia desenhos engraçados que se transformavam em outros quando virados de cabeça para baixo.

Mesmo em momentos sérios, a mente de Carroll, como a do Cavaleiro Branco, parecia funcionar melhor quando via as coisas de cabeça para baixo. Ele inventou um novo método de multiplicação em que o multiplicador é escrito às avessas e *sobre* o multiplicando. *The Hunting of a Snark*, ele nos diz, foi composto de fato às avessas. O verso final, "*For the Snark was a Boojum, you see*", veio-lhe à mente como uma inspiração repentina e em seguida moldou uma estrofe para se adequar ao verso e finalmente um poema para se adequar à estrofe.

Estreitamente relacionado com o humor que Carroll extraía da inversão é o humor que extraía da contradição lógica. A Rainha Vermelha sabe de um morro tão grande que, comparado a ele, o que está em questão é um vale; comem-se biscoitos secos para matar a sede; um mensageiro sussurra aos gritos; Alice corre tão depressa quanto pode para ficar no mesmo lugar. Não surpreende saber que Carroll gostava muito do chiste irlandês, cuja essência é a contradição lógica. Certa vez ele escreveu para a irmã: "Por favor, analise logicamente o seguinte raciocínio: *Menina*: 'Ah, ainda bem que não gosto de aspargos.' *Amiga*: 'Por que, minha querida?' *Menina*: 'Porque se gostasse teria de comê-los... e não os suporto'." Um dos conhecidos de Carroll ouviu-o falar sobre um amigo cujos pés eram tão grandes que tinha de vestir as calças pela cabeça.

O tratamento de uma "classe nula" (um conjunto sem membros) como se fosse algo existente é outra rica fonte do absurdo carrolliano. A Lebre de Março oferece a Alice um vinho inexistente; Alice pergunta a si mesma onde está a chama de uma vela quando não está acesa; o mapa em *The Hunting of the Snark* é "um perfeito e absoluto vazio"; o Rei de Copas acha inusitado escrever cartas para ninguém e o Rei Branco felicita Alice por ter uma vista boa a ponto de avistar ninguém a grande distância na estrada.

Por que o humor de Carroll estava tão entrelaçado com efeitos lógicos desse tipo? Não vamos tentar apurar aqui se o interesse de Carroll por lógica e matemática é uma explicação suficiente, ou se havia impulsos inconscientes que tornavam necessário para ele estar sempre deformando e esticando, comprimindo e invertendo, revertendo e distorcendo o mundo conhecido. Certamente a tese proposta por Florence Becker Lennon em sua biografia, sob outros aspectos admirável, *Victoria Through the Looking Glass* não é adequada. Ela sustenta que Carroll era canhoto de nascença e foi forçado a usar a mão direita, e que "se desforrou fazendo um pouco de inversão". Lamentavelmente, só há o mais inconsistente, o menos convincente dos indícios de que Carroll era canhoto de nascença. Mesmo que isso fosse verdade, parece uma explicação deploravelmente inadequada para a origem do nonsense carrolliano.

R.B. Shaberman, escrevendo sobre a influência que George MacDonald exerceu sobre Carroll (*Jabberwocky*, verão 1976), cita a seguinte passagem do cap.13 do romance de MacDonald de 1858, *Phantastes*:

> Que coisa estranha é um espelho! E que afinidade assombrosa existe entre ele e a imaginação de um homem! Pois este meu quarto, tal como o contemplo no espelho, é o mesmo, e no entanto não é o mesmo. Não é a mera representação do quarto em que vivo, mas é exatamente como seria se eu estivesse lendo sobre ele numa história que aprecio. Toda a sua trivialidade desapareceu. O espelho o suspendeu da região de fato para as esferas da arte... Gostaria de viver nesse quarto, se ao menos pudesse entrar nele.

5. As especulações de Alice sobre o leite do espelho têm mais alcance do que Carroll suspeitava. Somente vários anos após a publicação de *Através do Espelho* a estereoquímica encontrou indícios positivos de que substâncias orgânicas possuem um arranjo assimétrico de átomos. Isômeros são substâncias que têm moléculas compostas exatamente dos mesmos átomos, mas com eles ligados entre si em estruturas topologicamente muito diferentes. Estereoisômeros são isômeros idênticos até na estrutura topológica, mas que, por causa da natureza assimétrica dessa estrutura, vêm em pares de imagem especular.

A maior parte das substâncias que ocorrem nos organismos vivos consiste de estereoisômeras. O açúcar é um exemplo comum: na forma direita é chamado dextrose, na forma esquerda, levulose. Como a ingestão de comida envolve complicadas reações químicas entre alimento assimétrico e substâncias assimétricas no corpo, frequentemente há acentuadas diferenças de paladar, cheiro e digestibilidade entre as formas esquerda e direita da mesma substância orgânica. Até agora nenhum laboratório ou vaca produziu leite invertido, mas se a estrutura assimétrica do leite comum fosse ser refletida, pode-se apostar com segurança que esse leite do espelho *não* seria saboroso.

Neste julgamento do leite do espelho só se considera uma inversão da estrutura pela qual os átomos do leite estão ligados uns aos outros. Evidentemente um verdadeiro reflexo especular do leite iria também inverter a estrutura das próprias partículas elementares. Em 1957 dois físicos sino-americanos, Tsung Dao Lee e Chen Ning Yang, receberam o Prêmio Nobel pelo trabalho teórico que conduziu à "divertida e maravilhosa descoberta" (na expressão feliz de Robert Oppenheimer) de que as partículas elementares são assimétricas. Parece provável agora que as partículas e suas antipartículas (isto é, partículas iguais com cargas opostas) nada mais sejam, como os estereoisômeros, que formas em imagem especular da mesma estrutura. Se isso for verdade, o leite do espelho seria composto de "antimatéria", e portanto nem sequer tocável por Alice; de fato, leite e Alice explodiriam assim que entrassem em contato. Evidentemente, para uma anti-Alice, do outro lado do espelho, o antileite pareceria tão saboroso e nutritivo como sempre.

Leitores que queiram aprender mais sobre as implicações filosóficas e científicas da lateralidade podem se remeter ao encantador livrinho de Hermann Weyl sobre *Symmetry* (1952) e ao artigo de Philip Morrison "The Overthrow of Parity", em *Scientific American* (abr 1957). Sob o aspecto mais ameno há minha discussão de tópicos esquerda-direita no último capítulo de *The Scientific American Book of Mathematical Puzzles and Diversions* (1959) e minha história "Left or Right?", em *Esquire* (fev 1951). O conto clássico de ficção científica envolvendo a inversão esquerda-direita é "The Plattner Story", de H.G. Wells. E não se deveria negligenciar o Department of Amplification do *New Yorker* (15 dez 1956, p.164) em que o dr. Edward Teller comenta com espírito carrolliano um poema publicado anteriormente no jornal (10 nov 1956, p.52) que descreve a explosão ocorrida quando o dr. Teller apertou a mão do dr. Edward Anti-Teller.

Referências não técnicas recentes sobre a simetria e a assimetria do espaço-tempo incluem *Reality's Mirror: Exploring the Mathematics of Symmetry*, de Bryan Bunch (Wiley, 1989); meu *New Ambidextrous Universe* (W.F. Freeman, 1990); e "The Handedness of the Universe", de Roger Hegstrom e Dilip Kondepudi, em *Scientific American* (jan 1990).

Há considerável especulação entre os cientistas atômicos quanto à possibilidade de se criar antimatéria em laboratório, mantendo-a suspensa no espaço por forças magnéticas, depois combinando-a com matéria para alcançar uma conversão total da massa nuclear em energia (em contraste tanto com a fusão quanto com a fissão, em que apenas uma pequena porção de massa é assim convertida). O caminho para o poder nuclear máximo reside, portanto, do outro lado do espelho.

6. As imagens feitas por Tenniel de Alice atravessando o espelho são dignas de análise. Observe que na segunda ilustração ele acrescentou uma face sorridente ao fundo do relógio e à base do jarro. Era um costume vitoriano pôr relógios e flores artificiais sob redomas de vidro. Menos óbvio é a gárgula, pondo a língua de fora, no ornamento em cima da lareira.

As imagens mostram também que Alice não fica invertida do outro lado do espelho. Continua a erguer o braço direito e ajoelhar sobre a perna direita.

Observe o nome "Dalziel" na base de ambas as figuras, bem como na maioria das ilustrações de Tenniel em ambos os livros de *Alice*. Os irmãos Dalziel fizeram as gravações em madeira de todos os desenhos de Tenniel. Observe também que Tenniel inverteu seu monograma na segunda figura.

Somos informados mais tarde de que os quadros na parede perto da lareira parecem vivos. Peter Newell indicou isso em sua ilustração de Alice emergindo do espelho. No filme da Paramount de 1933 os quadros na parede ganham vida e conversam com Alice.

Em todas as edições padrão, os dois quadros estão em lados opostos de uma lâmina, como se a própria lâmina fosse o espelho que Alice atravessou. Uma edição Puffin (1948) pôs os quadros em suas capa e quarta capa, fazendo do livro o espelho.

7. Observe como Tenniel sugeriu reflexões especulares em seu emparelhamento de peças de xadrez na ilustração para esta cena. Embora Carroll nunca mencione bispos (talvez por deferência ao clero), eles podem ser vistos claramente no desenho de Tenniel. A história de mistério de Isaac Asimov, "The Curious Omission", em seu *Tales of the Black Widow Spiders*, deriva da curiosa omissão dos bispos do xadrez por Carroll.

8. A lenta luta do Rei Branco guarda-fogo acima, obstáculo por obstáculo, reflete o fato de que, embora um rei do xadrez possa se mover em qualquer direção, como uma rainha, só lhe é permitido passar de uma casa para a próxima. Uma rainha pode se mover até 7 casas num lance, o que explica a capacidade que as rainhas exibem mais tarde de voar pelos ares, mas o rei precisa de 7 lances para ir de um lado a outro do tabuleiro.

9. No jogo de xadrez, quem perde frequentemente assinala a derrota deitando seu rei de costas. Como logo ficamos sabendo, esse é um momento de horror para o rei, que logo perde a consciência, como uma pessoa morta em combate. A sugestão da rainha quanto a um registro do evento sugere a prática de jogadores de anotar movimentos de um jogo de xadrez para não os esquecer.

10. A psicografia, como é chamada, era um aspecto importante da coqueluche do espiritismo no século XIX. Acreditava-se que um espírito desencarnado assumia o controle da mão de um médium – a mulher de Conan Doyle era uma conhecida escritora automática – e produzia mensagens do Além. Para meus comentários sobre o interesse de Carroll pelo ocultismo, ver *Alice no País das Maravilhas*, cap.5, nota 7.

11. O equilíbrio precário do Cavaleiro Branco no atiçador prenuncia seu equilíbrio precário no lombo de um cavalo quando Alice o encontra mais tarde, no cap.8.

12. Originalmente, Carroll pretendia imprimir "Jabberwocky" ["Pargarávio", na tradução] inteiro de forma invertida; mais tarde, porém, decidiu limitar isso à primeira estrofe. O fato de o texto impresso ter aparecido invertido para Alice é prova de que ela própria não foi invertida por sua passagem através do espelho. Como explicado anteriormente, existem agora razões científicas para se suspeitar que uma Alice não invertida não poderia existir por mais que uma fração de segundo num mundo especular. (Ver também cap.5, nota 10.)

Há outras razões para se supor que Alice não era um reflexo especular. Muitas das ilustrações de Tenniel no primeiro livro mostram-na destra e ela assim continua nas suas imagens para o segundo livro. A arte de Peter Newell é ambígua nesse ponto, embora no cap.9 Alice segure um cetro com a mão esquerda, não com a direita como no desenho de Tenniel.

Alice não tem qualquer dificuldade para ler o jornal do Marimbondo no episódio por tanto tempo perdido "O Marimbondo de peruca". Ao contrário de "Pargarávio", não estava invertido. Também não estão invertidas as marcas "DUM" e "DEE" nas golas dos irmãos Tweedle, o letreiro na cartola do Chapeleiro Louco e "Rainha Alice" sobre a porta no cap.9. Brian Kirshaw enviou-me uma análise detalhada dos aspectos esquerda-direita do livro, que levam todos à conclusão de que nem Tenniel nem Carroll foram coerentes com relação ao que era reflexo especular do outro lado do espelho.

13. [O poema de Carroll no original:

JABBERWOCKY

'Twas brillig, and the slithy toves
Did gyre and gimble in the wable:
All mimsy were the borogoves,
And the mome raths outgrabe.

"Beware the Jabberwock, my son!
The jaws that bite, the claws that catch!
Beware the Jubjub bird, and shun
The frumious Bandersnacht!"

He took his vorpal sword in hand:
Long time the manxome foe he sought...
So rested he by the Tumtum tree,
And stood awhile in thought.

And, as in uffish thought he stood,
The Jabberwock, with eyes of flame,
Came whiffling through the tulgey wood,
And burbled as it came!

One, two! One, two! And through and through
The volpal blade went snicker-snack!
He left it dead, and with its head
He went galumphing back.

"And hast thou slain the Jabberwock?
Come to my arms, my beamish boy!
O frabjous day! Callooh! Callay!"
He chortled in this joy.

'Twas brillig, and the slithy toves
Did gyre and gimble in the wabe:
All mimsy were the borogoves,
And the mome raths outgrabe.]

A estrofe de abertura de "Jabberwocky" apareceu pela primeira vez em *Mischmasch*, a última de uma série de pequenos "periódicos" privados que o jovem Carroll escrevia a mão e ilustrava para o divertimento de seus irmãos e irmãs. Num número datado de 1855 (Carroll tinha então 23 anos), sob o título "Estrofe de poesia anglo-saxã", aparece o seguinte "curioso fragmento":

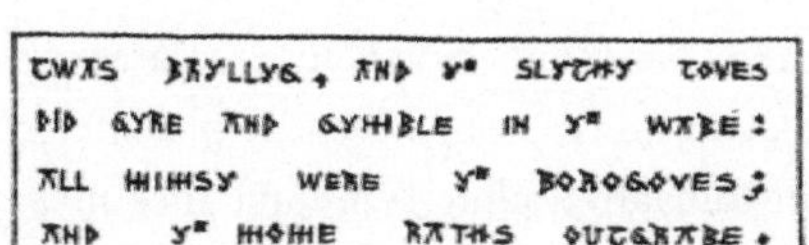
TWAS BRYLLYG, AND YE SLYTHY TOVES
DID GYRE AND GYMBLE IN YE WABE:
ALL MIMSY WERE YE BOROGOVES;
AND YE MOME RATHS OUTGRABE.

Em seguida Carroll passa a interpretar as palavras, da seguinte maneira:

BRYLLIG (derivado do verbo *to BRYL*, ou *BROIL*). "a hora de cozinhar o jantar, isto é, o fim da tarde."

SLYTHY (composto de *SLIMY* e *LITHE*). "Liso e ativo."

TOVE. Uma espécie de texugo. Tinham pelo liso e branco, longas patas traseiras e chifres curtos como um veado; alimentavam-se sobretudo de queijo.

GYRE, verbo (derivado de *GYAOUR* ou *GIAOUR*, "um cão"). Escavar como um cão.

GYMBLE (donde *GIMBLET*). "Furar buracos em tudo."

WABE (derivado do verbo *to SWAB* ou *SOAK*). "A encosta de um morro" (do fato de ela ser "*soaked*" [empapada] pela chuva).

MIMSY (donde *MIMSERABLE* e *MISERABLE*). "Infeliz."

BOROGOVE. Uma espécie extinta de Papagaio. Não tinham asas, seus bicos eram virados para cima e faziam seus ninhos sob relógios de sol; alimentavam-se de vitela.

MOME (donde *SOLEMOME*, *SOLEMONE* e *SOLEMN*). "Grave."

RATH. Uma espécie de tartaruga terrestre. Cabeça ereta; boca como a do tubarão; patas traseiras tão curvadas para fora que o animal andava de joelhos; corpo liso e verde; alimentavam-se de andorinhas e ostras.

OUTGRABE, passado do verbo *OUTGRIBE*. (É conectado com o antigo verbo *GRIKE*, ou *SHRIKE*, do qual "*shriek*" e "*creak*" derivam.) "Guinchado."

Portanto a tradução literal da passagem é: "Era o anoitecer, e os texugos lisos e ativos estavam escavando e furando buracos na encosta do morro; muito infelizes estavam os papagaios; e as graves tartarugas guinchavam."

Provavelmente havia relógios de sol no alto do morro, e os "*borogoves*" estavam com medo de que seus ninhos fossem destruídos. O morro estava provavelmente cheio de ninhos de "*raths*", que saíam correndo, guinchando de medo, ao ouvir os "*toves*" escavando do lado de fora. Esta é uma obscura, mas ainda assim profundamente comovente, relíquia de Poesia arcaica.

Poucos contestam o fato de que "Jabberwocky" é o mais notável de todos os poemas nonsense em inglês. Era tão bem conhecido pelos escolares ingleses do final do século XIX que cinco de suas palavras nonsense aparecem displicentemente na conversa de estudantes em *Stalky & Co.*, de Rudyard Kipling. A própria Alice, no parágrafo que se segue ao poema, põe o dedo no segredo do encanto dele: "...parece encher minha cabeça de ideias... só que não sei exatamente que ideias são." Embora não tenham nenhum sentido preciso, as palavras estranhas se harmonizam com sugestões sutis.

Há uma semelhança óbvia entre versos nonsense como esse e uma pintura abstrata. O pintor realista é forçado a copiar a natureza, impondo à cópia tudo que lhe é possível em matéria de formas e cores agradáveis; mas o pintor abstrato é livre para brincar com a tinta como bem lhe apraz. De maneira semelhante, o poeta nonsense não precisa procurar maneiras engenhosas de combinar padrão e sentido; simplesmente adota a política oposta ao conselho dado pela Duquesa no livro anterior (ver cap.9, nota 6), cuidando dos sons e deixando que o sentido cuide de si. As palavras que usa podem sugerir significados vagos, como um olho aqui e um pé ali numa abstração de Picasso, ou podem não ter absolutamente sentido algum – um mero jogo de sons agradáveis como o jogo de cores não objetivas numa tela.

Carroll não foi, é claro, o primeiro a usar essa técnica ambígua em versos humorísticos. Foi precedido por Edward Lear, e é um fato curioso que em nenhuma passagem dos escritos ou cartas desses dois líderes incontestes do nonsense inglês qualquer um deles tenha feito referência ao outro; tampouco há indícios de que um dia tenham se conhecido. Desde o tempo de Lear e Carroll fizeram-se tentativas de produzir uma poesia mais séria desse tipo – poemas dos dadaístas, dos futuristas italianos e de Gertrude Stein, por exemplo –, mas de certo modo, quando a técnica é levada demasiadamente a sério, os resultados parecem maçantes. Ainda estou por encontrar alguém capaz de recitar um dos esforços poéticos da srta. Stein, mas conheci muitos carrollianos que descobriram que sabiam "Jabberwocky" de cor, sem jamais terem feito um esforço consciente para memorizá-lo. Ogden Nash produziu uma excelente peça nonsense com seu poema "Geddondillo" ("*The Sharrot scudders nights in the quastran now,/ The dorlim slinks undeceded in the grost ...*"), mas mesmo neste caso parece haver um pouco de esforço demais em busca de efeito, ao passo que "Jabberwocky" tem uma cadência negligente e uma perfeição que fazem dele a coisa singular que é.

O astrônomo britânico Arthur Stanley Eddington adorava "Jabberwocky", e o mencionou várias vezes em seus escritos. Em *New Pathways in Science* ele compara a estrutura sintática abstrata do poema com aquele ramo contemporâneo da matemática conhecido como teoria dos grupos. Em *The Nature of the Physical World*, salienta que a descrição que um físico faz de uma partícula elementar é realmente uma espécie de Jabberwocky; palavras aplicadas a "algo desconhecido" que está "fazendo não sabemos o quê". Como a descrição contém números, a ciência é capaz de impor certo grau de ordem aos fenômenos e fazer previsões bem-sucedidas acerca deles.

"Contemplando oito elétrons que circulam num átomo e sete elétrons que circulam em outro", escreve Eddington,

> começamos a compreender a diferença entre oxigênio e nitrogênio. Oito *slithy toves gyre* e *gimble* na *wabe* do oxigênio; sete no nitrogênio. Admitindo-se alguns números, até "Jabberwocky" pode se tornar científico. Podemos agora aventurar uma previsão; se um dos *toves* escapar, o oxigênio estará se mascarando numa vestimenta que pertence propriamente ao nitrogênio. Nas estrelas e nebulosas encontramos de fato esses lobos em pele de cordeiro que de outro modo poderiam nos ter surpreendido. Não seria uma maneira descabida de lembrar o desconhecimento das entidades fundamentais da física traduzi-las em "Jabberwocky"; desde que os números – todos os atributos métricos – permaneçam inalterados, não há o menor prejuízo.

"Jabberwocky" foi habilidosamente traduzido para várias línguas. Há duas versões latinas. Uma de Augustus A. Vansittart, adjunto do Trinity College, Cambridge, foi divulgada na forma de um folheto pela Oxford University Press em 1881 e pode ser encontrada na p.144 da biografia de Carroll por Stuart Collingwood. A outra versão, do tio de Carroll, Hassard H. Dodgson, está em *The Lewis Carroll Picture Book*, na p.364. (The Gaberbocchus Press, uma extravagante editora de Londres, deriva seu nome da palavra latina do tio Hassard para Jabberwock.)

A tradução francesa que se segue, de Frank L. Warrin, foi publicada pela primeira vez no *New Yorker* (10 jan 1931). (Cito do livro da sra. Lennon, em que é reproduzida.)

LE JASEROQUE

Il brilgue: les tôves lubricilleux
Se gyrent en vrillant dans le guave,
Enmîmés sont les gougebosqueux,
Et le mômerade horsgrave.

Garde-toi du Jaseroque, mon fils!
La gueule qui mord; la griffe qui prend!
Garde-toi de l'oiseau Jube, évite
Le frumieux Band-à-prend.

Son glaive vorpal em main il va-
T-à la recherce du fauve manscant;
Puis arrivé à l'arbre Té-Té,
Il y reste, réfléchissant.

Pendant qu'il ense, tout uffusé
Le Jaseroque, à l'oeil flambant,
Vient siblant par le bois tullegeais,
Et burbule en venant.

Un deux, un deux, par le milieu,
Le glaive vorpal fait pat-à-pan!
La bête défaite, avec sa tête,
Il rentre gallomphant.

As-tu tué le Jaseroque?
Viens à mon coeur, fils rayonnais!

O jour frabbejeais! Calleau! Callai!
Il cortule dans sa joie.

Il brilgue: les tôves lubricilleux
Se gyrent en vrillant dans le guave,
Enmîmés sont les gougebosqueux,
Et le mômerade horsgrave.

Uma magnífica tradução alemã foi feita por Robert Scott, eminente especialista em grego que colaborou com Dean Liddell (pai de Alice) num léxico grego. Apareceu pela primeira vez num artigo, "The Jabberwock Traced to Its True Source" (*Macmillan's Magazine*, fev 1872). Usando o pseudônimo de Thomas Chatterton, Scott conta que compareceu a uma sessão em que o espírito de um certo Hermann von Schwindel insistiu em que o poema de Carroll não passava da tradução inglesa da seguinte balada alemã antiga:

DER JAMMERWOCH

Es brillig war. Die schlichte Toven
Wirrten und wimmelten in Waben;
Und aller-mümsige Burggoven
Die mohmen Räth' ausgraben.

Bewahre doch vor Jammerwoch!
Die Zähne knirschen, Krallen kratzen!
Bewahr' vor Jubjub – Vogel, vor
Frümiosen Banderschnätzchen!

Er griff sein vorpals Schwertchen zu,
Er suchte lang das manchsam' Ding;
Dann, stehend unten Tumtum Baum,
Er an-zu-denken-fing.

Als stand er tief in Andacht auf,
Des Jammerwochen's Augen-feuer
Durch tulgen Wald mit wiffek kam
Ein burbelnd ungeheuer!

Eins, Zwei! Eins, Zwei!
Und durch und durch

Sein vorpals Schwert
zerschnifer-schnück,
Da blieb es todt! Er, Kopf in Hand,
Geläumfig zog zurück.

Und schlugst Du ja den Jammerwoch?
Umarme mich, mien Böhm' sches Kind!
O Freuden-Tag! O Halloo-Schlag!
Er chortelt froh-gesinnt.

Es brillig war, etc.

Novas traduções dos livros de Alice continuam aparecendo; deve haver pelo menos cinquenta diferentes versões de "Jabberwocky" em cinquenta línguas diferentes. Veja meu *More Annotated Alice* para uma segunda tradução francesa e versões em latim, italiano, espanhol, russo e galês.

Incontáveis paródias de "Jabberwocky" foram tentadas. Três das melhores serão encontradas nas p.36 e 37 da antologia de Carolyn Wells, *Such Nonsense* (1918): "Somewhere-in-Europe Wocky", "Footballwocky" e "The Jabberwocky of the Publishers" ("'Twas Harpers and the Little Browns/ Did Houghton Mifflin the book..."). Tendo porém a partilhar a ideia desfavorável que tinha Chesterton (manifestada em seu artigo sobre Carroll mencionado na introdução) de todos esses esforços para fazer imitações humorísticas de algo humorístico.

Em "Mimsy Were the Borogoves", umas das mais conhecidas histórias de ficção científica de Lewis Padgett (pseudônimo literário do falecido Henry Kuttner e sua mulher, Catherine L. More), as palavras de "Jabberwocky" são reveladas como símbolos de uma língua futura. Corretamente entendidas, explicariam uma técnica para se ingressar num contínuo quadridimensional. Ideia semelhante é encontrada no magnificamente engraçado romance de mistério *Night of the Jabberwock*, de Fredric Brown. O narrador de Brown é um carrolliano entusiasta. É informado por Yehudi Smith, aparentemente um membro de uma sociedade de admiradores de Carroll chamada The Vorpal Blades, de que as fantasias de Carroll não são em absoluto ficção, mas descrições realistas de um outro plano de existência. As pistas das fantasias estariam engenhosamente dissimuladas nos tratados matemáticos de Carroll, especialmente *Curiosa Mathematica*, e em seus poemas não acrósticos, que na realidade seriam acrósticos de um tipo mais sutil. Nenhum carrolliano pode deixar de ler *Night of the Jabberwock*. É uma obra de ficção excepcional, que tem vínculos estreitos com os livros de *Alice*.

14. Até o momento, está longe de ter sido esclarecido se "Pargarávio" é em algum sentido uma paródia. Roger Green, no *London Times Literary Supplement* (1º mar 1957) e mais recentemente em *The Lewis Carroll Handbook* (1962), sugere que talvez Carroll tivesse em mente "O pastor das montanhas gigantes", uma longa balada alemã que conta como um jovem pastor matou um Grifo monstruoso. A balada havia sido traduzida pela prima de Carroll, Manella Bute Smedley, e publicada em *Sharpe's London Magazine* (7 e 21 mar 1846). "A similaridade não pode ser identificada precisamente", escreve Green. "Grande parte está no sentimento e na atmosfera; a paródia é do estilo e da atitude gerais."

Em *Useful and Instructive Poetry*, que Carroll escreveu aos 13 anos (foi seu primeiro livro), há uma paródia de uma passagem tomada da 2ª parte de *Henrique IV*, de Shakespeare, em que o príncipe de Gales usa a palavra *biggen*. Na sua versão, o príncipe explica ao confuso rei que a palavra "significa uma espécie de touca de dormir de lã". Mais tarde introduz a palavra *rigol*.

"Que significa '*rigol*'?" pergunta o rei.

"Não sei dizer, meu senhor", o príncipe responde, "senão que se encaixa mais adequadamente na métrica."

"Certamente o faz", o rei concorda. "Mas por que usar uma palavra que não tem sentido?"

A resposta do príncipe tem uma relação profética com as palavras absurdas de "Pargarávio": "Senhor, a palavra foi dita, pois passou por meus lábios, e nem todos os poderes sobre esta terra a podem desdizer."

Para mais sobre "Pargarávio", inclusive o modo como os contemporâneos de Carroll reagiram ao poema e à influência que ele teve na literatura e no direito, ver *Some Observations on Jabberwocky* (Cheshire Cat Press, 1997).

2. O JARDIM DAS FLORES VIVAS (p.127-136)

1. Saca-rolhas são mencionados várias vezes em *Através do Espelho*. Carroll sabia, é claro, que eles são hélices, curvas tridimensionais assimétricas que espiralam "ao contrário" no espelho. Humpty Dumpty diz a Alice que os "touvos" em "Pargarávio" têm certa semelhança com saca-rolhas. Recita um poema em que fala de usar um saca-rolha para despertar os peixes e, no cap.9, a Rainha Branca recorda que ele apareceu na porta dela, saca-rolha na mão, à procura de um hipopótamo.

2. Carroll pretendeu usar originalmente a flor-de-maracujá aqui, mas substituiu-a pelo lírio-tigre quando soube que o nome da flor [*passion flower* em inglês] aludia não a paixões humanas, mas à Paixão de Cristo na Cruz. Todo o episódio é uma paródia das flores falantes da seção 22 do poema de Tennyson, *Maud*.

3. Robert Hornback (num artigo citado no cap.5, nota 6, de *Alice no País das Maravilhas*) sugere que essas margaridas são variedades da margarida silvestre inglesa: "Elas têm pétalas em umbela, brancas no alto e avermelhadas na parte mais baixa. Quando estas se abrem de manhã, as margaridas parecem passar de cor-de-rosa a brancas."

4. Além das três meninas Liddell de que Carroll tanto gostava, havia duas irmãs Liddell mais novas, Rhoda e Violet. Elas aparecem neste capítulo como a Rosa e a Violeta – única referência que lhes é feita nos livros de *Alice.*

5. Na primeira edição de *Através do Espelho* a frase "*She's one of the kind that has nine spikes...*" ["É do tipo que tem nove espigas"] apareceu como "*She's one of the thorny kind*" ["É do tipo espinhento"]. As "espigas" referem-se às nove pontas da coroa da Rainha Vermelha. Todas as rainhas de Tenniel têm coroas com nove pontas, e quando Alice chega à 8ª casa e se torna uma rainha, sua coroa de ouro tem nove pontas também.

6. Compare com a seguinte estrofe de *Maud*, de Tennyson:

Uma lágrima esplêndida rolou
Da flor-da-paixão na cancela.
Lá vem ela, minha pomba, minha querida,
Lá vem ela, minha vida, meu destino;
A rosa vermelha chora: "Vem chegando, vem chegando;"
E a rosa branca lamenta: "Ela demora."
A esporinha escuta: "Estou ouvindo, estou ouvindo."
E o lírio sussurra: "Eu espero."

7. Óbvia alusão ao fato de que as direções para frente e para trás são invertidas por um espelho. Quando se caminha em direção a um espelho, a imagem se move na direção oposta.

8. Em seu artigo "*Alice* on the Stage", citado anteriormente, Carroll escreveu:

> A Rainha Vermelha eu retratei como uma Fúria, mas de um outro tipo; a paixão dela deve ser fria e calma; deve ser formal e estrita, embora não inclemente; pedante até o último grau, a essência concentrada de toda governanta!

Conjeturou-se que a Rainha Vermelha teria sido modelada segundo a srta. Prickett, governanta das crianças Liddell (que a chamavam pelo apelido de "Pricks"). Mexericos de Oxford ligaram Carroll à srta. Prickett romanticamente, por causa das frequentes visitas dele à casa dos Liddell, mas logo se tornou evidente que Carroll estava interessado nas crianças, não na governanta. No filme *Alice*, da Paramount, o papel da Rainha Vermelha foi desempenhado por Edna May Oliver.

9. Eddington, no capítulo final de *The Nature of the Physical World*, cita esta observação da Rainha Vermelha em conexão com uma sutil discussão do que chama o "problema do nonsense" do físico. Em resumo, Eddington sustenta que, embora possa ser nonsense para o físico afirmar alguma espécie de realidade acima das leis da física, isso é sensato como um dicionário se comparado ao nonsense de supor que tal realidade não existe.

10. Tantas passagens memoráveis foram escritas em que a própria vida é comparada com um enorme jogo de xadrez que uma antologia de bom tamanho poderia ser coligida a partir delas. Por vezes os jogadores são os próprios homens, buscando manipular seus semelhantes como se manipulam peças de xadrez. A passagem que se segue é de *Felix Holt*, de George Eliot:

> Imagine o que seria um jogo de xadrez se todas as peças tivessem paixões e intelectos mais ou menos egoístas e dissimulados; se você estivesse incerto não só quanto às peças de seu adversário, mas um pouco incerto também sobre as suas próprias; se seu Cavalo pudesse se enfiar numa nova casa às escondidas; se seu Bispo, descontente com seu roque, pudesse engambelar seus Peões, induzindo-os a sair de seus lugares; e se seus Peões, odiando você por serem Peões, pudessem se livrar de seus postos de modo a que você pudesse receber um xeque-mate de repente. Você poderia ser a mais astuta das mentes dedutivas e, ainda assim, ser derrotado por seus próprios Peões. Estaria especialmente sujeito a ser derrotado se contasse arrogantemente com sua imaginação matemática e encarasse suas peças temperamentais com desprezo.
>
> No entanto esse xadrez imaginário é facilmente comparável com um jogo que um homem deve jogar contra seus semelhantes usando outros semelhantes como seus instrumentos...

Por vezes os jogadores são Deus e Satã. William James flerta com esse tema em *The Dilemma of Determinism*, e H.G. Wells lhe faz eco no prólogo de seu excelente romance sobre educação, *The Undying Fire*. Como o *Livro de Jó* que lhe serve de modelo, a história de Wells abre com uma conversa entre Deus e o Diabo. Eles estão jogando xadrez.

> Mas o xadrez que jogam não é o joguinho engenhoso que se originou na Índia; dá-se numa escala completamente diferente. O Soberano do Universo cria o tabuleiro, as peças e as regras; ele faz todos os lances; pode fazer quantos lances quiser, quando quiser; a seu antagonista, porém, é permitido introduzir uma ligeira e inexplicável imprecisão em cada lance, cuja correção requer outros lances. O Criador determina e oculta o objetivo do jogo, e nunca fica claro se o propósito do adversário é derrotá-lo ou auxiliá-lo em seu projeto inescrutável. Aparentemente o adversário não pode vencer, mas tampouco pode perder enquanto puder manter o jogo em andamento.

Mas ele está preocupado, ao que parece, em evitar o desenvolvimento de qualquer esquema racional no jogo.

Por vezes os próprios deuses são peças num jogo mais elevado, e os jogadores desse jogo são por sua vez peças de uma interminável hierarquia de tabuleiros de xadrez maiores. "E há divertimento lá no alto", diz madre Sereda, após se estender sobre esse tema em *Jurgen*, de James Branch Cabell, "mas está muito distante."

11. Lily, a filha da Rainha Branca e um dos peões brancos, foi encontrada por Alice no capítulo anterior. Ao escolher o nome "Lily", Carroll talvez tivesse em mente sua jovem amiga Lilia Scott MacDonald (cap.1, nota 2). Lilia era chamada "My White Lily" ["Meu Lírio Branco"] pelo pai, e as cartas de Carroll para ela (quando tinha mais de 15 anos) contêm muitas referências zombeteiras à sua idade avançada. A afirmação feita aqui de que Lily é jovem demais para jogar xadrez pode certamente ter sido parte dessa caçoada.

Há um registro (a biografia de Carroll por Collingwood) de uma gatinha branca chamada Lily (a Rainha Branca chama sua filha de "Minha gatinha imperial" no capítulo anterior), que Carroll deu a uma de suas amigas crianças. Isso, contudo, pode ter ocorrido depois que ele escreveu *Através do Espelho.*

12. Essa passagem é provavelmente a mais citada (geralmente em referência a situações políticas em rápida mudança) dos livros de *Alice.*

13. Gerald M. Weinberg, numa carta, faz duas interessantes observações sobre a recomendação da Rainha. Como ela está instruindo Alice sobre como se comportar como um peão, "fale em francês quando a palavra em inglês para alguma coisa não lhe ocorrer" poderia se referir a peões que tomam uma peça *en passant* (termo para esse lance), e "ande com as pontas dos pés para fora" poderia indicar o método pelo qual peões tomam peças através de movimentos diagonais para frente à esquerda ou à direita.

14. Um rápido olhar para a posição das peças de xadrez no diagrama que aparece no prefácio de Carroll mostra que Alice (o peão branco) e a Rainha Vermelha estão lado a lado em casas adjacentes. O primeiro movimento do problema ocorre agora, quando a Rainha se desloca para a 4ª casa da Torre do Rei (a 4ª casa na coluna da torre do Rei Vermelho, contando a partir do lado vermelho do tabuleiro. Nesta notação, as casas são sempre numeradas a partir do lado da peça que é movida).

3. Insetos do Espelho (p.137-146)

1. A.S.M. Dickins, em seu artigo sobre o jogo de xadrez do Espelho (ver cap.9, nota 1), menciona que a letra B [de *bee*, abelha] (afora ser a favorita de Carroll) é o símbolo de um bispo do xadrez, e que há uns 600 anos o bispo do xadrez era chamado elefante. "*Alfil* no xadrez muçulmano, *Hasti* no indiano e *Kin* ou *Siang* no chinês. Os russos até hoje o chamam *Slon*, que significa 'elefante'." Assim, nesse curioso parágrafo Lewis Carroll de fato introduz o Bispo na história, mas bem disfarçado sob um codinome.

Numa encantadora história com uma pitada de nonsense chamada "Isa's Visit to Oxford", escrita para sua amiga criança Isa Bowman, que a reproduziu em seu livro *The Story of Lewis Carroll* (J.M. Dent, 1899), Carroll fala de ter andado com Isa pelos jardins do Worcester College. Não conseguiram "ver os cisnes (que deviam estar no Lago), nem o hipopótamo, que não devia estar caminhando por entre as flores, colhendo mel como uma abelha atarefada."

2. Os seis riachinhos são as seis linhas horizontais que separam Alice da 8ª casa onde deverá ser feita rainha. Cada vez que ela transpõe uma linha, a travessia é marcada no texto por 〰〰〰. Seu primeiro lance, 4ª casa da Rainha, é um movimento de duas casas, a única longa "viagem" permitida a um peão. Aqui ela salta para a 3ª casa, depois o trem a leva para a 4ª.

3. *Jabberwocky* (mar 1970) publicou minha indagação: "Talvez algum de vocês leitores possa elucidar o que para mim é um dos maiores mistérios ainda não decifrados acerca dos livros de *Alice*. Na cena do vagão de trem a expressão '____ vale mil libras ____' (com diferentes palavras onde estão os brancos) é repetida várias vezes. Tenho certeza de que Carroll estava se referindo aqui a algo de bem conhecido pelos seus leitores da época (um *slogan* de publicidade?), mas fui incapaz de descobrir o que era."

O consenso entre os que responderam, no número seguinte, foi que a expressão se referia a um *slogan* popular da pílulas de Beecham: "*worth a guinea a box*". R.B. Shaberman e Denis Crutch, em *Under the Quizzing Glass*, propõem uma teoria diferente. Pensam que isso faz eco a uma conhecida expressão usada por Tennyson ao descrever o frescor do ar na Ilha de Wight como "*worth sixpence a pint*".

Outra conjetura, numa carta de Wilfred Shepherd, associa as mil libras à enorme publicidade que cercou a construção do *Great Eastern*, um navio britânico gigantesco para a época (foi lançado à água em 1858). A *Encyclopaedia Britannica* fala dele como "talvez o mais discutido navio a vapor já construído, e o maior fracasso histórico". Shepherd encontrou uma exposição do caso num livro chamado *The Great Iron Ship* (1953), de James Duggan. Está cheia de referências a custos de mil libras – mil libras por pé para lançar o navio, um investimento de um capital de mil libras por dia, e assim por diante. Talvez alguém devesse verificar as notícias de jornal que Carroll teria lido para ver se há referências a "mil libras a baforada".

Frankie Morris, escrevendo sobre "'Smiles and Soap': Lewis Carroll and the 'Blast of Puffery'" em *Jabberwocky* (primavera 1997), relata que a palavra *puff* [baforada, na tradução] era um termo vitoriano comum na promoção de um produto por publicidade e endossos pessoais. Cita, de *The Shocking History of Advertising* (1953, cap.3), de E.S. Turner, a oferta de um fabricante de pílulas para Dickens como "*a thousand pounds for a puff*".

4. A ilustração de Tenniel para esta cena pode ter sido uma paródia deliberada de *My First Sermon*, pintura famosa de John Everett Millais. A semelhança no modo como as duas meninas estão vestidas é notável: chapéu *porkpie* com uma pluma, meias listradas, uma saia com carreiras de pregas na barra, sapatos pretos bicudos, e um regalo. Uma bolsa ao lado de Alice toma o lugar da Bíblia à esquerda na menina no banco de igreja. Em seu diário (7 abr 1864) Carroll registra uma visita à casa de Millais, onde conheceu a filha de 6 anos do pintor, Effie, o original da menina da pintura.

Spencer D. Brown foi o primeiro a reconhecer a semelhança entre a Alice no trem de Tenniel e a menina na igreja de Millais. Os paralelos são ainda mais impressionantes se o desenho de Tenniel for tomado como um compósito de *My First Sermon* e uma pintura posterior, *My Second Sermon*, que mostra a mesma menina dormindo num banco de igreja.

My First Sermon foi amplamente reproduzido na Inglaterra. Nos Estados Unidos, Currier and Ives venderam uma cópia em preto e branco (algumas eram coloridas a mão) intitulada *Little Ella*. É uma cópia exata da pintura de Millais, exceto porque está especularmente invertida (Carroll teria se divertido) e porque o rosto da menina foi alterado para se assemelhar mais ao de uma boneca. A data da impressão de Currier and Ives é desconhecida, assim como o nome do artista que a modificou. Tampouco se sabe se a imagem foi pirateada, ou se Currier and Ives obtiveram permissão para copiá-la.

Roger Green convenceu-me de que a semelhança entre o desenho de Tenniel e as duas pinturas de Millais pode ter sido fruto de mera coincidência. Remeteu-me a ilustrações da época na *Punch* que mostram menininhas em vagões de trem vestidas exatamente como Alice, com as mãos em seus regalos. Michael Hearn enviou-me uma imagem semelhante extraída do livro de Walter Crane *Little Anne and Jack in London*, de 1869.

Apesar disso, a semelhança entre a Alice de Tenniel e a filha de Millais na igreja é tão impressionante que é impossível acreditar que o ilustrador não tivesse pelo menos consciência dela. O leitor pode formar a própria opinião estudando as duas figuras reproduzidas acima.

5. Uma comparação da imagem do homem com roupa de papel branco com as charges políticas de Tenniel na *Punch* deixa pouca dúvida de que o rosto sob o chapéu de papel dobrado é o de Benjamin Disraeli. Tenniel e/ou Carroll talvez tivessem em mente os "*white papers*" (documentos oficiais) de que esses homens de Estado estão cercados.

6. Atenção à sutileza do gracejo de ter um passageiro cavalo gritando "trocar de locomotivas" em vez de "trocar de cavalos".

7. Na Inglaterra, pacotes contendo vidro em geral trazem a etiqueta "Vidro, cuidado".

8. "*Head*" [cabeça] era a gíria vitoriana para o selo postal. Como Alice tinha uma cabeça, as vozes sugeriram que ela deveria ser enviada pelo correio.

9. No episódio do "Marimbondo de peruca" (reproduzido neste livro) o longo suspiro do Marimbondo idoso talvez expressasse a tristeza de Carroll ante o abismo que o tempo abrira entre ele próprio e Alice. George Garcin diz numa carta que, a seu ver, o suspiro do Mosquito tem implicações semelhantes. O tempo, simbolizado pelo trem, está transportando Alice (sua "amiga querida, e uma velha amiga") "na direção errada" – rumo à idade adulta, em que logo ficará perdida para ele. Essa passagem do tempo pode ser o "suspiro saudoso" mencionado na última estrofe do poema com que Carroll abre o livro.

Fred Madden, escrevendo sobre "Orthographic Transformations in *Through the Looking-Glass*", em *Jabberwocky* (outono 1985), tem uma explicação intrigante para o fato de Carroll ter posto um mosquito [*gnat*] no vagão de trem ao lado de uma cabra [*goat*]. No jogo de *Doublets* de Carroll, a palavra "*gnat*" se transforma em "*goat*" pela troca de uma única letra. Madden sustenta esse ponto de vista referindo-se a uma escada de palavras que realmente aparece no folheto *Doublets: A Word Puzzle*, de Carroll (Macmillan, 3ª ed., 1880, p.31), em que ele transformou GNAT [mosquito] em BITE [mordida] em seis passos: GNAT, GOAT, BOAT, BOLT, BOLE, BILE, BITE.

10. O salto do trem completa o movimento de Alice para a 4ª casa da Rainha. No manuscrito original de Carroll, Alice agarrava o cabelo de uma velha senhora no vagão, mas, no dia 1º de junho de 1870, Tenniel escreveu para Carroll:

> MEU CARO DODGSON:
> Penso que quando o pulo acontece na cena da estrada de ferro você poderia perfeitamente fazer Alice agarrar a *barba* da cabra como sendo o objeto mais próximo de sua mão – em vez de o cabelo da velha senhora. O solavanco de fato as arremessaria juntas.
>
> Não me considere grosseiro, mas sinto-me obrigado a dizer que o capítulo do "marimbondo" não me interessa em absoluto, e não consigo imaginar como ilustrá-lo. Se quer encurtar o livro, não posso deixar de pensar – com toda submissão – que *esta* é a sua oportunidade.
>
> Aflito pela pressa,
> Sinceramente seu,
>
> J. TENNIEL

Carroll acatou ambas as sugestões. A velha senhora e um 13º capítulo (ou um episódio do cap.8) sobre o Marimbondo foram suprimidos.

11. *Snapdragon* [substituído na tradução por libélula-de-natal] (ou *flapdragon*) é o nome de um passatempo que deliciava as crianças vitorianas na época do Natal. Enchia-se de conhaque uma tigela rasa, jogavam-se passas nela e ateava-se fogo ao conhaque. Os jogadores tentavam agarrar as passas em meio às bruxuleantes chamas azuis e jogá-las, ainda em chamas, na boca. As passas flambadas também eram chamadas *snapdragons*.

12. Yossi Natanson, um correspondente israelense, salienta que Alice sabe que não pode recuar porque é um peão, e os peões não podem se mover para trás.

13. A rainha Vitória, segundo Charles Lovett me informou, tinha um *spaniel* chamado Dash que era muito conhecido na Inglaterra. A rainha foi frequentemente fotografada e pintada com Dash a seu lado ou em seu colo.

14. Alice pode estar pensando em Lily, o nome do peão branco cujo lugar ela tomou, e também em seu sobrenome, Liddell. Talvez, como os leitores Josephine van Dyk e a sra. Carlton Hyman propuseram independentemente, Alice esteja recordando vagamente o som de seu prenome, que parece começar com o nome da letra L [em inglês] – "L-is".

Em *Language and Lewis Carroll* (Mouton, 1970), Robert Sutherland assinala que o tema do esquecimento do próprio nome é comum nos escritos de Carroll. "Quem é você?" a Lagarta pergunta a Alice, e ela está confusa demais para responder; a Rainha Vermelha adverte Alice: "Lembre-se de quem você é!"; o homem vestido de papel branco lhe diz: "Uma criança tão pequena deveria saber em que direção está indo, mesmo que não saiba o próprio nome!"; a Rainha Branca fica tão apavorada com a trovoada que esquece seu nome; o Padeiro esquece seu nome em *The Hunting of a Snark* e o mesmo faz o Professor em *Sílvia e Bruno*. Talvez esse tema reflita a confusão do próprio Carroll quanto a ser Charles Dodgson, o professor de Oxford, ou Lewis Carroll, escritor de fantasia e nonsense.

15. Fred Madden (ver a nota 8 deste capítulo) observa que Alice, um peão, está se encontrando aqui com uma corça, e que no jogo dos *doublets* de Carroll a mudança de uma única letra transforma *pawn* [peão] em *fawn* [corsa]. Segundo a Lista de Personagens de Carroll [ver p.305, nota 2], a Corça é de fato um peão no jogo de xadrez. Presumivelmente, os dois peões, ambos brancos, estão agora vizinhos.

16. O bosque em que as coisas não têm nome é de fato o próprio universo, tal como é independentemente das criaturas manipuladoras de símbolos que rotulam porções dele porque – como Alice observou anteriormente com sabedoria pragmática – isso "é útil para as pessoas que lhes dão nomes". A compreensão de que o mundo em si mesmo não contém signos – de que não há conexão alguma entre as coisas e seus nomes, exceto para uma mente que considera os rótulos úteis – não é em absoluto um achado filosófico trivial. O encantamento da Corça ao lembrar seu nome nos faz pensar na velha piada sobre Adão chamando o tigre de tigre porque *parecia* um tigre.

17. O leitor Greg Stone chama minha atenção para o modo como "casa" e os nomes dos irmãos Tweedle estão numa inversão esquerda-direita nessas tabuletas ["TO TWEEDLEDUM'S HOUSE" e "TO THE HOUSE OF TWEEDLEDEE"], em consonância com o fato de que Carroll pretendeu que os irmãos fossem a imagem especular um do outro.

18. Claramente Carroll pretendeu que esta última cláusula e o título do próximo capítulo fossem um *couplet* rimado:

> *Certa de que só podiam ser*
> *[Feeling sure that they must be]*
> *Tweedledum and Tweedledee.*

4. Tweedledum e Tweedledee (p.147-160)

1. Na década de 1720 houve acerbada rivalidade entre George Frederick Haendel, o compositor germano-inglês, e Giovanni Battista Bononcini, um compositor italiano. John Byrom, compositor de hinos e professor de taquigrafia do século XVIII, descreveu a controvérsia da seguinte maneira:

> *De certo modo, a Bononcini comparado*
> *Esse Haendel alemão não passa de um abobado;*
> *Outros declaram que Bononcini é que é o maioral*
> *E que perto dele Haendel fica mesmo muito mal;*
> *É estranho que tanta divergência haja por aqui*
> *Entre tweedle-dum e tweedle-dee.*

Ninguém sabe se a canção infantil sobre os irmãos Tweedle teve originalmente alguma ligação com essa famosa batalha musical, ou se havia uma canção mais antiga de que Byrom tomou o último verso de seu poeminha. (Ver o *Oxford Dictionary of Nursery Rhymes*, 1952, organizado por Iona e Peter Opie, p.418.)

2. Os irmãos Tweedle de Tenniel, vestindo seus *skeleton suits*, como seu traje era chamado, lembram muito seus desenhos de John Bull publicados na *Punch*. Ver o primeiro capítulo do livro de Michael Hancher, *The Tenniel Illustrations to the "Alice" Books*.

"Primeiro da Classe" ["*First Boy*"], segundo Everett Bleiler escreve numa carta, era uma expressão usada nas escolas britânicas para o menino mais brilhante de uma classe, ou um menino mais velho que servia como uma espécie de monitor.

3. Tweedledum e Tweedledee são o que os geômetras chamam "enantiomorfos", formas em imagem especular um do outro. Que Carroll pretendeu isso é fortemente sugerido pela palavra favorita de Tweedledee, "*contrariwise*" [traduzida por "ao contrário"] e pelo fato de eles estenderem as mãos direita e esquerda para um aperto de mãos. A imagem que Tenniel fez dos dois enantiomorfos equipados para a batalha (na p.159), e parados em posturas idênticas, indica que ele via os gêmeos da mesma maneira. Observe que a posição dos dedos da mão direita de Tweedledum (ou será Tweedledee? – a almofada foi enrolado no pescoço de Tweedledee, mas a caçarola o assinala como Dum) corresponde exatamente à posição dos dedos da mão esquerda do irmão.

Os irmãos Tweedle são mencionados em *Finnegans Wake* (Viking, 1959), na p.258.

4. Ao compor "A Morsa e o Carpinteiro", Carroll escreveu para um tio em 1872, "não tinha nenhum poema particular em mente. A métrica é comum, e não acho que 'Eugene Aram' o sugeriu mais do que muitos outros poemas com a mesma métrica que li." (*The Letters of Lewis Carroll*, organizado por Morton Cohen, vol.1, p.177). ("Eugene Aram" é um poema de Thomas Hood.)

Como um limite à tendência de encontrar simbolismo intencional demais nos livros de *Alice*, é conveniente lembrar que, quando Carroll deu o manuscrito desse poema para Tenniel ilustrar, ofereceu ao artista a escolha de desenhar "*a carpenter, butterfly or baronet*" ["um carpinteiro, borboleta ou baronete"]. Todas essas palavras se encaixavam no seu esquema de rimas, e Carroll não tinha preferência alguma no que dizia respeito ao nonsense. Tenniel escolheu o carpinteiro.

O chapéu de papel em forma de caixa que Tenniel pôs na cabeça do Carpinteiro já não é mais feito pelos carpinteiros. No entanto, chapéus assim continuam sendo amplamente usados por operadores de prensas de jornal: dobram folhas de papel de jornal em branco nessa forma e as usam para proteger o cabelo da tinta. J.B. Priestley escreveu um divertido artigo sobre "The Walrus and the Carpenter" (*New Statesman*, 10 ago 1957, p.168) em que interpreta as duas figuras como arquétipos de dois tipos de políticos.

5. Richard Boothe observa numa carta que Peter Newell, em sua ilustração dessa cena, desrespeitou o poema, pondo tanto pássaros quanto nuvens no céu. (Ver *More Annotated Alice*, p.219.) A Morsa de Newell usa um traje de banho vitoriano. A chave que pende do seu pescoço é a de uma máquina de banho que Newell situou no plano de fundo.

6. Por sugestão de Tenniel, este verso ["*Were walking close at hand*"] substituiu "*Were walking hand in hand*" ["Caminhavam de mãos dadas"].

7. *Cabbages and Kings* [Repolhos e Reis] foi o título do primeiro livro de O. Henry. Os quatro primeiros versos dessa estrofe são os mais conhecidos e os mais frequentemente citados do poema. Em "The Adventures of the Mad Tea Party", a última história de *The Adventures of Ellery Queen*, esses versos são um elemento importante do curioso método do detetive para assustar um assassino e lhe arrancar uma confissão.

[O original dos famosos versos:

"The time has come", the Walrus said,
To talk of many things:
Of shoes... and ships... and sealing-wax...
Of cabbages... and kings...]

Jane O'Connor Creed escreveu para assinalar como os versos de Carroll fazem eco ao seguinte trecho da fala do rei Ricardo em *Ricardo II*, de Shakespeare, ato 3, cena 2:

Vamos falar de tumbas, de vermes, e epitáfios;
Fazer da poeira papel e de olhos pluviosos
Inscrever a dor no seio da terra.
Vamos escolher testamenteiros e falar de legados.
....
Por Deus, vamos sentar no chão
E contar histórias tristes sobre a morte de reis.

8. Para a opereta *Alice*, de Savile Clarke, Carroll acrescentou uma estrofe:

O Carpinteiro parou de soluçar;
A Morsa parou de chorar;
Tinham dado cabo das ostras todas;
E as puseram para descansar...
E para, da sua malícia e crueldade,
Colher um castigo de verdade.

Depois que a Morsa e o Carpinteiro vão dormir, os fantasmas de duas ostras aparecem no palco para cantar e dançar e punir os dorminhocos pisoteando-lhes o peito. Carroll sentiu e, ao que parece, as plateias concordaram, que isso fornecia um desfecho mais efetivo para o episódio e também apaziguaria de certo modo os simpatizantes das ostras entre os espectadores.

O fantasma da primeira ostra dança uma mazurca e canta:

O Carpinteiro está dormindo, de manteiga besuntado
Vinagre e pimenta se espalham por todo lado!
Que as ostras os embalem e seu sono venham ninar;
E se isso não der certo, no seu peito vamos sentar!

No seu peito vamos sentar! No seu peito vamos sentar!
O castigo mais simples a lhes dar é no seu peito sentar!

O fantasma da segunda ostra dança um *hornpipe* e canta:

Ó triste, chorosa Morsa, suas lágrimas são fingidas!
É só pelo seu estômago que as Ostras são queridas:
Você aprecia uma delas pra dar graça à refeição...
Desculpe-me, Morsa malvada, por sapatear no seu coração!
Sapatear no seu coração!
Sapatear no seu coração!
Desculpe-me, Morsa malvada, por sapatear no seu coração!

(Todas as estrofes acima são citadas a partir das notas de Roger Green a *The Diaries of Lewis Carroll*, vol.II, p.446-7.)

9. Alice fica perturbada porque se defronta aqui com o tradicional dilema ético de ter de escolher entre julgar uma pessoa em termos de atos ou em termos de intenção.

10. Essa discussão muito conhecida e muito citada do sonho do Rei Vermelho (o monarca está cochilando numa casa do tabuleiro imediatamente a leste daquela que Alice ocupa no momento) mergulha a pobre Alice em impiedosas águas metafísicas. Os irmãos Tweedle defendem a posição do bispo Berkeley, segundo a qual todos os objetos materiais, inclusive nós mesmos, são apenas "espécies de coisas" na mente de Deus. Alice adota a posição de senso comum de Samuel Johnson, que achava que podia refutar Berkeley dando um chute numa pedra grande. "Uma discussão muito instrutiva de um ponto de vista filosófico", observou Bertrand Russell ao comentar o sonho do Rei Vermelho num painel de discussão sobre Alice no rádio. "Mas, se não a encarássemos com humor, nos pareceria dolorosa demais."

O tema berkeliano perturbava Carroll como perturba todos os platônicos. Ambas as aventuras de Alice são sonhos e em *Sílvia e Bruno* o narrador move-se misteriosamente de um lado para o outro entre os mundos real e onírico. "Portanto, ou estive sonhando com Sílvia", ele diz para si mesmo no início do romance, "e isto é a realidade, ou realmente estive com Sílvia, e isto é um sonho! Será a própria Vida um sonho? É o que me pergunto." Em *Através do Espelho* Carroll retorna à questão no primeiro parágrafo do cap.8 e nas últimas linhas do livro, bem como na última linha do poema que encerra o livro.

Uma estranha espécie de regressão ao infinito está envolvida aqui nos sonhos paralelos de Alice e do Rei Vermelho. Alice sonha com o Rei, que está sonhando com Alice, que está sonhando com o Rei, e assim por diante, como dois espelhos que se defrontam, ou como aquela charge grotesca de Saul Steinberg em que uma senhora gorda está fazendo uma pintura de uma senhora magra que está fazendo uma pintura de uma senhora gorda que está fazendo uma pintura de uma senhora magra, e assim por diante, em planos cada vez mais profundos das duas telas.

James Branch Cabell, em *Smire*, o último romance de sua trilogia *Smirt, Smith, Smire*, introduz o mesmo paradoxo circular de duas pessoas, uma sonhando com a outra. Smire e Smike se confrontam no cap.9, ambos afirmando estarem dormindo e sonhando com o outro. No prefácio, Cabell a descreve como "uma história de sonho completa" que tenta "expandir o naturalismo de Lewis Carroll".

O Rei Vermelho dorme durante toda a narrativa, até que no final do cap.9 a Rainha Alice lhe dá xeque-mate quando captura a Rainha Vermelha. Não é preciso lembrar a nenhum jogador de xadrez que os reis tendem a dormir durante a maior parte dos jogos, por vezes não se movendo depois de rocar. Ocasionalmente, em torneios de xadrez joga-se de tal modo que o rei permanece em sua casa inicial durante todo o jogo.

11. Esta observação de Tweedledum foi antecipada por Alice no primeiro capítulo do livro anterior, em que ela se pergunta se seu encolhimento poderia vir a fazê-la "sumir completamente, como uma vela".

12. Molly Martin, numa carta, sugere que a exclamação de Tweedledee [no original, "*Ditto, ditto!*"] sublinha a duplicação dos gêmeos e as formas idênticas dos objetos e de seus reflexos especulares.

13. O chocalho quebrado pode ser visto no chão na ilustração de Tenniel para essa cena. Numa carta a Henry Savile Clark (29 nov 1886) Carroll se queixou do modo como Tenniel desenhou dissimuladamente uma matraca de vigia: "O sr. Tenniel introduziu uma 'leitura' falsa em sua ilustração da briga de Tweedledum e Tweedledee. Tenho certeza de que 'meu lindo chocalho novo' significava, na velha canção infantil, um chocalho de criança, não uma matraca de vigia como ele o desenhou."

Naquela época, uma matraca de vigia consistia de uma fina prancha de madeira que vibrava contra os dentes de uma roda dentada quando girada, produzindo estalidos ruidosos que eram sinal de alarme. As matracas são vendidas hoje sobretudo para se fazer barulho em festas. Como o leitor H.P. Young salientou numa carta, são frágeis e se quebram com facilidade.

Numa arguta análise dos objetos pendurados no cavalo do Cavaleiro Branco no cap.8, Janis Lull identifica uma grande matraca de vigia na frente do cavalo. Ela é visível em três ilustrações, bem como no frontispício do livro. Anteriormente Tenniel havia desenhado uma matraca como essa no cartum da *Punch* (19 jan 1856) mostrado acima.

14. A ilustração de Tenniel para essa cena parece mostrar Alice arrumando uma almofada roliça em volta do pescoço de Tweedledee, o que nos leva a crer que o outro irmão é Tweedledum. Mas, olhando-se com atenção, vê-se um cordão nas duas mãos de Alice. O gêmeo da esquerda é Tweedledum, e Alice está amarrando uma panela na cabeça dele. Como Michael Hancher mostra em seu livro sobre as imagens de Tenniel, o artista aparentemente cometeu um erro aqui ao dar a espada de pau a Twedledee.

15. J.B.S. Haldane, em seu livro *Possible Worlds* (cap.2), pensa que o monstruoso corvo negro da canção infantil é uma maneira de descrever um eclipse solar:

> Todo mundo, por exemplo, ouviu falar de Tweedledum e Tweedledee, cuja batalha foi interrompida por um corvo monstruoso do tamanho de um barril de alcatrão. A verdadeira história desses heróis é a seguinte: o rei Aliate da Lídia, pai do célebre Creso, estivera envolvido por cinco anos numa guerra com Ciaxares, rei da Média. No sexto ano da guerra, em 28 de maio de 585 a.C., como sabemos agora, a batalha foi interrompida por um eclipse total do Sol. Os reis não somente cessaram a batalha, mas aceitaram mediação. Um dos dois mediadores foi ninguém menos que Nabucodonosor, que no ano anterior havia destruído Jerusalém e forçado sua população ao cativeiro.

5. Lã e água (p.161-171)

1. Correndo desabalada para a 4ª casa do Bispo da Rainha, a Rainha Branca chega à casa imediatamente a oeste de Alice. O fato de as rainhas correrem um bocado através da história é uma alusão ao poder que têm de se mover por uma distância ilimitada em todas as direções pelo tabuleiro. Com desatenção característica, a Rainha Branca acaba de perder uma oportunidade de dar um xeque-mate ao Rei Vermelho, passando para a 3ª casa do Rei. Em seu artigo "*Alice* on the Stage", Carroll escreve sobre a Rainha Branca da seguinte maneira:

> Por fim, a Rainha Branca parecia, à minha imaginação sonhadora, gentil, parva, gorda e pálida; indefesa como uma criança; e com um ar lerdo, aparvalhado, que ape-

nas *sugeria* imbecilidade, mas nunca chegava a ser realmente isso; isso seria, penso eu, fatal para qualquer efeito cômico que ela poderia de outro modo produzir. Há um personagem assim no romance de Wilkie Collin, *No Name*: por dois caminhos diferentes que convergiram, atingimos de certo modo o mesmo ideal, e a sra. Wragg e a Rainha Branca poderiam ter sido irmãs gêmeas.

O papel da Rainha Branca foi desempenhado por Louise Fazenda na versão cinematográfica da Paramount.

2. Edwin Marsden lembra numa carta que, quando menino em Massachusetts, ensinaram-lhe a sussurrar "*Pão com manteiga, pão com manteiga*" sempre que um marimbondo, abelha ou qualquer outro inseto voava à sua volta. A expressão visava a proteger a pessoa contra ferroadas. Se havia esse costume na Inglaterra vitoriana, isso pode explicar por que a Rainha Branca usa a expressão quando está sendo perseguida pelo corvo gigante.

É possível também que a Rainha, que está correndo com os braços abertos, "como se estivesse voando", esteja imaginando que é uma das *Bread-and-butter-flies* [na tradução, Borboleteigas] encontradas por Alice no cap.3. "Pão com manteiga" parece estar na sua cabeça. No cap.9 ela pergunta a Alice: "Divida um pão por uma faca... qual é o resultado *disso*?" A Rainha Vermelha impede que Alice resolva esse problema de divisão com a resposta: "Pão com manteiga, é claro", dando a entender que, depois de cortar uma fatia de pão, passa-se manteiga nela.

Nos Estados Unidos um uso mais comum de *bread and butter* ocorre quando duas pessoas que estão conversando entre si são forçadas a se "dividir" e passar por ambos os lados de uma árvore, poste ou obstáculo similar.

Eric Partridge, em seu *Dictionary of Slang and Unconventional English*, dá vários significados coloquiais de *bread and butter* correntes na Inglaterra vitoriana. Um deles é "*schoolgirlish*"; uma moça que se comporta como uma escolar [*schoolgirl*] é chamada "*schoollgirlish miss*". A Rainha Branca poderia estar aplicando a expressão a Alice.

3. Em *Conclusão de Sílvia e Bruno* há um episódio turbulento em que os acontecimentos retrocedem no tempo depois que o "pino da inversão" do "Relógio Esquisito" do professor alemão foi girado.

Carroll era tão fascinado pela inversão do tempo como pelas inversões especulares. Em *The Story of Lewis Carroll*, Isa Bowman conta como ele gostava de tocar músicas às avessas em caixas de música para produzir o que chamava de "música de cabeça para baixo". No cap.5 de seu "Isa's Visit to Oxford", Carroll fala de tocar um *orguinette* às avessas. Esse invento americano operava como uma pianola, com um rolo de papel perfurado que era girado com uma manivela:

Primeiro puseram um rolo do lado errado, e ouviram uma música às avessas, e logo descobriram que estavam no dia de ontem. Assim, não ousaram ir adiante, com medo de tornar Isa tão jovem que não seria capaz de falar. O A.A.M. não gosta de visitantes que só fazem berrar, e ficar de rosto afogueado, de manhã até a noite. (A.A.M. é o *Aged Aged Man* [o Velho Homem Velho].)

Numa carta (30 nov 1879) à amiga criança Edith Blakemore, Carroll disse que estava tão ocupado e cansado que voltava para a cama um minuto depois de se levantar, "e às vezes volto para a cama um minuto *antes* de me levantar".

Desde que Carroll a utilizou, a "vida às avessas" foi a base de muitas fantasias e histórias de ficção científica. A mais conhecida é o conto de F. Scott Fitzgerald, "O curioso caso de Benjamin Button".

4. O Mensageiro do Rei, como a ilustração de Tenniel deixa claro e como veremos no cap.7, é ninguém menos que o Chapeleiro Louco do livro anterior.

Em consonância com a ideia fantástica de que Tenniel antecipou a face de Bertrand Russell quando desenhou o Chapeleiro Louco, Peter Heath afirma que a imagem do Chapeleiro na cadeia mostra Russell por volta de 1918, trabalhando em sua *Introdução à filosofia matemática* quando estava numa prisão britânica por se haver oposto à entrada da Inglaterra na Primeira Guerra Mundial. Claramente Carroll pediu a Tenniel que redesenhasse essa ilustração, porque uma versão diferente dela sobreviveu; ela é reproduzida abaixo, tomada do artigo de Michael Hearn, "Alice's Other Parent: Sir John Tenniel as Lewis Carroll's Illustrator", em *American Book Collector* (mai/jun 1983).

Por que o Chapeleiro Louco está sendo punido? Parece ser por um crime que ainda está por cometer, mas atrás do espelho o tempo pode seguir nos dois sentidos. Talvez tenha recebido uma suspensão da pena de execução por "assassinar o tempo" – isto é, por cantar fora do ritmo num concerto dado pela Rainha de Copas no livro anterior (cap.7). Como o leitor certamente se lembra, ali a Rainha ordenara que ele fosse decapitado.

A observação da Rainha sobre "daqui a duas semanas" é ecoada no cap.9 quando a criatura de bico comprido, antes de bater na porta, diz a Alice: "Não se pode entrar até a semana após a próxima."

UMA ILUSTRAÇÃO DE TENNIEL NÃO UTILIZADA

5. Carroll punha em prática o conselho da Rainha Branca. Em sua introdução a *Pillow Problems*, ele fala de resolver problemas matemáticos mentalmente à noite, durante as horas que passava acordado, como um espécie de terapia ocupacional para evitar que

pensamentos menos saudáveis o atormentassem. "Há pensamentos céticos, que momentaneamente parecem exterminar a mais firme fé; há pensamentos blasfemos, que se atiram sem serem convidados na mais reverente alma; há pensamentos ímpios, que torturam, com sua odiosa presença, a fantasia que se gostaria pura. Contra tudo isso, algum trabalho mental real é um aliado dos mais valiosos."

6. "Acredito porque é absurdo", declarou Tertuliano numa defesa do caráter paradoxal de certas doutrinas cristãs citada com muita frequência. Numa carta de 1864 a uma amiga criança, Mary MacDonald, Carroll advertiu:

> Não tenha tanta pressa em acreditar da próxima vez... vou lhe dizer por quê: se você se dispõe a acreditar em tudo, vai cansar os músculos de sua mente e depois vai ficar tão fraca que não será capaz de acreditar na mais simples das coisas verdadeiras. Faz só uma semana que um amigo meu resolveu acreditar no Bicho-Papão. Conseguiu, mas isso o deixou tão exausto que quando eu lhe disse que estava chovendo (o que era verdade) não *foi capaz* de acreditar, saindo para a rua sem chapéu ou guarda-chuva, em consequência do que seu cabelo ficou extremamente úmido e um cacho não recuperou a forma correta por quase dois dias.

7. A Rainha Branca avança uma casa, passando para a 5ª casa do Bispo da Rainha.

8. Alice avança igualmente uma casa. Isso a leva para 5ª casa da Rainha, onde fica novamente ao lado da Rainha (agora uma ovelha).

9. Williams e Madan, em seu *Handbook of the Literature of the Rev. C.L. Dodgson*, revelam (e reproduzem uma fotografia para prová-lo) que as duas imagens da loja feitas por Tenniel copiam fielmente a vitrina e a porta de uma pequena mercearia situada na Saint Aldgate's Street, 83, Oxford. Tenniel teve o cuidado, contudo, de inverter as posições da janela e da porta, bem como o letreiro que informa que o chá custa dois xelins. Essas inversões corroboram a ideia de que Alice não é uma anti-Alice.

A lojinha (mostrada ao lado) chama-se hoje The Alice in Wonderland Shop, e nela podem ser comprados livros e todo tipo de artigos relacionados com os livros de *Alice*.

A LOJA DE ALICE COMO É HOJE

David Piggins e C.J.C. Phillips, escrevendo sobre "Sheep Vision in *Through the Looking-Glass*" (*Jabberwocky*, primavera 1994), discutem se os óculos da ovelha eram para perto, porque ela só os usa quando está tricotando. Não os exibe quando está no barco com Alice. (Na imagem de Peter Newell para essa cena os óculos permanecem.) Pesquisas mostraram, escrevem os autores, que os olhos das ovelhas carecem do poder de acomodação (a capacidade de focalizar); portanto os óculos da ovelha, eles concluem, não têm nenhum sentido óptico.

10. A dificuldade de Alice em olhar diretamente para os objetos à venda na loja foi comparada por divulgadores da teoria quântica com a tarefa impossível de identificar a localização precisa de um elétron em sua trajetória em torno do núcleo de um átomo. Somos levados a pensar também naqueles pontinhos minúsculos que por vezes aparecem ligeiramente fora do centro de nosso campo visual e que nunca podem ser vistos diretamente porque se movem quando o olho o faz.

11. Carroll era um grande admirador dos *Pensamentos*, de Pascal. Jeffrey Stern, escrevendo sobre "Lewis Carroll and Blaise Pascal" (*Jabberwocky*, primavera 1983), cita uma passagem que talvez tivesse em mente quando escreveu sobre o modo como as coisas fluem na lojinha da Ovelha:

> [Somos] incapazes de conhecimento certo ou de ignorância absoluta. Flutuamos num meio de vasta extensão, sempre derivando de maneira incerta, soprados para cá e para lá; sempre que pensamos que temos um ponto fixo a que nos segurar e firmar, ele se move e nos deixa para trás; se o seguimos, ele não se deixa agarrar, escapole, e foge eternamente à nossa frente. Nada permanece parado para nós. Esse é nosso estado natural e no entanto o estado mais contrário a nossas inclinações. Desejamos ardentemente encontrar um fundamento firme, uma base definitiva, duradoura, em que construir uma torre que se erga até a infinito, mas todo o nosso alicerce desmorona.

12. Um *teetotum* [palavra usada no original] é um pequeno pião semelhante ao que hoje é chamado um pião *put-and-take* na Inglaterra e nos Estados Unidos. Era popular na Inglaterra vitoriana como um dispositivo usado em jogos infantis. Esse pião tem lados chatos, que são marcados com letras ou números e, quando para, o lado mais alto indica o que o jogador deve fazer no jogo. Tipos primitivos do pião tinham forma quadrada, com os lados marcados com letras. A letra T, num dos lados, representava a palavra latina *totum*, indicando que o jogador capturava tudo.

13. Em seu poema à guisa de prefácio a *Aventuras de Alice no País das Maravilhas*, Carroll menciona os "braços pequenos, ineptos" das irmãs Liddell como remadoras. Talvez Alice Liddell, numa das excursões de barco com Carroll, tenha ficado tão perplexa quanto Alice fica aqui com o termo de remo "*feather*" [substituído na tradução por "nivelar"]. A Ovelha está pedindo a Alice para virar as pás do seu remo na horizontal quando os recolhe para a próxima remada, de modo que a borda inferior dele não se arraste pela água.

14. "*Catching a crab*" [como aparece no original, literalmente "apanhando um caranguejo"] é gíria inglesa do remo para uma remada falha em que o remo mergulha tão profundamente na água que o movimento do barco, se for rápido o bastante, pode lançar o punho contra o peito do remador com força suficiente para deslocá-lo. Isso realmente acontece com Alice mais tarde. "A expressão provavelmente teve origem", diz o *Oxford English Dictionary*, "na sugestão cômica de que o remador tinha apanhado um caranguejo que estava segurando seu remo debaixo d'água." A expressão é usada por vezes (impropriamente) para outros erros de remo que podem desequilibrar o remador. [Na tradução, lançamos mão de outra expressão, "enforcar um remo", que o *Dicionário Aurélio Eletrônico* define como: "Deixar que ele fique pressionado contra o costado, preso na chumaceira ou toleteira, por descontrole da remada."]

15. É possível que Carroll concebesse esses juncos de sonho como símbolos de suas amigas crianças. As mais lindas parecem ser as mais distantes, escapando por pouco ao alcance, e, uma vez colhidas, logo fenecem e perdem seu perfume e beleza. Conscientemente, é claro, eles pretendem ser símbolos da qualidade fugaz, efêmera e difícil de conservar de toda a beleza.

16. Os alunos de graduação do Christ College, na época de Carroll, insistiam em que, quando se pedia um ovo cozido no café da manhã, em geral vinham dois, um bom e um ruim. (Ver *The Diaries of Lewis Carroll*, vol.1, p.176.)

17. O movimento da Ovelha para o outro canto da loja é indicado no tabuleiro de xadrez como um movimento da Rainha Branca para a 8ª casa do Bispo do Rei.

18. Observe que a Ovelha põe o ovo *em pé* na prateleira – proeza nada fácil a menos que se adote o estratagema de Colombo de bater o ovo numa mesa e rachar ligeiramente sua base.

19. A linha ondulada indica que Alice cruzou o riacho avançando para 6ª casa da Rainha. Agora ela está na casa à direita da do Rei Branco, embora só vá conhecê-lo depois do episódio de Humpty Dumpty contado no próximo capítulo.

6. Humpty Dumpty (p.172-183)

1. [Em inglês, a expressão "*Humpty-Dumpty*" é usada como termo ofensivo para alguém "baixinho e gordo". Há várias versões sobre a origem da expressão, entre elas: a) dataria do final do século XVIII e viria do personagem da cantiga de crianças "Humpty-Dumpty"; b) seria um poderoso canhão usado na Guerra Civil inglesa (1642-49) para defender a

Igreja de Colchester no cerco do verão de 1648 – o canhão foi atingido e os homens do rei não conseguiram consertá-lo; c) a sonoridade aludiria a Ricardo III, que era corcunda e manco. Cercado por tropas inimigas e atacado, seu corpo foi cortado em pedaços. (N.T.)]

2. Nem Tenniel, nem Newell, como Everett Bleiler aponta numa carta, mostram Humpty Dumpty sentado de pernas cruzadas, a posição que deveria tornar seu poleiro mais precário.

3. Michael Hancher, em seu livro sobre a arte de Tenniel, chama atenção para uma sutileza na imagem que este fez de Humpty que mostra o quanto o topo do muro é estreito. À direita do desenho, pode-se ver o muro em corte transversal. É encimado por um remate quase pontudo!

4. O episódio de Humpty Dumpty – como os do Valete de Copas, dos gêmeos Tweedle e do Leão e o Unicórnio – desenvolve incidentes relatados em canções infantis conhecidas. Uma outra visão, muito diferente, será encontrada no primeiro livro de L. Frank Baum para crianças, *Mother Goose in Prose* (1897). Nos últimos anos, o sr. Dumpty vem editando uma revista para crianças (*Humpty Dumpty's Magazine*, publicada pelo Parents Institute). Tive o privilégio de trabalhar por oito anos sob sua direção, como cronista das aventuras de seu filho, Humpty Dumpty Junior. Um ponto alto na versão cinematográfica de *Alice* foi o desempenho do papel de Humpty por W.C. Fields.

5. Peter Alexander, em seu excelente artigo "Logic and the Humor of Lewis Carroll" (*Proceedings of the Leeds Philosophical Society*, vol.6, mai 1951, p.551-66), chama atenção para uma inversão carrolliana que aqui facilmente passa desapercebida. Na vida real, nomes próprios raramente têm um sentido além do fato de denotarem um objeto individual, ao passo que outras palavras têm sentidos gerais, universais. No reino de Humpty Dumpty, o contrário é verdadeiro. Nomes comuns significam o que quer que Humpty queira que signifiquem, ao passo que se supõe que nomes próprios, como "Alice" e "Humpty Dumpty", devem ter significação geral. A tese do sr. Alexander, com que temos de concordar plenamente, é que o humor de Carroll é fortemente influenciado por seu interesse pela lógica formal.

6. Molly Martin chama atenção, numa carta, para a palavra "*breaking*" [aqui traduzida por "lançando-se"], que antecipa a queda de Humpty.

7. Essas observações de Humpty (observe seu frequente uso da palavra "orgulhoso" no resto da sua conversa com Alice) revelam o orgulho que precede a sua queda.

8. [No original, "*but two can*", homófono de "*but you can*" (mas você pode)]. Como outros notaram, esse é o chiste mais sutil, mais implacável, mais fácil de não entender dos livros de *Alice*. Não espanta que Alice, tão rápida para entender uma insinuação, mude de assunto.

9. Humpty Dumpty é um filólogo e um filósofo primordialmente versado em questões linguísticas. Talvez Carroll esteja sugerindo aqui que tipos como esse, fartamente abundantes tanto então quanto agora na área de Oxford, raramente têm pendor matemático.

10. Em "Humpty Dumpty and Heresy; Or, the Case of the Curate's Egg", na *Western Humanities Review* (primavera 1968), Wilbur Gaffney sustenta que a definição de *glória* de Humpty pode ter sido influenciada por uma passagem de um livro daquele intelectual britânico egotista, cabeça de ovo, o filósofo Thomas Hobbes:

> *Glória subita* é a paixão que produz aquelas *caretas* chamadas RISO; e é causada seja por algum ato repentino deles próprios, que lhes apraz [como, é claro, sair-se com um belo e demolidor argumento]; ou pela apreensão de algo deformado em outrem; por comparação com a qual eles subitamente se aplaudem a si mesmos. E tende a ocorrer sobretudo com aqueles que são conscientes de menos talentos em si mesmos; que são forçados a se manter a si mesmos em seu próprio apreço observando as imperfeições de outrem.

Janis Lull, em *Lewis Carroll: A Celebration*, observa que o Cavaleiro Branco declara sua peleja "arrasadora" com o Rei Vermelho no cap.8 uma "vitória gloriosa".

Retire o *l* de *glory*, Carroll observa no final do sexto nó em *Uma história emaranhada*, e você fica com *gory* [sangrento]. Um adjetivo que descreve o fim de uma discussão arrasadora?

11. Em seu artigo "The Stage and the Spirit of Reverence", Carroll expressa isso da seguinte maneira: "palavra alguma tem um *sentido* inseparavelmente ligado a ela; uma palavra significa o que o falante pretende dizer com ela, e o que o ouvinte entende por ela, e isso é tudo ... Este pensamento pode servir para minorar o horror que alguns têm da linguagem usada pelas classes mais baixas, que, é um consolo lembrar, é frequentemente um mero ajuntamento de *sons* sem significado, no que diz respeito a falante e ouvinte."

12. Lewis Carroll tinha plena consciência da profundidade do discurso extravagante de Humpty Dumpty sobre semântica. Humpty adota o ponto de vista conhecido na Idade Média como nominalismo; a ideia de que termos universais não se referem a existências objetivas, nada mais sendo que *flatus vocis*, emissões verbais. A concepção foi habilmente defendida por Guilherme de Occam e é sustentada por quase todos os empiristas lógicos contemporâneos.

Mesmo na lógica e na matemática, em que os termos são em geral mais precisos que em outras matérias, enorme confusão resulta frequentemente de uma incapacidade de compreender que as palavras não significam "nem mais nem menos" do que pretendem significar. Na época de Carroll uma intensa controvérsia no campo da lógica formal dizia respeito à "relevância existencial" das quatro proposições básicas de Aristóteles. As afirmações universais "Todo A é B" e "Nenhum A é B" implicam que A é um conjunto que realmente contém membros? Está essa implicação presente nas afirmações particulares "Algum A é B" e "Algum A não é B"?

Carroll dá uma resposta relativamente extensa a essas questões na p.165 de seu livro *Symbolic Logic.* A passagem merece ser citada, pois sai diretamente da bocarra de Humpty Dumpty:

> Os escritores, e editores, dos livros didáticos de Lógica que seguem as trilhas usuais – a quem vou me referir daqui em diante pelo título (que espero seja inofensivo) "Os Lógicos" – adotam, a este respeito, o que me parece ser uma posição mais humilde do que é necessário. Falam da Cópula de uma Proposição "com o fôlego suspenso"; quase como se fosse uma Entidade viva, consciente, capaz de declarar por si mesma o que lhe convém significar, e nós, pobres criaturas humanas, nada tivéssemos a fazer senão apurar *quais* são a vontade e o prazer soberanos dela e a eles nos submetermos.
>
> Em oposição a essa ideia, sustento que qualquer autor de um livro está plenamente autorizado a associar qualquer significado que lhe agrade a qualquer palavra ou expressão que pretenda usar. Se encontro um autor dizendo, no início de seu livro, "Entenda-se que pela palavra '*preto*' estarei sempre querendo dizer '*branco*', e que pela palavra '*branco*' estarei sempre querendo dizer '*preto*'", aceito docilmente seu comando, por mais insensato que possa me parecer.
>
> Assim, quanto à questão de uma Proposição dever ou não ser entendida como afirmando a existência de seu Sujeito, afirmo que todo escritor pode adotar sua própria regra, contanto, é claro, que ela seja coerente consigo mesma e com os fatos aceitos da Lógica.
>
> Vamos considerar algumas ideias que podem ser logicamente sustentadas, e estabelecer assim quais delas podem ser *convenientemente* defendidas; após o que vou me considerar livre para declarar quais delas *eu* pretendo defender.

A concepção adotada por Carroll (de que tanto "todo" quanto "algum" implicam existência mas de que o "não" deixa a questão aberta) não acabou por triunfar. Na lógica moderna, somente as proposições "algum" são consideradas como implicando que uma classe não é uma classe nula. Isso não invalida, é claro, a atitude nominalista de Carroll e seu ovo. O ponto de vista atual foi adotado exclusivamente porque os lógicos acreditaram ser ele o mais útil.

Quando os lógicos desviaram seu interesse da classe lógica de Aristóteles para o cálculo proposicional, ou de valor de verdade, um outro debate furioso e engraçado propagou-se (embora sobretudo entre não lógicos) quanto ao significado de "implicação material". A maior parte da confusão brotou de uma incapacidade de compreender que "implica" na afirmação "A implica B" tem um sentido restrito peculiar ao cálculo e não se refere a toda relação causal entre A e B. Uma confusão semelhante ainda persiste no tocante às lógicas de valor múltiplo em que termos como "e", "não" e "implica" não têm nenhum sentido de senso comum ou intuitivo; de fato, não têm nenhum outro sentido senão o que é exatamente definido pelas tábuas matrizes, que geram esses termos "conectivos". Uma vez que se compreenda isso, a maior parte do mistério que envolve essa estranha lógica evapora.

Em matemática iguais quantidades de energia foram dissipadas em discussões inúteis sobre o "sentido" de expressões como "número imaginário", "número transfinito" e assim por diante; inútil porque tais palavras significam precisamente o que suas definições estabelecem que o fazem – nem mais, nem menos.

Por outro lado, se desejamos nos comunicar com precisão, vemo-nos sob uma espécie de obrigação moral de evitar a prática de Humpty de dar significados privados a palavras de uso comum. "*Podemos* ... fazer nossas palavras significar não importa o que queiramos que signifiquem?" pergunta Roger W. Holmes em seu artigo "The Philosopher's Alice in Wonderland" (*Antioch Review*, verão 1959). "Pensamos num delegado soviético usando 'democracia' num debate na ONU. Podemos atribuir um sentido inusitado às nossas palavras, ou essa é a matéria de que a propaganda é feita? Temos obrigações para com o uso passado? Em certo sentido, as palavras são nossos senhores, ou a comunicação seria impossível. Em outro, nós somos os senhores; se fosse diferente não poderia haver poesia."

13. "*Portmanteau word*" [expressão aqui traduzida por "palavra-valise"] pode ser encontrada em muitos dicionários contemporâneos. Tornou-se uma expressão comum para palavras que carregam, como uma mala, mais de um significado. Na literatura inglesa, o grande mestre da palavra-valise é evidentemente James Joyce. *Finnegans Wake* (um sonho, como os livros de Alice) tem dezenas de milhares delas. Entre elas estão aqueles dez ribombos de cem letras que simbolizam, entre outras coisas, a colossal queda de Tim Finnegan, o carreteiro irlandês, de sua escada. O próprio Humpty Dumpty está empacotado no sétimo ribombo:

> Bothallchoractorschumminaroundgansumuminarumdrumstrumtruminahumptadumpwaultopoofoolooderamaunsturnup!

Referências a Humpty abundam em *Finnegans Wake*, desde uma menção na primeira página a uma outra, na última.

14. Neil Phelps enviou-me uma possível inspiração para a canção de Humpty, um poema chamado "Summer Days" ["Dias de verão"] de um esquecido poeta vitoriano, Wathen Mark Wilks Call (1817-70). O poema é anônimo em muitas antologias vitorianas. A versão

da primeira estrofe que se segue foi tomada de *Everyman's Book of Victorian Verse* (1982), organizado por J.R. Watson:

No verão, quando eram longos os dias,
Pelos campos, dois amigos, íamos a caminhar,
O coração leve, o passo firme, seguíamos,
E a vida, ensolarada e boa, nos envolvia
No verão, quando eram longos os dias.

15. Em seu livro sobre Tenniel, Michael Hancher chama atenção para o quanto a ilustração dele para esses versos se assemelha à de uma groselha gigante de um cartum seu publicado na *Punch*.

A Groselha Gigante

G.G. "Estamos numa bela enrascada, coaxante!
De todo modo, pensei que
groselhas grandes e saraivadas de rãs tirariam
férias nesta 'tola estação'.
Mas o caso transmitido por carrapato
foi integralmente adiado, e vamos ter de ficar de
serviço de novo."

Tenniel. "A Groselha Gigante", *Punch*, 15 de julho de 1871

16. "Este só pode ser o pior poema nos livros de *Alice*", escreveu [acerca do original] Richard Kelly em *Lewis Carroll* (Twayne, 1977). "A linguagem é insípida e prosaica, o enredo frustrado é sem interesse, os *couplets* carecem de inspiração e não conseguem surpreender ou encantar, e não há quase nenhum verdadeiro elemento de nonsense presente, além do desejo não expresso do narrador e da falta de um desfecho para a obra."

Beverly Lyon Clark, em sua contribuição para *Soaring with the Dodo* (Lewis Carroll Society of North America, 1982), organizado por Edward Guiliano e James Kincaid, salienta como os finais abruptos dos versos do poema ecoam o "Até logo" de Humpty para Alice, e no comentário inacabado desta no último parágrafo do capítulo: "de todas as pessoas insatisfatórias que *já* encontrei..."

17. John Q. Rutherford, de Mill Lane, Essex, chama minha atenção para o desagradável hábito de alguns membros da aristocracia vitoriana de estender dois dedos quando cumprimentando os que lhes eram socialmente inferiores. Em seu orgulho, Humpty leva essa prática ao extremo.

18. Os estudiosos de *Finnegans Wake* não precisam ser lembrados de que Humpty Dumpty é um dos símbolos básicos do livro: o grande ovo cósmico cuja queda, como a queda causada pela bebedeira de Finnegan, sugere a queda de Lúcifer e do homem.

Um poema em 14 estrofes intitulado "The Headstrong Man" ["O cabeça-dura"], escrito por Carroll aos 13 anos, antecipa a colossal queda de Humpty. O poema foi publicado no primeiro livro de Carroll, *Useful and Instructive Poetry*, escrito para seus irmãos mais moços, e publicado postumamente em 1954. O poema começa:

Uma vez um homem inventou
De num muro altíssimo subir,
E todos que por lá passavam
Gritavam "Cuidado, você vai cair".

Um vento forte varre o homem de cima do muro. No dia seguinte ele sobe numa árvore, o galho quebra e ele cai de novo.

Na edição Pennyroyal de *Através do Espelho*, Barry Moser desenhou Humpty com o rosto de Richard Nixon. Será que algum ilustrador futuro vai dar ao ovo o semblante de William Jefferson Clinton?

7. O Leão e o Unicórnio (p.184-193)

1. Os dois cavalos são necessários no xadrez para servir de montaria aos dois cavaleiros brancos.

2. Os matemáticos, lógicos e alguns metafísicos gostam de tratar zero, a classe nula, e Nada como se fossem Algo, e Carroll não era exceção. No primeiro livro de *Alice*, o Grifo diz a Alice que "nunca executam ninguém". Aqui encontramos o Ninguém não executado caminhando pela estrada, e mais tarde ficamos sabendo que Ninguém anda mais devagar ou mais depressa que o Mensageiro. "Se você vir Ninguém entrando na sala", escreveu Carroll para uma de suas amigas crianças, "por favor, dê-lhe um beijo por mim." No livro de Carroll *Euclid and His Modern Rivals*, encontramos Herr Niemand, um professor alemão cujo nome significa "ninguém". Qual foi a primeira aparição de Ninguém nos livros de Alice? No "Chá maluco". "Ninguém pediu a *sua* opinião", disse Alice ao Chapeleiro Louco. Volta a aparecer no último capítulo do livro, quando o Coelho Branco apresenta uma carta que, segundo ele, o Valete de Copas teria escrito para "alguém". "A menos que tivesse sido escrita para ninguém", comenta o Rei, "o que não é comum, como sabe."

Críticos lembraram como Ulisses logrou o ciclope Polifemo dizendo chamar-se Ninguém antes de vazar o olho do gigante. Quando Polifemo gritou "Ninguém está me matando!", ninguém entendeu que isso significava que alguém o estava realmente atacando.

3. Em suas referências às maneiras anglo-saxãs Carroll está fazendo troça da erudição anglo-saxã em voga na sua época. Harry Morgan Ayres, em seu livro *Carroll's Alice* (Columbia University Press, 1936), reproduz alguns desenhos de anglo-saxões em vários figurinos e posturas, extraídos do Manuscrito Caedmon do códex Juniano (pertencente à Bodleian Library de Oxford), e sugere que podem ter sido usados como fonte tanto por Carroll quanto por Tenniel. Um romance de Angus Wilson, *Anglo-Saxon Attitudes*, cita essa passagem de Carroll na página de rosto.

4. Hatta é o "Mad Hatter" [o Chapeleiro Louco], agora solto da prisão, e Haigha, cujo nome, quando pronunciado de modo a rimar com "*mayor*", soa como "Hare", é obviamente a "March Hare" (a Lebre de Março). Em seu livro *Carroll's Alice*, Harry Morgan Ayres sugere que Carroll talvez tivesse em mente Daniel Henry Haigh, eminente especialista do século XIX em runas saxãs e autor de dois livros eruditos sobre os saxãos.

É curioso que Alice não reconheça nenhum dos seus dois velhos amigos.

A razão precisa por que Carroll disfarçou o Chapeleiro e a Lebre de Mensageiros Anglo-Saxões (e Tenniel sublinha isso fantasiosamente, vestindo-os como anglo-saxões e atribuindo-lhes "maneiras anglo-saxãs") continua a intrigar. "No contexto do sonho de Alice", escreve Robert Sutherland em *Language and Lewis Carroll* (Mouton, 1970), "eles aparecem como fantasmas para perturbar a alegria dos doutos."

> A presença no sonho de Alice das peças de xadrez, dos personagens tomados de canções infantis, dos animais falantes, das várias criaturas mais esquisitas é facilmente explicada. Ou têm similares na experiência vígil de Alice ou são as criações fantásticas da mente sonhadora de uma menininha. Mas os Mensageiros Anglo-Saxões! Eles não são mencionados no primeiro capítulo, onde vários aspectos do sonho são prenunciados na sala de estar de Alice. Devemos presumir uma leitura da história anglo-saxã por Alice em seus livros escolares? Ou será a presença dos Mensageiros Anglo-Saxões uma adição gratuita de Carroll, constituindo uma falha

menor na estrutura sob outros aspectos coerentemente concebida do livro? Será a presença deles a intrusão de uma *private joke* à custa da erudição anglo-saxã da época, e uma reflexão sobre seu próprio interesse na Antiguidade britânica? A questão das intenções de Dodgson ao criar os Mensageiros Anglo-Saxões é um enigma que permanecerá obscuro até que mais informações venham à luz.

Roger Green (em *Jabberwocky*, outono 1971) apresenta o seguinte palpite: Carroll registrou em seu diário (5 dez 1863) seu comparecimento a um espetáculo teatral amador no Christ Church que incluía uma paródia chamada "Alfred the Great". A sra. Liddell estava lá com seus filhos. Green conjetura que a paródia incluía cenários e trajes anglo-saxões, o que pode ter dado a Carroll a ideia de transformar o Chapeleiro e a Lebre em Mensageiros Anglo-Saxões.

5. "Eu amo meu amor com um A" [*I love my love with an* A] era um jogo de salão muito apreciado na Inglaterra vitoriana. O primeiro jogador recitava:

Eu amo meu amor com um A *porque ele é* ______.
Eu o detesto porque é ______.
Ele me levou para o signo de ______.
E me tratou com ______.
O nome dele é ______.
E mora em ______.

Em cada lacuna, o jogador usava uma palavra condizente começada com A. O segundo jogador repetia então as mesmas linhas, usando B em vez de A e o jogo continuava desse modo até o final do alfabeto. Jogadores que não conseguissem fornecer uma palavra aceitável eram excluídos do jogo. O fraseado da recitação variava; as linhas citadas acima foram tomadas de *The Nursery Rhymes of England*, de James Orchard Halliwell, livro popular na época de Carroll. Foi engenhoso da parte de Alice começar o jogo com H em vez de A, porque os Mensageiros Anglo-Saxões sem dúvida não pronunciavam seus HS.

6. Tomar as expressões literalmente e não como são comumente compreendidas é característico das criaturas atrás do Espelho, e a base para muito do humor de Carroll. Outro bom exemplo ocorre no cap.9, quando a Rainha Vermelha diz a Alice que ela não conseguiria negar algo nem que tentasse com as duas mãos.

Uma das brincadeiras mais divertidas de Carroll fornece mais um exemplo de seu gosto por essa variedade de nonsense. Em 1873, quando Ella Monier-Williams (uma amiga criança) emprestou-lhe seu diário de viagem, ele o devolveu com a seguinte carta:

Minha cara Ella,

Devolvo seu livro agradecendo-lhe muito; você estará se perguntando por que fiquei com ele por tanto tempo. Compreendo, pelo que disse sobre ele, que não pretende publicar nenhuma parte você mesma, e espero que não fique aborrecida por eu ter enviado três pequenos capítulos de extratos dele para serem publicados em *The Monthly Packet*. Não dei nenhum nome por inteiro, nem pus nenhum título mais definido que simplesmente "Diário de Ella, ou as experiências da filha de um professor de Oxford durante um mês de viagem no estrangeiro".

Entregarei religiosamente a você qualquer dinheiro que possa receber por conta disso da srta. Yonge, a editora de *The Monthly Packet*.

Seu afet. amigo,

C.L. Dodgson

Ella suspeitou que ele estava brincando, mas começou a levá-lo a sério quando recebeu uma segunda carta com a seguinte passagem:

Lamento dizer-lhe que *cada palavra de minha carta era estritamente verdadeira*. Agora vou lhe dizer mais – que a srta. Yonge não recusou o manuscrito, mas não vai pagar mais que um guinéu por capítulo. Será isso suficiente?

A terceira carta de Carroll elucidou a brincadeira:

Minha cara Ella,

Receio ter brincado demais com você. Mas realmente era verdade. Eu "esperava que não ficasse aborrecida por eu ter etc.", pela ótima razão de que eu não o havia feito. E não dei nenhum título diferente de "Diário de Ella", nem tampouco dei *esse* título. Miss Yonge não o recusou – porque não o viu. E certamente não preciso explicar que ela não deu mais de três guinéus!

Nem por três guinéus eu o teria mostrado para quem quer que fosse – depois de lhe ter prometido que não o faria.

Às pressas,

Afetuosamente seu,

C.L.D.

7. Segundo o *Oxford Dictionary of Nursery Rhymes*, a rivalidade entre o leão e o unicórnio remonta a milhares de anos. Supõe-se em geral que a canção infantil surgiu no início do século XVII, quando a união de Escócia e Inglaterra resultou num novo brasão britânico em que o unicórnio escocês e o leão britânico apareciam, como o fazem hoje, como os dois suportes das armas reais.

8. Por razões desconhecidas, o Rei Branco, ao correr para ver a luta do Leão e do Unicórnio, viola seu modo lento, casa por casa, de se mover num tabuleiro de xadrez.

9. Se Carroll pretendeu que seu Leão e o Unicórnio representassem Gladstone e Disraeli (ver nota 12 adiante), esse diálogo assume um sentido óbvio. Carroll, que era conservador em suas ideias políticas e não apreciava Gladstone, compôs dois anagramas notáveis com seu nome inteiro, William Ewart Gladstone. São eles: "*Wilt tear down* all *images?*" ["Destruirá todas as imagens?"] e "*Wild agitator! Means well*" ["Agitador selvagem! É o que significa."]. (Ver *The Diaries of Lewis Carroll*, vol.II, p.277.)

10. A Rainha Branca está se movendo de uma casa imediatamente a oeste do Cavaleiro Vermelho para a 8ª casa do Bispo da Rainha. De fato, não precisa fugir – o Rei não a poderia ter tomado, ao passo que ela poderia tê-lo tomado – mas o movimento é característico de sua obtusidade.

11. "*As large as life and* quite *as natural*" era uma expressão comum no tempo de Carroll (o *Oxford English Dictionary* a cita de uma fonte de 1853); aparentemente, porém, Carroll foi o primeiro a substituir "*quite*" por "*twice*" [a expressão que aparece no original é "*large as life, and twice as natural*" – traduzida por "tamanho real e duas vezes mais natural!"]. A expressão tal como cunhada por ele é hoje a usual tanto na Inglaterra quanto nos Estados Unidos.

12. Teria Tenniel pretendido fazer dos animais caricaturas de Gladstone e Disraeli, que frequentemente digladiavam? Michael Hancher, em seu livro sobre a arte de Tenniel, sustenta que nem Carroll nem Tenniel tinham tais semelhanças em mente. Reproduz uma das charges de Tenniel na *Punch*, mostrando um unicórnio escocês e um leão britânico, ambos desenhados exatamente como os de *Alice*, confrontando-se.

13. Ver cap.9, nota 8, de *Aventuras de Alice no País das Maravilhas.*

14. Isto é, *a parte do leão.* A expressão vem de uma fábula de Esopo que conta como um grupo de animais dividiu os despojos de uma caçada. O leão exige um quarto em virtude de sua posição hierárquica, um outro quarto por sua coragem superior, um terceiro quarto para sua mulher e seus filhos. Quanto ao quarto restante, o leão acrescenta, todos que queiram disputá-lo com ele estão livres para fazê-lo.

15. Alice avança para a 7ª casa da Rainha.

8. "É UMA INVENÇÃO MINHA" (p.194-207)

1. O Cavaleiro Vermelho passou para a 2ª casa do Rei; um movimento poderoso num jogo de xadrez convencional, pois ele simultaneamente coloca em xeque o Rei Branco e ataca a Rainha Branca. A Rainha está perdida, a menos que o Cavaleiro Vermelho possa ser removido do tabuleiro.

2. O Cavaleiro Branco, ao pousar na casa ocupada pelo Cavaleiro Vermelho (a casa adjacente a Alice em seu lado leste), grita distraidamente: "Xeque!"; na realidade, só está pondo em xeque seu próprio Rei. A derrota do Cavaleiro Vermelho indica um movimento de cavalo *versus* cavalo no jogo de xadrez.

Embora a maioria do carrollianos concorde que Carroll pretendeu que o Cavaleiro Branco representasse a si mesmo, outros candidatos foram propostos. Dom Quixote é uma escolha óbvia, e os paralelos são habilidosamente defendidos em "Alice Meets the Don", de John Hinz, no *South Atlantic Quarterly* (vol.52, 1953, p.253-66), reproduzido em *Aspects of Alice* (Vanguard, 1971), organizado por Robert Phillips.

Charles Edwards escreveu-me contando sobre uma passagem do romance de Cervantes (parte 2, cap.4) em que Quixote pede a um poeta que escreva um poema acróstico, com as letras iniciais dos versos formando "Dulcinea del Toboso". O poeta acha 17 um número desajeitado para um poema com estrofes regulares, por ser um número primo, sem divisores. Quixote o aconselha a trabalhar com afinco no poema porque "nenhuma mulher acreditará que versos foram feitos para ela a menos que seu nome seja neles claramente perceptível". "Alice Pleasance Liddell" tem 21 letras. Isso permitiu a Carroll, em seu poema acróstico que fecha o livro, ter 7 estrofes de 3 linhas cada.

Outro candidato a Cavaleiro Branco é um químico e inventor que era amigo de Carroll e é frequentemente mencionado no diário dele. Ver "The Chemist in Allegory: Augustus Vernon Harcourt and the White Knight", de M. Christine King, *Journal of Chemical Education* (mar 1983). Outros candidatos são considerados por Michael Hancher no cap.7 de seu *The Tenniel Illustrations to the "Alice" Books*. Como Tenniel mais tarde em sua vida usou um bigode de pontas viradas (e seu nariz parecia o do Cavaleiro Branco), sugeriu-se que teria feito uma caricatura de si mesmo. Isso parece forçado porque na época em que desenhou o Cavaleiro Branco ele não usava bigode.

THE KNIGHT AND HIS COMPANION.
(Suggested by Albert Dürer's famous picture.)

A imagem do Cavaleiro Branco desenhada por Tenniel para a abertura do livro assemelha-se sob muitos aspectos à água-forte de Albrecht Dürer representando o Cavaleiro na presença da Morte e do Diabo. Foi isso intencional? Quando escrevi a Michael Hancher pedindo sua opinião, ele chamou minha atenção para a charge de Tenniel na *Punch* (5 mar 1887), intitulada "The Knight and His Companion (Suggested by Dürer's famous Picture)". O Cavaleiro representa Bismarck e seu companheiro é o Socialismo. "Obviamente Tenniel tinha uma cópia do Dürer diante de si quando desenhou essa charge", Hancher escreveu. "Meu palpite é que não a tinha quando desenhou o frontispício do *Espelho*, mas que a evocou com sua notável memória visual."

O Cavaleiro de Dürer

"O Cavaleiro Branco", Carroll escreveu a Tenniel, "não deve ter suíças; não se deve fazê-lo parecer velho." Em nenhum lugar do texto Carroll menciona bigode, tampouco indica a idade do cavaleiro. O bigode de pontas viradas do Cavaleiro Branco de Tenniel e o basto bigode do de Newell foram adições dos artistas. Talvez Tenniel, sentindo que o Cavaleiro Branco era Carroll, tenha lhe dado uma aparência calva, idosa, para pôr sua idade em contraste com a de Alice.

Jeffrey Stern, em seu artigo "Carroll Identifies Himself at Last" (*Jabberwocky*, verão/outono 1990), descreve um jogo de tabuleiro desenhado a mão por Carroll que foi descoberto recentemente. A natureza do jogo é desconhecida, mas no lado inferior da folha de cartolina Carroll escreveu "Olive Butler, from the White Knight. Nov. 21, 1892." "Assim, finalmente", Stern comenta, "podemos ter certeza de que Carroll *realmente* retratou a si mesmo como o Cavaleiro Branco."

3. Carroll pode estar sugerindo aqui que os cavaleiros, como marionetes, são meros joguetes movidos pelos jogadores invisíveis do jogo. Observe que Tenniel, que contrasta com os ilustradores contemporâneos em sua escrupulosa fidelidade ao texto, mostra os cavaleiros segurando suas clavas à maneira tradicional das marionetes.

4. Como vimos, muitos estudiosos de Carroll conjeturaram, com boas razões, que ele pretendeu que o Cavaleiro Branco fosse uma caricatura de si próprio. Como o cavaleiro, Carroll tinha cabelo desgrenhado, meigos olhos azuis e um rosto delicado e gentil. Como

o cavaleiro, sua mente parecia funcionar melhor que nunca quando via as coisas de pernas para o ar. Como o cavaleiro, gostava de engenhocas curiosas e tinha "muito pendor para inventar coisas". Estava sempre "pensando numa maneira" de fazer isso e aquilo de um jeito um pouquinho diferente. Muitas de suas invenções eram, como o pudim de mata-borrão, muito engenhosas, mas tinham pouca probabilidade de serem realizadas (embora algumas tenham se revelado não tão inúteis quando outros as reinventaram décadas depois).

Entres as invenções de Carroll estão um jogo de xadrez para viajantes, com furos para se encaixar e segurar as peças; uma grade de cartolina (ele a chamava um *Nyctograph*) para ajudar a escrever no escuro; um estojo para selos postais com suas "surpresas pictóricas" (ver cap.6, nota 5, de *Aventuras de Alice no País das Maravilhas*). Seu diário continha registros como: "Ocorreu-me a ideia de que se poderia fazer um jogo com letras, a serem movidas por um tabuleiro de xadrez até formarem palavras" (19 dez 1880); "Inventei um novo esquema de 'Representação Proporcional' que é de longe o melhor que já arquitetei ... Inventei também regras para testar a Divisibilidade de um número por 17 e 19. Um dia inventivo!" (3 jun 1884); "Inventei um substituto para o grude, para colar envelopes ..., montar pequenas coisas em forma de livro etc. – a saber: papel com cola de *ambos* os lados" (18 jun 1896); "Pensei num plano para simplificar vales postais, fazendo o remetente preencher dois papéis em duplicata, um dos quais entrega para ser transmitido pelo agente do correio – contém um número-chave que o destinatário deve fornecer para obter o dinheiro. Penso em sugerir isso, e meu plano de postagem dupla, no domingo, ao Governo" (16 nov 1880).

Os aposentos de Carroll continham uma variedade de brinquedos para o entretenimento de suas visitas crianças: caixas de música, bonecas, bichos movidos a corda (inclusive um urso que andava e "Bob the Bat" ["Bob, o Morcego"], que voava pela sala), jogos, uma "*orguinette* americana" que tocava quando uma fita de papel perfurada era movida com uma manivela. Quando saía de viagem, conta-nos Stuart Collingwood em sua biografia, "todos os objetos eram cuidadosamente embrulhados em pedaços de papel um a um, de modo que seus baús continham quase tanta quantidade de papel quanto de coisas mais úteis."

É digno de nota também que, de todos os personagens que Alice encontra em suas duas aventuras oníricas, somente o Cavaleiro Branco parece gostar genuinamente dela e lhe oferecer ajuda especial. É quase o único a lhe falar com respeito e cortesia, e somos informados de que Alice se lembrava dele melhor do que de qualquer outra criatura que conheceu atrás do espelho. Seu melancólico adeus pode ser o adeus de Carroll a Alice quando ela cresceu (tornou-se uma rainha) e o abandonou. De qualquer maneira, é nesse episódio crepuscular que ouvimos mais alto aquele "suspiro saudoso" que, como Carroll nos diz em seu poema introdutório, vai "perpassar esta história".

O papel do Cavaleiro Branco foi desempenhado por Gary Cooper no filme da Paramount de 1933, *Alice in Wonderland*.

5. "Sugiro que quando o Cavaleiro Branco disse que os grilhões de seu cavalo eram para protegê-lo contra mordidas de tubarões [*sharks*], o tipógrafo de sua primeira prova fez a substituição muito fácil do 'h' por um 'n', e deixou Carroll intrigado acerca de como poderiam ser mordidas de *snarks*... tão intrigado que, inevitavelmente, *The Hunting of the Snark* se seguiu, sendo essa a maneira como coisas assim são escritas." – A.A. Milne, *Year In, Year Out* (1952)

6. Janis Lull, em *Lewis Carroll: A Celebration*, afirma que Carroll e Tenniel juntos carregaram o corcel com objetos estreitamente relacionados com coisas mencionadas ou desenhadas em outras passagens dos livros de *Alice* [ver desenho da p.200]: a espada de pau e o guarda-chuva são parecidos com a espada e o guarda-chuva pertencentes aos irmãos Tweedle; a matraca de vigia parece o chocalho que causou a briga dos dois irmãos; a colmeia lembra as abelhas-elefantes do cap.3; a ratoeira representa o camundongo do primeiro livro de *Alice*; os castiçais aludem às velas que se extinguem como fogos de artifício no final do cap.9; a campainha de mola sugere as duas campainhas na porta do cap.9; os atiçadores e foles são como os da sala de estar de Alice, abaixo do espelho; os grilhões contra tubarões poderiam evocar os tubarões nos versos que Alice recita no cap.10 do livro anterior; as duas escovas estão relacionadas com a escova de cabelo com que Alice penteia a Rainha Branca no cap.5; o bolo de passas, é claro, é o que a Lebre de Março [Mensageiro] extrai como num passe de mágica de sua pequena sacola quando o Leão e o Unicórnio estão lutando pela coroa; as cenouras poderiam estar lá como comida para a Lebre de Março; e a garrafa de vinho, talvez vazia, sugere o vinho inexistente que a Lebre de Março convidou Alice a tomar no "Chá maluco", bem como o vinho real do banquete do cap.9.

"O Cavaleiro é uma espécie de contrarregra", resume Lull, "cujos apetrechos ao mesmo tempo recapitulam o que se passou antes e antecipam o que está por vir."

Para mais invenções do Cavaleiro Branco de Carroll, ver o cap.9 de meu *Visitors from Oz*.

7. No tempo de Carroll, o açúcar refinado era vendido na forma de pedaços grossos chamados *sugar loaves* [e pães de açúcar em português]. O termo *sugar loaf* é comumente aplicado a chapéus e morros cônicos.

8. Estaria Carroll aludindo ao provérbio "*The proof of the pudding is in the eating*" ["A prova do pudim está em comê-lo"]?

9. Na lógica binária isso seria considerado um exemplo da lei do terceiro excluído: uma afirmação é ou verdadeira ou falsa, não havendo terceira opção. A lei é a base de vários antigos versos nonsense: por exemplo, *Havia uma velhinha que na quebrada foi morar,/ E se não foi embora ainda está morando lá.*

10. Em seu diário (5 ago 1862) Carroll escreveu: "Depois do jantar Harcourt e eu fomos à residência do deão para combinar sobre o rio amanhã, e ficamos para jogar um jogo de 'Ways and Means' [Modos e meios] com as crianças." Fui informado de que os parentes de Carroll possuem um conjunto de regras desse jogo escritas a mão por ele, mas ninguém sabe dizer se foi invenção dele ou de alguma outra pessoa.

11. Para um estudioso de lógica e semântica, tudo isso parece perfeitamente razoável. A canção *é* "Sentado na porteira"; é *chamada* "Modos e meios"; o *nome* dela é "O velho homem velho", e esse nome é *chamado* "Olhos de hadoque". Carroll está fazendo aqui uma distinção entre coisas, nomes de coisas e nomes de nomes de coisas. "Olhos de hadoque", o nome de um nome, pertence ao que os lógicos chamam hoje de "metalinguagem". Adotando a convenção de uma hierarquia de metalinguagens, os lógicos conseguem evitar certos paradoxos que os atormentaram desde a época dos gregos. Para uma divertida tradução das observações do Cavaleiro Branco em notações simbólicas, feita por Earnest Nagel, veja seu artigo "Symbolic Notation, Haddock's Eyes and the Dog-Walking Ordinance", no vol.3 da antologia de James R. Newman, *The World of Mathematics* (1956).

Uma análise menos técnica mas igualmente bem fundada e encantadora dessa passagem está incluída no artigo de Roger W. Holmes, "The Philosopher's *Alice in Wonderland*" (*Antioch Review*, verão 1959). O professor Holmes (que foi diretor do departamento de filosofia no Mount Holyoke College) pensa que Carroll estava zombando de nós quando fez o Cavaleiro Branco dizer que a canção *é* "Sentado na porteira". Evidentemente, essa não pode ser a própria canção, mas apenas mais um nome. "Para ser coerente", Holmes conclui, "o Cavaleiro Branco, após dizer 'a canção é...', só podia ter passado a cantar a própria canção." Coerente ou não, o Cavaleiro Branco é um presente de Carroll que os lógicos tratam com carinho.

A canção do Cavaleiro Branco também exibe uma espécie de hierarquia, como um reflexo especular de um reflexo especular de um objeto. O excêntrico Cavaleiro Branco de Carroll, de quem Alice não pôde se esquecer, é também incapaz de esquecer um outro excêntrico cujos traços sugerem que, também ele, poderia ser uma caricatura de Carroll; talvez a visão que Carroll tinha de si mesmo como um homem solitário, não amado.

12. A canção do Cavaleiro Branco é uma versão revista e ampliada deste poema anterior de Carroll, publicado anonimamente em 1856 numa revista chamada *The Train*:

NA CHARNECA SOLITÁRIA

Um homem velhíssimo encontrei
Na charneca solitária:
Sabia que eu era um fidalgo,
E ele não mais que um pária.

Assim, à queima-roupa perguntei-lhe:
"Vamos, diga-me como ganha a vida!"
Mas à resposta não dei ouvidos,
Minha mente em outras coisas absorvida.

Ele disse: "Caço bolhas de sabão,
No meio do trigo escondidas,
Com elas faço costeletas,
E as vendo nas avenidas.
Vendo-as para os estafetas,
Sempre a correr afobados,
E assim ganho o meu pão,
Pois nunca vendo fiado."

Mas eu pensava então num jeito
De por dez multiplicar
E sempre na resposta
À pergunta de volta chegar.
Não ouvi palavra do que disse,
Mas a calma do velho desafiei,
Berrando: "Afinal, como vive?"
E um beliscão no braço lhe dei.

Com voz suave, ele retomou seu relato.
Disse: "Sou um homem muito teimoso,
E quando acaso encontro um regato,
Boto-lhe fogo no ato.
Com isso fazem uma pomada,
Óleo de Macássar de Rowland é chamada,
Mas para mim no arranjo todo,
Sobram quatro pence e mais nada."

Mas eu pensava então num plano
Para as botinas de verde pintar.
Ficariam tão da cor da grama
Que ninguém as poderia enxergar.
Dei-lhe na orelha um tabefe
E de novo o questionei,
E puxei-lhe o cabelo grisalho,
E no fim o chacoalhei.

Ele disse: "Caço olhos de hadoque
No meio do brejo ventoso,
Deles faço botões de fraque,
À noite, quando tudo é silencioso.
E esses não vendo por prata
Tampouco por ouro lustroso,
Mas por meio pêni de cobre,
A dúzia, se está curioso."

"Às vezes escavo em busca de bolachas,
Ou uso visco para pegar caranguejos;
Às vezes inspeciono as colinas floridas
Em busca de rodas, bancos e molejos.
E é assim" (piscou um olho)
"Que minha vida consigo ganhar,
E muito prazer teria em tomar
Uma cerveja pelo seu bem-estar."

Dessa vez o ouvi, pois meu plano,
Eu já o terminara inteirinho:
Como proteger pontes da ferrugem
Ferventando-as no vinho.
Agradeci ao velho, antes de partir
Por tão esquisitas histórias contar,
Mas sobretudo pela gentil intenção
De com cerveja minha saúde brindar.

E agora, se por acaso no grude
Enfio o meu dedo,
Ou loucamente meto um pé
Direito no sapato esquerdo,
Se digo uma grande tolice
Ou se minha memória peca,
Penso no estranho velhinho
Tão só lá na sua charneca.

"Na charneca solitária" [no original, *Upon the Lonely Moor*] foi escrito para o filho de Tennyson, Lionel. Aqui está como Carroll relata sua origem numa anotação feita em seu diário em abril de 1862. Este registro estava numa parte do diário hoje perdida, mas Stuart Collingwood a cita em sua biografia de Carroll.

Depois do almoço fui à casa dos Tennyson e consegui que Hallam e Lionel assinassem seus nomes em meu álbum. Fiz também um trato com Lionel, segundo o qual ele me daria algum manuscrito de seus versos, e eu lhe enviaria algum dos meus. Foi um trato muito difícil de negociar; no início quase perdi a esperança, tantas eram as condições que ele impunha – primeiro, eu tinha de jogar uma partida de xadrez com ele; isso, com muita dificuldade reduzimos para 12 lances de cada lado; mas fez pouca diferença, porque dei-lhe xeque-mate no 6º lance. Segundo, ele deveria ter permissão para me dar um golpe na cabeça com um malho (disso, ele por fim consentiu em abrir mão). Esqueço quais eram as outras, mas no fim das contas consegui meus versos, que retribuí escrevendo "The Lonely Moor" para ele.

"'Sentado na porteira' é uma paródia", disse Carroll numa carta (ver *The Letters of Lewis Carroll*, organizadas por Morton Cohen, vol.1, p.177), "embora não quanto ao estilo ou à métrica – mas seu enredo foi tomado de 'Resolution and Independence', de Wordsworth, poema que sempre me divertiu muito (embora não seja em absoluto um poema cômico) pelo modo absurdo como o poeta continua questionando o pobre velho catador de sanguessugas, fazendo-o contar sua história vezes sem conta e nunca dando atenção ao que ele diz. Wordsworth termina com uma moral – exemplo que *não* segui."

Carroll certamente se identificava com o "velho homem velho" da canção, um homem ainda mais separado de Alice pela idade do que o Cavaleiro Branco. Em "Isa's Visit to Oxford", Carroll chama a si mesmo de "*the Aged Aged Man*", que abrevia ao longo de todo o diário como "the A.A.M.". Carroll tinha então 58 anos. Frequentemente referia-se a si mesmo em cartas para as amigas crianças como um velho homem velho.

No conjunto, o poema de Wordsworth é uma bela peça, e digo isso ciente do fato de que parte dele está incluída em *The Stuffed Owl*, a cômica antologia de maus versos compilada por D.B. Wyndham Lewis e Charles Lee.

Os versos que abrem a canção do Cavaleiro Branco parodiam os versos de Wordsworth "*I'll tell you everything I know*" e "*I'll give you all the help I can*" [no original a paródia de Carroll começa com o verso "I'll tell thee everything I can"...] da versão original de um dos esforços menos felizes do poeta chamado "The Thorn". O verso reflete também o título da canção, "I' give thee all, I can no more" ["Eu lhe darei tudo, mais não posso dar"], com cuja melodia o Cavaleiro Branco canta sobre o velho homem velho. Essa canção é o poema lírico de Thomas Moore "My Heart and Lute", que foi musicado pelo compositor inglês Sir Henry Rowley Bishop. A canção de Carroll segue [no original] o padrão métrico e o esquema rítmico do poema de Moore.

"O caráter do Cavaleiro Branco", escreveu Carroll numa carta, "foi concebido para se adequar ao narrador no poema." Que o narrador é o próprio Carroll é sugerido por suas ideias sobre multiplicação por 10 na 3ª estrofe da versão anterior. É muito possível que Carroll visse o poema de amor de Moore como a canção que ele, o Cavaleiro Branco, teria gostado de cantar para Alice mas não ousava.

13. [Estes versos no original:

But I was thinking of a plan
To dye one's whiskers green,
And always use so large a fan
That they could not be seen.]

Bertrand Russell, em *O ABC da relatividade*, cap.3, aplica esses quatro versos à hipótese de contração de Lorentz-Fitzgerald, uma tentativa inicial de explicar o fracasso do experimento de Michelson-Morley para detectar uma influência do movimento da Terra na velocidade da luz. Segundo essa hipótese, os objetos encolhem na direção de seu movimento, mas como todas as réguas de mensuração são similarmente encurtadas, elas servem, como o abano do Cavaleiro Branco, para nos impedir de detectar qualquer mudança no comprimento dos objetos. Os mesmos versos são citados por Arthur Stanley Eddington no cap.2 de *The Nature of the Physical World*, mas com um sentido metafórico mais amplo: o aparente hábito que a natureza tem de esconder eternamente de nós seu plano estrutural básico.

No poema anterior de Carroll, "Upon the Lonely Moor" (reproduzido na nota 12), são botinas ["*one's gaiters*"] que são pintadas de verde.

14. O *Oxford English Dictionary* descreve esse óleo [*Rowland's Macassar-Oil*] como "um unguento para o cabelo, vastamente anunciado na primeira parte do século XIX, e descrito pelos fabricantes (Rowland and Son) como consistindo de ingredientes obtidos do macássar". No primeiro canto, estrofe 17 de *Don Juan*, Byron escreve:

Em virtude, nada de mundano a podia superar,
Salvo esse "óleo incomparável", Macassar!

O termo [inglês] "*antimacassar*" para o pano posto sobre o encosto de poltronas e sofás para evitar que o tecido fique manchado por óleo capilar teve origem na popularidade desse produto.

15. É uma superstição antiga, conta-me o leitor Tim Healey, que pôr o pé direito num sapato esquerdo é de mau agouro. Ele cita uma passagem de *Hudibras*, de Samuel Butler, que fala de Augusto César cometendo esse erro:

Um dia Augusto por distração
Enfiou o sapato no pé trocado,
E nesse dia mesmo foi assassinado
Por soldados que não tinha pagado.

16. O médico David Frisch chama minha atenção para as seguintes linhas – as duas últimas da estrofe 12 do poema de Wordsworth antes que ele o revisse para uma impressão posterior:

Ele me respondeu com prazer e surpresa
E havia, enquanto falava, fogo em seus olhos.

17. O Cavaleiro Branco retornou à 5ª casa do Bispo do Rei, a mesma que ocupava antes de capturar o Cavaleiro Vermelho.

Como os movimentos do cavalo são em forma de L, o movimento do Cavaleiro Branco é a "curva da estrada" a que ele se referiu alguns parágrafos antes.

Esta cena, em que Carroll pretende claramente descrever como espera que Alice vá se sentir depois que crescer e lhe disser adeus, é um dos episódios pungentes notáveis da literatura inglesa. Ninguém escreveu mais eloquentemente sobre ele que Donald Rackin em seu ensaio "Love and Death in Carroll's *Alices*" (em *Soaring with the Dodo: Essays on Lewis Carroll Life and Art*, organizado por Edward Guiliano e James Kincaid): "O amor efêmero que segreda através desta cena é, portanto, complexo e paradoxal: é um amor entre uma criança toda potencial, liberdade, fluxo e crescimento e um homem todo impotência, aprisionamento, torpor e declínio."

18. Este é o ponto em que Carroll pretendeu originalmente situar seu episódio sobre o Marimbondo de Peruca. Embora Tenniel, em sua carta a Carroll, o chame de capítulo, todos os indícios mostram que deveria ser uma longa seção num capítulo que, mesmo sem ele, tornou-se o mais longo do livro. O episódio completo, com introdução e notas minha, está reproduzido neste livro.

19. Alice saltou o único riacho restante e está agora na 8ª casa da Rainha, a última da coluna da rainha. Para leitores não familiarizados com o xadrez, devemos dizer que, quando atinge a última fila do tabuleiro, um peão pode se transformar em qualquer peça que o jogador deseje. Geralmente escolhe ser uma rainha, a mais poderosa das peças de xadrez.

9. Rainha Alice (p.208-222)

1. A Rainha Vermelha acabara de passar para a casa do Rei, de modo que Alice tinha agora uma rainha de cada lado de si. O Rei Branco fica em xeque por esse movimento, mas nenhum dos lados parece se dar conta disso.

Ivor Davies, escrevendo sobre o "Looking-Glass Chess" em *The Anglo-Welsh Review* (outono 1970), tem uma explicação para o fato de ninguém notar que o Rei Branco foi posto em xeque pelo movimento da Rainha Vermelha para a casa do Rei. Um dos livros sobre xadrez na biblioteca de Carroll era *The Art of Chess-Play* (1846), de George Walker.

A regra 20 do livro declara: "Quando uma pessoa dá xeque, deve informar o adversário dizendo em voz alta 'xeque'; ou não precisa informar isso, podendo fazer movimentos como se o xeque não tivesse sido dado."

"A Rainha Vermelha não disse 'xeque'", comenta Davies. "Seu silêncio foi inteiramente lógico porque, no momento de sua chegada à casa do Rei, ela disse a Alice ... 'Fale quando lhe falarem!' Como ninguém falara com *ela*, estaria quebrando sua própria regra se tivesse dito 'xeque'."

Outro artigo esclarecedor sobre o jogo de xadrez do livro é "Alice in Fairyland", de A.S.M. Dickins, em *Jabberwocky* (inverno 1976). Especialista de renome mundial em "xadrez imaginário", Dickins analisa o jogo de Carroll como uma mistura de regras de xadrez imaginário. Chama atenção para a regra 14 de Walker, que, incrivelmente, permite a um jogador fazer uma série de lances consecutivos de uma vez desde que o adversário não objete!

2. Estaria a Rainha Vermelha, como conjeturam Selwyn Goodacre e vários outros correspondentes, aludindo ao fato de que nenhum lance no xadrez pode ser desfeito? Uma vez movida a peça, "você tem de arcar com as consequências". As regras contemporâneas do xadrez são ainda mais rígidas: se uma peça é meramente tocada, tem de ser movida.

3. Carroll gostava especialmente das terças-feiras. "Passei o dia em Londres", escreveu em seu diário na terça-feira, 10 de abril de 1877. "Foi (como tantas terças-feiras em minha vida) um dia muito agradável." O prazer nessa ocasião foi ter conhecido uma menininha simples "que talvez seja a criança mais bonita (tanto o rosto quanto a figura) que já vi. Tem-se vontade de fazer cem fotografias dela."

4. É fácil deixar escapar aqui a sugestão da Rainha Vermelha de que *rico* e *inteligente* são opostos, como *quente* e *frio*.

5. "Enigma sem resposta": como o enigma não respondido do Chapeleiro Louco sobre o corvo e a escrivaninha.

6. Alice está relembrando a canção de Humpty (cap.6) em que ele fala de pegar um saca-rolha e ir acordar os peixes para puni-los por desobediência.

Alice talvez não tenha sido interrompida em seu comentário. Podia estar simplesmente lembrando o poema de Humpty no cap.6 com seu *couplet* inacabado:

Era isto o que tinham a dizer:
"Isto não podemos, Sir, porque..."

7. Molly Martin especula numa carta que, quando a Rainha Branca lembra uma ocasião em que o telhado desabou e o trovão ficou rolando pela sala, isso poderia se referir à tampa de uma caixa de xadrez sendo removida e as peças chacoalhando pela caixa quando um jogador começa a retirá-las ou a despejá-las na mesa.

8. O original é uma óbvia paródia da conhecida canção infantil "*Hush-a-by baby, on the tree top...*"

9. Como Michael Hancher assinala em seu livro, citado tantas vezes em notas anteriores, o portal românico da ilustração de Tenniel para essa cena é idêntico ao que desenhou para a a página de rosto do volume encadernado da *Punch*, jul-dez 1853. Hancher reproduz também a ilustração tal como Tenniel a desenhou originalmente, mostrando Alice com uma saia-balão que parece a parte inferior das rainhas do xadrez, em harmonia com sua coroa, que é idêntica à das peças de xadrez.

O desenho original de Tenniel

Carroll – que, segundo consta, teria dito: "Detesto a moda da saia-balão" – reprovou cinco desenhos de Tenniel que mostravam Alice com saia-balão depois de se tornar rainha. Tenniel satisfez o pedido dele, redesenhando todas as cinco imagens. Seus esboços originais para elas estão reproduzidos em *Aventuras de Alice no País das Maravilhas*, de Justin Schiller e Selwyn Goodacre (impressão privada, 1990).

O mesmo portal românico, informa-me Charles Lovett, com seu padrão característico em zigue-zague, foi desenhado por Tenniel para o primeiro livro cujas ilustrações lhe foram encomendadas, a segunda série do *Book of British Ballads*. O arco aparece no plano de fundo de uma cena que acompanha uma balada chamada "King Estmere".

Em seu livrinho *Alice's Adventures in Oxford* (1980), Mavis Batey diz que a porta é "claramente a porta da Casa do Capítulo do pai dela [Alice]" – a casa em que os assuntos da catedral do Christ Church são administrados.

10. Essa é uma paródia da canção de Sir Walter Scott, "Bonny Dundee", de sua peça *The Doom of Devorgoil*. Reproduzimos a tradução do refrão a seguir:

Venham encher minha taça, até fazê-la transbordar,
Venham selar seus cavalos e os seus homens convocar;
Venham abrir o Portão Oeste, e meu bando libertar,
E pr'os gorros de Bonny Dundee não há de faltar lugar!

11. Nenhum leitor vitoriano deixaria de perceber o trocadilho. *To cut* [cortar] é ignorar alguém que se conhece. O *Brewer's Dictionary of Phrase and Fable* distingue quatro tipos de "cortes": corte direto (olhar para um conhecido e fingir não conhecê-lo); corte indireto (fingir não ver alguém); o corte sublime (admirar alguma coisa como o alto de um prédio, até que um conhecido tenha passado); e o corte informal (parar para ajeitar o laço do sapato).

12. Ocorreu a Roger Green que o diálogo de Alice com o pudim poderia ter sido sugerido a Carroll por um cartum publicado na *Punch* (19 jan 1861) que mostra um pudim de passas levantando-se em sua travessa e dizendo a um comensal: "Permita-me discordar do senhor." Michael Hancher reproduz o cartum da *Punch* em seu livro sobre Tenniel, e assinala o reaparecimento do pudim, de pernas para o ar, no canto esquerdo inferior da última ilustração de Tenniel para este capítulo.

13. A resposta: uma ostra. *The Lewis Carroll Handbook* (1962, p.95) revela que uma resposta numa estrofe de quatro versos para o enigma da Rainha Branca, na mesma métrica, foi publicada no periódico inglês *Fun*, em 30 de outubro de 1878, p.175. A resposta havia sido previamente submetida a Carroll, que burilou a métrica para o autor anônimo. A estrofe final da resposta, tal como citada no *Handbook*, é:

Pegue uma faca bem amolada, para
Entre a tampa e o prato enfiar;
E então, num breve instante,
Des-cobrirá as OSTRAS,
E o enigma em pratos limpos estará!

14. A referência é a apagadores de vela, pequenos cones ocos usados para extinguir a chama de modo a evitar a circulação da fumaça pelo aposento.

15. A Rainha Branca afastou-se de Alice indo para a 6ª casa da Torre da Rainha; um movimento ilegal num jogo de xadrez ortodoxo, porque não tira o Rei Branco do xeque.

16. Essa é a captura da Rainha Vermelha por Alice. Resulta num xeque-mate legítimo ao Rei Vermelho, que dormiu durante toda a partida de xadrez sem se mover. A vitória de Alice confere uma tênue moral à história, pois as peças brancas são personagens bons e gentis em contraste com os temperamentos impetuosos e vingativos das peças vermelhas. O xeque-mate encerra o sonho, mas deixa aberta a questão: de quem era o sonho, de Alice ou do Rei Vermelho?

10. Sacudida (p.223)

1. O escritor e crítico americano Everett Bleiler, num artigo de primeira página intitulado "Alice Through the Zodiac" (*Book World*, 3 ago 1997), faz uma conjetura curiosa. Dado que Carroll esticou seu segundo livro de Alice para que ficasse com 12 capítulos fazendo este e o próximo capítulos extremamente curtos, seria possível que tivesse em mente os 12 signos do zodíaco? Por exemplo, os gêmeos Tweedle poderiam ser uma alusão a Gêmeos, o Leão a Leão, a Ovelha a Áries, a Cabra a Capricórnio, o Cavaleiro Branco a Sagitário, Humpty a Libra e assim por diante. Por mais impressionantes que essas correlações sejam, poucos carrollianos levaram a sério a conjetura de Bleiler. Assinalam que Carroll não tinha nenhum interesse por astrologia e que queria que o segundo livro de *Alice* tivesse o mesmo número de capítulos do primeiro.

11. Despertar (p.224)

1. Rose Franklin, uma das amigas crianças de Carroll, recordou em suas memórias que Carroll lhe dissera: "Não consigo resolver no que fazer a Rainha Vermelha virar." Rose respondeu: "Ela parece tão zangada, por favor faça-a virar a Gatinha Preta."

"Isso vai se encaixar esplendidamente", Carroll teria respondido, "e a Rainha Branca vai ser a Gatinha Branca."

Lembre-se que, no cap.1, antes de cair no sono, Alice disse à gatinha preta: "Vamos fazer de conta de que você é a Rainha Vermelha."

12. Quem Sonhou? (p.225-227)

1. A ideia de Alice é fundamental na teoria da informação, diz Gerald Weinberg numa carta. Não há lógica de um elemento só – não há meio de registrar ou transmitir informação sem pelo menos uma distinção binária entre sim e não, ou verdadeiro e falso. Em computadores, a distinção é comandada pelas alternâncias ligado-desligado de seus circuitos.

2. Por que Alice pensou que Humpty era Dinah? Ellis Hillman, escrevendo sobre "Dinah, the Cheshire, and Humpty Dumpty", em *Jabberwocky* (inverno 1977), propõe uma teoria engenhosa. "Sou um daqueles que falou com um Rei, *eu* sou", Humpty Dumpty disse a Alice. Como sabemos pelo velho provérbio que Alice citou no cap.8 do livro anterior, um gato pode olhar para um rei.

Fred Madden, em seu artigo citado no cap.3, notas 8 e 14, salienta que, quando invertidas, as iniciais de Humpty Dumpty se tornam D.H., a primeira e a última letras de "Dinah".

3. A expressão *queer fish* [peixe estranho], significando alguém considerado esquisito, era corrente na época de Carroll. Ao dar ênfase a peixes neste livro, estaria Carroll pensando em todos os "peixes estranhos" que continha? Ou que há algo de "*fishy*" [duvidoso] em seu nonsense? Por coincidência, *fish* nos Estados Unidos é um termo de gíria para um jogador de xadrez medíocre.

[A DESLIZAR SERENO SOB O CÉU] (p.228)

1. Neste derradeiro poema, um dos seus melhores, Carroll relembra aquele passeio do dia 4 de julho pelo Tâmisa em que contou pela primeira vez a história das *Aventuras de Alice no País das Maravilhas* para as três meninas Liddell. O poema reflete os temas do inverno e da morte que percorrem o poema introdutório de *Através do Espelho*. É a canção do Cavaleiro Branco, lembrando a Alice como ela estava antes de ir embora, com olhos secos e impacientes, pronta para correr morro abaixo e saltar o último riacho rumo à condição de mulher. O poema é um acróstico, as letras iniciais dos versos formando o nome inteiro de Alice.

Matthew Hodgart escreveu da Inglaterra para sugerir que nesta estrofe de seu poema acróstico Carroll estava conscientemente fazendo eco aos sentimentos daquela canção muito conhecida na Inglaterra naquele tempo: "*Row, row, row your boat*".

Ralph Lutts, um correspondente que faz a mesma sugestão, salienta que "*merrily*" no cânone está ligado ao "*merry crew*" no poema introdutório do primeiro livro de *Alice*. [Os versos finais da penúltima estrofe daquele poema são, no original: *And home we steer, a merry crew,/ Beneath the setting sun.*]

O mundo real e o estado "misterioso" do sonho alternam-se ao longo dos dois livros *Sílvia e Bruno* inteiros de Carroll. "Ou estive sonhando com Sílvia", ele diz a si mesmo no cap.2 do primeiro livro, "e isto é realidade. Ou estive com Sílvia, e isto é o sonho. Será a própria Vida um sonho, pergunto eu?"

O poema à guisa de prefácio de *Sílvia e Bruno*, um acróstico com o nome de Isa Bowman, expressa o mesmo tema:

Isso é um sonho, então, o que vivemos,
Somente entrevisto na penumbra dourada
A contrariar o fluxo escuro, fatal, do tempo?

Baixando a cabeça com amargo pesar,
Ou rindo na rua de qualquer espetáculo,
Vagamos ociosos para cá e para lá.

Mais horas tivesse a manhã, poucas seriam, e
A partir do meio-dia não lançamos
Nem um olhar para a noite que nos emudecerá

Morris Glazer conjetura numa carta se Carroll teve a intenção de iniciar o verso do meio do poema com "Alice" ["*Alice moving under skies*" no original, "Alice a percorrer estranhas terras" na tradução], pondo-a assim no centro do poema como estava no centro de sua vida.

O Marimbondo de Peruca (p.229-253)

1. A abrupta mudança de cenário que ocorre sempre que Alice salta um riacho se assemelha às mudanças que têm lugar num jogo de xadrez sempre que um lance é feito, bem como às súbitas transições que ocorrem nos sonhos.

2. Se algum inseto tinha um jornal, só podia ser o marimbondo. Os marimbondos são grandes fabricantes de papel. Seus finos ninhos de papel, geralmente em árvores ocas, são feitos com uma polpa que produzem mascando folhas e fibra de madeira,

3. "açúcar mascavo": os marimbondos apreciam todo tipo de doces feitos pelo homem, especialmente açúcar. Morton Cohen salienta que a preferência do Marimbondo por açúcar mascavo é característica das classes baixas vitorianas, que o podiam comprar mais barato que o açucar branco refinado.

4. "*Engulphed*" [como aparece no texto, traduzido por "engolfado"] era uma grafia comum para "*engulfed*" nos séculos XVI e XVII. Era vista ocasionalmente no tempo de Carroll, e o Marimbondo pode estar expressando o desagrado pessoal de Carroll por essa grafia. Talvez seja a pronúncia incorreta de Alice "*en-gulph-ed*" (três sílabas em vez de duas) [no original, que reproduzimos aqui por "en-golf-ados"] que o Marimbondo acha esquisita. Donald L. Hotson sugere que Carroll poderia estar brincando aqui com uma expressão de gíria usada nas universidades na época. Segundo *The Slang Dictionary* (Chatto & Windus, 1974), *gulfed* (por vezes grafado "*gulphed*") foi "originalmente um termo de Cambridge, denotando que uma pessoa não pode se submeter aos exames clássicos por ter fracassado no de matemática ... A expressão é hoje comum em Oxford como descritiva de uma pessoa que está esperando ser aprovada com honras e consegue apenas passar."

5. A maneira de falar do Marimbondo o assinala claramente como um zangão na estrutura social dos marimbondos.

Carroll não só identificou seu impertinente velho como uma criatura universalmente temida e odiada, como o situou na classe baixa, em acentuado contraste com a origem de classe alta de Alice – fatos que tornam a delicadeza dela para com o inseto ainda mais notável.

6. Um lenço de seda amarelo, coloquialmente chamado "*a yellowman*", era moda na Inglaterra vitoriana.

7. No tempo de Carroll, acreditava-se no mundo todo que amarrar um lenço em torno do rosto, com um cataplasma dentro, proporcionava alívio para uma dor de dente. Pessoas que se consideravam bonitas deviam frequentemente ser vistas nessa condição, e sua aparência certamente não reforçava sua presunção.

8. [No original: "*Oh, you mean stiffneck*"] Um *stiff neck* é um torcicolo, além de designar a postura de uma pessoa arrogante, orgulhosa ou vaidosa. Talvez o Marimbondo estivesse advertindo Alice para o perigo de se tornar uma rainha arrogante, tão empertigada quanto uma rainha de marfim do xadrez. De fato, assim que encontra a coroa de ouro em sua cabeça, Alice caminha ao redor "muito empertigada" [*rather stiffy*] para evitar que a coroa caia. No último capítulo, ela ordena à gatinha preta que "se aprume um pouco mais" como a Rainha Vermelha que imaginava que ela fora em seu sonho. Compare também com o Mensageiro "emproado e atrevido" [*proud and stiffy*] no poema de Humpty Dumpty.

9. "amarelo vivo": a expressão é usada novamente por Carroll no cap.9, onde é também associada com a idade. "Um sapo muito velho" está vestido de "amarelo vivo".

10. "pente" [no original há um trocadilho com os dois sentidos da palavra "*comb*": pente e favo. Alice diz: "*if only you had a comb*", e o Marimbondo responde: "*What, you are a Bee, are you? ... And you've got a comb. Much honey?*"] Note que Alice está prestes a se tornar uma abelha Rainha.

11. Será este poema, como tantos outros nos dois livros de *Alice*, uma paródia? Muitos poemas e canções da época começavam com "*When I was young...*" ["Quando era jovem..."], mas não consegui encontrar nenhum que parecesse uma base provável para este. Carroll talvez tivesse conhecimento de que a expressão "*ringlets waved*" [anéis espiralavam] ocorre na bela descrição que John Milton faz de Eva desnuda (*Paraíso perdido*, livro 4):

> *Como um véu, sobre o torso esguio,*
> *Seus cabelos de ouro sem adornos tombavam,*
> *Em desalinho, mas em anéis negligentes espiralados,*
> *Como os caracóis que a videira enrosca ...*

E há o seguinte verso de "Sappho", de Alexander Pope:

> *Não mais meus cachos, em anéis, se encrespavam.*

No entanto, como anéis sempre se encrespam e ondulam, os paralelos podem ser meras coincidências.

Pode valer a pena destacar que a palavra *ringlets* [anéis] refere-se usualmente não a anéis curtos, mas a cachos longos em forma helicoidal, como as videiras mencionadas por Milton. Como matemático, Carroll sabia que uma hélice é uma estrutura assimétrica que (nas palavras de Alice) "fica ao contrário" no espelho.

Como mencionado antes, não é por acaso que o segundo livro de *Alice* está recheado de referências a reflexos especulares e a objetos assimétricos. A própria hélice é mencionada várias vezes. Humpty Dumpty compara os touvos com saca-rolhas, e Tenniel os desenha com rabos e focinhos helicoidais. Humpty fala também num poema sobre despertar peixes com um saca-rolha, e no cap.9 a Rainha Branca lembra que Humpty tinha um saca-rolha na mão quando estava procurando um hipopótamo. Nas ilustrações de Tenniel, o unicórnio e a cabra têm chifres helicoidais. A estrada que leva Alice ao morro no cap.3 se retorce como um saca-rolha. Carroll deve ter compreendido que o jovem (e talvez vaidoso na época) Marimbondo, admirando-se num espelho, teria visto seus cachos se enrolarem "ao contrário".

Seja como for que o encaremos, o próprio poema parece inadequado para figurar num livro para crianças, embora não mais, talvez, que a inescrutável peça recitada por Humpty no cap.6. O corte do cabelo, como a decapitação e a extração de dente, é um conhecido símbolo freudiano da castração. Interpretações interessantes do poema por críticos de orientação psicanalítica são possíveis.

12. No capítulo "Porco e pimenta" de *Alice no País das Maravilhas*, Alice de início pensa que o "Porco!" gritado pela Duquesa é dirigido a ela. Revela-se depois que a Duquesa está lançando o epíteto ao menininho que está ninando, que logo vai virar um porco de verdade. O uso de "porco" ["*pig*"] como termo de escárnio para uma pessoa, diz o *Oxford English Dictionary*, era comum na Inglaterra vitoriana. Surpreendentemente, mesmo assim era um epíteto frequentemente usado contra oficiais da polícia. Um dicionário de gíria de 1874 acrescenta: "A palavra é quase exclusivamente aplicada por ladrões de Londres a policiais."

13. Alice transformou seu "gritinho de riso" diante do Marimbondo numa discreta tosse. Pouco antes havia tentado, sem sucesso, conter um "gritinho de riso" diante do Cavaleiro Branco. Não podemos saber ao certo, é claro, se todos os paralelos como este estavam no texto original. Depois de eliminar o episódio do Marimbondo, Carroll pode ter tomado algumas de suas expressões e imagens para usar em outras passagens quando burilou o resto das provas.

14. Alice certa vez aterrorizou sua ama gritando-lhe no ouvido: "Vamos fazer de conta que eu sou uma hiena faminta e você é uma carcaça!" (*Através do Espelho*, cap.1)

15. Esta cena um tanto aterrorizante, um grande Marimbondo esticando a "pata" para arrancar a peruca de Alice, lembra três outros episódios do livro. O Cavaleiro Branco, ao montar seu cavalo, se equilibra segurando o cabelo de Alice. A Rainha Branca agarra o cabelo de Alice com ambas as mãos no cap.9. E, numa inversão de idades, Carroll planejava fazer Alice agarrar o cabelo de uma velha senhora sentada ao seu lado quando o vagão do trem de ferro salta o segundo riacho, como ficamos sabendo pela carta de Tenniel.

16. Diferentemente de Alice, os marimbondos têm olhos compostos de bulbos dos dois lados da cabeça e maxilares grandes e fortes. Como a de Alice, a cabeça deles é "bem-feita e redonda". Outras criaturas do Espelho (a Rosa, o Lírio-tigre, o Unicórnio) avaliam Alice de maneira similar, à luz de seus próprios atributos físicos.

Tenniel, aos 20 anos, perdeu a visão de um dos olhos numa luta de esgrima com o pai. O protetor da lâmina do pai caiu por acidente, e a ponta dela golpeou de leve seu olho direito, causando uma dor súbita que deve ter parecido a da ferroada de um marimbondo. Pode-se entender por que Tenniel poderia ter ficado ofendido com a observação do Marimbondo; nesse caso, isso teria influenciado sua atitude em relação ao episódio.

Esboços originais de Tenniel

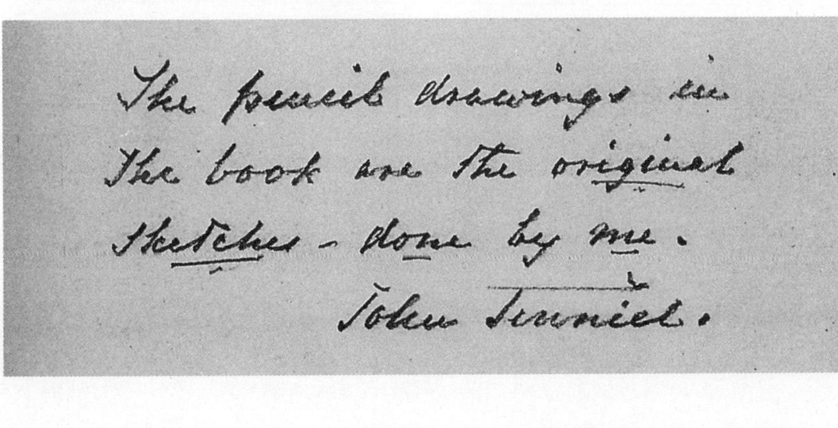

The pencil drawings in
the book are the original
sketches – done by me.
John Tenniel.

Nota sobre as Sociedades Lewis Carroll

A Lewis Carroll Society of North America é uma organização sem fins lucrativos que incentiva o estudo da vida, obra, época e influência de Charles Lutwidge Dodgson. A sociedade foi fundada em 1974 e cresceu de várias dezenas de membros para várias centenas, de toda a América do Norte e do exterior. Entre os membros atuais incluem-se eminentes autoridades em Carroll, colecionadores, estudiosos, entusiastas em geral e bibliotecas. A sociedade está fazendo um esforço profissional integrado para se tornar o centro das atividades e dos estudos carrollianos.

A sociedade se reúne duas vezes por ano, em geral no outono e na primavera, no local de uma importante coleção Carroll no leste dos Estados Unidos. Os encontros já contaram com conferencistas de grande renome e exposições fantásticas.

A sociedade mantém um ativo programa de publicações, administrado por um comitê ilustre interessado em publicar e em auxiliar a publicação de materiais relacionados com a vida e a obra de Lewis Carroll. Os membros recebem o boletim da sociedade (*Knight Letter*), exemplares da série da sociedade (*Carroll Studies*) e outras publicações especiais. "O Marimbondo de Peruca" foi publicado pela primeira vez como parte dessa série.

Informações adicionais podem ser obtidas escrevendo-se para The Secretary, Ellie Luchinsky, Lewis Carroll Society of North America, 18 Fitzharding Place, Owings Mill, Maryland 21117, EUA.

A mais antiga Lewis Carroll Society da Inglaterra foi fundada em 1969. Publica um periódico – *The Carrollian* (anteriormente intitulado *Jabberwocky*), editado por Anne Clark Amor – e *Bandersnatch*, um boletim. Para informações escreva para The Secretary, Sarah Stanfield, Acorns, Dargate, Near Faversham, Kent, Inglaterra ME 13 9HG.

A Lewis Carroll Society do Canadá publica *White Rabbit Tales*, boletim editado por Dayna McCausland, Box 321, Erin, Ontario, Canadá, NOB 1TO.

A Lewis Carroll Society do Japão publica um boletim em inglês e em japonês. O secretário da sociedade é Katsuko Kasai, 3-6-15 Funato, Abiko 270-11, Japão. Carroll tem muitos admiradores no Japão, que já conta com cerca de sessenta edições dos livros de *Alice* publicadas.

Bibliografia Selecionada

De Lewis Carroll

Alice's Adventures in Wonderland. 1865. Carroll providenciou a edição de dois mil exemplares a serem publicados no dia 4 de julho para comemorar a data do passeio de barco, três anos antes, em que contara pela primeira vez a história de Alice. Essa edição foi recolhida por Carroll e Tenniel porque não gostaram da qualidade da impressão. Folhas não encadernadas foram então vendidas para a firma Appleton, de Nova York, que publicou mil exemplares com nova página de rosto impressa em Oxford e datada de 1866. Essa foi a segunda tiragem da primeira edição. A terceira foi o lote restante de 952 exemplares, com uma página de rosto impressa nos Estados Unidos. Carroll tinha pouco interesse por suas publicações nos Estados Unidos. "Temo que seja verdade que não há crianças na América", escreveu em seu diário (3 set 1880) após conhecer uma moça de 18 anos de Nova York cujo comportamento não aprovou.

An Elementary Treatise on Determinants. 1867.

Through the Looking-Glass, and What Alice Found There. 1871.

The Hunting of the Snark, An Agony in Eight Fits. 1876.

Euclid and His Modern Rivals. 1879; reedição, 1973.

Alice's Adventures Under Ground. 1886; reedição, 1965. Um fac-símile do manuscrito original, com a letra de Carroll e toscamente ilustrado, dado como presente para Alice Liddell. Tem pouco mais da metade do tamanho de *Aventuras de Alice no País das Maravilhas*.

Sylvie and Bruno. 1889; reedição, 1988.

The Nursery "Alice". 1889; reedição, 1966. Versão reescrita e abreviada do primeiro livro de *Alice*, para leitores muito jovens, "de Zero a Cinco". As ilustrações são as de Tenniel, ampliadas e coloridas.

Sylvie and Bruno Concluded. 1893.

The Lewis Carroll Picture Book. Organizado por Stuart Dodgson Collingwood. 1899; reedição, 1961. Valiosa coleção de uma miscelânea de pequenos textos de Carroll, incluindo muitos de seus jogos e quebra-cabeças originais e outras recreações matemáticas.

Further Nonsense Verse and Prose. Organizado por Langford Reed. 1926.

The Russian Journal and Other Selections from the Works of Lewis Carroll. Organizado por John Francis McDermott. 1935; reedição, 1977. Inclui o diário de Carroll da viagem que fez à Rússia em 1867 com Canon Henry Liddon.

The Complete Works of Lewis Carroll. Introdução de Alexander Woollcott. 1937. O título é uma espécie de embuste porque o livro está longe de ser completo, mesmo excluindo-se (como este livro o faz) os muitos livros escritos sob o nome de Charles Dodgson. Continua, contudo (como um livro da Modern Library), a ser a coleção mais acessível dos escritos em prosa e verso de Carroll.

The Diaries of Lewis Carroll, 2 volumes. Organizado por Roger Lancelyn Green. 1953. Indispensável para qualquer estudioso de Carroll, embora seja de lamentar que as supressões de Green incluam "fórmulas e problemas menores de matemática e lógica" de Carroll e "longos relatos de como [ele] viu crianças na praia em Eastbourne mas foi incapaz de cultivar sua amizade". Uma excelente crítica de W.H. Auden foi publicada no *New York Times Book Review*, 28 fev 1954.

Symbolic Logic and the Game of Logic. Reedição, 1958. Reedição num único volume dos dois livros de Carroll sobre lógica, ambos destinados a crianças.

Pillow Problems and a Tangled Tale. Reedição, 1958. Reedição em um único volume dos dois livros de Carroll de problemas em matemática recreativa.

The Rectory Umbrella and Mischmasch. Reedição, 1971. Uma reedição dos dois primeiros manuscritos de Carroll.

The Oxford Pamphlets, Letters and Circulars of Charles Lutwidge Dodgson. Organizado por Edward Wakeling. 1993.

Lewis Carroll's Diaries. Organizado por Edward Wakeling. Vol.1 (1993), vol.2 (1994), vol.3 (1995), vol.4 (1997).

Phantasmagoria. Organizado por Martin Gardner, 1998. Uma reedição das baladas de Carroll sobre um fantasma.

Edições brasileiras das obras de Lewis Carroll

Aventuras de Alice no País das Maravilhas. Adaptação: Fernando de Mello; ilustrações: John Tenniel; tradução: José Vaz Pereira e Manuel João Gomes. Rio de Janeiro: Ed. Brasília/Rio, 1976.

Aventuras de Alice no País das Maravilhas e Através do Espelho. Tradução: Sebastião Uchoa Leite. São Paulo: Summus, 1980.

Alice no País das Maravilhas. Tradução e adaptação: Ruth Rocha. São Paulo: Melhoramentos, 1983.

Alice no País das Maravilhas. Adaptação: Naufer. Rio de Janeiro: Brasil-América, 1983.

Alice no País das Maravilhas. Tradução e adaptação: Tatiana Belinky. São Paulo: Nova Cultural, 1987.

Alice no País das Maravilhas. Tradução e adaptação: Nicolau Sevcenko; ilustrações: Celia Seybold. São Paulo: Scipione, 1992.

Alice no País das Maravilhas. Tradução e adaptação: Ruy Castro; ilustrações: Laurabeatriz. São Paulo: Companhia das Letrinhas, 1992.

Alice no País das Maravilhas. Tradução e adaptação: Ana Maria Machado; ilustrações: Jô de Oliveira. São Paulo: Ática, 1997.

Alice no País das Maravilhas. Tradução: Rosaura Eichemberg. Porto Alegre: L&PM, 1999.

Rimas do País das Maravilhas. Seleção e tradução: José Paulo Paes; ilustrações: Mariana Massarani. São Paulo: Ática, 2000.

As Aventuras de Alice no País das Maravilhas. Adaptações e ilustrações: Tony Ross; Tradução: Ricardo Gouveia. São Paulo: Martins Fontes, 2001.

Alice no País das Maravilhas. Tradução: Nicolau Sevcenko. Ilustrações: Luiz Zerbini. São Paulo: Cosac Naify, 2009.

Alice – Alice no País das Maravilhas/Através do Espelho e o que Alice encontrou por lá. Edição Bolso de Luxo. Tradução: Maria Luiza X. de A. Borges; ilustrações: John Tenniel. Rio de Janeiro: Zahar, 2010.

Alice no País das Maravilhas. Tradução: Rosaura Eichemberg. Porto Alegre: L&PM, 1999.

Alice no País do Espelho. Tradução e adaptação: Ganymedes José; ilustrações: Myoung Lee. Rio de Janeiro: Tecnoprint, 1986.

Do outro lado do Espelho e o que Alice encontrou lá. Adaptação e ilustrações: Tony Ross; tradução: Ricardo Gouveia. São Paulo: Martins Fontes, 1997.

Cartas às suas amiguinhas. Tradução, seleção e notas: Newton Paulo Teixeira dos Santos. Rio de Janeiro: Sette Letras, 1997.

Algumas aventuras de Sílvia e Bruno. Tradução e introdução: Sérgio Medeiros; ilustrações originais: Harry Furniss. São Paulo: Iluminuras, 1997.

A caça ao turpente. Tradução, apresentação e notas: Álvaro Antunes; ilustrações: Regina E.C. Fernandes. Além Paraíba: Interior Edições, 1984.

Obras escolhidas. Tradução: Eugênio Amado. Belo Horizonte: Itatiaia, 1999, 2 vols.

Edições anotadas dos livros de Alice

Alice in Wonderland and Through the Looking-Glass. Organizado por Roger Lancelyn Green. 1971.

Alice in Wonderland. Organizado por Donald J. Gray. 1971.

The Philosopher's Alice. Organizado por Peter Heath. 1974.

Alice's Adventures in Wonderland and Through the Looking-Glass. Organizado por James R. Kincaid. 2 volumes, 1982-83.

Alice in Wonderland and Through the Looking-Glass. Organizado por Hugh Haughton. 1998.

Edições ilustradas de Alice

Mais de uma centena de artistas ilustraram os livros de *Alice*. Para uma catalogação, veja *The Illustrators of Alice in Wonderland*, organizado por Graham Ovenden, com uma introdução de Jack Davis. Publicado em 1972 pela Academy Editions na Inglaterra e nos Estados Unidos pela St. Martin's Press. Esse bonito volume reproduz numerosas ilustrações, algumas inteiramente coloridas.

Cartas de Lewis Carroll

A Selection from the Letters of Lewis Carroll to His Child-Friends. Organizado por Evelyn M. Hatch. 1933.

The Letters of Lewis Carroll. Organizado por Morton N. Cohen. 2 volumes, 1979.

Lewis Carroll and the Kitchins. Organizado por Morton N. Cohen. 1980.

Lewis Carroll and the House of Macmillan. Organizado por Morton N. Cohen e Anita Gandolfo. 1987.

Lewis Carroll's Letters to Skeffington. Organizado por Anne Clark Amor. 1990.

Produções teatrais de Alice

Alice on Stage. Charles C. Lovett. 1990.

Biografias de Lewis Carroll

The Life and Letters of Lewis Carroll. Stuart Dodgson Collingwood. 1898. Biografia escrita pelo sobrinho de Carroll; a fonte primária de informação sobre a vida de Carroll.

The Story of Lewis Carroll. Isa Bowman. 1899; reedição, 1972. Recordações de Carroll por uma das atrizes que fez o papel de Alice na peça musical de Savile Clarke e que se tornou uma das suas principais amigas crianças.

Lewis Carroll. Walter de la Mare. 1932.

The Life of Lewis Carroll. Langford Reed. 1932.

Carroll's Alice. Harry Morgan Ayres. 1936.

Victoria through de Looking-Glass. Florence Becker Lennon. 1945; reedição, 1972.

Lewis Carroll: Photographer. Helmut Gernsheim. 1949; ed. revista, 1969. Inclui excelentes reproduções de 64 fotografias feitas por Carroll.

The Story of Lewis Carroll. Roger Lancelyn Green. 1949.

Lewis Carroll. Derek Hudson. 1954; ed. revista, 1977.

Lewis Carroll. Roger Lancelyn Green. 1960.

The Snark Was a Boojum. James Plasted Wood. 1966.

Lewis Carroll. Jean Gattégno. 1974.
Lewis Carroll. Richard Kelly. 1977; ed. revista, 1990.
Lewis Carroll. Anne Clarke. 1979.
Lewis Carroll. Graham Ovenden. 1984.
Lewis Carroll: Interviews and Reflections. Organizado por Morton N. Cohen. 1989.
Lewis Carroll in Russia. Fan Parker. 1994.
Lewis Carroll. Morton N. Cohen. 1995. [Ed. bras.: *Lewis Carroll, uma biografia.* Rio de Janeiro: Record, 1998.]
Lewis Carroll. Michael Bakewell. 1996.
Lewis Carroll in Wonderland. Stephanie Stoffel. 1996.
Lewis Carroll. Donald Thomas. 1998.
Reflections in a Looking Glass. Morton N. Cohen. 1998. Bonitas reproduções das fotografias feitas por Carroll, incluindo os quatro retratos de menininhas nuas que se preservaram.

Críticas de Carroll

Carroll's Alice. Harry Morgan Ayres. 1936.
The White Knight. Alexander L. Taylor. 1952.
Charles Dodgson, Semiotician. Daniel F. Kirk. 1963.
Alice's Adventures in Wonderland. Organizado por Donald Rackin. 1969.
Language and Lewis Carroll, Robert D. Sutherland. 1970.
Aspects of Alice. Organizado por Robert Phillips. 1971.
Play, Games and Sports: The Literary Works of Lewis Carroll. Kathleen Blake. 1974.
The Raven and the Writing Desk. Francis Huxley. 1976.
Lewis Carroll Observed. Organizado por Edward Guiliano. 1976.
Soaring With the Dodo. Organizado por Edward Guiliano e James R. Kinkaid. 1982.
Lewis Carroll: A Celebration. Organizado por Edward Guiliano. 1982.
Modern Critical Reviews: Lewis Carroll. Organizado por Harold Bloom. 1987.
Alice's Adventures in Wonderland and Through the Looking-Glass. Donald Rackin. 1991.
Semiotics and Linguistics in Alice's World. R.L.F. Fordyce e Carla Marcello. 1994.
The Literary Products of the Lewis Carroll-George MacDonand Friendship. John Docherty, 1995.
The Making of Alice Books: Lewis Carroll's Use of Earlier Children Literature. Ronald Reichertz. 1997.
Lewis Carroll: The Alice Companion. Jo Elwyn Jones e J. Francis Gladstone. 1998.
The Art of Alice in Wonderland. Stephanie Lovett Steffel. 1998.

Interpretações psicanalíticas de Carroll

"*Alice in Wonderland Psycho-Analyzed*". A.M.E. Goldschmidt. *New Oxford Outlook* (mai 1933).

"Alice in Wonderland: The Child as Swain". William Empson. Em *Some Versions of Pastoral*. 1935. A edição norte-americana é intitulada *English Pastoral Poetry*. Reproduzido em *Art and Psychoanalysis*. Organizado por William Phillips. 1957.
"Psychoanalyzing Alice". Joseph Wood Krutch. *The Nation* 144 (30 jan 1937), p.129-30.
"Psychoanalytic Remarks on *Alice in Wonderland* and Lewis Carroll". Paul Schilder. *The Journal of Nervous and Mental Diseases* 87 (1938), p.159-68.
"About the Symbolization of *Alice's Adventures in Wonderland*". Martin Grotjahn. *American Imago* 4 (1947), p.32-41.
"Lewis Carroll's Adventures in Wonderland". John Skinner. *American Imago* 4 (1947), p.3-31;
Swift and Carroll. Phyllis Greenacre. 1955.
"All on a Golden Afternoon". Robert Bloch. *Fantasy and Science Fiction* (jun 1956). Um conto que parodia a abordagem psicanalítica a Alice.

Sobre Carroll como lógico e matemático

"Lewis Carroll as Logician". R.B. Braithwaite. *The Mathematical Gazette* 16 (jul 1932), p.174-8.
"Lewis Carroll, Mathematician". D.B. Eperson. *The Mathematical Gazette* 17 (mai 1933), p.92-100.
"Lewis Carroll and a Geometrical Paradox". Warren Weaver. *The American Mathematical Monthly* 45 (abr 1938), p.234-6.
"The Mathematical Manuscripts of Lewis Carroll". Warren Weaver. *Proceedings of the American Philosophical Society* 98 (15 out 1954), p.377-81.
"Lewis Carroll: Mathematician". Warren Weaver. *Scientific American* (abr 1956), p.116-28.
"Mathematical Games". Martin Gardner. *Scientific American* (mar 1960), p.172-6. Uma discussão dos jogos e enigmas lógicos de Carroll.
The Magic of Lewis Carroll. Organizado por John Fisher. 1973.
Lewis Carroll: Symbolic Logic. William Warren Bartley, III; ed. revista, 1986.
Lewis Carroll's Games and Puzzles. Organizado por Edward Wakeling. 1982.
The Mathematical Pamphlets of Charles Lutwidge Dodgson and Related Pieces. Organizado por Francine Abeles, 1994.
Rediscovered Lewis Carroll Puzzles. Organizado por Edward Wakeling. 1995.
The Universe in a Handkerchief. Organizado por Martin Gardner. 1996.

Sobre Alice Liddell

The Real Alice. Anne Clark. 1981.
Lewis Carroll and Alice: 1832-1982. Morton N. Cohen. 1982.
Beyond the Looking Glass: Reflections of Alice and Her Family. Colin Gordon. 1982.
The Other Alice. Christina Bjork. 1993.

Bibliografias

The Lewis Carroll Handbook. Sidney Herbert Williams e Falconer Madan. 1931. Revisto por Lancelyn Green, 1962; revisto adicionalmente por Dennis Crutch, 1979.

Alice in Many Tongues. Warren Weaver. 1964. Sobre traduções dos livros de *Alice.*

Lewis Carroll: An Annotated International Bibliography 1960-77. Edward Guiliano. 1980.

Lewis Carroll: A Sesquicentennial Guide to Research. Edward Guiliano. 1982.

Lewis Carroll's Alice: An Annotated Checklist of the Lovett Collection. Charles e Stephanie Lovett. 1984.

Lewis Carroll: A Reference Guide. Rachel Fordyce. 1988.

Sobre nonsense

"*A Defense of Nonsense*", Gilbert Chesterton. Em *The Defendant*, 1901.

"*Lewis Carroll" e "How Pleasant to Know Mr. Lear*". Gilbert Chesterton. Em *A Handful of Authors.* 1953.

The Poetry of Nonsense. Emile Cammaerts. 1925.

"*Nonsense Poetry*". George Orwell. Em *Shooting an Elephant.* 1945.

The Field of Nonsense. Elizabeth Sewell. 1952.

Nonsense. Susan Stewart. 1980.

Sobre Tenniel e outros ilustradores

Enchanting Alice! Black-and-white
Has made your charm perennial;
And nought save "Chaos and old Night"
*Can part you now from Tenniel.**
– de um poema de Austin Dobson

Creators of Wonderland. Marguerite Mespoulet. 1934. O livro sustenta que Tenniel foi influenciado pelo artista francês J.J. Grandville.

Sir John Tenniel. Frances Sarzano. 1948.

"*The Life and Works of Sir John Tenniel*". W.C. Monkhouse. *Art Journal* (número de Páscoa, 1901).

The Illustrators of Alice in Wonderland and Through the Looking-Glass. Graham Ovenden. 1973; ed. revista, 1979.

* [*Fascinante Alice! O preto e branco/ tornou seu encanto perene;/ E nada exceto "o Caos e as Trevas"/ Pode separá-la agora de Tenniel.*]

The Tenniel Ilustrations to the "Alice" Books. Michael Hancher. 1985.
"*Peter Newell*". Michael Patrick Hearn. Em *More Annotated Alice*. Organizado por Martin Gardner. 1990. Esse livro reproduz as oitenta ilustrações de Newell para os dois livros de *Alice*.
Sir John Tenniel: Alice's White Knight. Rodney Engen. 1991.
Sir John Tenniel: Aspects of His Work. Roger Simpson. 1994.

Alice nas Telas

David Schaefer, um estudioso de Carroll que reside em Silver Spring, Maryland, possui uma grande coleção de filmes relacionados a *Alice*. Gentilmente, ele me forneceu as seguintes listas:*

Jornal cinematográfico

1932 *Alice in U.S. Land*. Paramount News. Cinejornal da sra. Alice Liddell Hargreaves, 80 anos, chegando para a celebração do centésimo aniversário do nascimento de Carroll. Fala de sua excursão pelo rio com o "Sr. Dodgson". Seu filho, Caryl Hargreaves, e sua irmã, Rhoda Liddell, podem ser identificados. Filmado a bordo do *Berengeria*, da Cunard Line, no porto de Nova York em 29 de abril de 1932. Duração: 75 segundos.

Filmes

1903 *Alice in Wonderland*. Produzido e dirigido por Cecil Hepworth. Filmado na Grã-Bretanha. O papel de Alice é desempenhado por May Clark. O primeiro filme de *Alice*. Alice encolhe e cresce. O filme tem 16 cenas, todas de *Aventuras de Alice*. Duração: 10 minutos.

1910 *Alice's Adventures in Wonderland (A Fairy Comedy)*. Produzido pela Edison Manufacturing Company, Orange, New Jersey. O papel de Alice é desempenhado por Gladys Hulette. O filme tem 14 cenas, todas de *Aventuras de Alice*. Duração: 10 minutos (1 rolo). O filme foi feito no Bronx. Gladys Hulette mais tarde tornou-se uma estrela da Pathé.

1915 *Alice in Wonderland*. Produzido pela Nonpareil Feature Film Company, dirigido por W.W. Young, "ilustrado" por Dewitt C. Wheeler. O papel de Alice é desempenhado por Viola Savoy. A maior parte das cenas foi filmada numa propriedade em Long Island.

* Anteriormente a *Alice in Wonderland* (2010). Coprodução Walt Disney Pictures, Roth Films, Team Todd e The Zanuck Company. Dirigido por Tim Burton, roteiro de Linda Woolverton. O elenco inclui Johnny Depp como o Chapeleiro Louco, Mia Wasikowska como Alice, Helena Borham Carter como a Rainha de Copas e Anne Hathaway como a Rainha Branca, além das vozes de Stephen Fry e Paul Whitehouse para o Gato de Cheshire e a Lebre de Março, respectivamente. Cor, 3D, duração: 108min. (N.T.)

O filme tal como originalmente feito continha cenas de *Aventuras de Alice* e *Através do Espelho*. Duração: 50 minutos (5 rolos).

1931 *Alice in Wonderland*. Commonwealth Pictures Corporation. Adaptação para a tela de John F. Godson e Ashley Miller. Produzido nos Metropolitan Studios, Fort Lee, New Jersey. Dirigido por "Bud" Pollard. Papel de Alice desempenhado por Ruth Gilbert. Todas as cenas são de *Aventuras de Alice*. O primeiro *Alice* sonoro. Frequentemente se pode ouvir o baque da câmara.

1933 *Alice in Wonderland*. Paramount Productions. Produzido por Louis D. Leighton, dirigido por Norman McLeod, roteiro de Joseph Mankiewicz e William Cameron Menzies. Música de Dimitry Tiomkin. Alice interpretada por Charlotte Henry. O elenco de 46 estrelas inclui: W.C. Fields como Humpty Dumpty, Edward Everett Horton como o Chapeleiro Louco, Cary Grant como a Tartaruga Falsa, Gary Cooper como o Cavaleiro Branco, Edna May Oliver como a Rainha Vermelha, May Robson como a Rainha de Copas e Baby LeRoy como o Valete de Copas. Cenas de *Aventuras de Alice* e *Através do Espelho*. Duração: 90 minutos. De uma maneira especular, Charlotte Henry começou sua carreira como a estrela deste filme para passar depois a fazer papéis menores.

1948 *Alice au pays des merveilles (Alice in Wonderland)*. Produzido na França nos Studios Victorine por Lou Bunin. Dirigido por Marc Maurette e Dallas Bowers; roteiro de Henry Myers, Edward Flisen e Albert Cervin. Animação de marionetes por Lou Bunin. Alice interpretada por Carol Marsh. Vozes dos bonecos de Joyce Grenfell, Peter Bull e Jack Train. O prólogo, que mostra a vida de Lewis Carroll no Christ Church, tem Pamela Brown como rainha Vitória e Stanley Baker como príncipe Albert. Produzido em versões inglesa e francesa. Afora o prólogo, todos os personagens são bonecos, com exceção de Alice, que é uma figura adulta viva. A Disney tentou sustar a produção, distribuição e exibição deste filme.

1972 *Alice's Adventures in Wonderland*. Produtor executivo, Joseph Shaftel. Produtor, Derek Home. Diretor, William Sterling. Diretor musical, John Barry. Músicas de Don Black. Alice interpretada por Fiona Fullerton. Peter Sellers é a Lebre de Março, Dame Flora Robson é a Rainha de Copas, Dennis Price é o Rei de Copas e Sir Ralph Richardson é a Lagarta. Cor. Tela grande. Produção pródiga, visualmente bonita, de ação lenta. As ilustrações de Tenniel são fielmente seguidas. Sequências de *Aventuras de Alice* e *Através do Espelho*. Duração: 90 minutos.

1985 *Dreamchild*. A Alice de 80 anos (Alice Hargreaves) é interpretada por Coral Browne. Seu jovem acompanhante contratado, por Nicola Cowper. A jovem Alice por Amelia Shankley e Lewis Carroll por Ian Holm. Uma história ficcional inspirada pela visita de Alice aos Estados Unidos em 1932.

1976 *Alice in Wonderland, an X-Rated Musical Comedy*. O papel de Alice é desempenhado por Kristine DeBell.

1988 *Neco z Alenky*. Dirigido e escrito por Jan Svankmajer, da Tchecoslováquia.

Sequências de Alice em outros filmes

1930 *Puttin' on the Ritz.* Produzido por John W. Considine Jr., dirigido por Edward H. Sloman. Músicas e letras de Irving Berlin. Joan Bennett está numa sequência de dança de *Alice nos País das Maravilhas* de 6 minutos neste filme.

1938 *My Lucky Star.* 20th Century Fox. Sonja Henie é uma Alice de patins juntamente com muitos outros personagens do livro, tudo sobre o gelo. Sequência de aproximadamente 10 minutos.

Desenhos animados

1933 *Betty in Blunderland.* Desenho animado dirigido por Dave Fleischer. Animação de Roland Crandall e Thomas Johnson. Betty Boop acompanha os personagens de *País das Maravilhas* e *Através do Espelho* de um quebra-cabeça de peças recortadas passando por uma estação de metrô e se enfiando pela toca do coelho. Duração: 10 minutos.

1936 *Thru the Mirror.* Walt Disney Productions. Brilhante desenho animado de Mickey Mouse baseado em *Através do Espelho.*

1951 *Alice in Wonderland.* Walt Disney Productions. Supervisor de produção, Ben Sharpsteen. Voz de Alice por Kathryn Beaumont. Animação. Cor. Sequências de *Aventuras de Alice* e *Através do Espelho.* Duração: 75 minutos. Teve acolhida fraca quando produzido, mas rendeu grande quantidade de dinheiro para a Disney desde então.

1955 *Sweapea Thru the Looking Glass.* Desenho animado do King Features Syndicate. Produtor executivo, Al Brodax. Dirigido por Jack Kinney. Cor. Sweapea atravessa um espelho e cai num buraco de golfe, chegando ao "Wunnerland Golf Club".

1971 *Zvahlar aneb Saticky Slamenćho Huberta.* Produzido por Katky Film, Praga. Roteiro, desenho e direção de Jan Svankmajer. Esta animação começa com uma leitura de "Jabberwocky". Sequência de imagens compostas de atividades aparentemente nonsense. Cor. Duração: 14 minutos.

Feitos para a televisão

1950 *Alice in Wonderland.* Produção para a televisão encenada no Ford Theatre em dezembro de 1950. O papel de Alice é desempenhado por Iris Mann e o Coelho Branco por Dorothy Jarnac.

1965 *Curly in Wonderland.* Os Três Patetas em desenho animado.

1966 *Alice in Wonderland, or What's a Nice Kid Like You Doing in a Place Like This?* Hanna-Barbera Productions. Texto de Bill Dana. Músicas e letras de Lee Adams e Charles Strauss. Cor. Animação. Voz de Alice por Janet Waldo, Gato de Cheshire por Sammy

Davis Jr., Cavaleiro Branco por Bill Dana, Rainha por Zsa Zsa Gabor. Duração: 50 minutos. Alice segue seu cachorro através de um tubo de televisão.

1966 *Alice Through the Looking Glass.* Exibido em novembro de 1966. Roteiro de Albert Simmons, letras de Elsie Simmons, música de Moose Charlap. Seu elenco inclui Judi Rolin como Alice, Jimmy Durante como Humpty Dumpty, Nanette Fabray como a Rainha Branca, Agnes Moorehead como a Rainha Vermelha, Jack Palance como o Pargarávio, The Smothers Brothers como Tweedledum e Tweedledee, Ricardo Montalban como o Rei Branco. Duração: 90 minutos.

1967 *Alice in Wonderland.* Produção da BBC. Dirigido por Jonathan Miller. Apresentação do País das Maravilhas como um comentário social vitoriano. Grande produção com elenco de estrelas: Sir John Gielgud como a Tartaruga Falsa, Sir Michael Redgrave como a Lagarta, Peter Sellers como o Rei, Peter Cook como o Chapeleiro, Sir Malcolm Muggeridge como o Grifo, e Anne-Marie Mallik, uma jovem estudante, como Alice.

1967 *Abott and Costello in Blunderland.* Hanna Barbera Productions. Uma animação.

1970 *Alice in Wonderland.* Produção ORTF (televisão francesa). Dirigido por Jan-Christophe Averty. Paródia com assombrosos efeitos visuais e sonoros. Alice Sapritch e Francis Blanche como o Rei e a Rainha.

1973 *Through the Looking Glass*: Produção da BBC. Produzido por Rosemary Hill, adaptado e dirigido por James MacTaggart. Sarah Sutton, de 12 anos, como Alice, Brenda Bruce como a Rainha Branca, Freddie Jones como Humpty Dumpty, Judy Parfitt como a Rainha Vermelha e Richard Pearson como o Rei Branco.

1985 *Alice in Wonderland and Through the Looking Glass.* Produzido por Irwin Allen. Canções de Steve Allen. Natalie Gregory como Alice, com elenco de estrelas incluindo Jayne Meadows, Robert Moley, Red Buttons e Sammy Davis Jr.

1999 *Alice in Wonderland.* Produção com três horas de duração dirigida por Nick Willing. Houve 875 efeitos digitais pós-produção. Robert Halmi e Robert Halmi Jr. foram os produtores executivos, e Peter Barnes escreveu o roteiro. Tina Majorino é Alice; Whoopi Goldberg, o Gato de Cheshire; Martin Short, o Chapeleiro Louco; Ben Kingsley, a Lagarta; Christopher Lloyd, o Cavaleiro Branco; Peter Ustinov, a Morsa; Miranda Richardson, a Rainha de Copas; e Gene Wilder, a Tartaruga Falsa. Robbie Coltrane e George Wendt são Tweedledum e Tweedledee. O primeiro filme *Alice* com amplo aperfeiçoamento por computador.

Educativos

1972 *Curious Alice.* Escrito, desenhado e produzido por Design Center, de Washington, EUA. Feito para o National Institute of Mental Health. Cor. Parte de um curso sobre drogas para crianças da escola elementar. Uma Alice viva faz uma viagem em meio a personagens de desenho animado. A Lagarta fuma maconha, o Chapeleiro Louco toma LSD, o Caxinguelê usa barbitúricos e a Lebre de Março toma anfetaminas. O Coelho Branco é um líder que já entrou nas drogas. O Gato de Cheshire é a consciência de Alice. Duração: cerca de 15 minutos.

1978 *Alice in Wonderland: A Lesson in Appreciating Differences.* Walt Disney Productions. Personagens vivos no início e no fim com o ensinamento da apreciação de diferenças realizado mediante a exibição da sequência da flor do filme de Disney (1951) e uma discussão sobre o quanto as flores trataram Alice mal simplesmente porque ela era diferente.

Sobre Carroll, Tenniel e Gardner

Lewis Carroll é o pseudônimo de Charles Lutwidge Dodgson, nascido em 27 de janeiro de 1832 em Cheshire, Inglaterra. Suas obras mais famosas são *Aventuras de Alice no País das Maravilhas* – publicada em 1865 e escrita para Alice Liddell, filha do deão do Christ Church – e sua continuação, *Através do Espelho*, publicada em 1872. Carroll morreu em 14 de julho de 1898, em decorrência de uma bronquite.
(Retrato de Lewis Carroll por Sir Hubert von Herkomer. Cortesia da Christ Church Picture Gallery)

John Tenniel nasceu em Londres em 1820. Cego de um olho e com uma memória fotográfica prodigiosa, desenhava sem modelos. Entre 1850 e 1901 colaborou com a revista satírica *Punch*, para a qual produziu mais de 2 mil ilustrações e caricaturas. Ilustrou também vários livros, incluindo uma edição de 1848 das fábulas de Esopo, porém seus trabalhos mais importantes foram em *Aventuras de Alice no País das Maravilhas* e *Através do Espelho*. Morreu em 1914.
(Autorretrato, 1889)

Martin Gardner, reconhecido por sua cultura – que abrange desde a matemática até Sherlock Holmes –, é considerado um dos maiores especialistas em Carroll e sua obra. Durante vinte anos foi editor de problemas matemáticos da revista *Scientific American*. É autor de diversos livros sobre matemática e lógica e organizador de *Annotated Alice* e *More Annotated Alice*. Gardner morreu em 2010, aos 95 anos.
(Foto de Olan Mills)

1ª edição [2002] 8 reimpressões
2ª edição [2013 , novo formato] 9 reimpressões

ESTA OBRA FOI COMPOSTA POR MARI TABOADA EM AFFAIR E KINGFISHER E IMPRESSA EM OFSETE PELA GRÁFICA SANTA MARTA SOBRE PAPEL PÓLEN DA SUZANO S.A. PARA A EDITORA SCHWARCZ EM MARÇO DE 2024

FSC
www.fsc.org
MISTO
Papel | Apoiando o manejo florestal responsável
FSC® C005648

A marca FSC® é a garantia de que a madeira utilizada na fabricação do papel deste livro provém de florestas que foram gerenciadas de maneira ambientalmente correta, socialmente justa e economicamente viável, além de outras fontes de de origem controlada.